TODESGEMÄLDE

M.A. ROTHMAN

Übersetzt von

MICHAEL KRUG

Primordial Press

Covergestaltung von Jason Gurley

Taschenbuch ISBN: 978-1-960244-87-1
Hardcover ISBN: 978-1-960244-88-8

INHALT

»Die Leinwand lügt so, wie der Pinsel es befiehlt – Kunst ist Täuschung, und Täuschung ist ein zweischneidiges Schwert. In den Händen von Meistern malt sie Imperien, in den Händen von Dieben hebt sie Gräber aus.«

KAPITEL EINS

Paris, 21. August 1911

In den Prunksälen des Louvre herrschte Stille. Das übliche geschäftige Treiben des Pariser Nachtlebens drang nur als entferntes Gemurmel durch die jahrhundertealten Steinmauern. Vincenzo Peruggia rückte seinen weißen Kittel zurecht, dieselbe Aufmachung, die das Wartungspersonal des Museums trug. Er wischte sich die schweißnassen Handflächen an dem rauen Stoff ab, bevor er sich die Mütze tiefer ins Gesicht zog. In einer Hand hielt er einen Werkzeugkasten, eine weitere Requisite, um unter den über Leitern und Gerüsten verstreuten Arbeitern nicht aufzufallen.

In der abgestandenen Luft trieben die Gerüche von Bohnerwachs und altem Holz. In der Ferne hörte man leise das metallische Klirren von Werkzeug. Da man das Museum an dem Abend für Besucher geschlossen hatte, war nur eine Rumpfmannschaft anwesend. Vincenzos Herzschlag pochte im Takt seiner gemessenen Schritte auf dem Weg zum *Salon Carré*, wo die Mona Lisa hing. Er zwang sich zu einer neutralen Miene und höchster Konzentration. Eine falsche Bewegung, nur ein winziger Ausrutscher, und man würde ihn fassen.

Er fand das Gemälde so vor, wie er es in Erinnerung hatte, kleiner, als es sich die meisten Besucher vorstellten. Die gedämpften Farbtöne und das geheimnisvolle Lächeln wurden beinah von den Meisterwerken in der Umgebung in den Schatten gestellt. Einen Moment lang verharrte sein Blick auf jenem legendären Antlitz. Das Ausmaß seines Vorhabens lastete wie ein erdrückendes Gewicht auf ihm.

Er stellte den Werkzeugkasten ab und kniete sich hin. Beim Auskundschaften hatte er festgestellt, dass einfache Halterungen aus Holz und winzige Nägel den Rahmen fixierten. Behutsam keilte er ein schmales Werkzeug in die Verbindungsstellen und hebelte die Tafel nahezu geräuschlos ab. Niemand schien ihn zu bemerken – bloß ein weiterer Arbeiter der Nachtschicht.

Unter dem Kittel trug Vincenzo eine große Schürze. Akribisch löste er die Mona Lisa aus ihrem Rahmen und ließ das vergoldete Holz zurück. Das auf einer dünnen Holzplatte angebrachte Gemälde war kompakt genug, um es unter seiner Schürze zu verbergen, ohne es zu verbiegen oder zu beschädigen. Mit zittrigen Fingern knöpfte er den Kittel zu und verbarg den unbezahlbaren Schatz darunter.

Anschließend hob er die Werkzeugkiste auf und ging den Korridor hinunter. Die Decke verlief hoch über ihm, und von den unzähligen Meisterwerken an den Wänden schienen ihn Augenpaare vorwurfsvoll anzustarren. Irgendwo hinter ihm hallten Schritte wider. Ein entfernter Wächter nickte ihm teilnahmslos zu, bevor er die Aufmerksamkeit wieder den Schlagzeilen einer

Zeitung widmete. *Politik und Kriege*, dachte Vincenzo. *So trivial im Vergleich dazu, was gerade passiert.*

Er stieg die geschwungene Haupttreppe des Museums hinunter, die in der Stille der späten Stunde noch erhabener wirkte. Jeder seiner Schritte über die kalten Steinstufen dröhnte wie ein persönlicher Donner durch seine Ohren. In der Nähe der dicken Eichenholztüren des Ausgangs stand ein einsamer Wächter und gähnte.

»Ruhige Nacht?«, erkundigte sich der Mann und streckte sich.

»Wie immer«, erwiderte Vincenzo und rang sich ein Lächeln ab. Sein leichter italienischer Akzent blieb unbemerkt. Er deutete auf seinen Werkzeugkasten. »Ich bringe das nur in die Werkstatt zurück.«

Nach einem flüchtigen Blick darauf winkte der Wächter ihn durch.

Draußen erhellte Mondlicht die imposante Fassade des Louvre. Um Vincenzo herum lebte und atmete Paris – entferntes Hufgeklapper auf Kopfsteinpflaster, vereinzelt vorbeirumpelnde Autos, das gedämpfte Raunen von Straßenhändlern, die trotz der späten Stunde noch ihre Ware anpriesen. Mit gestrafften Schultern und nach vorn gerichtetem Blick ging er weiter, bis er in eine schmale Gasse abtauchte. Dort fiel im beruhigenden Schatten der hohen Backsteinmauern die Anspannung von ihm ab. Das Geläut von Kirchenglocken hallte über die Seine.

Er legte eine Hand auf seinen Kittel und spürte darunter das stete Pochen seines Herzens und die kühle Oberfläche der gestohlenen Mona Lisa. Vor Erleichterung und Triumph rutschte ihm ein zittriges Lachen heraus. Dann verschwand Vincenzo Peruggia mit einem letzten Blick zum hellen Mond in den labyrinthartigen Straßen von Paris.

Soeben war der bedeutendste Kunstraub des Jahrhunderts geglückt.

Hafen von Baltimore, Maryland – heute, 9:00 Uhr

Nebel kräuselte sich zwischen den Gebäuden am Wasser hindurch und rankte sich wie ein vielarmiges Phantom um das Lagerhaus und über den Pier. Weiter draußen dröhnte ein Schiffsmotor, ein leises, monotones Brummen, das sich mit dem sanften Plätschern des Wassers an den Pfählen vermischte. Drinnen summten flackernde Leuchtstoffröhren an der Decke und warfen zuckende Schatten auf den fleckigen Betonboden. Die Luft roch nach Salz, feuchtem Holz und so durchdringend nach Rost, dass es in der Kehle kratzte.

Zwei Silhouetten in dunklen Jacken schlichen zwischen hoch aufragenden Kistenstapeln hindurch. Ihre Schritte verloren sich in der höhlenartigen Stille. Atemwölkchen kräuselten sich durch die kalte Luft und lösten sich in der Düsternis auf.

Der Größere der beiden, dessen Jacke penetranten Tabakgeruch verströmte, richtete den Strahl einer Taschenlampe die Gänge hinunter. Das Licht wanderte über Reihen nahezu identischer Kisten, jede mit einer Schablone beschriftet. Es verharrte auf einem Schild am Ende eines Gangs: *B-14*.

»Hier lang«, murmelte er und setzte sich in Bewegung.

Sie rückten tiefer in die Lagerhalle vor. Die Temperatur schien mit jedem Schritt zu sinken. Die Taschenlampe brachte abgeplatzte Farbe und Ratten zum Vorschein, die unter Paletten davonhuschten. Schließlich verharrte der Strahl auf einer Kiste, die größer als die anderen war und eine frische kyrillische Beschriftung aufwies.

»Wie Frankie gesagt hat.«

Er reichte die Taschenlampe seinem Partner. Der hielt sie auf die Kiste gerichtet, während der größere Mann ein Brecheisen in Anschlag brachte. Mit einem angestrengten Ächzen zwängte er den Deckel auf. Holz splitterte, Nägel kreischten in der Stille, Stroh rieselte auf den Boden.

In der Kiste lag eine rechteckige Form, eingewickelt in Luftpolsterfolie.

»Sieht danach aus, wofür wir hergekommen sind«, meinte der Mann, dessen Atem in der kalten Luft kleine Wölkchen bildete.

Der Lichtstrahl der Taschenlampe zitterte leicht, während sein Partner ihn beobachtete. In den behandschuhten Fingern des größeren Mannes erschien ein Messer – schnell, geschickt, geübt. Er durchtrennte damit die Schichten des schützenden Kunststoffs. Die Luftpolsterfolie löste sich. Zum Vorschein kam nicht nur ein Gemälde, sondern auch eine seltsame zweite Hülle – sackartig, aus Stahlgeflecht mit Kunststoffummantelung, zugezogen mit einem dicken geflochtenen Kabel. An der Verschlussstelle befand sich eine kompakte, rechteckige Box, glatt und blank, abgesehen von einer mattierten Stelle der ungefähren Größe eines Daumenabdrucks.

Der kleinere, drahtige Mann mit scharf geschnittenen Gesichtszügen trat vor. Er rückte die dünne Brille auf der Nase zurecht. »Was ist das denn für ein Schloss?«

Der Größere zuckte mit den Schultern, bevor er den Daumen darauf drückte. Das Gerät gab ein dumpfes Summen von sich – sonst nichts. Kein Klicken, kein Entriegeln. Stille.

»Ein elektronisches Schloss?«, mutmaßte der Kleinere.

»Tja, egal, ich weiß, wie man mit Schlössern umgeht.« Der Größere fasste in die Jacke und holte einen für dicke Ketten gedachten Bolzenschneider hervor. »Jedenfalls werd ich hier nicht rumstehen und mich fragen, ob wir das richtige Paket haben oder nicht.«

Mit einem harten Knacken durchtrennte er das Kabel. Das Netz sprang leicht auf und entfaltete sich.

Schließlich fiel es ab und enthüllte ein Gemälde in einem vergoldeten Rahmen.

Der kürzer geratene Mann legte die größere Taschenlampe beiseite, holte ein kleineres, stiftförmiges Modell aus der Tasche und ließ dessen Strahl über die Oberfläche der Leinwand gleiten. Während der methodischen Bewegungen schlich sich zunehmende Verblüffung in seine Miene.

Der größere Mann rückte näher und verengte die Augen zu Schlitzen. »Ist es das, was ich denke?«

»Das kann nicht sein ...« Der Kleinere verstummte fassungslos.

»Also eine Fälschung?« Die Stimme des Größeren wurde gefährlich leise.

»Moment«, zischte der Kleinere. Der UV-Strahl verharrte an einer Stelle, an der Licht und Schatten geradezu beunruhigend realistisch miteinander verschmolzen. *Sfumato* – der rauchige Übergang von Farbtönen, so raffiniert umgesetzt, dass er unwillkürlich schwer schluckte. »Diese Technik ... Wenn das hier authentisch ist, sollte es unter Panzerglas im Louvre sein, statt in einem Lagerhaus herumzuliegen.«

Er fuhr mit dem Lichtstrahl über die Zierkante des Rahmens. Ein kurzer metallischer Laut ertönte.

Beide Männer versteiften sich und hielten abrupt den Atem an.

Die Hand des Größeren wanderte zu der Pistole in seiner Jacke. »Was zum Teufel war das?«

Ein waberndes Zerrbild schimmerte über der Oberfläche des Gemäldes. Dann setzte ein Zischen ein, scharf wie Glasscherben. Der größere Mann taumelte mit einem feuchten Husten rückwärts. Seine Beine knickten ein, während er röchelnd mit den Händen nach Luft zum Atmen krallte.

Der Kleinere ächzte und hielt sich mit vorquellenden Augen die Kehle. Seine Stablampe landete klappernd auf dem Boden und rollte weg. Ihr hektischer Lichtstrahl zeichnete unregelmäßige Muster an die Wände. Auch er röchelte, und seine Nägel bohrten sich in den Hals. Blut benetzte seine Fingerspitzen, während wilde Krämpfe seinen Körper durchzuckten.

Dem Größeren, dem es genauso erging, lief schaumiger, rötlicher Speichel aus dem Mund. Nach wenigen Sekunden lagen beide still.

Das Gemälde landete mit einem endgültig klingenden, widerhallenden Pochen auf dem Betonboden. Der geschnitzte, vergoldete – und tödliche – Rahmen schimmerte im flackernden Licht.

Es folgte ein Moment unnatürlicher Stille, untermalt allein vom dumpfen Brummen eines Schiffsmotors draußen. Das entfernte Boot fuhr weiter, ohne etwas von den beiden abkühlenden Leichen in der Umgebung zu ahnen.

Das Gemälde blieb im Halbdunkel dort liegen, wo es gelandet war, ein düsteres Vorzeichen für etwas weitaus Gefährlicheres als Kunst.

Manhattans Upper East Side – Das *Helmsley Arms*

Levi Yoder schob die reich verzierten Glastüren des *Helmsley Arms* auf. Kühle, klimatisierte Luft wehte ihm entgegen. Die Lobby war auf Hochglanz poliert. Weiße Marmorböden schimmerten unter Kristallleuchtern, Salonsessel verströmten einen leichten Geruch von Reinigungsmittel mit Kieferduft und Leder. Es fühlte sich an, als beträte man eine andere Welt – altes Geld, alte Familien, alte Schulden.

Hinter einem unscheinbaren Sicherheitsschalter an der Seite saß Dominic Russo – breite Brust, zurückgegeltes Haar und ein dichter Schnurrbart, der irgendwann in der Vergangenheit angesagt gewesen sein mochte. Auf Englisch mit starkem Akzent rief er: »Levi! Hier drüben! Ich hab ’ne Nachricht für dich.«

Levi hob die Papiertüte in seiner Hand an. »Dom, mein Freund, ich komme mit Geschenken.«

Grinsend holte er eine kleinere Tüte mit dem aufgedruckten Logo von Nonnas Bäckerei hervor und stellte sie auf die Theke. »Frische Cannoli für alle, die gerade Schichtdienst haben.«

Dominic tippte sich auf die Brust. »Sieht dir ähnlich, dass du an mich denkst.« Ein Goldzahn blitzte im Licht der Deckenbeleuchtung auf. »Aber hör mal, Frankie hat gesagt, der Don will dich oben sehen. Muss wohl um was Wichtiges gehen.«

Levi warf einen Blick auf sein Telefon. *Ein verpasster Anruf.* Er musste ihn während der Fahrt mit der U-Bahn erhalten haben, dort war der Empfang immer lückenhaft. Levi steckte das Handy weg. »Verstanden.« Mit einem freundschaftlichen Winken zu Dominic steuerte er auf die Reihe der messinggetäfelten Aufzüge zu.

Ein UPS-Fahrer eilte mit den Armen voller Pakete herein. Dominic wandte ihm die Aufmerksamkeit zu und blaffte Anweisungen. Die Fahrstuhltüren öffneten sich mit einem leisen Bimmeln. Levi stieg ein und drückte den Knopf für die oberste

Etage. Auf dem Weg nach oben rollte er die Schultern und versuchte, eine vage Anspannung zu lockern. Der verpasste Anruf hatte von Vinnie persönlich gestammt, und er konnte es nicht ausstehen, zu telefonieren. Irgendetwas war eindeutig im Busch.

Penthouse-Flur

Zwei Männer der Größe von Kühlschränken standen zu beiden Seiten der geschnitzten Doppeltür zum Penthouse Wache. Kaum hatten sie Levi bemerkt, murmelte einer etwas in ein Mikrofon an seiner Manschette. Danach öffnete er die Tür einen Spalt und bedeutete Levi mit einem Nicken, einzutreten. »Der Don hat gesagt, du sollst dich schon mal setzen, Levi. Er kommt gleich.«

Der geräumige Salon hinter der Doppeltür war eine beeindruckende Mischung traditioneller Opulenz und moderner Akzente – Ledersofas, antike Tische, ein knisternder Kamin, in der Luft ein wenig Rauch und der Geruch von abgelagertem Holz. Auf einer Seite stand eine große Marmorstatue, eine exakte Kopie der Venus von Milo, die mit ihrer zeitlosen Anmut Aufmerksamkeit gebot.

Als Levi zum Kamin ging, fiel sein Blick auf ein gerahmtes Foto auf dem Sims, das sein Herz berührte.

In seinem Kopf liefen Erinnerungen als Abfolge stummer Bilder ab. Das Foto zeigte einen jüngeren Levi, einen jüngeren Don Vincenzo – Vinnie –, eine Blondine, die Vinnie heiraten sollte ... und Mary, Levis vor vielen Jahren verstorbene Frau. Lippenstiftabdrücke verschmierten das Glas an zwei Stellen, einmal über Levis Kopf, einmal über dem von

Vinnie. Die Aufnahme war am Jennings Beach entstanden – vom Wind zerzaustes Haar, von der Sonne gerötete Nasen, und bei Mary umwirbelte die schwarze Mähne ein unbekümmertes Grinsen.

Es schmerzte, das Foto zu betrachten. Nicht nur, weil er nie völlig über Marys Tod hinweggekommen war, sondern auch, weil es ihn daran erinnerte, dass Vinnie und er gleich alt waren. Während Levi dort stand, fiel ihm auf, dass Vinnie merklich älter wirkte – Grau an den Schläfen, tiefere Falten um die Augen. Levi hingegen sah ein Jahrzehnt – vielleicht sogar zwei – jünger aus. Er wusste, woran es lag, allerdings bereitete es ihm Unbehagen, es sich einzugestehen, und seine Brust zog vor Schuldgefühlen zusammen.

»Levi!«, dröhnte Vincenzo Bianchis Stimme vom unscheinbaren Eingang des Salons herüber. Die Arme zur Begrüßung weit ausgebreitet, trat er ein. Trotz der silbrigen Strähnen im Haar und der Falten im Gesicht besaß er eine imposante Ausstrahlung. Levi drehte sich um und rang sich ein Lächeln ab, als Vinnie ihn in eine herzliche Umarmung zog und ihm nach alter italienischer Art beide Wangen tätschelte.

»Verdammt«, sagte Vinnie und trat einen Schritt zurück, um ihn zu mustern. »Du siehst jedes Mal besser aus, wenn wir uns treffen. Keine Ahnung, was du machst, aber es wirkt.«

Levi zuckte verhalten mit den Schultern. Die Äußerung ging ihm tiefer unter die Haut, als er sich anmerken ließ. »Du wolltest mit mir reden?«

Vinnie bemerkte Levis Einkaufstasche und warf einen Blick hinein. »Ah, du warst im alten Viertel.« Er tätschelte Levis flache Mitte. »Wenn du dir genug von Nonnas Desserts reinziehst, bekommst du vielleicht endlich 'nen Bauch.«

Schmunzelnd schüttelte Levi den Kopf. »Das ist nicht für

mich. Alicia kommt heute Abend in die Stadt, und ich dachte mir, sie wird sich über was Süßes freuen.«

»Sie ist eine wunderbare junge Frau«, meinte Vinnie nickend. »Klug, einfallsreich. Ich kann mich noch gut an sie als Kind erinnern. Hat sich immer verhalten, als wäre sie zehn Jahre älter.« Er warf Levi einen wissenden Blick zu. »Ähnlich wie jemand anders, den ich kenne.« Er deutete mit dem Kopf in Richtung eines verzierten Schreibtischs am anderen Ende des Raums. »Komm mit. Lass uns reden.«

Levi folgte ihm. Die Wärme vom Kamin verlieh dem weitläufigen Raum ein gemütliches Flair, obwohl er die von Vinnie ausgestrahlte Anspannung spürte. Irgendetwas stimmte nicht. Sobald sie sich niedergelassen hatten – Levi auf einem Ledersessel, Vinnie hinter dem Schreibtisch –, schenkte sich der Don aus einer Kristallkaraffe großzügig bernsteinfarbenen Alkohol ein.

»Ist mal wieder einer dieser Tage«, murmelte er, stürzte den Drink hinunter und füllte das Glas erneut. »Normalerweise trink ich ja nicht so, aber manchmal, tja ...« Er verstummte und stützte beide Ellbogen auf das polierte Holz. »Wir haben zwei unserer Männer verloren – Vito Maniscalco und Carmine Ricci.«

Levis Magen krampfte sich zusammen. »Tot?«

Vinnie nickte mit verbissener Kieferpartie. »Heute Morgen. Sie sind los, um eine Lieferung aus dem Red Hook-Lagerhaus abzuholen – von dem russischen Kontakt, zu dem du für uns die Verbindung hergestellt hast.«

Levi presste die Lippen zu einer schmalen Linie zusammen und nickte ebenfalls. Sofort hatte er das Bild von Oleg Scharkow vor dem geistigen Auge, einem jungen russischen Mafioso, den er vor langer Zeit kennengelernt hatte. Er gehörte zu den Leuten, die vom Fall des Eisernen Vorhangs profitiert hatten, und unterhielt Kontakte sowohl zur russischen Regierung als auch zu den zwielichtigen Kreisen, die in dem Land wirklich den Ton angaben.

»Also, ich komme gleich zur Sache ...« Vinnie schwenkte seinen bernsteinfarbenen Drink im Glas. »Anscheinend kennt dieser Scharkow bestimmte Personen, die gewusst haben, wo bestimmte ›interessante Objekte‹ hinter dem Eisernen Vorhang gelagert waren – Kriegsbeute der Nazis.«

»Und Scharkows Leute haben sie gefunden?«

»Genau.« Vinnie richtete zur Betonung den Zeigefinger auf ihn.

Die Tragweite von Vinnies Worten verblüffte Levi. Es war allseits bekannt, dass die Nazis die Hälfte der europäischen Kunstschätze geraubt hatten. Nur ein Bruchteil davon war je sichergestellt worden.

»Unsere Organisation sollte gewissermaßen eine Vermittlerrolle einnehmen.«

Levi nickte. Er wusste genau, was der Don meinte. Die Familie Bianchi sollte als Hehler auftreten, indem sie kaufte und verkaufte, was gesetzlich als Diebesgut galt.

»Wir sollten dabei helfen, einen Teil davon herzuschaffen, einen Nachweis über die Herkunft zu erbringen und dann für uns alle ein Vermögen damit zu erzielen.« Vinnie verstummte kurz. Ein verbitterter Ausdruck wanderte über sein Gesicht. »Heute war die erste Lieferung. Jetzt habe ich zwei Tote und ein Gemälde in einer Kiste. Es ist in einem sicheren Unterschlupf in der Nähe.«

»Also glaubst du ...« Levi wählte die nächsten Worte mit Bedacht. »Du glaubst, die Russen haben uns über den Tisch gezogen?«

»Wäre möglich«, erwiderte Vinnie mit unheilvollem Unterton. »Oder vielleicht haben sie auch nichts damit zu tun, und uns hat jemand anders aufs Kreuz gelegt. Ich weiß nur, dass unmöglich zwei meiner Männer mitten bei einer Abholung ’nen Herzinfarkt erlitten haben können. Du musst für mich rausfinden, was es mit der Lieferung auf sich hat, *capisce?*«

»Klar, kein Problem. Was ist mit Vito und Carmine? Hatten sie wirklich beide einen Herzinfarkt?«

»Wissen wir noch nicht.« Vinnie schwenkte wegwerfend die Hand. »Einer unserer Leute bei der Gerichtsmedizin gibt uns Bescheid, sobald man etwas weiß.« Er zeigte auf Levi. »Geh und rede mit Frankie. Er sagt dir, wo das Gemälde aufbewahrt wird. Und falls du ins Lagerhaus musst, um irgendwas zu untersuchen, gibt er dir die nötigen Infos.«

»Vinnie, geh ich recht in der Annahme, dass du sofort Antworten brauchst?«

Der Don zögerte kurz, die Lippen leicht verkniffen. Schließlich schüttelte er den Kopf. »Ich weiß, dass deine Kleine heute Abend kommt. Du kannst ...«

»Mach dir wegen Alicia keine Gedanken. Tatsächlich wollte ich dich fragen, ob’s dir was ausmacht, wenn ich sie mitnehme. Du weißt ja, dass sie die Ausbildung beim FBI absolviert, und ich bin mir ziemlich sicher, dass sie allmählich genug vom Outfit hat. Ich weiß, dass es sie juckt, sich als Ermittlerin selbstständig zu machen. Deshalb könnte es nicht schaden, wenn sie mich begleitet. Und sie könnte sich durchaus als nützlich erweisen.«

Don Bianchi legte den Kopf schief und bedachte Levi mit einem wissenden Grinsen. »Sie ist ’ne anständige junge Frau, Levi – und blitzgescheit. Aber ich muss dich wohl nicht daran erinnern, dass sie nicht zu uns gehört.«

»Natürlich nicht, und dieses Leben will ich auch nicht für sie. Wie du gesagt hast, sie ist eine anständige junge Frau. Ich hab erfahren, was sie mit Tony gemacht hat, und den Mumm würde ich gern mit eigenen Augen sehen, wenn du verstehst, was ich meine. Fällt mir schwer, mir mein kleines Mädchen dabei vorzustellen. Aber wenn Alicia so was drauf hat, könnte sie auf unerwartete Weise nützlich werden. Fühlt sich für mich nach einer günstigen Gelegenheit an, herauszufinden, wozu sie wirklich fähig ist.«

Nach kurzem Schweigen nickte der Don knapp. »Na schön. Rede zuerst mit Frankie und hol dir die Infos, wo das Paket ist. Grüß Alicia von mir, zieh mit ihr los und tu, was du musst. Mehr brauche ich nicht zu wissen, bis du Antworten hast.«

Levi stand auf und knöpfte sein Jackett zu, bevor er seinem besten Freund zunickte. »Ich melde mich, sobald ich was Handfestes habe.«

»Niemand schaltet ungestraft zwei unserer Leute aus. Levi, ich brauche Namen.« Ohne den Blick von Levi zu lösen, stürzte der Don seinen zweiten Drink hinunter. »Du hast meine Erlaubnis, dafür alles zu tun, was nötig ist. Und mir ist egal, wohin es führt.« Damit deutete er zum Ausgang des Salons und schenkte sich einen dritten Drink ein.

Flimmernde Leuchtstoffröhren erhellten den versteckten Arbeitsraum im hinteren Bereich von *Gerard's*, der vor Regalreihen mit Elektronik und verschiedenen Gerätschaften strotzte. Levi lehnte sich auf dem Stuhl zurück, während er auf Alicias Ankunft wartete. Der Geruch von Speiseöl und Bier hing schwach in der Luft und erinnerte daran, dass sich nur sechs Meter hinter dem Eingang die Kneipe des Viertels befand.

Die einzige Tür zu dem Raum gab einen Piepton von sich. Levi stand auf. Ein Lächeln trat in seine Züge, als seine Adoptivtochter Alicia eintrat. Sie hatte keine Ahnung, dass er dort sein würde. So hatte er es gewollt, weil er wusste, dass es ein entscheidender Moment in ihrem Leben werden würde – und er wollte ihre Reaktion persönlich miterleben.

»Herzlichen Glückwunsch! Du hast deine erste unabhängige Mission erfolgreich abgeschlossen«, begrüßte er sie und breitete die Arme aus, um sie zu drücken. »Ich bin stolz auf dich.«

Sofort bemerkte er, wie sich Risse in ihrer Fassung zeigten – ein leichtes Beben der Unterlippe, bevor sie in seine Umarmung trat. Als sie zu schluchzen anfing, hielt er sie fest und wünschte, er könnte sie vor allem Unheil abschirmen. Doch als er die junge Asiatin damals auf der Straße entdeckt hatte, war ihm auf Anhieb klar gewesen, dass sie anders war – fürsorglich, aber ausgebufft, immer in der Lage, sich irgendwie durchzuschlagen.

»Ich wusste gar nicht, dass du zurück bist«, sagte sie unter Tränen, die Stimme gedämpft an seiner Schulter.

»Eben erst angekommen.« Er löste sich von ihr, legte ihr die Hände auf die Schultern und musterte sie. »Weißt du schon, was du jetzt tun willst?«

Unwirsch wischte sich Alicia die Tränen mit dem Handrücken weg und räusperte sich. Sie schämte sich sichtlich dafür, dass sie Verletzlichkeit zeigte.

Levis langjähriger Weggefährte Denny, dem er bedingungslos vertraute, reichte ihr eine Schachtel Taschentücher, bevor er sich zum anderen Ende des Raums zurückzog, um ihnen ein wenig Privatsphäre zu lassen. Levi bemerkte, wie Alicia die Taschentücher umklammerte, als hätte sie Mühe, sich zusammenzureißen.

»Was meinst du?«, fragte sie und tupfte sich die Augen ab.

Auf einem Stuhl neben dem Tisch lag seine Aktentasche. Er zeigte darauf. »Na ja, ich weiß, dass du Zweifel wegen dem

Outfit hast. Darüber wirst du eine Entscheidung treffen müssen. Und glaub mir, ich kann deine Bedenken verstehen, ganz gleich, was du beschließt. Mir hat Mason auch schon mal angeboten, voll einzusteigen. Ich hab mich dagegen entschieden. Mir ist meine Freiheit lieber. Ich bin ungern jemandem Rechenschaft schuldig.«

»In gewisser Weise bist du ja an eine andere Organisation gebunden.« Alicia bedachte ihn mit einem schiefen Grinsen.

Sie war nicht naiv. Obwohl Levi seine Verbindung zur *Cosa Nostra* nie offen zugegeben hatte, kannte sie genug seiner früheren und derzeitigen Weggefährten, um es sich zusammengereimt zu haben. Sie erkannte die Handschrift der Mafia.

Levi ging über die Bemerkung hinweg und blieb beim eigentlichen Thema. »Wie sehen deine Pläne aus?«, hakte er nach.

Mit nachdenklicher Miene schürzte Alicia die Lippen. Levi konnte förmlich beobachten, wie sich die Rädchen in ihrem Kopf drehten, während sie überlegte. Das bewunderte er an ihr – dass sie nicht überstürzt antwortete, sondern zuvor jede Möglichkeit sorgfältig abwog.

»Um ehrlich zu sein, Dad, gefällt mir die Vorstellung, flexibel und frei zu sein, wie du es beschreibst. Trotzdem bin ich mir unsicher. Ich hab noch keine Ahnung, was es bedeutet, freiberuflich zu arbeiten. Vor allem die wirtschaftliche Seite daran durchschaue ich überhaupt nicht.«

Levi nickte. »Das sind berechtigte Bedenken.«

Sie deutete mit dem Daumen in Dennys Richtung. »Er hat mir bei meinen Einsätzen im Ausland *dermaßen* geholfen, dass ich ihm inzwischen wahrscheinlich zig Tausend Dollar schulde.«

»Millionen!«, ertönte Dennys Stimme, gefolgt von einem pfeifenden Lachen.

»Siehst du?« Mit einem verhaltenen Lächeln zuckte Alicia

die Schultern. »Millionen. Abgesehen von dem Geld, das Tony mir als Vorschuss für das merkwürdige kleine Abenteuer gegeben hat, hab ich keine großen Ersparnisse. Und wo kriege ich Kunden her? Ich weiß einfach nicht ...«

»Alicia, warte kurz.« Levi bedeutete ihr zu schweigen. »Natürlich scherzt Denny mit den ›Millionen‹, aber lassen wir mal das Geld beiseite. Ehrlich gesagt, war ich mir nicht sicher, ob du für Arbeit dieser Art geeignet bist. Dabei kann's manchmal ziemlich hässlich zugehen.«

Levi schaute in Dennys Richtung. Obwohl sich mehrere Regalreihen zwischen ihnen und dem Elektronikgenie befanden, senkte Levi die Stimme. Auch wenn er Denny vertraute, *Familienangelegenheiten* waren eine eigene Geschichte. Er wandte sich wieder Alicia zu, beugte sich näher zu ihr und fuhr im Flüsterton fort. »Tony hat mir erzählt, was ihr bei Don Vianello gemacht habt. Der Trick, den du übers Handy mit der Schwester dieses Attentäters abgezogen hast. Aber könntest du dasselbe auch tatsächlich tun? Wärst du in der Lage, jemanden zu verletzen, wenn es sein muss?«

Alicias Augen wurden groß. Sie setzte zu einer Erwiderung an, ehe sie den Mund zuklappte und stirnrunzelnd ihre Antwort überdachte.

Ihr Zögern sprach Bände.

Als sie schließlich das Wort ergriff, klang ihre Stimme zwar fest, allerdings von Emotionen gefärbt. »Ich glaube nicht. Höchstens, wenn ich felsenfest davon überzeugt bin, dass es die Person verdient hat. Aber Unschuldige foltern, um an Informationen zu kommen ... Nein, das könnte ich nicht. Und wenn es um noch so viel Geld ginge.«

»Gut.« Levi lächelte und spürte, wie Anspannung aus seinem Nacken und seinen Schultern abfloss. Er war sich nicht völlig sicher gewesen, was sie antworten würde. »Ich nämlich auch nicht«, stellte er klar. »Du bist ein kluges Mädchen. Und so, wie Tony es beschrieben hat, scheinst du mit Druck gut umgehen zu können. Deshalb ein Vorschlag.«

Als er die Aktentasche öffnete, kamen geordnete Bündel aus makellosen Hundertdollarscheinen zum Vorschein. Ihre Augen wurden groß, eine unmittelbare, instinktive Reaktion. Obwohl sie die Schultern rasch wieder lockerte, erkannte er flüchtig Anspannung darin, die ihre Überraschung verriet – wie ein Reflex auf einen leichten Stromschlag.

»Das ist dein Startkapital für die Selbstständigkeit«, sagte er. »Es gehört dir, unabhängig davon, wie du dich entscheidest. Auch, wenn du doch nicht freiberuflich arbeiten willst. Du und deine Schwestern wissen es zwar nicht, aber ihr bekommt zu eurem 30. Geburtstag alle eine solche Aktentasche als Erbe. Wenn du etwas Eigenes starten willst, finde ich, du solltest deine schon etwas früher haben. Das verschafft dir Zeit, die wirtschaftliche Seite in den Griff zu bekommen und eine eigene Vereinbarung mit Denny auszuhandeln. Vielleicht auch mit anderen Leuten, die ich dir vorstellen kann. Was hältst du davon?«

Leise schnappte sie nach Luft, während sie das Geld anstarrte. »Was ist mit dem Outfit?«

»Vergiss den Vollzeitjob dort«, riet Levi ihr mit einer abwiegelnden Geste. »Das wird Mason zwar nicht gefallen, aber ich rede mit ihm und führe ihm die positiven Aspekte daran vor Augen. So kannst du von beidem profitieren.« Er schob die Aktentasche näher zu ihr. »Na? Was sagst du?«

Ein Lächeln hellte Alicias Züge auf – dasselbe Lächeln wie damals, als er ihr mitgeteilt hatte, dass er sie adoptieren wollte. Noch bevor sie das Wort ergriff, konnte er beobachten, wie sich die Entscheidung in ihren Augen festigte.

»Nicht zu fassen, dass ich es wirklich ausspreche, aber ich denke, ich will mich selbstständig machen. Nein, ich denke es nicht, ich bin davon überzeugt. Und danke für alles, was du schon für mich getan hast und immer noch tust. Ich sage es vielleicht nicht oft genug, aber ich hab dich lieb, Dad.«

Ein Anflug von Wärme durchströmte Levi, obwohl er es hinter einer ungerührten Fassade verbarg. Mehr Worte waren nicht nötig – sie wusste, wie er empfand.

Alicia beugte sich vor und drückte ihm einen Kuss auf die Stirn, wie es sonst er bei ihr tat. »Morgen rufe ich Mason an und sage ihm, dass ich eine andere Form der Zusammenarbeit möchte.«

»Gut. Dann hätten wir das geklärt. Ich habe Arbeit für uns.« Levi bedachte sie mit einem schiefen Lächeln. Schließlich schaute er an ihr vorbei und setzte eine fragende Miene auf. »Wo ist dein Kater? Ich dachte, der wäre immer an deiner Seite.«

Sie folgte seinem Blick und schüttelte den Kopf. »Eine Nachbarin hat sich meine Katzenbox geliehen, und die Leute im Acela mögen's nicht, wenn ich ihn auf dem Arm trage. Als würde er den Zug entführen oder so. Jedenfalls ist er bei der Nachbarin. Bagel nervt gern ihren Hund und ... Sag mal, was hast du damit gemeint, dass du Arbeit für uns hast?« Sie legte den Kopf schief und musterte ihn mit argwöhnischer Miene. »Etwa heute Abend?«

Levi nickte. »Wenn ich mich recht erinnere, hattest du in Princeton auch Kunstunterricht, oder?«

»Ja ...« Sie sprach das Wort gedehnt aus. Ihr Misstrauen wandelte sich langsam in einen belustigten Ausdruck. »Warum fragst du?«

Levi wandte sich ab und rief zu Denny: »Alicia und ich sind

dann mal weg. Ich könnte dich heute Abend vielleicht noch brauchen. Bist du später erreichbar?«

»Du kennst mich doch. Ich bin immer erreichbar. ♪♪ Just call my name, and I'll be there ♪♪.«

Alicia stöhnte, als Denny den letzten Teil seiner Antwort sang. »Einen Hang zu Kitsch hatte ich bei dir schon vermutet. Trotzdem hätte ich nie gedacht, dass du aus 'nem Song von Mariah Carey zitieren würdest.«

»Mariah? Ach, du junges, ahnungsloses Ding. Das ist von den Jackson 5, merk dir das.«

»Okay, genug Musikunterricht.« Levi schnaubte und schüttelte den Kopf. »Lass dein Handy an. Wir hören uns später.« Er bedeutete Alicia, ihm zu folgen, und steuerte auf den Eingang des Arbeitsraums zu.

Als Levi die Tür öffnete, schaute er über die Schulter zu seiner Tochter und fragte: »Übrigens, wie ist dein Russisch?«

KAPITEL ZWEI

Ein kalter Wind fegte durch Manhattans Schluchten aus Glas und Stahl, als eine dunkle Limousine an den Straßenrand rollte. Ihr Uber war eingetroffen. Alicia stieg zuerst hinten ein. Der beißende Geruch von Desinfektionsmittel und der Mief von schalem Zigarettenrauch, der sich im Wagen eingenistet hatte, umfingen sie. Aus den Lautsprechern dudelte eine Rockballade aus den 1980-ern. Ihr Vater Levi folgte ihr und zog die Tür mit einem gedämpften Pochen zu. Draußen kräuselte sich ein dünner Nebel um die Straßenlaternen und brachte die Lichter der Stadt leicht zum Wabern.

»Drehen Sie die Musik lauter, ja?«, ersuchte Levi, beugte sich vor und sah den Fahrer im Innenspiegel an. Obwohl er völlig ruhig sprach, schwang in seiner Stimme unterschwellig Autorität mit. Der Fahrer reagierte mit einem knappen Nicken und drehte am Lautstärkeregler. Ein E-Gitarren-Riff dröhnte aus den Lautsprechern und hallte umhüllt von wummernder Bassbegleitung um sie herum wider.

Levi senkte den Kopf und lehnte sich dicht zu Alicia. »Sprich leise«, flüsterte er. Sein Atem wärmte in der kalten Winterluft ihr Ohr. Der Duft seines Parfüms – würzig und ledrig – wehte ihr entgegen, zugleich vertraut und seltsam beunruhigend. Der Fahrer drehte leicht den Kopf, als er losfuhr. Er murmelte etwas vor sich hin, was jedoch in der Lautstärke der Musik unterging.

Alicia verlagerte auf dem Sitz das Gewicht. Das abgenutzte Leder quietschte unter ihr. Sie strich mit den Fingerspitzen über einen kleinen Riss in der Polsterung – eine alte Angewohnheit, um sich zu beruhigen –, während sie darauf wartete, dass ihr Vater fortfuhr. Für sie war unübersehbar, wie sein Verstand auf Hochtouren arbeitete, während sein Blick aufmerksam zwischen ihr und der Umgebung hin und her wechselte. Neonlichter vorbeiziehender Schaufenster flimmerten über das maßgeschneiderte Jackett ihres Vaters und offenbarten die Sorgenfalten in seinen Zügen. Wegen irgendetwas war er angespannt, was sie nervös werden ließ. So fokussiert hatte sie ihn noch selten erlebt.

»Wir haben zwei Tote«, flüsterte er, kaum hörbar über den wuchtigen Gitarrenklängen und dem gedämpften Lärm des Stadtverkehrs. »Laut Vinnie hat man sie in einem Lagerhaus in Baltimore ohne offensichtliche Anzeichen eines Kampfs gefunden.«

Alicia bemerkte ein Flackern in den Augen ihres Vaters, ein Hinweis auf Unbehagen, der ihr Herz einen Schlag aussetzen ließ. Als sie tief einatmete, schnappte sie eine Mischung aus Hotdog-Geruch von einem nahen Verkaufsstand und schmelzendem Schnee auf, die durch das halb geöffnete Fenster hereinwehte. »Okay«, erwiderte sie leise und beugte sich zu ihm. Diese Unterhaltung war schlagartig todernst geworden.

Levi holte ebenfalls tief Luft und stieß sie langsam aus. »Das Einzige in ihrer Nähe war eine Transportkiste. Eingetroffen aus Russland, anscheinend von einem neuen Geschäftspartner, der sich allerdings noch kein besonderes Vertrauen verdient hat, wenn du verstehst, was ich meine.«

Sie nickte mit dem Wissen, dass ihr Vater Einzelheiten wegließ, die so gut wie sicher mit seiner Verbindung zur Mafia zu tun hatten.

»Jedenfalls fahren wir zur Vorbereitung erst zu mir nach Hause. Frankie hat die Kiste samt Inhalt an einem Ort verwahrt, wo wir sie untersuchen können. Setz dafür deine kriminaltechnische Denkkappe auf, ja?«

Ein Trommelwirbel erschütterte die Lautsprecher im Fahrzeug und überdeckte, dass Alicia der Atem stockte. Ihre Gedanken überschlugen sich. Russland. Kunst. Tote. »Was war in der Kiste?«, fragte sie leise.

»Ein Gemälde. Angeblich«, antwortete Levi und zögerte. »Das ist alles, was ich weiß – mehr konnte Frankie mir nicht sagen. Ich bezweifle, dass es außer den zwei Toten irgendjemand gesehen hat. Wir müssen vorsichtig sein.«

Alicia flüsterte: »Dad, glaubst du, die Kiste oder ihr Inhalt ist dafür verantwortlich, dass sie gestorben sind?«

Er zuckte mit den Schultern. »Wenn man nicht genügend Informationen für eine fundierte Schlussfolgerung hat, muss man vom Schlimmsten ausgehen.« Ihr Vater warf einen Blick zum Fahrer, der sich auf den Verkehr konzentrierte, bevor er eine Braue hochzog und fragte: »Was wäre für dich der schlimmstmögliche Fall?«

Alicia presste die Lippen zusammen, während ihr Verstand auf Hochtouren arbeitete. Sie ließ ihre Vorstellungskraft die Möglichkeiten durchspielen. »Hast du gesagt, die Männer haben die Kiste geöffnet, bevor sie umgekommen sind?«

»Erwähnt habe ich es nicht, aber so ist es mir geschildert worden.«

Alicia verengte die Augen zu Schlitzen und schüttelte den Kopf. »Vielleicht ist in die Kiste irgendeine Falle eingebaut, die sie ausgelöst haben. Oder vielleicht an dem Gemälde selbst – könnte es mit einem Nervengift beschichtet sein?«

Ihr Vater zuckte mit den Schultern. »Keine dieser Möglichkeiten ist ausgeschlossen.«

Ein Schauder raste Alicia über den Rücken. »Vielleicht sollte so unser erster Schritt aussehen – umfassende Schutzausrüstung in der Annahme, dass wir es mit irgendeinem üblen Zeug an der Kiste oder am Gemälde selbst zu tun haben. Für den Ansatz würde ich mich wohl entscheiden.«

»Okay.« Er nickte ohne einen Kommentar darüber, was er von der Idee hielt. »Wir gehen nach deinem Vorschlag vor.«

»Äh, Dad ... hast du denn Ausrüstung der Art, die ich meine? Du weißt schon, Schutzanzüge Typ 1 oder zumindest 2?«

Schmunzelnd zwinkerte ihr Vater ihr zu. »Du wärst überrascht, was für Spielzeug ich gebunkert habe.«

Das schäbige Uber-Fahrzeug bog in die Park Avenue ein. Vor ihnen zeichnete sich die Pracht der Upper East Side ab. Das rhythmische Klacken der Reifen über glatten Asphalt dröhnte durch den Wagen.

Vor dem *Helmsley Arms* fuhren sie rechts ran. Die Stille, als der Fahrer die Musik ausschaltete, fühlte sich ohrenbetäubend an. In der relativen Ruhe der nächtlichen Stadt hörte sich Alicias Herzschlag laut für sie an.

»Wir sind da«, verkündete der Fahrer. Eine große Gestalt näherte sich der Hintertür auf der Beifahrerseite.

Mit einem mechanischen Schnapplaut wurde sie entriegelt, und jemand öffnete sie von außen. Ein kalter Luftzug wehte herein und roch nach nassem Beton und leicht nach gerösteten Nüssen von einem entfernten Verkaufskarren.

Ein vertrautes Gesicht spähte in den Fond, und Alicia lächelte. »Hi, Tony!«

»Wie geht's dir, Prinzessin?«, erkundigte sich Tony Montelaro mit einem New Yorker Akzent. Er trat zurück und ließ ihren Vater aussteigen, bevor sie einander mit einem gegenseitigen Schulterklopfen begrüßten.

Schließlich stupste ihr Vater Tony und sagte: »Gib dem Fahrer ein bisschen Trinkgeld. Alicia und ich haben was zu erledigen.«

Alicia stieg schwungvoll aus und folgte ihrem Vater. Hoch über ihnen verloren sich die Türme von Wolkenkratzern in wirbelnden Nebelschwaden. Sogar im regen Zentrum Manhattans erstreckten sich lange, vor Geheimnissen strotzende Schatten, und irgendetwas an dieser Nacht jagte Alicia einen Schauder über den Rücken.

Lichter Nebel rankte sich durch die schmale Gasse und reflektierte den fahlen Schein einer Lampe, die widerwillig flackerte. Levi führte Alicia über den rissigen Bürgersteig zu einer unscheinbaren Stahltür seitlich an einem alten, grauen Gebäude. Auf den ersten Blick wirkte nichts daran bemerkenswert – nur ein weiterer verwahrloster Kellereingang im Labyrinth der Seitenstraßen New Yorks. Levi bemerkte, wie sich Alicia unablässig umsah und aufmerksam auf ihre Umgebung achtete.

Als sie die Tür erreichten, zog er eine schlichte weiße Plastikkarte über eine in die Mauer eingelassene Zugangskontrolle. Einen Herzschlag lang hörte man nur ein leises elektrisches Summen. Dann ertönten ein gedämpfter Piepton und ein schweres Klicken aus dem Stahlrahmen. Alicia sah Levi mit leicht hochgezogenen Augenbrauen an, und er zwinkerte ihr zu. Auch ohne Worte ahnte er, was ihr durch den Kopf ging. Sie war nicht dumm und wusste von seiner Verstrickung mit der Mafia. Und ebenso wenig musste er ihr erklären, dass dieses kleine Abenteuer die Handschrift der Familie Bianchi trug. Die meisten Menschen, sogar seine brillante Tochter, brachten die Mafia nicht mit elektronisch gesicherten Zugängen oder sonstiger moderner Technik in Verbindung.

Vor ungefähr 20 Jahren hätten sie damit auch überwiegend recht gehabt. Seither jedoch hatte sich einiges geändert. Und Levi hatte teilweise dazu beigetragen.

Die beiden traten durch die nunmehr geöffnete Tür ein. Der Korridor dahinter führte hinunter in einen Keller mit eintönigen, steril-weißen Wänden. Als sie dem Gang unten folgten, gingen nacheinander Lichter an. Sie erhellten Betonböden, die frisch poliert wirkten, dennoch rochen sie leicht nach Alter und Industriereiniger. Sobald sie einen Abschnitt passiert hatten, gingen die Lampen hinter ihnen aus und tauchten den Bereich wieder in Dunkelheit. Man spürte unweigerlich, wie sich einem die Nackenhaare sträubten. Es fühlte sich an, als würde man vom Gebäude selbst auf Schritt und Tritt beobachtet.

Um die nächste Kurve gelangten sie zu einer weiteren Tür, wie die erste elektronisch gesichert, aber wesentlich massiver – beinah wie die eines Tresors. Levi gab einen Code ein und brachte erneut seine Karte zum Einsatz. Diesmal ertönte aus dem Schloss ein tieferes, deutlicheres Klacken, ein Anzeichen für die dicke Schallisolierung des Raums dahinter. Im Verlauf der Jahre war er für alle möglichen geheimen Aktivitäten genutzt worden, gelegentlich auch für Verhöre.

Sie betraten den eigentlichen Unterschlupf, eine beengte

Kammer mit niedriger Decke. Die Luft roch abgestanden, als hätte seit Monaten niemand mehr die Tür geöffnet. Levi atmete tief ein und schmeckte etwas darin. Nicht den Kupfergeruch von Blut, das in diesem Raum in der Vergangenheit vergossen worden war, sondern etwas anderes. Die Leuchtstoffröhren an der Decke surrten und gingen flackernd an, erhellten eine Umgebung, die für den Abend als provisorisches Labor dienen würde.

Alicia öffnete den Seesack, den sie bei sich trug. »Dad, ich rieche hier was in der Luft. Ziehen wir uns an, bevor wir näher hingehen.«

Sie reichte ihm ein Bündel, das einen Vollschutzanzug mit eigener Sauerstoffversorgung enthielt, und er begann, ihn anzulegen.

Levi griff sich einen transparenten Plastikbeutel, steckte sein Handy hinein und legte es auf den Boden. Er beobachtete, wie Alicia es ihm gleichtat und ihr Blick dabei unablässig durch den Raum wanderte – methodisch, präzise, wie eine Gerichtsmedizinerin im Einsatz. Stolz regte sich in ihm, als sie die Versiegelungen zwischen den Handschuhen und Stiefeln und dem Anzug doppelt und dreifach kontrollierte.

Sie wandte sich ihm zu und deutete mit dem Finger eine Rotationsbewegung an. *»Dreh dich um, damit ich dich abchecken kann.«* Ihre Stimme drang knisternd aus den winzigen, in den Schutzanzug eingebauten Lautsprechern.

Sie überprüften gegenseitig ihre Anzüge, bevor Levi durch den Raum zu einer mittelgroßen Kiste deutete. »Okay, junge Dame. Sie gehört ganz dir. Dein Auftritt.«

Alicia nickte hinter dem durchsichtigen Visier, und Levi folgte ihr, als sie die schalldichte Kammer durchquerte. In der Mitte stand ein Arbeitstisch mit verbeulter, zerschrammter Metalloberfläche. Darauf ruhte der eigentliche Grund ihrer

Anwesenheit – eine abgenutzte Holzkiste. Vorn prangten in schwarzer kyrillischer Schrift die Worte *Red Horizon Transport.* An den gesplitterten Kanten standen Nägel in schrägen Winkeln ab. Alicia fuhr die Buchstaben mit einer behandschuhten Fingerspitze nach, wischte sie sorgfältig mit einem Tupfer ab und verstaute ihn in einem kleinen, widerverschließbaren Plastikbeutel. *»Ich nehme von allem Proben«*, erklärte sie. *»Oberseite«*, fügte sie murmelnd hinzu. Ihre Stimme drang knisternd durch Levis Helm.

Gewissenhaft beschriftete sie die Tüte. Levi betrachtete ihre entschlossene Haltung. Ihre flinken, selbstsicheren Handgriffe erinnerten ihn daran, wie viel sie in ihrer Zeit beim Outfit gelernt hatte.

Die schwache Deckenbeleuchtung warf einen fahlen Lichtkegel auf die Kiste. Levi verspürte selbst eine grimmige Entschlossenheit, als er sich vor Augen hielt, dass zwei Männer, die er gekannt hatte, wegen dieser Lieferung gestorben waren. Er holte das Brecheisen aus dem Seesack und kündigte an: »Ich helfe beim Öffnen.«

Wer auch immer die Kiste wieder versiegelt hatte, war völlig planlos und eindeutig überhastet vorgegangen – die eine Hälfte der Nägel ragte noch halb aus dem Holz, die andere war verbogen.

Levi machte sich daran, sie herauszuziehen. Dabei achtete er darauf, die Spitzen zu meiden, um seinen Anzug nicht zu beschädigen, und Alicia nicht bei ihrem planvollen Vorgehen zu stören. Der letzte Nagel löste sich mit einem so schrillen Quietschen aus dem Holz, dass es ihm durch Mark und Bein ging. Als er den Deckel anhob, erspähte er darin etwas in mehrere Schichten Luftpolsterfolie Gewickeltes.

»Lass es mich auspacken, damit ich dabei Proben nehmen

kann.« Alicia bearbeitete die Kiste vorsichtig weiter, tupfte jede Schicht der Verpackung ab und entfernte sie erst danach. Ihre behandschuhten Finger bewegten sich mit der geübten Selbstsicherheit einer Sprengstoffexpertin beim Entschärfen einer Bombe. Levi fasste hinein, um das Gemälde zu stützen. Das Plastik quietschte unter seinem Griff. Als die letzte Folienschicht davon abfiel, schien das Neonlicht auf das Bild – und beide schnappten nach Luft.

Es handelte sich um die *Mona Lisa.*

Levi stockte der Atem. Unter allen Meisterwerken der Welt war dieses das wohl bekannteste und am einfachsten erkennbare. Er sah Alicia an und bemerkte ihre vor Ungläubigkeit steife Haltung. »Wie um alles in der Welt kommt die denn hierher?«, murmelte er. Sein Herzschlag beschleunigte sich. Es konnte sich unmöglich um das Original handeln, oder? Er dachte an die Einzelheiten seiner Unterhaltung mit dem Don zurück.

»... Kriegsbeute der Nazis ...«

»Das kann nicht echt sein«, sagte Alicia, klang jedoch weniger sicher, als Levi erwartet hatte. Ihre behandschuhten Finger schwebten nur Zentimeter vor der Leinwand, als würden sie magisch davon angezogen.

»Wahrscheinlich nicht.« Langsam atmete Levi aus und dachte an so manche aufsehenerregende Wahrheit, die ihm in seiner Branche schon untergekommen war.

»Wahrscheinlich?« Alicia drehte sich ihm mit großen Augen zu. *»Wie meinst du das, wahrscheinlich? Das ist das wohl berühmteste Gemälde der Welt. Wenn es gestohlen worden wäre, hätten wir doch mit Sicherheit davon gehört.«*

»Ich habe gelernt, nicht auf Vermutungen zu bauen«, erwiderte Levi und zog eine Augenbraue hoch. »Lass mich mal eben den Teufel an die Wand malen. Bist du schon mal im Louvre gewesen?«

Alicia schüttelte den Kopf. *»Nein.«*

Er schätzte die Größe des Gemäldes ab – ungefähr 75 mal 50 Zentimeter, hätte er gesagt. »Dann weißt du vielleicht nicht, dass es kein wirklich riesiges Bild ist. Es hängt hinter einer Absperrung und kugelsicherem Glas an der Wand. Haufenweise Leute drängen sich darum, es zu sehen. Aber wer kann sagen, ob dort nicht bloß eine Kopie ausgestellt ist?«

Sie warf ihm einen Seitenblick zu. *»Wie soll das mög...«*

»Alicia, ob das Ding echt ist oder nicht, hat für uns im Augenblick nicht die höchste Priorität.« Er deutete auf den Inhalt der Kiste.

Einen Moment lang blinzelte sie heftig, bevor sie knapp nickte. *»Tut mir leid, du hast recht.«* Alicia beugte sich vor, bis sich ihr Gesicht nur wenige Zentimeter vor der Leinwand befand, und tupfte den Rahmen mit schnellen, geübten Bewegungen ab. *»Hier sind definitiv authentische Pinselstriche«,* merkte sie an. *»An der Uni hat man uns beigebracht, wie man Fälschungen erkennt, indem man die Farbschichten untersucht. Aber da die Leinwand in dem Fall auf einer Holztafel ist, können wir nicht überprüfen, ob die Farbe durch ihre Fasern gesickert ist. Dafür wäre eine spezielle Röntgenanalyse nötig.«*

Levi beobachtete, wie sie die Stirn runzelte, als sie mit einem der Tupfer in einem winzigen Loch im vergoldeten Rahmen stocherte, die Probe in einem weiteren durchsichtigen Plastikbeutel versiegelte und diesen beschriftete. »Diese Vergoldung ... sieht zu perfekt aus«, murmelte sie. »Keine Fehler, keine Anzeichen von Handschnitzerei. Alles aus der Renaissance würde zumindest irgendeine Unvollkommenheit aufweisen – hier ist alles makellos symmetrisch. Es könnte echt sein, aber mein Gefühl sagt mir, dass der Rahmen nicht aus der Zeit stammt.«

Bevor Levi etwas erwidern konnte, vibrierte sein Handy in der Tasche. Er tippte auf seinen eingesetzten Ohrstöpsel. »Ja?«

Frankies Stimme ertönte knisternd darin. *»Laut Obduktion sind beide Männer erstickt. Keine Blutergüsse, keine Male von Seilen. Man hat innere Blutungen in den Lungenflügeln gefunden, und die Augen waren blutrot durch irgendwelchen Druck, der sie am Atmen gehindert hat. Levi, was auch immer da passiert ist, es hat sämtliche Blutgefäße in ihren Augen zum Platzen gebracht, also sei vorsichtig. Diese russischen Mistkerle müssen die Hand im Spiel gehabt haben.«*

Levis knirschte mit den Zähnen. »Bin schon dabei, Frankie. Ich melde mich, wenn ich mehr weiß.« Er tippte erneut auf den Ohrstöpsel, kappte die Verbindung und sah Alicia an. Sie bedachte ihn mit einem neugierigen Blick, da sie nur seine Seite des Telefonats gehört hatte. »Riecht alles ziemlich faul«, erklärte er und schaute zu dem Probenstapel in der Nähe. »Habe soeben die Bestätigung erhalten, dass die beiden an Erstickung gestorben sind. Und bevor du fragst – nein, keine offensichtlichen Anzeichen darauf, dass sie physisch angegriffen worden sind.«

Alicia zog die Brauen hinter dem transparenten Visier zusammen, ehe sie mit entschlossener Stimme erwiderte: *»Klingt verdächtig nach irgendeinem Nervengas oder Gift. War irgendwas in ihrem Blutkreislauf?«*

»Davon hat Frankie nichts erwähnt, also nehmen wir vorerst an, dass dem nicht so ist.« Er zeigte auf die Ansammlung versiegelter Plastiktüten. »Sonst noch was, wovon du eine Probe willst?«

»Nein, ich denke, ich bin hier fertig.« Alicia begann, die

kleinen Tüten zu sortieren, und fragte: *»Hast du jemanden, der Gefahrstoffe verarbeiten kann?«*

»Moment.« Er ging zu seinem abgelegten Handy und tippte durch das transparente Plastik eine Nummer – die von Denny. Während er wartete, dass die Verbindung hergestellt wurde, lief er in dem beengten Unterschlupf auf und ab.

»Bin da.«

»Denny, ich hab 'nen Haufen Abstriche, die auf mögliche chemische und oder biologische Gefahrstoffe analysiert werden müssen. Kannst du mir aushelfen?«

Ein statisches Knistern in der Leitung, dann Dennys Stimme. *»Ich habe einen Ansprechpartner bei einem Pharmalabor, der mir vielleicht einen Gefallen tut. Die haben dort 'ne Einrichtung der Sicherheitsstufe 4. Was immer du hast, damit sollten sie es analysieren können. Bring die Proben her, dann arrangiere ich das.«*

»Danke, Kumpel. Alicia und ich kommen demnächst vorbei.«

Levi drehte sich wieder Alicia zu. Sie hatte die wiederverschließbaren Tüten in einer Linie auf dem Tisch angeordnet, jeweils mit dem beschrifteten Etikett nach oben. Er deutete mit dem Kopf darauf. »Pack alles ein. Wir bringen das zu Denny.«

»Okay.« Alicia schaute zu dem Gemälde. *»Was ist mit dem Bild?«*

»Was soll damit sein?« Levi wusste nicht, was sie meinte.

»Mir ist klar, dass wir niemanden fragen können, ob es authentisch ist, aber ich kenne Leute in Princeton, die ich anrufen und nach Prüftechniken für ein 500 Jahre altes Gemälde fragen könnte. Ich muss ja nicht erwähnen, dass ich dabei eine Kopie der Mona Lisa im Sinn habe.«

»Eins nach dem anderen.« Levi grinste. »Packen wir unsere

italienische Freundin vorerst zurück in ihre Kiste und lassen sie in Ruhe. Sie läuft uns nicht davon.«

Levi betrachtete die Mona Lisa – ob echt oder gefälscht –, bevor er das Bild behutsam in Luftpolsterfolie verpackte, während Alicia die Beweismitteltüten in einen größeren Plastikbeutel packte. Schließlich bedeutete er seiner Tochter, ihm zu folgen. Das kleine, wieder eingewickelte, vorsichtig auf dem Tisch abgelegte Gemälde wirkte im Licht der summenden Neonleuchten irgendwie unheilvoll. Ob es sich um eine Fälschung handelte, spielte aus seiner Sicht keine besondere Rolle.

Er wusste nur, dass jemand dafür bezahlen würde, wenn eine der von Alicia erfassten Proben etwas aufwiese, das den Tod von zwei Mafiosi verursacht hatte. Und diesmal jemand irgendwo in Russland.

KAPITEL DREI

Alicia hielt im Wohnzimmer des Apartments inne und schaute zur geschlossenen Schlafzimmertür ihres Vaters. Vergangene Nacht hätte sie schwören können, eine Frauenstimme gehört zu haben – mit ziemlicher Sicherheit die von Lucy, mit der ihr Vater eine On-off-Beziehung führte. Eine Frau, die sie sehr mochte, obwohl sie von einigen zwielichtigen Geschäften wusste, in denen sie die Finger hatte. Sie hatte sich das leise Gemurmel und Lachen von der anderen Seite der Tür nicht eingebildet. Und nun, während Sonnenlicht durch die hohen Fenster im Penthouse hereinströmte, verhielt sich ihr Vater, der sich nach wie vor in seinem Schlafzimmer befand, uncharakteristisch still. Alicia entschied, nicht anzuklopfen. Sie wollte nicht riskieren, etwas Intimes zu stören. Sollte er ruhig noch eine Weile haben, sagte sie sich.

Sie eilte zwei Stufen auf einmal nehmend die Treppe zum Fitnessraum im Keller hinunter. Der Korridor dort bestand aus gestrichenen Betonwänden und einem glänzenden Fliesenboden.

In der Luft lag eine Mischung aus schwachen Noten von Desinfektionsmittel und dem Moschusgeruch von schalem Schweiß. Das leise Summen der Leuchtstoffröhren an der Decke nistete sich in ihren Ohren ein und bildete eine Untermalung für ihre Geräusche. Sie passierte einen kleinen – um diese Zeit normalerweise verwaisten – Aufenthaltsraum, bevor sie die verstärkte Tür zum Fitnessraum aufschob.

Drinnen wummerte leise Technomusik aus versteckten Lautsprechern. Es roch nach dem gummierten Bodenbelag und nach Kalk. Der gesamte Raum strotzte vor hochwertigen Trainingsgeräten, zur Verfügung gestellt von Onkel Vinnie. Auf der einen Seite befanden sich Reihen von Laufbändern und Crosstrainern, auf der anderen freie Gewichte, Bänke und eine Spiegelwand. Alicias Ziel jedoch lag am anderen Ende – ein offener Bereich mit dicken Matten, wo ihr Vater regelmäßig Nahkampfübungen für »die Männer« abhielt, eine Gruppe, die zum Gefolge der Familie Bianchi gehörte, wie sie insgeheim wusste.

Tony Montelaro erwartete sie dort bereits. Er glich einer massigen Wand aus Muskelmasse – breite Schultern, Stiernacken, Pranken so groß wie Baseballhandschuhe. Grau meliertes Haar umrahmte eine dauerfinstere Miene, obwohl Alicia ein Aufflackern von Belustigung in seinen tief in den Höhlen liegenden Augen wahrnahm. Sie kannte Tony gut – erst unlängst waren sie sogar zusammen nach Italien gereist, um seinen vermissten, für den Vatikan tätigen Onkel aufzuspüren.

»Du bist pünktlich, Prinzessin«, meinte er gedehnt und mit einem verspielten Unterton in der Stimme.

»Bin froh, dass du einverstanden warst, ein bisschen mit mir zu sparren«, erwiderte Alicia, rollte die Schultern und spürte, wie sich die über Nacht aufgebaute Anspannung ein wenig lockerte. Sie stellte die Sporttasche auf einer nahen Bank ab, strich sich eine Strähne aus den Augen und betrat die Matte. Ihre nackten Füße versanken leicht darin. Die raue Oberfläche fühlte sich vertraut unter ihren Sohlen an.

»Eigentlich hätte ich deinen Vater für die bessere Wahl gehalten, aber du weißt ja, dass ich einer Dame einfach nichts abschlagen kann. Also gebe ich heute Morgen den Sandsack für dich.«

Schnaubend schüttelte Alicia den Kopf. »Dad ist gerade beschäftigt.«

»Bereit, wenn du es bist.« Tony knackte mit den Knöcheln und setzte eine entschlossene Miene auf.

Sie gingen einander gegenüber in Stellung. Ein Herzschlag verging, untermalt vom leisen Surren der Ventilatoren an der hohen Decke. Dann stürmte Tony an – er legte immer zuerst los, eine Dampframmentaktik, die ihm bei Straßenkämpfen schon oft gute Dienste geleistet hatte. Aber Alicia war von klein auf von ihrem Vater in verschiedenen Kampfsportarten ausgebildet worden. Dabei hatte er ihr Augenmerk immer auf Schnelligkeit und Agilität gelenkt und betont, dass sie an schierer Kraft in der Regel unterlegen sein würde. Sie wich aus, indem sie sich auf dem hinteren Bein zur Seite drehte, und er pflügte an ihr vorbei.

Die jähe Bewegung verwirbelte die Luft, begleitet vom schwachen Duft seines Eau de Cologne – holzig und würzig, ein krasser Gegensatz zum Mief von abgestandenem Schweiß im Fitnessraum. Alicia setzte mit einem schnellen Tritt nach, der auf Tonys Hüfte zielte. Er blockte ihn mit dem Unterarm, und der Aufprall vibrierte durch ihr Schienbein. Sie zuckte zwar zusammen, bewahrte jedoch das Gleichgewicht und trat einen Schritt zurück, um erneut auf einen Angriff von ihm zu warten.

Tony ließ sich nicht lange bitten. Er versuchte es mit einem niedrigen Tritt gegen Alicias Waden, der sie zwang, zurückzuspringen. An seiner Kraft bestand kein Zweifel – selbst ein halber Treffer würde reichen, um ihre Knochen heftig zu erschüttern. Alicia konterte mit zwei flinken Geraden gegen seine Körpermitte. Die erste wehrte er mit der offenen Handfläche ab, die zweite verfehlte er, und ihr Schlag streifte seinen Brustkorb. Dem Aufprall ihrer Knöchel folgte ein anerkennendes Grummeln von ihm.

Während des Zweikampfs achtete Alicia aufmerksam auf die Einzelheiten um sie herum. Das rhythmische Brummen der Klimaanlage, das Funkeln der Gewichte in der Ecke, das leise Quietschen der Gummimatte bei jedem Auftreten ihrer Füße. Sie nahm den metallischen Geschmack des von ihrem Körper ausgeschütteten Adrenalins wahr und spürte, wie die Wärme unter ihren Trainingsleggins zunahm.

Tony und sie setzten ihren Tanz aus Schlägen, Ausweichmanövern und Kontern fort. Obwohl er ein massiger Hüne war, bewegte er sich schneller und besaß bessere Reflexe, als man jemandem seiner Statur zugetraut hätte. Zweimal bekam er Alicia beinah zu fassen – zuerst streifte seine Pranke ihre Schulter, danach ihren Ellbogen. Jedes Mal befreite sie sich mit einer schnellen Drehung und entging knapp seinem eisernen Griff.

»Du bist schlüpfrig wie ein Aal«, meinte Tony irgendwann schwer atmend und wich zurück, um zu verschnaufen. Ein Schweißtropfen kullerte ihm über die Schläfe. »Immer wenn ich denke, jetzt hab ich dich, windest du dich frei.«

Leicht keuchend schmunzelte Alicia. »Ich hatte gute Lehrer.« Vor ihrem geistigen Auge lief flüchtig ab, wie ihr Vater ihr streng und methodisch beigebracht hatte, den Schwerpunkt zu verlagern und sich geschmeidig um die eigene Achse zu drehen. Als sie sich das feuchte Haar aus der Stirn strich, bemerkte sie einen entstehenden Bluterguss am Unterarm, mit dem sie einen von Tonys Schlägen abgeblockt hatte.

Plötzlich setzte sich Tony mit einer schnellen Kombination zweier Gerader wieder in Bewegung. Alicia gelang es zwar, sie abzuwehren, doch die Wucht dahinter erschütterte ihre Arme. Sie reagierte darauf mit einem Roundhouse-Tritt, der ihn seitlich am Oberschenkel traf. Tony schwankte leicht, bevor er einen Ellbogenstoß versuchte, unter dem sich Alicia hindurchduckte. Ihre Brust brannte vor Anstrengung, und sie spürte, wie ihr Schweiß den Nacken hinunterlief.

Nach einer weiteren Minute lösten sie sich voneinander und keuchten synchron. Die einsetzende Stille wurde nur von ihren schweren Atemgeräuschen und den gedämpften Beats aus den Lautsprechern an der Decke unterbrochen. Alicia stützte die Hände auf die Hüften. Durch ihre Muskeln kribbelte das vertraute Pochen nach einem Sparring, das sie insgeheim genoss.

Tony schenkte ihr ein breites Grinsen und wischte sich mit einem Handtuch die Stirn ab. »Schneller als je zuvor. Aber wenn du mir ein, zwei Jahre gibst, schließe ich womöglich zu dir auf.«

Alicia erwiderte das Lächeln, allerdings mit geöffneten Lippen, um mehr Luft einzusaugen. »Trainier einfach weiter. Irgendwann landest du vielleicht einen sauberen Treffer.« Sie betonte es stichelnd, obwohl sie wusste, dass Tony ein hervorragender Kämpfer war, der schon größere Kerle als ihn bei Schlägereien in Hinterhöfen bezwungen hatte.

Als er lachte, hallte das Geräusch im Fitnessraum wider. »Willst du mehr, oder lassen wir es gut sein?«

»Ich hab vorerst genug«, antwortete sie und rollte die Schulter, um sie auf Wehwehchen zu prüfen. Ein dumpfer Schmerz im Trizeps verriet ihr, dass sie den Übungskampf morgen noch spüren würde.

Tony nickte, stützte die Hände auf die Knie und atmete weiter tief durch. »Du bist ziemlich gut, Prinzessin, aber dein alter Herr hätte mich auf jede bekannte Weise aufgemischt und sich wahrscheinlich noch die eine oder andere neue dabei einfallen lassen.«

»Ja, es nervt regelrecht.« Alicia nickte. Obwohl ihr Vater nicht Tonys imposante Masse besaß, genoss er durchaus berechtigt den Ruf, im Nahkampf unbezwingbar zu sein. Wie er sich bei einer echten Konfrontation auf der Straße schlagen würde, konnte sie sich nur vorstellen.

Sie griff sich ihr eigenes Handtuch von der Bank und wischte sich den Schweiß aus dem Gesicht. Kurz erfasste sie ein Schwindelgefühl, das gleich wieder verflog und vom steten Pochen ihres Herzschlags abgelöst wurde. Im Hintergrund brummte leise ein Laufband, auf dem sich niemand befand. Das mechanische Geräusch der Klimaanlage kehrte in ihr Bewusstsein zurück, als wollte der Fitnessraum sie daran erinnern, dass sie zumindest an diesem Ort ein wenig Normalität erleben konnte – hemdsärmlig, ehrlich und frei von Geheimnissen.

Noch vor nicht allzu langer Zeit hatte sie Neurowissenschaften studiert. In den vergangenen Jahren hatte sie Krebs, eine geheimnisvolle Heilung davon, ein uraltes Rätsel und die Arbeit für die Bundesbehörden erlebt. Und nun half sie ihrem Vater. Ein Schauder lief ihr über den Rücken, als sie die Ereignisse der vorigen Nacht Revue passieren ließ – das Nehmen der Proben, der Anblick einer Kopie der Mona Lisa. Dabei wurde ihr bewusst, dass sie erfahren *musste*, ob jene Proben eine verborgene Gefahr enthielten. Könnte das Gemälde echt sein? Falls irgendeine Verbindung nach Russland bestand, würde ihr Vater ihr erlauben, der Sache zusammen mit ihm auf den Grund zu gehen?

In jenem Moment wurde ihr klar, dass sie solche Geheimnisse im Leben brauchte. Rätsel hatten sie schon immer begeistert – und darauf liefen derartige Fälle hinaus, nur eben mit hohem Einsatz.

Nachdem sie sich erneut das Gesicht abgewischt hatte, winkte sie Tony zum Abschied und trat den Weg nach oben an.

Wenn ihr Vater noch nicht wach wäre, würde sie ihn wecken. Auf sie wartete Arbeit, ein zu lösendes Rätsel. Und vielleicht galt es sogar, irgendwelche Übeltäter aufzuspüren.

Alicias Herzschlag war noch erhöht vom anstrengenden Training, als sie das Apartment ihres Vaters betrat. Ihr Tanktop klebte am Rücken, und sie verströmte leicht den Geruch von getrocknetem Schweiß in der kühlen, klimatisierten Luft. Im marmorgefliesten Foyer blieb sie stehen und bemühte sich, nicht zu laut zu atmen. Aus dem Wohnzimmer erhaschte sie einen Blick auf Lucy, eine große, schlanke Asiatin mit dem Auftreten eines Models, aber spürbar raubtierhafter Ausstrahlung. Alicia betrachtete sie als Drachenlady, die ihre wilde Seite jedoch aus irgendeinem Grund von ihrem Vater an die Leine legen ließ. Lucy drückte ihm gerade einen langen Kuss auf die Wange, bevor sie sich Alicia zudrehte.

»Hi, Alicia«, sagte Lucy leise und zog sie in eine leichte Umarmung. Ein schelmisches Lächeln umspielte dabei ihre scharlachrot bemalten Lippen. Ihr blumiger Duft mit einem Hauch von Jasmin umhüllte Alicia wie eine warme Wolke.

Bevor sie etwas erwidern konnte, huschte Lucy mit einem anmutigen Hüftschwung zur Tür hinaus. Das Klicken ihrer Absätze auf dem polierten Boden verklang, bis Stille im Apartment eintrat. Alicia und ihr Vater standen da. Der Moment knisterte vor unausgesprochenen Fragen.

»Dad ...« Sie verlagerte die Sporttasche auf der Schulter. Ihr Blick heftete sich auf seinen Bademantel. »Wir sind erst nach Mitternacht heimgekommen. Wann, äh, ist sie aufgetaucht?«

Levi zupfte am Gürtel des Bademantels. Er wirkte beinah verlegen, ein ungewöhnlicher Gesichtsausdruck bei einem Mann, der sonst immer so selbstsicher auftrat. »Lucy wollte uns schon früher besuchen, aber die Jungs unten haben sie nicht reingelassen, weil wir noch unterwegs waren. Fünf Minuten, nachdem du ins Bett gegangen bist, hat sie mir getextet.«

Alicias Mundwinkel zuckte. »Aha. Also hat sich Lucy im Wesentlichen zu einer spätnächtlichen Nummer eingeladen?«

»Das, junge Dame, geht dich nichts an«, erwiderte Levi, doch der Anschein eines Lächelns umspielte dabei seine Lippen.

»Also ja«, stichelte Alicia und bemühte sich um einen ungezwungenen Ton, der ihre Verlegenheit jedoch nur halb zu verbergen vermochte.

Levi räusperte sich, machte auf dem Absatz kehrt und tappte in die Küche. Das Morgenlicht strömte durch die deckenhohen Fenster herein und erhellte die elegante Kochinsel mit den Edelstahlgeräten. Der Duft von Speck und Eiern breitete sich aus, als er eine Pfanne auf der Herdplatte platzierte. Das Brutzeln beanspruchte die Stille für sich. Alicia stellte ihre Tasche ab, folgte ihrem Vater und lehnte sich neben ihm an die kühle Arbeitsplatte aus Marmor.

»Warum hast du nie wieder geheiratet?«, fragte sie in sanftem Ton, während sie seine Bewegungen verfolgte – das saubere Aufschlagen von Eiern am Rand einer Schüssel, das befriedigende Schrammen des Bratwenders über das antihaftbeschichtete Metall der Pfanne.

Seine Kiefermuskeln spannten sich unverkennbar an. »Du und deine Fragen«, murmelte er gespielt ungezwungen. Allerdings verriet ihn die steife Haltung der Schultern.

Als die Eier fast fertig waren, legte Levi weitere Speckstreifen in eine zweite Pfanne. Mit einem Zischen von Fett wurden weitere herzhafte Aromen freigesetzt, die sich mit dem muffigen Geruch von Alicias Trainingskleidung vermischten. Sie wich leicht zurück, um ihm mehr Platz zu lassen, blieb jedoch nah genug, um sein Unbehagen wahrzunehmen. Sie erkannte es an der schmalen Linie, die seine Lippen bildeten, und am Aufflackern eines gequälten Ausdrucks in seinen Augen, wann immer er flüchtig zu ihr schaute.

Schließlich legte er den Bratwender weg und ergriff in gemessenem Ton das Wort. »Jedes Mal, wenn ich mir Leute in meinem Alter ansehe – Vinnie oder einen der Jungs –, fällt mir auf, wie sie sich im Verlauf der Jahrzehnte verändert haben. Ich hingegen hab mich kaum verändert seit ...«

»Seit Narmers Fluch?«, beendete Alicia den Satz leise. Die Worte klangen seltsam in ihren Ohren, als sie an jene bizarre Wendung in ihrer beider Leben zurückdachte. Es handelte sich um keinen Fluch im Sinne von Voodoo oder sonstigem paranormalem Unfug. Eher um einen Befall. Eine unnatürliche Krankheit mit unerwarteten Nebenwirkungen. Ein Thema, über das ihr Vater ungern sprach, aber die Sache mit dem Alter hatte nicht sie angesprochen – und was hatte die Frage einer Ehe eigentlich damit zu tun?

Levi nickte und rührte erneut mit einer schnellen, fahrigen Bewegung die Eier um. »Ich bin keinen Tag gealtert, seit ich dem Krüppel vor so vielen Jahren zum ersten Mal begegnet bin ... diesem mysteriösen Wanderer. Wenn ich was gelernt habe, dann, dass es eine schwerere Bürde ist, geliebte Menschen zu überleben. Eine Frau hab ich schon verloren, und es hätte mich beinah gebrochen. Ich bin nicht scharf drauf, das zu wiederholen.« Nachdem er das Essen auf zwei Teller angerichtet hatte, gingen sie beide ins Esszimmer.

Alicia ließ sich auf dem Stuhl ihm gegenüber nieder und presste die Handflächen gegen die Oberschenkel. Seine verstorbene Frau war ein heikles Thema. Da Alicia nach ihrem Tod adoptiert worden war, fühlte sie sich unwohl dabei, darüber mit ihm zu reden, doch nun hatte sie es bereits begonnen. »Dad, du hast gesagt, dass Mary bei einem Autounfall ums Leben gekommen ist. Also war es kein natürlicher Tod«, meinte sie leise. »Auf der Straße passiert jeden Tag etwas.«

Seine Lippen verzogen sich, als hätte er einen bitteren Geschmack im Mund. Er füllte ihn mit einem Löffel Rührei und kaute langsam. Sein Blick blieb dabei starr auf seinen Teller gerichtet. Je länger er schwieg, desto unbehaglicher fühlte sich Alicia. »Ich kann's nicht ausstehen, darüber zu reden.«

»Tut mir leid, lassen wir es einfach ...«

»Nein.« Die Augen ihres Vaters blitzten intensiv, als er den Blick eindringlich auf sie richtete. »Es ist an der Zeit, dass wir uns darüber unterhalten. Ich habe mich damit auseinandergesetzt und versucht, es zu akzeptieren. Aber auch dir sollte klar sein, was dieser Fluch bei uns beiden bewirkt.«

Sie hatte ihren Vater schon das eine oder andere Mal über Narmer sprechen gehört – immer wütend, und er meinte oft, er wäre von dem Mann verflucht worden. Alicia schaute verwirrt drein. »Dad, ich kann nicht nachvollziehen, warum du es für so schrecklich hältst, was Narmer gemacht hat. Wenn er uns nicht diesem ... Fluch, wie du es nennst, ausgesetzt hätte, wären wir wahrscheinlich längst tot.«

»Ich weiß, dass du es so siehst. Trotzdem fällt es mir schwer, so ... verständnisvoll zu sein.« Seufzend schüttelte ihr Vater den Kopf. »Sollte Liebe nicht bedeuten, dass man ein gesamtes Leben miteinander teilt? Wir beide teilen das Pech, Narmer kennengelernt zu haben.«

Alicia erinnerte sich lebhaft an ihre Begegnung mit dem merkwürdigen, verkrüppelten Mann. Er sprach wie jemand aus einem anderen Zeitalter. Wie jemand, der viel zu lange gelebt und mehr gesehen hatte, als ein Mensch je sollte. Narmer hatte gemeint, durch ihre Adern würde Magie fließen.

Vor ihrem geistigen Auge sah sie sich selbst mit Narmer und ihrem Vater.

In ernstem Ton ergriff der schrumplige alte Mann das Wort. »Durch eure Adern fließt eine Art Magie. Ich bin nicht gut darin, es zu erklären ... Die Magie in eurem Blut ...«

Ihr Vater unterbrach ihn. »Er meint Nanobots. Keine Magie.«

Für Alicia hatte es keine Rolle gespielt, ob es sich um Magie oder so etwas wie eine hochentwickelte Impfung gehandelt hatte. Dennoch hatte sie Nanobots einmal recherchiert und war darüber nicht annähernd so ausgeflippt wie ihr Vater. Die beste Analogie, die ihr dafür einfiel, war, dass es sich um winzige Maschinen handelte, die Dinge auf molekularer Ebene reparieren konnten. Sie stellte sie sich als unzählige mikroskopische Roboter vor, die durch ihr Blut trieben und alles Ordnung brachten, was in Ordnung gebracht werden musste.

Und wenngleich sie jene Nanobots ausschließlich als Segen betrachtete, verriet der Gesichtsausdruck ihres Vaters eine völlig andere Meinung.

»Alicia, du musst begreifen, was das bedeutet. Ich muss mit ansehen, wie Menschen, mit denen ich aufgewachsen bin, alt werden. Klar, sie denken wahrscheinlich, ich würde mir die Haare färben und hätte vielleicht da und dort ein wenig nachgeholfen, aber ich bin inzwischen Mitte 50. Was ist in zehn oder zwanzig Jahren, wenn ich dann immer noch so aussehe und kein Haarfärbemittel und keine plastische Chirurgie mehr erklären können, was Narmer mit mir – mit uns – gemacht hat? Das Problem spitzt sich nur weiter zu, und Lucy weiß nichts davon. Sie hat mich sogar gefragt, was für Hautpflege ich verwende. Wäre ich mit ihr verheiratet, würde ich sie überleben – oder so ziemlich jede andere Frau. Als wäre ich ein Vampir, nur ohne das Blutsaugen und die Allergie gegen Sonnenlicht.« Er zeigte auf den Bluterguss, der sich an Alicias Unterarm gebildet hat. »Der blaue Fleck ist morgen früh wahrscheinlich verschwunden, aber die Narbe von Marys Tod trage ich für immer im Herzen. Mir ist klar, dass Lucy mehr von mir will, als ich zu geben bereit bin. Ich hab ihr auch gesagt, dass ich ein hoffnungsloser Fall bin und niemanden heiraten will, aber ich habe den Eindruck, sie glaubt mir nicht. Und ich wünschte, die Dinge wären anders. Ich kann dir keine Ratschläge über Liebe erteilen, oder wie auch immer junge Leute es heutzutage nennen. Nur solltest du darüber nachdenken. Ich für meinen Teil hab gelernt, die Menschen auf Abstand zu halten. So ist es einfacher.«

Ein kalter Schmerz nistete sich in Alicias Brust ein. Obwohl sie seine Logik nachvollziehen konnte, tat es weh, ihn von Liebe wie von einer Belastung reden zu hören. Der Kummer über den Verlust seiner Frau hatte ihn tiefer getroffen, als sie wahrscheinlich je begreifen können würde. Solche Liebe hatte sie nie erfahren, zumindest bisher nicht. Es war eine Offenbarung für sie, wie gefangen sich ihr Vater von dem sogenannten Fluch fühlte, demselben Zustand, den auch sie hatte. Er konnte nie häuslich, nie mit jemandem alt werden – der Gedanke krampfte ihr den Magen zusammen.

Eine Minute lang saßen sie schweigend da und aßen. Der Speck war knusprig, das Rührei fluffig, wie sie es mochte. Aber obwohl es wunderbar schmeckte, hatte sie den Appetit weitgehend verloren.

Sie knabberte an einer Scheibe Speck, räusperte sich und fragte: »Schon was von Denny gehört? Wegen der Proben?«

Ihr Vater winkte ab. »Er meldet sich, sobald er die Ergebnisse hat. Sie kommen nicht schneller, indem wir ihn bedrängen.«

Alicia trommelte mit den Fingern auf dem Tisch. »Falls sie irgendwas Tödliches enthalten, eine Chemikalie oder ein Nervengift ... meinst du, ich kann dem zusammen mit dir weiter nachgehen?«

Die düstere Miene ihres Vaters hellte sich auf. Er schenkte ihr ein schiefes Lächeln. »Dazu fällt uns bestimmt was ein.« Als er fertig war, nahm er seinen Teller und zeigte auf ihr halb aufgegessenes Frühstück. »Iss zu Ende und geh duschen. Wir haben was zu erledigen.«

Neugierig legte Alicia die Gabel hin. »Was denn?«

Ihr Vater straffte die Schultern und zog den Knoten des Bademantels fest. »Du hast doch gesagt, du willst dich als Ermittlerin selbstständig machen, richtig? Tja, dafür möchte ich dir ein paar nützliche Ansprechpersonen vorstellen. Eine davon kennst du sogar schon ziemlich gut.«

»Ach ja? Wen denn?«

»Kleiner Hinweis – eine forsche jüdische Dame, die ...«

»Esther!« Alicia quietschte den Namen förmlich. »Sie ist spitze.« Rasch steckte sie sich den restlichen Speck in den Mund und kaute. Der salzige, krosse Happen verlieh ihr einen Energieschub. Dann schob sie den Teller weg und verkündete: »War echt lecker, aber ich kann nicht mehr.«

Levi nickte, nahm auch ihren Teller mit, leerte ihn und räumte beide in den Geschirrspüler. »Mit den Ergebnissen von Denny rechne ich erst irgendwann im Lauf des Tags. In der Zwischenzeit kümmern wir uns um ein paar Dinge. Geh duschen, zieh dich an, dann machen wir uns auf den Weg zu Esther.«

Bei den Worten erfuhr Alicia einen weiteren Energieschub. Sie sprang regelrecht vom Stuhl auf.

»Alles klar, Dad«, sagte sie und schnappte sich ihre Sporttasche. »Ich geh super-schnell duschen. In ein paar Minuten bin ich wieder da.«

Sie bemerkte sein mattes Lächeln, als sie zu ihrem Zimmer mit angeschlossenem Bad eilte. Über die Schulter erhaschte sie einen Blick auf die Panoramafenster im Wohnzimmer – und auf die Stadt dahinter mit all ihren verborgenen Gefahren. Irgendwo dort draußen schrieb Lucy eigene Geschichten, während Denny die Proben testen ließ, die vielleicht auf ein tödliches Komplott hinweisen würden. Zudem wartete das Rätsel um die Kopie der Mona Lisa – und die Verbindung nach Russland.

Die Stimme ihres Vaters riss sie aus ihren Gedanken. »Hör auf, aus dem Fenster zu starren, und mach dich fertig.«

Alicia lächelte, als sie einen Anflug eines Déjà-vus verspürte. Als er sie zuletzt für Tagträume getadelt hatte, war sie wohl noch ein Teenager gewesen. Allerdings war ihr schon damals derselbe Gedanke durch den Kopf gegangen wie diesmal – der Mann musste Augen im Hinterkopf besitzen.

KAPITEL VIER

Levi spürte einen leichten Wind im Rücken, als er die Glastür von *Rosen's Sporting Goods* aufschob. Über ihm bimmelte eine kleine Glocke. Der Geruch von frisch gedruckten Flugblättern und Gummimatten stieg ihm in die Nase. Fast 500 Quadratmeter mit einem breit gefächerten Warenangebot begrüßten ihn – Regale mit Ausrüstung zum Bogenschießen, Fußbällen, Sportbekleidung und Hanteln. Von der Decke baumelten Banner mit Sonderangeboten – die verbliebene Sommerausstattung wurde reduziert, um Platz für das Wintersortiment zu schaffen.

Als er einen Blick über die Schulter warf, sah er Alicia mit strahlender Miene eintreten. Sie war bereits während der gesamten Autofahrt gerötet vor lauter Vorfreude gewesen. Draußen erblickte er durch das Schaufenster Paulie, mit rund zwei Metern Körpergröße ein Berg von einem Mann, der an der schwarzen Limousine lehnte, bereit, jederzeit loszufahren. Da noch Ungewissheit über die jüngsten Todesfälle herrschte, hatte der Don über den gesamten Bianchi-Clan erhöhte Alarmbereitschaft verhängt. Das erstreckte sich auch auf Levi. Deshalb hatte Vinnie darauf bestanden, dass er sich von einem der Autos der Familie chauffieren ließ und Verstärkung bei sich hatte. Auf der Straße reichte allein Paulies Größe aus, um die meisten Leute einzuschüchtern. Er war einer der leitenden Vollstrecker der Bianchi-Familie, und Levi wusste, dass man auf den Mann zählen konnte, wenn etwas aus dem Ruder lief.

Levi ließ den Blick durch den Laden wandern. Seine Lippen verzogen sich zu einem Lächeln, als er eine füllige, grauhaarige Silhouette am Schaufenster erspähte, halb von einem Werbeschild für Skiausflüge nach Aspen verdeckt. Die Besitzerin Esther Rosen hielt sich ein klobiges Fernglas ans Gesicht. Ihre breite Gestalt füllte den Schaufensterabschnitt beinah aus, und ihr Gesichtsausdruck wirkte intensiv. Sie murmelte etwas über Bagels vor sich hin.

»Esther?«, rief er und näherte sich ihr von hinten.

Immer noch am Fernglas, erwiderte sie barsch: »Still, Levi! Ich bin gerade mit was Wichtigem beschäftigt!«

Levi wechselte einen fragenden Blick mit Alicia. Draußen zogen der Verkehr und Fußgänger vorbei, doch nichts daran wirkte ungewöhnlich – nur der übliche rege Betrieb eines Morgens in Manhattan. Ihre Aufmerksamkeit schien *Meyer's Bagels* auf der anderen Straßenseite zu gelten, ungefähr einen halben Block entfernt.

»Da«, stieß Esther mit triumphierender Stimme und knurrendem Unterton hervor. »Sie haben gerade einen dampfenden Korb mit frischen Sesam-Bagels rausgebracht! Moishe – los, los, los!«

Ein drahtiger Junge im Collegealter mit dunklen Haaren stürmte hinter der Ladentheke hervor und schlängelte sich zwischen den Auslagen mit Skiern und Snowboards hindurch.

Unter dem Läuten der Glocke hastete er durch die Tür hinaus und wäre beinah mit zwei erschrockenen Kunden auf dem Bürgersteig zusammengestoßen. Dann verschwand er über die Straßenseite, vermutlich, um die besten Bagels des Morgens zu besorgen.

Schließlich ließ Esther das Fernglas sinken. Ihre drallen Wangen schillerten vor Aufregung, doch sie seufzte dramatisch. »Hach, ich bin zu alt und fett für solche Observierungen. Ich hab schon mehrfach mit den Meyers geredet, aber sie weigern sich, mich anzurufen, wenn sie frische Sesam-Bagels aus dem Ofen holen. Der Alte behauptet, das wäre anderen Kunden gegenüber nicht fair.« Sie warf die Hände hoch. »Von wegen fair! Wer zuerst kommt, mahlt zuerst, so sieht's aus! Wer schert sich in diesen gottlosen Zeiten schon noch um Fairness? Ist doch wohl nicht zu viel verlangt, dass ein Nachbar einen anruft, wenn er frische Bagels hat, oder, Levi?«

Bevor er etwas erwidern konnte, schwenkte sie die Aufmerksamkeit auf Alicia.

Schlagartig trat helle Freude in ihre Züge. *»Bubale!«,* rief sie schrill und umarmte die große, schlanke junge Frau so stürmisch, dass sie Alicia beinah von den Füßen hob. Ein Wirbel aus blumigem Parfüm umhüllte sie beide.

»Hallo, Esther«, brachte Alicia gedämpft heraus. Levi beobachtete, wie ein Lächeln über das Gesicht seiner Tochter huschte – ihr gefiel die überschwängliche Zuneigung der älteren Frau, die sich so völlig von seiner Art und der seiner amischen Mutter unterschied, bei der Alicia aufgewachsen war.

Esther zog sich zurück und musterte sie von oben bis unten. »Sag mal, wächst du *immer noch?* Und gibt's schon einen jungen Mann in deinem Leben?« Dann schnaubte sie und schwenkte die Hand, als wäre die Frage lächerlich. »Ach, was sag ich da?

Wahrscheinlich hechelt dir ein halbes Dutzend Verehrer hinterher.« Die korpulente Frau wirbelte herum und heftete einen tadelnden Blick auf Levi. »Was machst du nur mit meiner Alicia?«

»Deiner Alicia?«, hakte Levi mit amüsierter Miene nach.

»Jetzt wechsle bloß nicht das Thema, Freundchen.« Während sie ihn finster ansah, deutete sie mit dem Daumen in Alicias Richtung. »Du bringst diesen Engel doch nicht etwa in Gefahr, oder?«

Levi sah sich im Laden um und vergewisserte sich, dass außer ihnen niemand anwesend war. »Natürlich nicht. Aber vielleicht sollten wir so was lieber hinten besprechen.«

Alicia schaute mit neugierigem Blick zwischen Levi und der fülligen Frau hin und her, die missbilligend mit der Zunge schnalzte.

Bevor ein weiteres Wort fallen konnte, klingelte es erneut über der Tür. Moishe kehrte zurück, in den Händen zwei Papiertüten, aus denen sich dünne Dampfschwaden kräuselten. Seine Wangen hatten sich vom Rennen gerötet. Als er Alicias Blick begegnete, wurde die Schattierung noch dunkler, bevor er etwas Unverständliches murmelte und wie ein geölter Blitz in die hinteren Räumlichkeiten verschwand.

Esther rief ihm hinterher: »Leg die Sesam-Bagels auf meinem Schreibtisch ab und komm sofort wieder her! Ich brauche dich vorn.« Sie sah Alicia an und verdrehte leidgeprüft die Augen. »Sein Zwillingsbruder hat endlich ein nettes Mädchen gefunden und lebt drüben in Canarsie mit ihr zusammen, aber Moishe stellt sich in Gegenwart junger Damen immer noch wieder der letzte Tölpel an. Irgendwann wird er's lernen, nur mit Sicherheit nicht heute.«

Levi legte Alicia einen Arm um die Schulter und führte sie

tiefer in den Laden. Er warf Esther einen flüchtigen Blick zu. Bei einer Körpergröße von 1,62 Metern wog sie geschätzt deutlich über 90 Kilo. Aber unter dem unscheinbaren Pullover und dem biederen Rock verbarg sich eine Naturgewalt – die Frau war scharfsinnig, geistesgegenwärtig und, was nur wenige Menschen wussten, eine herausragende Scharfschützin.

»Moishe, behalt den Laden im Auge«, rief Esther dem schlaksigen Jungen zu, als er aus dem Hinterzimmer kam. »Und verstau die Hockeyausrüstung in den großen Kartons, bevor die Kunden aufkreuzen.« Sie warf einen Blick auf ihr Handgelenk und trieb ihn mit einer ungeduldigen Geste an. »Es wird allmählich spät, also beeil dich, sonst mach ich dir mit einem der Stöcke Beine, verstanden?«

Ohne eine Antwort abzuwarten, gab sie Levi und Alicia ein Zeichen. »Kommt mit, ihr zwei. Ich hab das besprochene Zeug – und mehr.«

Alicia warf Levi einen fragenden Blick zu, den er ignorierte, während er sie durch die Gänge führte.

Unterwegs durch den Laden achtete er auf jede Einzelheit. Zu seiner Linken schimmerten Hockeyschläger im Neonlicht, rechts stapelten sich brandneue Hanteln in ordentlichen Reihen und verströmten einen leichten Metallgeruch. Die Stille im Geschäft wurde vereinzelt vom Rascheln von Plastikfolie unterbrochen, als Moishe eine frisch eingetroffene Lieferung durchwühlte. Über ihnen ergänzte das leise Geräusch der Leuchtstoffröhren den gedämpften Lärm des Straßenverkehrs zu einer brummenden, summenden Symphonie.

Im hinteren Teil der Geschäftsfläche wurden Levi und Alicia von Esther in einen Lagerraum geführt. Es roch darin nach Karton und nach Staub, der träge im Licht der Deckenbeleuchtung durch die Luft schwebte. In einer Ecke stand ein schlichter

Metalltisch, auf dem sich Papier, halb gefaltete Lieferscheine und verschiedene Sportkataloge stapelten.

»Setzt euch«, befahl Esther und ließ sich selbst auf einen Rollhocker nieder, der unter ihrem Gewicht knarrte. Was sie nicht davon abhielt, dieselbe strahlende Miene wie immer aufzusetzen, wenn sie eine Überraschung auf Lager hatte.

Levi kam der Aufforderung nach, sank auf einen der Holzstühle und verschränkte die Arme vor der Brust. Alicia strahlte ihre Neugier praktisch spürbar aus. Was er nachvollziehen konnte – ein Besuch bei Esther erinnerte immer an Weihnachten. Eine Überraschung von ihr würde zweifellos beeindruckend sein ... und wahrscheinlich unkonventionell.

Und so saß Levi Yoder im beengten Hinterzimmer von Esthers Sportwarenladen und beobachtete auf dem abgewetzten Metalltisch das Flimmern der Deckenbeleuchtung. Er selbst war bereits unzählige Male an diesem Ort gewesen – allerdings selten mit seiner Tochter an der Seite. Alicia, Mitte zwanzig und fest entschlossen, ihren eigenen Weg zu gehen, saß mit erwartungsvoll leuchtenden Augen neben ihm.

Levi räusperte sich. »Wir sind wegen der Weste hier. Aber ich möchte, dass Alicia was Besseres bekommt als den Standard, den du auf Lager hast«, erklärte er ruhig. »Klasse 3A oder besser. Sie braucht etwas, das der Munition einer .44 Magnum standhält. Und ich will zusätzlichen Schutz gegen Messer.«

Esther gelang es kaum, eine belustigte Miene zu unterdrücken. Sie richtete den Blick auf Alicia. »Und tragbar unter gewöhnlicher Kleidung, richtig?«

Alicia schaute zu ihrem Vater, der nickte. »Ja. Dünn, flexibel, leicht zu verbergen.«

Levi beugte sich vor und stützte die Ellbogen auf den Tisch. »Was hast du anzubieten?«

Esther holte eine schmale Mappe hervor und blätterte auf eine Seite mit dem Entwurf einer dünn wirkenden Weste. »Titan-Gold-Gewebe, verwoben mit Kevlar. Dieselbe neue Legierung, die du gerade anhast – viermal so widerstandsfähig wie Stahlgewebe, aber leichter. Durch das Kalbsleder hinten ist sie angenehm zu tragen, auch über längere Zeiträume.«

Levi betrachtete die Skizze eingehend. Sie kam ihm bekannt vor – dasselbe Modell hatte sie ihm vor einigen Monaten geliefert, und genau das wollte er für Alicia.

»Dad, ich hab doch Westen von ... na ja, du weißt schon, von wem. Die sind ...«

»Völliger Mist«, fiel Levi ihr kopfschüttelnd ins Wort. »Dasselbe Zeug benutzen die Bundesbehörden, und zur Not ist es auch in Ordnung, aber Esther hat wahre Zauberer zur Hand, die uns was Besseres bieten können.« Er richtete die Aufmerksamkeit wieder auf die füllige alte Dame. »Nenn mir den Preis«, forderte er sie auf und wappnete sich für die Zahl, mit der sie ihn konfrontieren würde.

Mit einem theatralischen Seufzen kritzelte Esther etwas auf einen kleinen Zettel, den sie über den Tisch zu ihm schob. Levi warf einen Blick darauf und bemühte sich, nicht das Gesicht zu verziehen. *Sie lässt nie eine Gelegenheit aus, ihren Gewinn zu maximieren*, dachte er, bewahrte jedoch eine teilnahmslose Miene.

Alicia sah ihn fragend an. Levi zwinkerte ihr zu. »Na schön, Esther«, sagte er. »Ich weiß, das ist ein Freundschaftspreis, aber ist da nicht noch mehr drin? Weißt du, ich will Alicia eine Erstausstattung verschaffen, und ... na ja.« Kurz verstummte er. »Vielleicht reicht ja fürs Erste die Stangenware.«

»Das verbiete ich!«, rief Esther aus und legte dramatisch die

Hand aufs Herz. »Levi, bitte. Wenn's um die Sicherheit deiner Tochter geht, dann ...«

Mit gutmütig-strenger Miene fiel er ihr ins Wort. »Ich sage ja nicht, dass die Ware die Investition nicht wert ist, aber die Hälfte der Summe erscheint mir angemessener. Wir wissen beide, dass du damit trotzdem noch Gewinn machst.«

Esther schürzte die Lippen und schaute zu Alicia. Nach ein, zwei Momenten schrieb sie eine neue Zahl auf und reichte sie Levi.

Er betrachtete den geänderten Preis. Deutlich niedriger – zwar immer noch teuer, aber ungefähr der Wert, auf den er sie für seine eigene Weste heruntergehandelt hatte. In milderem Ton wandte er sich an Alicia. »Das übernehme ich als Bestandteil deines Startkapitals.«

Alicia öffnete den Mund, um dagegen zu protestieren, doch er bremste sie, indem er die Hand hob. »Darüber wird nicht diskutiert«, erklärte er. »Betrachte es als meine Investition in deine Zukunft.«

Esther stieß hörbar den Atem aus, als hätte sie ihn angehalten gehabt. *»Mazal?«*, fragte sie.

»Mazal«, bestätigte er, und sie schlugen ein.

Mazal war ein in manchen Kreisen – insbesondere im Diamantenviertel – gebräuchlicher hebräischer Ausdruck, um zu bestätigen, dass eine Einigung erzielt worden war. Es würde weder Papierkram noch ein Rücktrittsrecht geben. *Mazal* kam für beide Seiten einem Blutschwur gleich.

Esther wandte sich an Alicia. »Lass uns deine Maße nehmen. Damit die Weste ihre volle Wirkung erzielt, muss sie perfekt sitzen.«

Alicia stand auf, und Esther umkreiste sie mit einem Maßband und kritzelte Zahlen auf einen kleinen Notizblock.

Levis Kehle fühlte sich vor Emotionen wie zugeschnürt an, während er zusah. Nach Marys Tod hatte er nicht damit gerechnet, je Vater zu werden, und doch beobachtete er gerade, wie sein kleines Mädchen für eine eigens für sie angefertigte Weste vermessen wurde. Vor dem geistigen Auge sah er sie als das frühreife, entschlossene Kind, das wie eine Glucke über ihre neuen jüngeren Schwestern gewacht hatte.

Schließlich wurde Esther fertig und legte den Block beiseite. »Damit hätten wir die Weste abgehandelt«, sagte sie und drehte sich Levi zu. »Was ist mit den Wurfmessern, die du am Telefon erwähnt hast?«

Levis Blick schnellte zu Alicia. Er bedeutete ihr, Esther die von ihr gezeichnete Skizze zu zeigen. Alicia zog einen gefalteten Zettel aus der Jackentasche und breitete ihn auf dem Tisch aus.

»Dad und ich haben darüber geredet. Ich brauche etwas, das ich unter gewöhnlicher Straßenkleidung verstecken kann, aber auch unter einem Kleid oder formeller Aufmachung.«

Esther betrachtete die Zeichnung und schürzte ihre Lippen. »Du brauchst etwas, das in einer Scheide und sogar unter einem Minirock verborgen getragen werden kann. Ich weiß, wo ich dafür geeignete Strumpfbänder bekommen kann.« Sie schaute zu Alicia auf: »Was müssen sie können?«

Alicia deutete mit der freien Hand eine schnelle Wurfbewegung an. »Sie müssen ausgewogen zum Werfen sein. Aber ich brauche sie auch für den Nahkampf – zum Schlitzen und Zustechen. Der Griff sollte mit Paracord umwickelt sein, falls ...« Kurz zögerte sie. »Na ja, falls er nass wird.«

Esther nickte Alicia zu und richtete den Blick auf Levi. Plötzlich wurde ihre Miene missbilligend. »Sie ist noch ein halbes Baby und sollte in keine solchen Einsätze verwickelt werden.«

»Esther.« Alicia klang verschnupft. »Ich bin dreiundzwanzig

und habe eine Explosion überlebt, bin beschossen und mit Messern angegriffen worden. Also sollte mich wohl ein bisschen Blutvergießen nicht abschrecken.«

Esthers Augen wurden groß, als sie sich zurücklehnte und Alicia anstarrte.

Auch Levi schaute über den ungewöhnlichen Frustrationsausbruch der sonst so ruhigen jungen Frau überrascht drein. Innerlich hätte er am liebsten gelacht und sie angefeuert, doch er bewahrte eine versteinerte Miene, während er beobachtete, wie die beiden Frauen einander eindringlich ansahen.

Dann stimmte Esther unverhofft schallendes Gelächter an und tätschelte Alicias Knie. »Tja, junge Dame, damit hast du mir wohl die Meinung gesagt, was?«

»Ich wollte nicht ...«

»Nein«, fiel Esther ihr scharf ins Wort. »Du bist eine Frau in einer von Männern dominierten Welt. Dafür musst du taff sein, vor allem in den Kreisen, in denen sich dein Vater bewegt.« Die Stimme der fülligen Frau nahm einen stahlharten Klang an. »Frauen gibt es darin nicht viele, und um für voll genommen zu werden, müssen wir alles besser machen als die Männer. Soll das wirklich dein neues Leben werden?«

Alicia antwortete, ohne zu zögern. »Auf jeden Fall.«

Sie klang überhaupt nicht mehr wie Levis kleines Mädchen. Zum ersten Mal ließ sie ihre innere Drachenlady aufblitzen. Und sie in diesem Ton reden zu hören, löste ein warmes Gefühl in seiner Brust aus.

»Okay.« Esther grinste. »Dann werden wir beide uns noch über ein paar Dinge unterhalten müssen. Aber jetzt kümmern wir uns erst mal um das, wofür ihr hergekommen seid. Welche Metallzusammensetzung schwebt dir für die Klingen vor?«

»Ich bin mir nicht sicher«, erwiderte Alicia. »Etwas, das

scharf bleibt und widerstandsfähig genug ist, um zu durchdringen, was es muss. Irgendwelche Vorschläge?«

Esther tippte mit einem manikürten Fingernagel auf die Skizze. »Für Allzweckmesser ist 420er-Stahl nicht schlecht, aber er kann abblättern, wenn du auf etwas Hartes triffst. Ich empfehle 1055er – ordentlich gehärtet, ist er nahezu unzerstörbar. Oder wir können japanischen YXR7-Matrixstahl nehmen. Weniger Absplitterung, bei richtiger Pflege ausgesprochen langlebig.«

Levi lauschte, während Esther metallurgische Einzelheiten und Schmiedeverfahren herunterrasselte. Alicias Augen weiteten sich vor Überraschung, als sich ein neuer Aspekt von Esther offenbarte.

Levi kannte die großmütterlich wirkende Ladenbesitzerin schon seit Jahren. Die Frau war ein Füllhorn an Informationen über Waffen und deren Herstellung. Und eine erstklassige Scharfschützin – vermutlich besser als irgendjemand sonst in der Stadt, wenn nicht sogar an der gesamten Ostküste.

»Dad, hast du irgendwelche Vorschläge?«, fragte Alicia.

»Esther, meine derzeitigen Messer sind aus YXR7, oder?«

Sie nickte. »Daraus werden die besten Klingen gefertigt, die man für Geld kaufen kann.«

Levi fasste zu seinem Fußgelenk, löste ein Wurfmesser mit Paracord-Griff aus der dort angebrachten Scheide und reichte es Alicia. »Hier, probier mal, wie es sich für dich anfühlt.« Sein Handy vibrierte in der Tasche. Er stand auf und sagte: »Entschuldigt mich, meine Damen. Ich muss mal kurz raus.«

»Dad, soll ich ...«

Mit einer abweisenden Geste verließ er den Lagerraum und rief über die Schulter: »Geh mit Esther die Liste durch, die wir erstellt haben. Ich bin gleich wieder da.«

Auf dem Weg durch den Laden vorbei an einigen Kunden

tippte Levi auf seinen Ohrstöpsel. Nach einem mehrfachen Klicken hörte er das leise Summen der hergestellten Telefonverbindung.

Paulie stand nach wie vor am Auto, als Levi hinaus auf den Bürgersteig trat. »Ja?«

»Hey, ich hab Neuigkeiten für dich.« Es war Frankie, Vinnies Sicherheitsleiter. *»Wir haben die Fühler ausgestreckt und ein Treffen mit unserem Kontakt von der Lieferung vereinbart.«*

»Du meinst die Russen? Oleg hat Leute in den USA?«

»So ist es, und der Don möchte, dass du uns vertrittst. Nur damit du Bescheid weißt, der Typ, den Scharkow schickt, ist ein Franzose, mit dem ich noch nie geredet habe.«

Levi lehnte sich an die Mauer neben dem Laden. Reifen quietschten, als ein Autofahrer wild auf die Bremse stieg und nur knapp vor einem Jungen zum Stehen kam, der auf die Straße gerannt war.

»Wo findet das Treffen statt?«

»Bei einer Reservierung um acht unter dem Namen Pierre Laroche im Le Bernardin.*«*

»Nobel.« Levi legte die Stirn in Falten.

»Ich bin mir nicht sicher, was ich davon halten soll, Levi. Als ich gesagt hab, dass du unsere Interessen vertreten wirst, hat er darum ersucht, dass du eine Begleiterin mitbringst. Für eine herzlichere Atmosphäre. Du hast bei Scharkows Leuten wohl einen gewissen Ruf.«

»Wer weiß? Vielleicht denkt Oleg regelmäßig daran, was ich mit seinem Boss gemacht habe.« Vor dem geistigen Auge sah Levi einen Mann in einer Lache seines eigenen Bluts. Wladimir. Der indirekt für den Tod seiner Frau verantwortlich gewesen war. »Frankie, wie genau soll eine Aussprache ablaufen, wenn Ehefrauen oder Freundinnen dabei sind?«

»Keine Ahnung, aber dir fällt schon was ein. Der Don hat gesagt, dass du mit Alicia dran arbeitest, etwas über die Lieferung rauszufinden, trotzdem muss Scharkow Antworten darüber liefern, was passiert ist.«

»Na schön, ich höre mir an, was der Franzmann zu sagen hat.« Levi warf einen Blick auf die Armbanduhr, überlegte rasch und sagte: »Ich muss davor ein paar Dinge erledigen. Sobald ich irgendwas weiß, geb ich dir Bescheid. Sonst noch was?«

»Nein, nur sei vorsichtig. Der Schlag gegen die Familie hat sich rumgesprochen – auf der Straße wartet man angespannt auf unsere Reaktion.«

»Verstanden. Wir hören uns.« Levi tippte auf den Ohrstöpsel und runzelte die Stirn.

Was er gerade erfahren hatte, verriet ihm, dass irgendetwas im Busch sein musste.

Ein solches Treffen in der Welt der *Cosa Nostra* fand in der Regel als förmliche Begegnung von zwei Vollmitgliedern und einem hochrangigen Familienvertreter als Vermittler statt. Dabei sollten Streitigkeiten beigelegt oder irgendwelche Bedingungen neu verhandelt werden, und der Familienvertreter entschied darüber – in manchen Fällen sogar der Don persönlich.

Darum ging es in diesem Fall nicht.

Wer dieser Pierre Laroche auch sein mochte, er stand in irgendeiner Verbindung mit der russischen Mafia. Konkret mit der Bande, die verdächtigt wurde, der Familie Bianchi etwas geliefert zu haben, das den Tod von zwei ihrer Soldaten verursacht hatte.

Levi drehte sich um. Die Glocke an der Tür von *Rosen's Sporting Goods* läutete, als er in den Laden zurückkehrte. Auf dem Weg vorbei an einem Kunden nickte er Moishe zu und betastete durch den Anzug die Glock in ihrem Schulterholster.

Zu einem solchen Treffen erschienen die Parteien im Normalfall unbewaffnet – nur würde es sich an diesem Abend um keinen Normalfall handeln.

Levi betrat wieder das Hinterzimmer. In der Luft hing der durchdringende Geruch von Waffenöl. Die summenden Leuchtstoffröhren an der Decke warfen scharfkantige Schatten auf die Werkbänke weiter hinten.

Alicia stand neben einem Tisch und hielt eine kompakte Handfeuerwaffe, den Blick konzentriert in den Lauf gerichtet. Durch die roségoldene Lackierung wirkte die Pistole beinah zierlich – ein trügerisches Aussehen für ein zum Töten gedachtes Werkzeug.

Esther, die mollige Waffenhändlerin, schaute mit scharfem Blick von einem zerlegten Gewehr auf. Kurz musterte sie Levi, bevor sie die Aufmerksamkeit wieder auf Alicia richtete. »Sie hat etwas gefunden, das ihr gut in der Hand liegt«, verkündete sie in überzeugtem Ton. »SIG Sauer P238. Roségold. Geradezu perfekt für eine junge Frau in ihrer Lage.«

Levi trat mit den Händen in den Taschen näher. »Tatsächlich?«

Esther wischte sich die Hände an einem Lappen ab, bevor sie mit dem Kopf auf die Waffe in Alicias Griff deutete. »Klein genug, um sie versteckt zu tragen, groß genug, um Bedrohungen aufzuhalten. Direktabzug, .380 ACP, minimaler Rückstoß – gegen die Knarre muss man nicht ankämpfen. Sieben Patronen im Magazin, eine im Lager.« Sie tippte mit einem Finger auf den Tisch. »Und wenn man sie braucht, ist sie ohne langes Fummeln zuverlässig einsatzbereit.«

Alicia drehte die Pistole herum und wog sie in der Hand. »Mir gefällt die Ausgewogenheit.«

»Kann ich verstehen.« Esther nickte. »Die ideale verdeckte

Waffe für jede Gelegenheit. Nur bevor wir weitermachen, Liebes, sag – hast du einen Waffenschein?«

Alicia zögerte.

Esther schnaubte. *»Bubale*, du weißt schon, dass wir in New York City sind, oder? Hier kannst du nicht einfach mit einem Schießeisen rumlaufen, außer du bist ehemalige Polizistin, Milliardärin oder die Cousine des Bürgermeisters.« Sie sah Levi an und zog eine Augenbraue hoch. »Aber wenn man die richtigen Leute kennt, lässt sich bestimmt etwas arrangieren.«

Levi atmete durch die Nase aus. Er wusste genau, was sie meinte. Die Mafiafamilie Bianchi unterhielt seit Jahren Beziehungen zu den richtigen Stellen, um sich Genehmigungen, Gefälligkeiten oder diskrete Dokumente zu besorgen. Geld wechselte den Besitzer, und Probleme verschwanden. »Alicia hat bereits alles, was sie brauchen wird. Stimmt's, Alicia?«

Seine Tochter machte große Augen, bevor sie nickte. »Oh, du meinst ... Ja, ich denke schon.«

Alicia besaß nach wie vor sämtliche Genehmigungen, die sie als Mitglied des Outfits erhalten hatte, jener geheimen Regierungsorganisation, mit der auch er in Verbindung stand. Und wenn Levi seinen Einfluss bei Mason geltend machte, einem der Direktoren der Behörde, würde sich daran nichts ändern.

Esther hielt ein Oberschenkelholster hoch. »Du wirst das Ding nicht in der Handtasche mit dir herumtragen, jedenfalls nicht, wenn du vielleicht schnell darauf zugreifen können musst. Falls du ein Cocktailkleid anhast, brauchst du was für den Oberschenkel. Links für die Klinge, rechts für die Pistole.«

Alicia nahm das Holster entgegen und strich mit den Fingern über die verstärkten elastischen Riemen. Sie fädelte das rechte Bein hindurch, und es lag bequem über der Jeans am Oberschenkel an.

»Ich hab noch nie unter einem Kleid hervor eine Waffe gezogen.« Sie deutete die Bewegung an und fragte: »Mit welcher Dauer muss ich dabei rechnen?«

Esther grinste. »Mit etwas Übung deutlich unter zwei Sekunden.«

Levi ergriff mit nachdenklicher Stimme das Wort. »Und üben kannst du heute Abend.«

»Heute Abend?« Blinzelnd sah Alicia ihren Vater an. »Was meinst du?«

»Heute Abend findet ein Treffen beim Essen statt. Ist ’ne gute Gelegenheit, dich herauszuputzen und mitzukommen. Du bist meine Begleitung.«

»Herrje, Dad.« Alicia tat so, als wäre sie angewidert. »Im Ernst? Wir werfen uns heute Abend in Schale?«

»Ja.« Levi wandte sich an Esther. »Seid ihr hier bald fertig?«

»Ja, aber wartet noch kurz, bevor ihr geht.« Esther drehte sich Alicia zu und deutete auf die eigene Brust. »Alicia, denk daran, dass die Waffe kein schweres Kaliber ist. Wenn du damit schießt, dann viermal. Zweimal in den Oberkörper, zweimal in die Leistengegend.« Sie tippte sich erst auf die Brust, danach auf den Schritt. »Üblich ist eigentlich die Körpermitte, aber falls dein Gegner gepanzert ist, hältst du ihn damit vielleicht nicht auf. Ziel immer auch tiefer. Wenn du das Becken oder den Oberschenkelknochen zertrümmerst, ist der Getroffene außer Gefecht gesetzt.«

Alicia dachte kurz darüber nach, bevor sie die P238 aus dem Holster zog und in ihre Handtasche warf. »Danke für den Rat.«

Esther reichte Alicia ein weiteres verstärktes Gummiband an einer Scheide mit einem Messer darin. »Als Überbrückung, bis die bestellten Klingen fertig sind.«

Alicia zog die füllige Frau in eine herzliche Umarmung. »War so toll, mit dir zu reden.«

Esther erwiderte die Geste. *»Bubale*, du kannst jederzeit für ein Gespräch unter Frauen vorbeischauen.« Sie drehte sich Levi zu, doch er kam ihr zuvor, bevor sie etwas sagen konnte.

»Setz alles auf meine Rechnung. Ich begleiche den Betrag Ende der Woche.« Levi küsste Esther auf die Wange. »Alicia und ich haben noch was zu erledigen.«

Auf dem Weg zum Ausgang zog Alicia das Messer aus der Scheide und bot es ihrem Vater an.

»Behalt es, bis die neuen Klingen kommen«, sagte Levi. Die Glocke bimmelte, als er die Eingangstür des Ladens öffnete. »Hast du noch das schwarze Kleid im Gästezimmerschrank?«

»Bin mir nicht sicher«, antwortete Alicia und schürzte die Lippen. »Ist ewig her, dass ich es zuletzt anhatte. Keine Ahnung, ob es mir überhaupt noch passt. In so einen Schuppen gehen wir?«

»Ja.« Levi gab Paulie ein Zeichen, der für Alicia die hintere Tür auf der Beifahrerseite öffnete. »Paulie, Alicia braucht ein Kleid fürs *Le Bernardin*.«

»Bergdorf Goodman?«, schlug Paulie vor.

Levi schob sich auf die Rückbank neben seine Tochter und erwiderte: »Passt.«

Als der Wagen losfuhr, kreisten Levis Gedanken um Pierre Laroche. Er holte sein Telefon heraus und wählte eine Nummer.

Fast sofort meldete sich Dennys Stimme. *»Hab noch keine Ergebnisse von den ...«*

»Schon gut. Kannst du mir alles mailen, was du über jemanden namens Pierre Laroche rausfinden kannst – L-a-r-o-c-h-e?«

»Geht klar. Irgendwelche bekannten Decknamen oder Verbindungen, die mir helfen könnten, die Suche einzugrenzen?«

»Ich weiß so gut wie nichts über ihn, nur dass er wohl mit Oleg Scharkow zu tun hat, einem Mafioso in Russland.«

Alicia warf ihm einen Seitenblick zu.

»Verstanden. Werd sehen, was ich ausgraben kann.«

»Danke, Kumpel.« Levi legte auf, und Alicia räusperte sich.

»Kannst du mir irgendwas darüber verraten?«

Levi begegnete grinsend ihrem Blick. »Du bist meine Begleitung für ein Treffen mit diesem Pierre.«

»Okay.« Alicia nickte. »Hast du .380 ACP-Munition zu Hause? Esther konnte für mich nur ein paar billige Übungspatronen entbehren. Sicherheitshalber hätte ich für heute Abend lieber etwas mit besserer Aufweitung und Durchschlagskraft.«

»He, Levi«, meldete sich Paulie von vorn zu Wort. »Falls du nichts hast, kenne ich was außerhalb der Stadt, wo wir gutes Zeug bekommen.«

Levi schmunzelte und tätschelte Alicias Bein. »Nur keine Sorge, Tigerlady. Ne, alles gut, Paulie, danke. Ich habe 'ne Hornady Critical Defense Patronen, die wunderbar mit Alicias neuem Spielzeug funktionieren sollten.« Er sah Alicia in die Augen und legte etwas Strenge in den Ton. »Aber wir haben nicht wirklich vor, auf jemanden zu schießen. Es ist nur ein Essen. Ich bin mir ziemlich sicher, dass du heute Abend in niemanden 'ne Kugel jagen musst.«

KAPITEL FÜNF

Levi betrat das *Le Bernardin* mit Alicia an der Seite. Im Eingangsbereich staute es sich – sechs Gäste warteten am Empfang, sahen auf die Uhr und murmelten leise vor sich hin. Als Levi erschien, heftete sich ihre Aufmerksamkeit erst auf ihn, dann auf Alicia. Seine Tochter bewegte sich mit ungezwungenem Selbstvertrauen. Sie trug ein elegantes schwarzes Kleid, das wie eine zweite Haut anlag und die Kurven ihres groß gewachsenen Körpers betonte.

Er rückte sein Jackett zurecht und ließ den Blick durch den Gastraum wandern. Kronleuchter warfen gedämpftes Licht auf gestärkte weiße Tischtücher. Die leisen Unterhaltungen der Elite Manhattans bildeten eine stete Geräuschkulisse. Seine über Jahre geschärften Instinkte übernahmen. Er achtete auf die Ausgänge, das Personal, die Körpersprache der Gäste. Ihm fiel nichts Ungewöhnliches auf. Noch nicht.

Für Außenstehende gaben Alicia und er ein aufsehenerregendes Paar ab. Ein Mann mit scharf geschnittenen Zügen und präzisen Bewegungen, die einen allzeit wachsamen Geist erahnen ließen. Daneben eine junge Asiatin, die selbstsicher und berechnend jede Einzelheit erfasste, ohne eine Miene zu verziehen. Verwandtschaft sah man ihnen nicht an. Sie wirkten eher wie ein Paar – schneidig, rätselhaft, unmöglich zu ignorieren. Aber so einfach war die Wirklichkeit selten.

Der Oberkellner schaute in das aufgeschlagene Reservierungsbuch und fuhr mit geübtem Finger die Namen entlang. »Einen Moment, Sir.«

Levi drehte sich leicht zur Seite und murmelte Alicia zu. »Bist du bereit?«

Sie nickte knapp, bevor sie die Finger mit seinen verschränkte, ohne zu zögern. Eine bewusste Geste. Für jeden Beobachter würden sie nicht wie Vater und Tochter oder bloße Bekannte wirken, sondern wie ein Paar.

Dennys Recherchen hatten herzlich wenig über Laroche ergeben. Der Mann besaß einen französischen Pass, hatte jedoch einen Großteil seiner Jugend in Moskau verbracht. Es gab einen einzigen Polizeibericht aus der Ukraine über ihn – dort war er kurzzeitig wegen des Verdachts, ein russischer Spion zu sein, inhaftiert gewesen. Die Anschuldigungen hatten sich in Luft aufgelöst, die Aufzeichnungen darüber waren tief vergraben worden. Der Mann glich einem Phantom. Und war mit ziemlicher Sicherheit weitaus gefährlicher, als er zu sein schien.

Der Oberkellner richtete sich auf. »Monsieur Yoder und Madame.« Ein höfliches Nicken. »Monsieur Laroche und seine Frau Margaux sind eben erst eingetroffen. Ich führe Sie zum Tisch.«

Er ging durch das Restaurant voraus, vorbei an gedämpften Unterhaltungen und dem gelegentlichen Klirren von Gläsern. Sie steuerten auf einen besetzten Tisch im hinteren Bereich zu. Als sie sich näherten, erhob sich dort eine kultiviert wirkende Gestalt – Pierre Laroche. Wie Levi war der Mann über 50, doch im Gegensatz zu Levi sah man es Laroche an. Silberne Strähnen im dunklen Haar, leichte Fältchen um die Augenwinkel. Er trug einen perfekt maßgeschneiderten Anzug der Art, die von unaufdringlichem Reichtum zeugte und von Männern bevorzugt wurde, die nie gehetzt, nie besorgt auftraten – zumindest nicht äußerlich. Levis Instinkte jedoch sprachen sofort an. Das Lächeln des Franzosen wirkte zu einstudiert, der Ausdruck in den Augen zu scharf. Er musterte Levi wie ein Raubtier seine potenzielle Beute. Unter dem polierten Charme lauerte etwas Heimtückisches.

Levi wusste es, weil er Laroche umgekehrt derselben Behandlung unterzog. Abwägend musterte er ihn, wog Stärken und Schwächen ab. Prädatoren erkannten ihresgleichen.

Neben dem Franzosen hatte sich eine auf ihre Weise imposante Frau erhoben. Vermutlich Ende 40. Sinnliche Ausstrahlung. Selbstsicher. Das kastanienbraune Haar trug sie zu einer eleganten Hochsteckfrisur eingedreht, die Körperhaltung ließ nichts zu wünschen übrig.

Sie begrüßten einander mit angetäuschten Wangenküssen und Nettigkeiten unausgesprochenen Kalküls, ehe sie sich setzten.

Ein Kellner erschien mit Speisekarten, doch Laroche nahm kaum Notiz von ihm. Mit einer Bewegung aus dem Handgelenk winkte er ab. »Das Menü des Küchenchefs für uns alle. Ich habe im Vorfeld mit Eric gesprochen und die nötigen Vorkehrungen getroffen.«

Der Akzent des Mannes war unklar. Nicht der eines typischen Franzosen, eher von jemandem mit gemischter Herkunft.

Levi winkte dem Kellner und erkundigte sich: »Was kann ich mir darunter vorstellen?«

Der drahtige Mann mit einem bleistiftdünnen Schnurrbart strahlte übers ganze Gesicht. »Eine Reise der Sinne, Sir«, antwortete er mit dem einstudierten Enthusiasmus von jemandem, der dieselben Worte schon hundertmal heruntergeleiert hatte. »Wir beginnen mit Gelbflossenthunfisch, beinah durchsichtig dünn geschnitten, darüber Gänseleber und Schnittlauch. Als Weinbegleitung servieren wir dazu einen Grünen Veltliner, der die Aromen verstärkt. Danach folgt zart gedünsteter Hummer in einer würzigen Bouillon mit Kumquat, gerade richtig im Abgang. Dazu ein Savennières aus der Loire, frisch und trocken.

Und zum Abschluss ein Kuchen mit delikat pochiertem Rhabarber und Crème-Chantilly-Häubchen. Als Ergänzung schenken wir einen Tokaji ein, süß, aber nicht aufdringlich, die letzte Note einer perfekten Symphonie.«

Er beendete den Satz mit einem geübten Lächeln und wartete mit gefalteten Händen auf eine Reaktion.

Mit einem leichten Kopfschütteln erklärte Levi: »Ich mag keinen Alkohol. Für mich stattdessen Selters.«

»Für mich auch«, warf Alicia ein.

»Natürlich, Monsieur und Madame.« Der Kellner ließ den Blick über den Tisch wandern. »Sonst noch etwas?«

Pierre wiederholte seine abweisende Geste. Der Kellner wandte sich geschmeidig ab und verschwand durch die Geräuschkulisse im Speisesaal.

Die am Tisch eintretende Stille wirkte angespannt und drückend. Levi warf einen Blick zu Alicia. Reglos und mit unlesbarer Miene saß sie da, die Finger zart an ihr Wasserglas gelegt.

Laroche beugte sich vor, stützte die Ellbogen auf den Tisch und sah Levi an. »Sind sie schon in diesem Restaurant gewesen?« Seine weiche Stimme klang ungezwungen.

Levi gestattete sich ein zurückhaltendes Lächeln. »Das ein

oder andere Mal. Ich habe es zum Grundsatz erhoben, alle mit drei Michelin-Sternen ausgezeichneten Lokale zu besuchen, egal in welcher Stadt ich mich gerade aufhalte.«

Laroche schmunzelte und nickte leicht. »Ich habe gehört, dass Sie ein Feinschmecker sind.« Sein Blick verlagerte sich auf Alicia. »Und Sie?«

Alicia schüttelte den Kopf. »Nicht so wie Levi, aber ich weiß gehobene Küche durchaus zu würdigen, wenn sie mir unterkommt.«

Laroches Lächeln wurde breiter, während er zwischen Alicia und seiner Frau hin und her schaute. »Das ist gut. Ich habe nämlich für euch beide etwas Besonderes für nach dem Essen arrangiert.«

Einen Moment lang flackerte Überraschung in Alicias Zügen auf. Auf der anderen Seite des Tischs setzte Laroches Frau denselben Ausdruck auf, doch Levi durchschaute sie, weil er zu einstudiert wirkte. Sie täuschte die Ahnungslosigkeit nur vor, wusste Bescheid. Also musste irgendetwas im Busch sein.

Was nichts Gutes verhieß.

Bevor er nachhaken konnte, trafen zwei Kellner ein, die anmutig Tabletts auf einer Hand balancierten. Levi ließ es auf sich beruhen.

Während einer der Kellner die Getränke servierte, stellte der mit Schnurrbart sein Tablett mit geübter Eleganz ab. Er hob die silberne Cloche an und präsentierte den ersten Gang – hauchdünn geschnittenen Thunfisch, belegt mit Gänseleber, bestreut mit Schnittlauch. Ein Gericht, das von Präzision, Sorgfalt und Kunstfertigkeit zeugte. In gemessenem Ton beschrieb er es erneut, ging auf das Zusammenspiel der Aromen ein und betonte die einander ergänzenden Texturen. Dabei sprach er mit der Überzeugung eines Chirurgen, der einen heiklen Eingriff erklärte.

Schließlich trat er mit vor sich gefalteten Händen einen Schritt zurück. »Guten Appetit.«

Damit drehte er sich um und verschwand so unbemerkt, wie er gekommen war, wieder in den Tiefen des belebten Restaurants.

Laroche nippte an seinem Wein und schwenkte gedankenverloren das Glas, bevor er schilderte, wie er zuletzt einen Thunfisch gefangen hatte.

Levi hörte kaum hin. Er stach mit der Gabel in ein Stück der Vorspeise. Die – ohne Frage außergewöhnlichen – Aromen breiteten sich auf seiner Zunge aus, doch er war nicht wegen des Essens hergekommen.

»... ist es uns gelungen, ihn einzuholen. Wie sich herausgestellt hat, wog er über 300 Kilo.«

Levi gab einen unverbindlichen Laut von sich. »Das ist ’ne Menge Thunfisch.«

»Wir haben vier Stunden gebraucht, um ihn an Bord zu bekommen. Er hätte um ein Haar das Boot zum Kentern gebracht«, erwiderte Laroche.

Alicia lehnte sich vor. »Was macht man überhaupt mit einem Fisch dieser Größe? Muss ein Albtraum sein, ihn zu filetieren.«

Laroche grinste. »Schockgefrostet. Am nächsten Morgen nach Tokio geflogen. Dort hat er einen verdammt guten Preis erzielt.« Er nahm einen Bissen von seinem Thunfisch und kaute mit selbstgefälliger Miene. »Womöglich essen wir gerade etwas von meinem Fang.«

Die Unterhaltung kreiste weiter, drehte sich um Reisen, Immobilien, eine Kunstausstellung in Paris. Beiläufig. Oberflächlich. Sinnentleert. Wartend ließ Levi der Sache ihren Lauf.

Das Abendessen entfaltete sich Gang für Gang, jedes Gericht ein Paradebeispiel für hohe Kochkunst – der zarte Hummer in würziger Bouillon, der Rhabarberkuchen mit samtiger Chantilly. Er schmeckte kaum etwas davon. Dafür beherrschte zu sehr der Grund seiner Anwesenheit seine Gedanken.

Dann verlagerte Laroche leicht die Haltung, und in seinen Augen flammte etwas auf.

»Ah«, murmelte der Mann und schaute an Levi vorbei. »Da ist er ja.«

Levi drehte sich um.

Eine Gestalt bewegt sich mit ruhiger Selbstsicherheit durch den Raum – Eric Ripert. Der prominente Sternekoch höchstpersönlich, schlank, elegant, kontrolliert.

Als Ripert den Tisch erreichte, grüßte er mit einem herzlichen, entwaffnenden Nicken in die Runde. »Ist mir eine Freude, Sie alle kennenzulernen«, sagte er. »Möchten die Damen vielleicht einen Blick hinter die Kulissen werfen – auf ein paar Kniffe der Kulinarik?« Sein Lächeln wirkte ungezwungen. Es schien echt zu sein. Der Mann hatte offenbar keine Ahnung vom wahren Grund ihrer Anwesenheit.

Alicia warf zögernd einen flüchtigen Blick zu Levi.

Er nickte kaum merklich. *Geh. Spiel mit.*

Sie stand auf, nahm Margaux an der Hand und folgte Ripert in Richtung der Küche.

Levi beobachtete, wie sie den Speisesaal durchquerten, bis ihre Silhouetten durch eine Schwingtür verschwanden.

Somit waren Laroche und er unter sich.

Die Geräuschkulisse des Restaurants rückte weiter in den Hintergrund. Die unbeschwerte Herzlichkeit von vorhin verflüchtigte sich, wurde von einer anderen Atmosphäre verdrängt.

Laroche lehnte sich zurück und schwenkte den letzten Schluck seines Tokaji im Glas. In seiner aalglatten Fassade taten sich gerade genug Risse auf, um den Stahl dahinter durchschimmern zu lassen.

»Hoffentlich stört Sie der Rahmen nicht«, ergriff er in beinah belustigtem Ton das Wort. »Ich habe meine Frau jahrelang vernachlässigt – obwohl sie eine durchaus angenehme Person ist, hat sie für mich keine Priorität. Ihre Freundin hingegen scheint mir eine wahre Freude zu sein. Jedenfalls hat mir der Abend heute einen praktischen Vorwand geliefert, mit ihr auszugehen.«

Bedächtig stellte er das Glas ab.

»Aber ich denke, jetzt sollten wir uns dem Geschäft zuwenden.« Er machte eine subtile Geste. »Die Kellner werden uns nicht unterbrechen. Wir können uns ungestört unterhalten.«

Die Atmosphäre zwischen ihnen veränderte sich. Die Zeit für Höflichkeiten war vorbei.

Das eigentliche Gespräch stand an.

Levis straffte die Schultern. »Sie müssen mir alles sagen, was Sie über die Lieferung wissen, die meine Partner von Oleg erhalten haben.«

»Erhalten?« Laroche setzte eine verwirrte Miene auf, ehe er sich vorbeugte und leise fortfuhr. »Das verstehe ich nicht. Ich weiß nur von einer Lieferung, die *morgen* eintreffen soll und für die Bianchi Trust LLC bestimmt ist. Meinen Sie die?«

»Morgen?« Ein Schauder lief Levi über den Rücken, als er den Kopf schüttelte. »Wir haben vor mehreren Tagen etwas bekommen ...«

»Unmöglich. Einen Moment.« Laroche holte sein Handy heraus und hielt es sich ans Ohr. Nach wenigen Augenblicken sprach er rasant auf Russisch.

»Die Bianchi-Lieferung – wo ist sie?«

Levi hörte gedämpft eine Antwort.

»Morgen früh um sechs? Ganz sicher? Hast du es mit dem Echtzeit-Tracker überprüft?«

Wieder eine undeutliche Erwiderung.

»Okay.« Laroche legte das Handy weg und schüttelte den Kopf. »Ich weiß nicht recht, was ich Ihnen sagen soll, aber die von Oleg losgeschickte Lieferung soll wie geplant morgen früh eintreffen. Wie kommen Sie darauf, dass Sie bereits etwas von uns erhalten haben?«

Vor seinem geistigen Auge sah Levi die ungeöffnete Kiste im Keller, als stünde sie direkt vor ihm. Er nannte die kyrillische Beschriftung, die auf der Außenseite stand: *»Красный Горизонт Транспорт.«*

Laroche runzelte die Stirn. »Red Horizon Transport? Das hat auf der Transportkiste gestanden?«

»Ja«, bestätigt Levi. »Einer meiner Partner hat eine E-Mail mit Ankunftszeit und -ort bekommen. Und genau dort wurde die Kiste gefunden. Wieso, gibt's ein Problem?«

»Scheint so.« Laroche begann, auf dem Handy zu tippen, während er sprach. »Irgendetwas stimmt hier nicht. Die Transportfirma gehört zwar Oleg, sollte aber nicht an Ihre Partner liefern. Wir verwenden sie für andere Zwecke. Darf ich fragen, was in der Kiste solchen Anlass zu Sorge ausgelöst hat?«

Levi spürte die Verunsicherung des Franzosen. Er täuschte seine Überraschung nicht vor. »Sagen wir einfach, es hat damit ein schwerwiegendes Problem gegeben, durch das wir Schaden erlitten haben.«

Laroche starrte einen Moment lang auf sein Handy, bevor er Levi direkt ansah. »In Moskau ist es jetzt fünf Uhr morgens. Oleg hat sein Telefon nicht eingeschaltet. Um ehrlich zu sein, wusste ich nicht mal, warum Ihre Organisation dieses Treffen verlangt hat. Ich bin davon ausgegangen, dass es sich um die anstehende Lieferung drehen würde oder Sie vielleicht über eine zusätzliche Vereinbarung reden wollen. Ich habe keine Ahnung, was Sie erhalten haben, geschweige denn, was Ihren Mitarbeitern« – sein Stirnrunzeln vertiefte sich – »irgendeinen Schaden verursacht haben könnte. Können Sie das näher ausführen? Von welchem Schaden reden wir?«

»Nein, darüber werde ich nicht reden.« Levi schüttelte den Kopf. »Mir wäre lieber, Sie erklären mir, was in der Kiste sein sollte. Und was die Lieferung morgen enthält. Ich glaube nicht, dass man uns darüber informiert hat. Hat man uns eine Mitteilung geschickt?«

»Eine Sekunde. Das kann ich überprüfen.« Laroche tippte auf seinem Handy und hielt es sich ans Ohr. Kurz danach sprach er abermals fließend auf Russisch. »Pavel. Pavel! Du musst was für mich nachsehen. Sofort.«

Levi beugte sich näher und hörte leise die aus dem Telefon dringende Erwiderung.

»In Ordnung. Was brauchst du?« Die kaum hörbare Stimme klang benommen, als wäre der Besitzer aus dem Schlaf gerissen worden.

»Schau auf dem Bianchi-Konto nach. Sag mir, was du dort siehst.«

»Eine Sendung unterwegs in die USA, kommt morgen bei Tagesanbruch an.«

»Und ist der Kunde über die Ankunft informiert worden?«

»Sollte so sein. Moment ... oh Mist! Pierre, das scheint irgendeine Verwechslung vorzuliegen. Eine Sekunde, ich überprüfe noch etwas ...«

Laroches Züge verhärteten sich, als würde er mit den Zähnen knirschen.

»Pierre, keine Ahnung, wie es passiert ist, aber offenbar sind

da zwei Lieferbenachrichtigungen vertauscht worden. Die Bianchi Trust LLC hat die Benachrichtigung für die Sendung an einen anderen Kunden erhalten und der die für Bianchi.«

Der Franzose holte tief Luft, hielt sie einen Moment lang an und stieß sie dann langsam aus, während er den Kopf schüttelte. »Wir reden später weiter.« Mit frustrierter Miene legte er das Handy auf den Tisch. »Es scheint zu einer Verwechslung gekommen zu sein. Anscheinend haben Sie die Versandbenachrichtigung eines anderen Kunden erhalten und der Ihre. Ich muss mit Oleg noch ausführlicher darüber reden. Also haben Sie die Kiste dieses anderen Kunden?«

Levi kniff die Augen zusammen und spürte, wie sich Zorn in ihm regte. »Ich muss alles über diesen anderen Kunden erfahren. Wenn ich die Information nicht sofort bekomme, haben wir ein ernstes Problem.«

Laroche lehnte sich auf dem Stuhl zurück. Seine Lippen bildeten eine schmale Linie, während er Levi musterte. »Ich weiß weder, wer der andere Kunde ist, noch könnte ich Ihnen ohne Olegs Erlaubnis etwas mitteilen. Und ich habe nach wie vor keine Ahnung, welches Problem mit der Kiste aufgetreten ist, die Sie bekommen haben. Können Sie mir darüber irgendetwas sagen?«

Levi schüttelte den Kopf. »Nein. Wir müssen Oleg schnellstmöglich einbeziehen. Mein Vorgesetzter wird in der Sache wenig Geduld zeigen. Wir müssen sie klären.«

»Ich verstehe. Dann lassen Sie mich etwas als Zeichen des guten Willens tun.« Laroche ergriff sein Handy, wischte mehrmals über das Display und zeigte es Levi. »Dies ist die Adresse, an der die Lieferung morgen eintrifft, samt Beschreibung, wie man sie findet. Ich lasse jemanden versuchen, den anderen Kunden zu erreichen, um Konflikte zu vermeiden. Jedenfalls trifft Ihre Sendung am Red Hook Terminal in Brooklyn ein. Gar nicht weit von hier.« Er holte einen Stift und einen Notizblock aus der Innentasche seines Jacketts und bot Levi beides an. »Bitte sehr.«

Levi betrachtete die Informationen auf Laroches Display und prägte sie sich ein. Er tippte sich an die Schläfe. »Danke, schon gespeichert.«

»Ich entschuldige mich für die Verwechslung«, sagte Laroche und klang dabei aufrichtig. »So was ist noch nie vorgekommen, und wenn's nach mir geht, wird es nie wieder passieren. Oleg ist eher ein Langschläfer, aber ich bleibe an ihm dran und gebe Ihnen Bescheid, sobald ich ihn erreiche. Könnte spätnachts werden. Ist das in Ordnung?«

»Jederzeit.« Levi schwenkte die Hand zu einer abschließenden Geste, als er die beiden Frauen auf dem Weg durch den Speisesaal bemerkte. »Anscheinend ist die Küchenführung zu Ende.«

Alicia lächelte untypisch, als sie den Tisch erreichte. Sie hielt zwei dunkle Mitnehmschachteln mit der Aufschrift »Le Bernardin« hoch. »Eric hat uns Dessertunterricht erteilt!«

»Ach ja?«, sagten Levi und Laroche gleichzeitig.

»Hoffentlich mögt ihr Bananen-Sticky-Toffee-Pudding. Margaux und ich haben ihn unter Anleitung zum Mitnehmen zubereitet.«

Levi erwiderte Alicias Lächeln und fragte: »Hattet ihr Spaß?«

Alicia und Margaux wechselten einen Blick, kicherten und nickten beide.

»Pierre, seid ihr fertig mit eurem geschäftlichen Gespräch?«, fragte Margaux.

Laroche klopfte Levi auf die Schulter, und die beiden nickten einander zu. »Ich denke schon.« Der Franzose lehnte sich näher und fügte leise hinzu: »Ich rufe Sie heute Nacht noch an, sobald ich mehr weiß.«

Die beiden standen auf, die Paare verabschiedeten sich voneinander, und Levi verließ das Restaurant mit Alicia am Arm.

Unterwegs tippte er auf sein Telefon, hielt es sich ans Ohr und sagte: »Wir sind so weit.« Dann richtete er den Blick auf Alicia und lobte sie. »Gut gemacht.«

Sie schüttelte mit einem schiefen Lächeln den Kopf. »Das war ja nicht gerade anspruchsvoll. Essen in einem Sternerestaurant, danach ein bisschen schäkern mit dem Küchenpersonal.«

»Haben Laroches Frau und du deshalb so gekichert?«

»So ziemlich. Margaux hat unverhohlen mit Eric geflirtet. Der Mann ist so hochrot angelaufen, dass er mich mit dem weißen Haar an 'ne Zuckerstange erinnert hat.«

Levi schmunzelte, während er sich nach ihrem Auto umsah. »Na ja, ein Teil der Übung war auch der gesellschaftliche Umgang. Das Einfügen in eine Gruppe zur Informationsbeschaffung.«

»Dad, das Outfit hat mich darin ausgebildet. Ich bin kein völliger Grünschnabel.«

Levi bedachte sie mit einem strengen Blick.

Alicia verdrehte die Augen. »Okay, okay. Für dich vielleicht schon, trotzdem hab ich ein wenig Ahnung.«

Er beugte sich zu ihr und drückte sie mit einem Arm. »Du hast dich gut angestellt. Niemand ist draufgegangen, und du hast niemandem die Rübe wegpusten müssen.«

Sie bedachte ihn mit einem geradezu entsetzten Blick. »Jemandem die Rübe wegpusten? Du weißt schon, wie albern das klingt, oder? Das ist ziemlich angestaubt ...«

»Weiß ich, Alicia.« Schmunzelnd zeigte Levi auf die anrollende Limousine. »Ich treibe mich bereits länger auf der Straße rum, als du auf der Welt bist, Kleines. Ich zieh dich doch bloß auf.«

Paulie sprang aus dem Wagen und öffnete die hintere Tür auf der Beifahrerseite.

Als Alicia einstieg, vibrierte Levis Handy.

»Oh Mist.« Alicia klang angespannt, als sie ihm das Display ihres Smartphones zeigte. »Sieh mal, wer anruft.«

Als der Wagen anfuhr, warf Levi einen Blick auf das eigene Telefon und schüttelte den Kopf.

Irgendwie wurden sie beide von derselben Nummer angerufen.

Er ging ran und hob sich das Gerät ans Ohr. »Hallo, Mason.«

Das Outfit.

KAPITEL SECHS

»Levi, lange nichts voneinander gehört.« Masons Stimme klang ungewöhnlich beschwingt.

»Doug, Sie rufen nie grundlos an.« Levi sah Alicia an, die mit den Schultern zuckte. Ihr Handy hatte in dem Moment aufgehört zu klingeln, als er rangegangen war. »Was gibt's?«

»Sie müssen mir einen Gefallen tun. Und ich denke, an der Sache könnten Sie bereits in irgendeiner Weise dran sein.«

Levi setzte sich aufrechter hin, als die Limousine auf der West 51st Street nach Osten fuhr. »Ich muss schon etwas mehr erfahren, bevor ich mich dazu äußern kann.«

»Es ist ein heikles Thema. Über Fragen der nationalen Sicherheit möchte ich nicht reden, während Sie in einem Uber sitzen. Ich weiß, dass Sie gerade mit Alicia zum Abendessen in einem noblen französischen Restaurant waren, aber die Angelegenheit ist dringend.«

Levi runzelte die Stirn. Das Outfit zapfte regelmäßig Überwachungskameras an, um Personen oder Orte von Interesse zu überwachen. Daher stellte es keine sonderliche Überraschung dar, dass Mason wusste, wo er gewesen war.

»Ich brauche Sie beide in der SCIF in Harlem. Dort werden Sie ein paar Dinge erwarten. Für die Sache sind Ihre Fähigkeiten nötig.«

»Und welche wären das?«

SCIF war Geheimdienstjargon und stand für »Sensitive Compartmented Information Facility«, einen Bereich für die sichere Lagerung und Nutzung sensibler Informationen. Im Wesentlichen ein Ort, an dem man bedenkenlos geheimes Material durchsehen und darüber reden konnte.

Der Wagen rollte vor das *Helmsley Arms*. Paulie parkte ein, stieg aus und öffnete die hintere Tür auf der Beifahrerseite.

Levi hievte sich noch mit dem Handy am Ohr aus der Limousine.

»Mehr kann ich Ihnen nicht erklären, während Sie auf der Straße stehen. Ich habe einen Uber losgeschickt, der Sie abholt. Und ich kann Ihnen versichern, dass Sie es nicht bereuen werden, hinzufahren.«

Levi schaute zu Alicia, als auch sie ausstieg. »Wie weit ist das Auto noch weg? Für ’nen Ausflug nach Harlem sind wir nicht wirklich passend angezogen.«

»Es braucht keine Minute mehr zu Ihnen. Ich würde Sie ja nach Süden zur FBI-Außenstelle schicken, nur dorthin kann ich Ihnen das Material nicht bringen lassen. Keine Sorge, unsere Jungs werden Sie erwarten.«

»Doug, ich hoffe, Sie vergeuden nicht meine Zeit.« Kaum hatte Levi die Worte ins Telefon gebrummt, rollte ein schwarzer Ford Escalade rechts ran.

»He, Levi.« Paulie tippte ihm auf die Schulter. »Wenn du nach Harlem musst, kann ich dich fahren, gar kein Problem.«

»Levi, der Uber ist ein schwarzer Escalade. Laut App müsste er da sein. Sehen Sie ihn?«

Levi tätschelte dem Hünen neben ihm den Arm und schüttelte den Kopf. »Passt schon, Paulie. Falls jemand aus der obersten Etage fragt, Alicia und ich sind in einer Familienangelegenheit unterwegs.«

»Äh, Dad?« Alicia schaute zwischen ihm und dem großen, auf sie wartenden SUV hin und her. »Was ist los? Harlem?«

Solche Anrufe kamen von Doug Mason nur, wenn die Kacke bereits dampfte.

Levi schüttelte kaum merklich den Kopf, bevor er zur Hintertür des SUV ging, sie öffnete und sagte: »Fahren wir. Der Abend ist noch nicht zu Ende.«

~

Levi beobachtete die draußen vorbeiziehende Umgebung, während der große SUV östlich den Central Park entlang nach Norden fuhr. Immer noch hatte er Mason im Ohr.

»Natürlich überrascht mich nicht, was Sie sagen. Alicia ist vielleicht nicht blutsverwandt mit Ihnen, trotzdem ist sie genauso stur wie Sie. Mir ist klar, dass eine Vollzeitstelle beim Outfit nicht Ihr Stil ist und Sie durch die Familie abgelenkt sind. Aber falls es sich Alicia anders überlegt, finde ich nach wie vor, dass sie als feste Mitarbeiterin bei uns besser aufgehoben wäre.«

Levi warf einen Blick zu seiner Tochter, die mit stirnrunzelnder Miene energisch den Kopf schüttelte und verdeutlichte, was sie von der Vorstellung hielt, zum Outfit zurückzukehren.

»Das ist ihre Entscheidung.« Er wechselte das Telefon zum anderen Ohr, damit sie hoffentlich nicht so gut mithören konnte. »Wir sind fast da. Keine Ahnung, wo die SCIF hier ist, also ...«

»Keine Sorge, Watkins zeigt Ihnen den Weg.«

Levis Telefon vibrierte. »Moment, ich kriege gerade einen anderen Anruf rein. Wir hören uns gleich wieder.« Er warf einen Blick aufs Display, lächelte und hob das Handy zurück ans Ohr. »Denny, hast du was für mich?«

»Ja, nur wird's dir wahrscheinlich nicht gefallen. Schon mal was von Nowitschok gehört?«

»Nein. Ist mir noch nie untergekommen. Ist das eine Person, ein Ort, oder was?«

»Das ist eine Biowaffe, Levi. Eine besonders fiese, ursprünglich aus der Sowjetunion. Die Proben weisen haufenweise Rückstände davon auf. Tatsächlich hat mein Ansprechpartner gemeint, wer auch immer sie genommen hat, müsste inzwischen wohl tot sein.«

Levi schaute zu Alicia. »Wie fühlst du dich?«

»Gut.« Sie bedachte ihn mit einem fragenden Blick. »Warum?«

Der Uber näherte sich der Ecke Lenox Avenue und West 127th Street in Harlem.

»Denny, ich muss dich zurückrufen. Bin grad mitten in was drin.«

Levi steckte das Handy ein, dankte dem Fahrer und stieg aus.

Es war kurz vor 23:00 Uhr. Auf den Straßen herrschte relative Ruhe. Wenngleich es sich überwiegend um eine Wohngegend handelte, sah man in der Umgebung auch einige Geschäfte.

»Dad, was machen wir hier?« Alicias Blick wanderte über die Straße. Obwohl sich vereinzelt noch Leute herumtrieben, fiel sie auf wie ein bunter Hund.

Das galt für sie beide. Für die Gegend waren sie entschieden zu schick gekleidet.

»Komm mit.« Er bedeutete ihr, ihm zu folgen, und ging den Block entlang voraus.

Als er sich dem Nachtklub ohne Namen näherte, flüsterte Alicia: »Das ist einer der Unterschlupfe des Outfits, stimmt's?«

Mit großen Augen sah er sie an. »Warst du schon mal hier?«

»Nicht hier in der Stadt.« Sie lächelte. »Sieht aber verdächtig ähnlich wie einer aus, in dem ich gewesen bin.«

Technomusik dröhnte durch eine von lila Neonlichtern umgebene Tür heraus. Die zwei Rausschmeißer links und rechts daneben starrten sie an, als sie sich näherten.

Jeder der beiden Muskelprotze wog vermutlich um die 130 Kilo und hatte den Körperbau eines Gewichthebers. Keiner ließ auch nur einen Hauch von Humor erkennen. Man hätte meinen können, sie wären direkt von einem Casting rekrutiert worden, bei dem nach jemandem wie Clubber Lang auf Steroiden gesucht worden war.

Er trat vor die Türsteher hin. Bevor er das Wort ergreifen konnte, tat es einer der beiden mit einem leichten jamaikanischen Akzent. »Ich müsste einen Ausweis sehen, Mr. Yoder. Von Ihnen auch, Miss Yoder.«

Offensichtlich wurden sie erwartet.

Levi kramte in der Tasche nach seiner Münze, während Alicia ihre bereits vorzeigte.

Die silbrig glänzende Münze wies auf einer Seite eine Pyramide mit einem Auge darin auf, umgeben von lateinischer Schrift, auf der Rückseite das vertraute Bild eines Wolfs.

Er lächelte, als der Türsteher die andere Seite ihrer Münze ergriff, deren Auge aufleuchtete. Dann sahen beide Männer ihn an. Er hielt ihnen sein Exemplar hin, und die Identifizierung wurde wiederholt.

Danach stupste er Alicia mit der Schulter und flüsterte: »Du bist eindeutig schon mal an einem dieser Orte gewesen.«

Die beiden Männern traten zur Seite und bedeuteten ihnen, einzutreten.

Obwohl Levi wusste, dass es sich beim Aussehen des Gebäudes nur um eine Fassade handelte, wappnete er sich beim Öffnen der Tür für einen akustischen Ansturm.

Aber kaum hatte er sie aufgezogen, verstummte die Technomusik. Er trat in völlige Stille ein.

Genau wie beim letzten Mal.

Als sich die Tür hinter ihm schloss, setzte die Musik gedämpft wieder ein – von *draußen.*

Sie diente als Ablenkung und stammte irgendwie aus der Tür selbst.

Es handelte sich nur um eine von vielen Täuschungen, die sich das Outfit ausgedacht hatte. Levi hatte in anderen Teilen der Welt schon mehrere ähnlich getarnte Einrichtungen der Organisation kennengelernt.

Levi und Alicia standen in einer holzgetäfelten Lobby, in der es frisch nach Politur und Pfeifentabak roch. Auf der anderen

Seite des Empfangsschalters befand sich ein großer, dünner, weißhaariger Mann.

»Das ist so cool«, schwärmte Alicia. »Von allem beim Outfit hab ich das immer am beeindruckendsten gefunden. Gibt's hier auch Räume, die verschwinden?«

»Zu meinem Leidwesen ist der ganze Schuppen wahrscheinlich ein Labyrinth wandernder Räume. Bin noch nicht oft hier gewesen. Komm, bringen wir's hinter uns.« Levi trat zum Schalter vor und grinste dem bekannten Gesicht entgegen.

»Hallo, Watkins.«

»Mr. Yoder, wie schön, Sie wiederzusehen. Sie werden erwartet. Sie auch, Miss Yoder.« Der Mann sprach mit einem überaus vornehmen britischen Akzent, der Levi an den Butler aus *Downton Abbey* erinnerte. »Ihren Ausweis bitte.«

Beide hielten ihm die Münzen hin. Der Mann ergriff die Ränder, und die Augen darauf begannen, zu leuchten. »Schön, Sie wiederzusehen, Watkins. Lösen Sie sich diesmal wieder in Luft auf?«

»Sir?« Der ältere Mann legte den Kopf schief. In der sonst stets so stoischen Miene zeichnete sich ein Hauch von subtiler Belustigung ab.

»Egal. Sie wissen vermutlich besser als ich, warum wir eigentlich hier sind.«

»Ach, richtig.« Watkins nickte. »Sie beide sollen Zugang zu einer SCIF erhalten. Das ist kein Problem, aber Direktor Mason hat mich gebeten, für ihn ein paar Dinge zu erledigen, die Sie beide betreffen. Bitte folgen Sie mir.«

Levi begleitete Watkins durch einen Flur, erhellt von altmodischen Wandleuchtern mit Glühbirnen, die wie Flammen flackerten. Diesmal achtete Levi mit geschärften Sinnen auf jede noch so kleine Einzelheit.

Beim letzten Mal war Watkins wie von Geisterhand verschwunden, und die Gänge hatten nicht alle dorthin zurückgeführt, wo sie ursprünglich begonnen hatten. Das gesamte Gebäude hatte etwas von einem Spukhaus, in dem sich Korridore verschoben und der Besitzer spurlos verschwand. Diesmal wollte Levi die Tricks durchschauen. Er beugte sich zu Alicia und flüsterte: »Halt die Augen offen. Der Schuppen ist mir unheimlich.«

Alicia lächelte. »Ich finde ihn spitze.«

Am Ende des Gangs befand sich eine angelehnte Tür. Watkins blieb davor stehen. »Sir, Ma'am, das ist die Domäne unseres Quartiermeisters.« Mit einer ausladenden Geste deutete Watkins zur Tür. »Nach Ihnen.«

Levi schob die Tür auf. Dabei bemerkte er, dass sie etwa 15 Zentimeter dick war. Obwohl sie Hunderte Kilo wiegen musste, bewegte sie sich geräuschlos auf gut geölten Angeln.

Als Levi hindurchtrat, ging flackernd Licht an und erhellte einen Raum mit einzelnen Spinden, in dem ein lautes Miauen ertönte.

»Bagel!«, entfuhr es Alicia. Sie eilte zur anderen Seite des Raums, wo eine Katzenbox auf einem Tisch stand.

Gleich darauf schoss ein schwarzes Fellknäuel heraus und fauchte in Watkins' Richtung.

»Tut mir leid, Mr. Bagel. Ich habe nur getan, was man mir aufgetragen hat.«

Alicia hob den Kater auf und drehte sich Watkins zu. »Wie konnte Mason wissen, wo er gewesen ist? Er war bei meiner Nachbarin zu Hause.«

Watkins zuckte mit den schmalen Schultern. »Seine Abholung wurde arrangiert. Ich fürchte, die Einzelheiten sind mir nicht bekannt.«

Bagel begann, zu schnurren, und rieb den Kopf an Alicias Kinn.

Levi runzelte die Stirn. »Mason hat eindeutig was Größeres vor. Ich kann nicht behaupten, erfreut darüber zu sein.« Er wandte sich an Watkins. »Können wir jetzt zu der SCIF?«

Watkins zuckte mit den Schultern. »Ich befolge nur Anweisungen, Mr. Yoder.« Er deutete auf eine Stange in der Mitte des Raums. Etwa in Augenhöhe befand sich ein Sichtfeld, das an jenes eines Periskops an Bord eines U-Boots erinnerte. »Wenn Sie so nett wären, blicken Sie bitte in den biometrischen Scanner.«

Levi schüttelte den Kopf, als er sich der Vorrichtung näherte. Dieselbe Routine hatte er schon öfter abgespult, nur diesmal fühlte es sich ein wenig merkwürdig an. Er musste doch nur in einen Raum.

Als Levi die Augen vor das Visier hielt, ging ein grünes Lämpchen an, gefolgt von einer Reihe klickender Geräusche. Dann nichts mehr.

Levi trat zurück und stellte fest, dass eine Spindtür aufsprang.

Watkins gab Alicia ein Zeichen. »Ma'am, Sie bitte auch.«

Alicia näherte sich dem Scanner und spähte hinein. Kurz danach öffnete sich ein weiterer Spind.

»Sir«, ergriff Watkins das Wort und deutete auf den näheren. »Bitte überprüfen Sie Ihre Gegenstände.« Er richtete die Aufmerksamkeit auf Alicia und schwenkte die Hand auf den anderen Spind. »Ma'am, Sie auch.«

Levi ging hin und blickte hinein.

Er holte eine lange, flache Holzkiste daraus hervor und legte sie auf einem nahen Tisch ab.

Die scheinbar hohle, lackierte Kassette wies keinen offensichtlichen Verschluss oder sonstige Möglichkeit auf, sie zu öffnen.

Alicia packte eine ähnliche Kiste daneben. Beide sahen Watkins an.

»Gibt's einen Trick, um sie aufzubekommen?«, fragte Levi.

»Ich muss schon sagen, Sie beide erwartet etwas Besonderes.« Mit verschmitzter Miene trat Watkins an den Tisch und fuhr mit dem Finger den Rand von Alicias Kiste entlang. »Direktor Mason war der Ansicht, dass Ihre übliche, zwar durchaus wirksame Körperpanzerung aufgerüstet werden sollte. Und das hier stellt einen regelrechten Sprung dar.«

Der ältere Mann drückte mit beiden Daumen auf die Ecken der Kiste. Der Deckel öffnete sich geschmeidig. Zum Vorschein kamen ordentlich gefaltete Sportkleidung und etwas, das nach einem Damenanzug aussah.

Watkins entnahm der Kassette einen Stapel schwarzer Kapuzenpullis, legte sie beiseite und holte danach einen bedruckten Zettel heraus. Er rückte seine Brille zurecht und las laut vor: »Wir präsentieren: G7 Phantom. Graphen-Technologie. Kugelsicher, leicht und vor allem unscheinbar. Im Gegensatz zu den Westen, die Sie beide tragen, werden Sie feststellen, dass diese Kleidung bequemer ist und ein natürlicheres Auftreten ermöglicht.«

Bagel wand sich aus Alicias Armen und hopste auf den Tisch. Er schnupperte an der geöffneten Kiste und deren Inhalt. Seine goldenen Augen behielten dabei durchgehend den Besitzer des Unterschlupfs im Blick.

Levi ahmte Watkins' Trick bei seiner Kassette nach, die sich ebenfalls öffnete. Auch sie enthielt Kapuzenpullis sowie ein Herrenjackett.

Er fasste hinein, hob einen Pullover an den Schulterteilen heraus und ließ ihn aufklappen. Das Material sah weich und geschmeidig aus – vollkommen normal, wenngleich es sich etwas schwerer als erwartet anfühlte. Als er an dem Stoff zupfte, stellte er fest, dass er sich kaum dehnte.

»Sieht völlig gewöhnlich aus, nicht wahr?«, merkte Watkins an. »Die Außenhülle besteht aus einem dreilagigen Gewebe – Graphen-Verbundstoff, Aramidfasern und eine Membran aus scherverdickender Flüssigkeit. Sie ist weich und atmungsaktiv, und die Tests waren ziemlich vielversprechend. Bei einem Treffer in die Brust wird die Aufprallenergie über die gesamte Fläche verteilt und die Durchschlagskraft auf nahezu null verringert. Als würde man eine Panzerplatte tragen, allerdings nur für den Bruchteil einer Sekunde.«

»Sie sagen, auf nahezu null«, hakte Alicia nach. »Was kann ich mir darunter vorstellen?«

Watkins lächelte. »Natürlich gibt es Grenzen. Zuverlässig aufgehalten werden Standardmunition der Typen 9-Millimeter, .45 ACP, .357 Magnum und vielleicht einen Schuss aus einem Hochleistungsgewehr wie einem .308 aus nächster Nähe. Der Vorteil der Technologie der Scherverdickung ist, dass sich die Moleküle in dieser Schicht bei einem Aufprall mit hoher Geschwindigkeit zusammenziehen und das Material kurzzeitig starr werden lassen. Das bedeutet, dass auch Angriffe mit Hieb- und Stichwaffen sowie stumpfe Gewalteinwirkung fast vollständig neutralisiert werden.«

»Klingt theoretisch gut«, meinte Levi, zog sein Jackett aus und probierte das neue vom Outfit an. Alicia und Watkins wussten nichts davon, doch Esther hatte die Idee einer scherverdickenden Flüssigkeitsschicht in seinem Jackett bereits vor mehreren Jahren umgesetzt, was ihm schon mindestens einmal die Haut gerettet hatte.

Das neue Modell fühlte sich leichter als jenes an, das er bisher getragen hatte, was sowohl gut als auch schlecht sein konnte. Er bedachte Watkins mit einem Seitenblick und fragte: »Wär's in Ordnung, wenn ich das einem schnellen Test unterziehe?«

»Einem Test?« Watkins zuckte mit den Schultern. »Ich denke schon. Es gehört ja jetzt Ihnen.«

Levi zog eine schimmernde Klinge aus dem Schulterholster.

Alicia hob Bagel hoch, wich mit dem Kater zurück und küsste ihn auf den Kopf.

Ohne Vorwarnung rammte Levi das Messer mit aller Kraft in den Stapel der Kapuzenpullis. Der Tisch ratterte unter dem Aufprall, was Bagel ein Knurren entlockte.

Levis Finger und Handgelenk schmerzten.

Kaum hatte die Spitze der Klinge den dicken Stapel aus Stoff berührt, hatte es sich angefühlt, als hätte er auf Hartholz eingestochen.

»Und? Wie sieht's aus?«, fragte Alicia, als Bagel zurück auf den Tisch sprang und an den von Levi attackierten Pullis schnupperte.

Nachdem er sich vergewissert hatte, dass sein Messer unversehrt geblieben war, hob er den obersten Pullover hoch.

Er strich mit den Fingern über die Stelle des Aufpralls und stieß einen leisen Pfiff aus. Sein Blick fiel auf Watkins. »Die Außenschicht besteht also aus Graphen?«

Der ältere Mann nickte bestätigend.

Levi schob die Hand in das Kleidungsstück und tastete nach Schäden. »Tja, wie auch immer, der Durchdringungsversuch einer scharfen Klinge lässt das Material offenbar völlig kalt.«

Levi hielt den Kapuzenpulli an sich und sah Alicia an. »Könnte er mir passen?«

Alicia nickte, und Watkins warf ein: »Da das Outfit Ihrer beide Maße hat, sollte alles gut sitzen.«

Levi wechselte zurück in sein altes Jackett und legte das neue sowie die Pullover zurück in die Kiste. »Ist das alles, Watkins?«

»Ich denke schon, Mr. Yoder. Und wenn Sie alles in Ordnung finden, würde ich Sie ersuchen, Ihre Sachen zusammenzupacken. Direktor Mason ist soeben eingetroffen, und ich soll Sie zu ihm führen.«

»Er ist hier?« Alicias Augen wurden groß, als sie ihre neue Kleidung ergriff.

Levi zuckte mit den Schultern. Mit einem persönlichen Treffen hatte er nicht gerechnet.

Der weißhaarige Mann lächelte nur und bedeutete ihnen beiden, ihm zu folgen.

Levi griff sich seine Kiste, und sie kehrten durch den Gang zurück, durch den sie gekommen waren. Doch wie beim letzten Mal mündete er nicht mehr in den Eingangsbereich.

»Ha.« Mit verwirrter Miene ließ Alicia den Blick über die Umgebung wandern. »Ich hab nicht das Geringste gehört. Keine rotierenden Zahnräder, keine sich verschiebenden Wände, nichts.«

Bagel trabte miauend neben Alicias Füßen her. Sein aufgerichteter Schwanz ragte dabei wie ein Pfeil in Richtung der Decke.

Auch er schien aufmerksam auf sein Umfeld geachtet zu haben, dennoch war ihm entgangen, wie sich die Gänge verändert hatten.

Sie folgten dem Korridor weiter, vorbei an dem Bereich, in

dem sich die Lobby befinden sollte, bis sie einen kleinen Raum betraten.

Den Levi wiedererkannte. Er enthielt lediglich eine nach unten führende Treppe.

Levi schaute zurück zu Watkins und erstarrte.

Hinter ihnen befand sich niemand.

»Verdammt, wie kann er jedes Mal so verschwinden? Als wäre er ein Geist.«

»Was jetzt?«, fragte Alicia. Sie zeigte auf die Stufen, an denen Bagel schnupperte. »Gehen wir runter?«

Levi blickte auf den Kater hinab. »Bagel, lass mich hier vorausgehen. Wir können's nicht gebrauchen, dass noch jemand verschwindet.«

Der Vierbeiner sah ihn mit großen, goldenen Augen an und miaute. Es musste sich wohl um einen zustimmenden Laut handeln, denn er wich von der Treppe zurück, bis er gegen Alicias Bein stieß.

Levi setzte sich die Stufen hinunter in Bewegung.

In der kleinen Kammer unten erwartete Levi ein schnittiger Eisenbahnwaggon mit offenen Türen. Neonlicht erhellte die Umgebung.

Von einer körperlosen Stimme wurde verkündet: *»Der Zug fährt in 30 Sekunden ab. Bitte halten Sie sich zu Ihrer eigenen Sicherheit an einer Stange fest. Dies ist die einzige Warnung.«*

»Moment mal«, rief Alicia, als sie Bagel hochhob und zum Zug eilte. »Hat Watkins nicht gesagt, er wäre hier?«

»Im Augenblick sind wir beide gleich ahnungslos.« Levi eilte vorwärts und stieg in den Zug. »Deshalb arbeite ich so ungern mit Mason zusammen.«

Er kannte dieses Gefährt bereits, und die Durchsage war kein Scherz. Es würde pünktlich abfahren, ob mit ihnen oder ohne sie.

Levi setzte sich auf einer der Sitzbänke neben Alicia nieder und warnte sie: »Das Ding braust los wie ein Formel-1-Auto. Halt dich gut fest.«

»Weiß ich, Dad. Bin schon mal mit so was gefahren, allerdings in China.«

Bagel miaute nervös.

Levi sah den Kater an und fragte sich, wie es ihm gelungen war, den Eindruck von Nervosität zu vermitteln.

»Zehn Sekunden.«

Er verstärkte den Griff um die Stange vor ihm.

»Fünf Sekunden. Vier. Drei. Zwei. Eins.«

Der Zug setzte sich in Bewegung – allerdings beschleunigte er nicht rasant, sondern rollte gemächlich über die Gleise.

Levi wechselte einen Blick mit Alicia. Beide runzelten vor Verwirrung die Stirn.

Bisher war Levi noch bei jeder solchen Fahrt mit einem Adrenalinschub heftig gegen die Rückenlehne gepresst worden.

Diesmal verlief es anders.

Plötzlich stürzte die Kabine in Dunkelheit, als sie die unterirdische Kammer verließen.

»Dad?« Alicias Stimme durchbrach dünn und unsicher die Stille.

Irgendetwas stimmte nicht. Levi spürte es – sie bewegten sich im Kriechgang mit höchstens 15 Kilometern pro Stunde.

Mit einem Ruck kam der Zug abrupt zum Stehen. Levi wurde leicht nach vorn geschleudert. Draußen ging flackernd Neonbeleuchtung an, als sich die Türen öffneten.

Dieselbe nüchterne, mechanische Stimme von vorhin ertönte erneut. *»Sie haben den Konferenzraum in der Lenox Avenue erreicht. Bitte steigen Sie aus.«*

Vorsichtig erhob sich Levi und ließ den Blick über den Bahnsteig wandern. Ihnen gegenüber erstreckte sich ein schattiger Korridor in die Dunkelheit. Steriles weißes Licht erhellte den offenen Zugang. Dort zeichnete sich eine vertraute Silhouette ab. Die Gestalt bedeutete ihnen, mitzukommen, bevor sie durch die Öffnung trat.

Doug Mason.

KAPITEL SIEBEN

Levi wechselte einen Blick mit Alicia. Bagel stimmte ein leises, teilnahmslos klingendes Miauen an, doch Levi ließ sich davon nicht täuschen. Auch dem Kater behagte dieser Ort nicht.

Als sie den Bahnsteig betraten, gingen weitere Lichter an und offenbarten einen langen Korridor aus poliertem schwarzem Beton, der direkt ins Grundgestein verlief. Bei genauerer Betrachtung wies der Boden erkennbare Abnutzungserscheinungen auf, was erahnen ließ, dass der Ort vor langer Zeit vom Outfit errichtet worden war. Von dem versteckten Winkel hatte er keine Ahnung gehabt – wahrscheinlich eines von Tausenden ihm unbekannten Geheimnissen der Organisation, mit der sowohl Alicia als auch er in Verbindung standen.

Er entfernte sich vom Zug und betrat den Korridor. Dabei fiel ihm die glatte Beschaffenheit der Wände auf. Keinerlei Sprünge oder Verschleißerscheinungen. Beinah so, als wäre dieser Teil erst unlängst eingebaut worden. Er nahm keine Gerüche wahr, außer Alicias und seinen eigenen Schritten auch keine Geräusche. Das gesamte Umfeld vermittelte etwas Steriles, fast wie die Gänge eines Krankenhauses.

Alicia sah sich neben ihm unterwegs aufmerksam um. »Hast du beim Outfit schon mal das Gefühl gehabt, du hättest das Versteck eines James-Bond-Schurken betreten?«

Levi grinste. »Ständig.«

Am Ende des Gangs öffnete sich lautlos eine Tür aus Metall, als sie sich näherten. Dahinter lag ein Konferenzraum, der Levi an jene erinnerte, die er in der Zentrale des Outfits gesehen hatte.

Ein dunkler Besprechungstisch in der Mitte bot Platz für mindestens 20 Personen.

Die Luft hatte den sterilen Beigeschmack einer industriellen HEPA-Filteranlage, was ihn wiederum an eine Krankenhausumgebung erinnerte.

Die Tür schloss sich mit einem leisen Pochen hinter ihnen.

Doug Mason stand am Kopfende des Tischs. Ungefähr 1,70 Meter groß, hellbraunes, an den Schläfen zurückweichendes Haar. Auf der Stirn zeichneten sich einige Dauerfalten ab. Seine hellen, beinah silbrigen Augen musterten sie beide mit nüchterner Effizienz. Schweigend nickte er ihnen zu und deutete auf die Lederstühle um den Tisch herum.

Bagel lief neben Alicia her, den zuckenden Schwanz hoch erhoben. Der Kater schaute zu Mason auf, schnupperte in seine Richtung, sprang auf einen der Stühle, rollte sich zu einem Fellknäuel ein und verbarg das Gesicht.

Levi und Alicia setzten sich. Am Tisch befanden sich noch zwei Personen. Beide tippten wie wild auf Laptops. Ein leises Summen ertönte im Raum.

Ein Overheadprojektor ging an und warf ein schauriges Bild an die gegenüberliegende Wand.

Es zeigte einen über einem Schreibtisch erschlafften Toten,

das Gesicht aufgedunsen und verfärbt, die Blutgefäße unter der Haut geschwärzt. Die Augen waren weit aufgerissen erstarrt, die Lippen zu einer Grimasse verzogen. Um den Mund und die Nase wies die Haut eine krankhaft, beinah nekrotisch anmutende Schattierung von Violett auf.

In dem Arbeitszimmer im Hintergrund herrschte Chaos – verstreutes Papier, eine umgekippte Lampe. In einem Bücherregal aus Holz reihten sich Erstausgaben aneinander. Eine Flasche Scotch stand unangetastet neben einem teuer aussehenden Schreibset.

Alicia stockte der Atem. Ihre Gedanken überschlugen sich und versuchten, die Symptome irgendetwas zuzuordnen, von dem sie beim Studium gehört hatte.

Levi atmete langsam aus. Was um alles in der Welt hatten sie da vor sich?

Mason deutete auf den ersten der Männer am Tisch. »Brice kennen Sie ja beide.«

Levi nickte. Natürlich hatte er ihn sofort erkannt. Der Quartiermeister des Outfits. Ein Typ wie Q in den James-Bond-Filmen. Der Mann, von dem die Ausrüstung stammte, die vielen Agenten der Organisation einen Vorteil gegenüber ihren Gegnern verschaffte. Der etwas füllige Brice trug einen anthrazitfarbenen Anzug, der zugleich teuer und zweckmäßig wirkte. In der Regel sah Levi den Mann in einem Laborkittel über eine Werkbank gebeugt. Ein intelligenter, zuverlässiger Bursche, einer der Guten beim Outfit.

»Brice leitet die Informationsbeschaffung bei dem Fall, der gerade an die Wand projiziert wird.« Mason deutete auf die zweite Person. »Außerdem habe ich zu dieser Besprechung einen unserer Spezialisten hinzugezogen. Das ist Dr. Patrick Wilkins aus Fort Detrick. Sein Fachgebiet sind Biowaffen.«

Levi streckte sich über den Tisch und schüttelte dem älteren Mann die Hand.

Das Outfit griff oft auf externe Spezialisten ähnlich Brice zu, dessen Stärken Elektronik und Computer waren. Keine Agenten für den Außeneinsatz, sondern Leute, die bei Bedarf Unterstützung leisteten.

Dr. Wilkins hatte ordentlich gekämmtes graues Haar. Wie erwartet, besaß er nicht die dynamische Ausstrahlung eines Außendienstagenten, sondern saß in steifer Haltung da, die Hände vor sich auf dem Tisch, die Augen forschend.

Während Alicia die beiden Männer begrüßte, wandte sich Levi an Mason. »Biowaffen? Woher um alles in der Welt wissen Sie, dass wir damit in Berührung gekommen sind?«

Dennys Worte liefen in seinem Kopf ab.

»Schon mal was von Nowitschok gehört? Das ist eine Biowaffe, Levi. Eine besonders fiese, ursprünglich aus der Sowjetunion. Die Proben weisen haufenweise Rückstände davon auf.«

Mason überging die Frage und zeigte auf das Bild an der Wand. »Das war Senator William Calloway.«

»Der Name sagt mir was.« Alicia zog die Augenbrauen hoch. »War er nicht im Nachrichtendienstausschuss?«

»Ja. Genau der.« Brice nickte. »Er ist vor drei Nächten gestorben. Die Todesursache wurde als unbestimmt angegeben.« Er tippte etwas auf seinem Laptop. Die Anzeige flackerte kurz und wechselte zu einem toxikologischen Bericht.

. . .

Büro des leitenden Gerichtsmediziners
District of Columbia
Zusammenfassende toxikologische Beurteilung

Fall-Nr.: ME-2025-0329
Verstorbener: William Jesse Calloway
Untersuchungsdatum: 29. März 2025
Gerichtsmediziner: Dr. med. Francisco J. Diaz, leitender Gerichtsmediziner

Levi überflog die Anzeige und konzentrierte sich auf einen Abschnitt.

Toxikologische Befunde:

- Acetylcholinesterase-Aktivität: Massiv supprimiert, gemessen bei circa 4 % der Referenznormwerte. Dies ist konsistent mit einer akuten Exposition gegenüber einem potenten Cholinesterase-Hemmer.
- Blut-/Gewebeanalyse: Nachweis von Metaboliten, die auf eine hochpotente Organophosphorverbindung hindeuten.

Die Daten liefen in Echtzeit ab – Spalten mit Biomarkern, Enzymhemmern, neurotoxischen Signaturen.

»Normalerweise achtet das Outfit nicht sonderlich darauf, wenn ein Politiker in seinem Arbeitszimmer zu Hause an einem Herzinfarkt stirbt.« Brice räusperte sich und deutete auf die

Anzeige. »Wir unterhalten mit großen forensischen Labors verbundene Systeme, die auf eine ganze Reihe von Indikatoren für mögliche nationale Sicherheitsprobleme achten. Wie sich herausgestellt hat, fällt Calloways toxikologischer Befund in ein beunruhigendes Profil. Das hat einen Alarm im Rechenzentrum der NSA in Utah ausgelöst.«

Alicia deutete mit dem Kopf in Richtung der Anzeige. »Und was sagt uns der toxikologische Befund?«

Brice trommelte mit den Fingern auf dem Tisch. »Er weist alle Anzeichen einer Biowaffe auf.«

Stille.

Mason wandte sich an Dr. Wilkins. »Pat, erklären Sie unseren Agenten, was Sie uns vorhin erzählt haben.«

Wilkins faltete die Hände. In gemessenem Ton ergriff er das Wort. »Nowitschok.«

Levi runzelte die Stirn. Seine Gedanken überschlugen sich, während er überlegte, wie der Tod von zwei Mafiosi in New York mit dem Tod dieses Senators, von dem er noch nie gehört hatte, zusammenhängen könnte.

Alicias Miene verfinsterte sich ähnlich wie die ihres Vaters.

Wilkins fuhr fort. »Nowitschok zählt zu den tödlichsten Nervenkampfstoffen, die je entwickelt wurden. Es stammt aus der Sowjetära. Ein Erbe des Kalten Kriegs. Darauf ausgelegt, stärker als VX zu sein, nicht nachweisbar und unglaublich langlebig in der Umwelt.«

Wilkins gab Brice ein Zeichen, der die an die Wand projizierte Anzeige zur Darstellung der molekularen Aufschlüsselung der Verbindung weiterschaltete.

Levi betrachtete das Bild, konnte damit jedoch nicht wirklich viel anfangen.

»Es ist ein binärer Kampfstoff«, sprach Wilkins weiter. »Das bedeutet, er liegt in zwei Formen vor, die harmlos sind, bis sie miteinander vermischt werden. Dann wird daraus ein waffenfähiges Neurotoxin. Es schaltet das Nervensystem auf Enzymebene aus. Vollständige Lähmung. Organversagen. Eintritt des Tods in weniger als drei Minuten.«

Alicia verlagerte auf dem Stuhl das Gewicht. »Und das hat Calloway umgebracht?«

Wilkins nickte. »Die toxikologische Untersuchung hat eine akute Vergiftung mit einem starken Organophosphat-Cholinesterase-Hemmer ergeben. Dafür gibt es nach meinem Wissensstand nur zwei mögliche Ursachen – entweder Kontakt mit hochkonzentrierten landwirtschaftlichen Pestiziden oder ein Nervenkampfstoff. Als bei seiner Untersuchung Spuren der binären Komponenten an zwei Objekten gefunden wurden, war die Antwort eindeutig.«

Brice tippte auf eine Taste, und die Anzeige änderte sich erneut.

Zwei Gemälde aus der Renaissance. Klein. Gerahmt.

Wilkins fuhr fort. »Das Gift war in die Farbe eingebettet. Eines ist unversehrt geblieben. Mit dem anderen wurde hantiert – wahrscheinlich wurde ein feiner Aerosolnebel freigesetzt, als der Rahmen bewegt wurde. Calloway muss das Nervengift ausgelöst und eingeatmet haben.«

Levi verengte die Augen zu Schlitzen. »Also hat ihn ein gottverdammtes Gemälde umgebracht?«

Wilkins zuckte mit den Schultern. »Über die Hintergründe spekuliere ich nicht.«

Levi schaute zwischen Brice und Mason hin und her. »Mir scheint, damit hat das FBI oder irgendeine andere Behörde ’ne ziemlich klare Spur, der sie folgen kann. Warum sind Alicia und ich hergerufen worden?«

Brice schaute zu Mason, der auf die Anzeige starrte und alle Anwesenden ignorierte.

Levis Stimme wurde schärfer. »Mason, Sie haben gesagt ...«

Mason gab Brice ein Zeichen. »Weiter.«

Brice tippte erneut auf eine Taste. Neue Bilder erschienen.

Levi erkannte die Namen auf den Autopsieberichten auf Anhieb.

Seine Brust zog sich zusammen.

Er starrte auf die toxikologischen Befunde von Vito Maniscalco und Carmine Ricci.

Der Wortlaut unterschied sich geringfügig, doch die Schlussfolgerung des New Yorker Gerichtsmediziners lautete: »Die Ergebnisse deuten darauf hin, dass der Tod durch eine akute Vergiftung mit einem starken Organophosphat-Cholinesterase-Hemmer verursacht wurde.«

»Sie wissen es vielleicht nicht«, sagte Mason und trommelte mit den Fingern auf dem Tisch, »aber ich kenne Vincenzo Bianchi sehr gut. Sogar gut genug für die Vermutung, dass Vinnie höchstwahrscheinlich Sie gebeten hat, der Sache nachzugehen. Das ist ihr Ding, Levi.« Er richtete den Blick auf Alicia und lächelte. »Und Ihre Ausbildung ...«

»Doug«, fiel Levi ihm ins Wort, »was ist hier los?«

Mason rollte die Schulter und seufzte leicht. »Levi, ich weiß, dass Sie sich im *Le Bernardin* mit jemandem getroffen haben, der mit zwielichtigen Typen im Ausland in Verbindung steht. Sie arbeiten bereits an diesem Fall, nur war es Ihnen bisher nicht klar. Uns ist bekannt, dass die Gemälde aus dem Ausland stammen, und ich hoffe, wir können zusammenarbeiten. Brice kann Informationen und bei Bedarf vielleicht Ausrüstung bereitstellen, ich kann Fäden ziehen, um gewisse Dinge zu vereinfachen.«

Drückende Stille trat ein.

»Was brauchen Sie von uns?«, fragte Levi schließlich.

Mason schüttelte den Kopf. »Nicht viel. Teilen Sie mit uns einfach, was Sie über den Ursprung dieses Anschlags herausfinden. Ich habe keine Ahnung, welche Verbindung zwischen einem US-Senator in Washington, D. C. und zwei Ihrer Leute hier in der Stadt bestanden haben könnte, aber irgendetwas passt da nicht zusammen. Und ob ich gegebenenfalls eine Evakuierung veranlassen kann oder nicht, hängt wie immer davon ab, wohin die Ermittlungen Sie führen. Seien Sie also vorsichtig.« Er sah Alicia an. »Sie beide.«

Bagel hob auf dem von ihm beschlagnahmten Stuhl den Kopf und stimmte ein mehrsilbiges Miauen an.

Mason richtete den Blick auf den schwarzen Kater und zeigte auf die Yoders. »Halt mir die beiden aus Schwierigkeiten raus, hörst du?«

Alicia streckte die Hand nach dem Vierbeiner aus und hob ihn sich auf den Schoß, wo er zu schnurren begann. »Direktor Mason, liegen Ihnen irgendwelche Informationen über die Sendung vor, die der Senator erhalten hat? Woher, von wem, all so was.«

Mason deutete in Brice' Richtung. »Er schickt Ihnen beiden ein Einsatzpaket mit allen Informationen, die wir haben.« Seine Aufmerksamkeit heftete sich auf den älteren Mann am Tisch. »Wilkins, Sie müssen für mich alles zusammenstellen, was Sie über diese Biowaffe wissen – ihre Vorläufer, Nachweismethoden, mögliche Heilmittel. Geben Sie es an Brice weiter.«

»Es gibt keine einfache Heilung oder einen Impfstoff für Nowitschok«, erwiderte Dr. Wilkins in ernstem Ton. »Ich gebe Brice Informationen über prophylaktische Protokolle, die wir früher beim Militär eingesetzt haben.« Er wandte sich an Levi und Alicia. »Damit lässt sich entscheidende Zeit für die Durchführung einer Behandlung verschaffen.«

Levi sah auf die Armbanduhr. »Doug, Alicia und ich müssen ein paar Dinge erledigen, bevor wir irgendeine Reise antreten können. Dafür brauchen wir wahrscheinlich ein bis zwei Tage. Müssen wir sonst noch etwas wissen?«

Mason richtete die Aufmerksamkeit auf Brice und deutete mit dem Daumen in Levis Richtung. »Ich möchte, dass Sie und der Doktor diese Protokolle mit den beiden durchgehen, bevor sie ihre Mission antreten.«

Brice tippte auf dem Laptop und nickte. »Verstanden.«

»Levi, Alicia, bevor Sie irgendwohin reisen, möchte ich außerdem, dass Sie sich von Brice über alles informieren lassen, was es an Behandlungsmöglichkeiten gibt.« Mason stand auf, kam zu Levi und Alicia, beugte sich zwischen die beiden und flüsterte: »Brice übernimmt bei der Sache die Leitung aus der Zentrale. Falls Sie von mir etwas brauchen, wissen Sie ja, wie Sie mich erreichen. Ich gehe inzwischen einigen Dingen in D. C. nach, aber Sie müssen uns auf dem Laufenden über alles halten, was Sie in Erfahrung bringen. Es kann kein Zufall sein, dass zwei Mitglieder der Mafia durch dasselbe umgekommen sind wie ein hochrangiger ehemaliger Senator, der danach als Lobbyist gearbeitet hat. Irgendwas ist da faul, und ich brauche Ihre Hilfe.«

Levi schob sich vom Tisch zurück, erhob sich und sah Mason eindringlich an. »Sind Sie bereit, das übliche Honorar zu zahlen?«

Ein Grinsen trat in Masons Züge, als er nickte. »Das übliche Honorar.«

Levi zeigte zwischen Alicia und sich hin und her. »Jeweils, nicht für uns beide zusammen, einverstanden?«

Masons Lächeln geriet ins Stocken, und er seufzte. »Einverstanden.«

Alicias Augen wurden groß.

Levi ließ den Blick durch den Raum wandern, ehe er ihn wieder auf Mason richtete. »Müssen wir sonst noch was bereden?«

»Die Besprechung hier ist kurzfristig einberufen worden.« Mason schüttelte den Kopf. »Brice stellt die Informationspakete zusammen und übermittelt sie Ihnen.«

Levi gab Alicia ein Zeichen. »Okay, dann müssen wir jetzt los.« Er deutete mit dem Daumen in Richtung des Zugs. »Wie kommen wir zurück nach oben? Auf demselben Weg wie hierher?«

Mason schaute zu Brice und Dr. Wilkins. »Packen Sie zusammen. Ich programmiere den Zug so, dass er die beiden zurück zum Unterschlupf in Harlem bringt, danach fahren wir damit zurück nach D. C.«

Bagel miaute laut, wand sich aus Alicias Griff und hopste auf den Boden.

Während die beiden Männer ihre Laptops herunterfuhren und einpackten, trat Alicia zu Levi und flüsterte: »Dad, wie geht's jetzt weiter?«

Sein Verstand hatte Mühe, mit den sich überschlagenden Ereignissen mitzuhalten. Die für den nächsten Morgen angekündigte Lieferung musste abgefangen werden, er schuldete Denny einen Rückruf, und er wusste, dass sich wahrscheinlich jeden Moment entweder Olegs französischer Vertreter oder Oleg selbst bei ihm melden würde.

Levi zwinkerte seiner Tochter zu. »Wirst du schon sehen.«

Levi lehnte am rostigen Metalltürrahmen einer Lagerhalle, gerade tief genug im Schatten, um vom Dock aus unsichtbar zu sein. Im vorherrschenden Geruch von Salzwasser schwang der Mief von alten Fischkisten und verrottendem Holz mit. Levi hatte den Großteil des Kais im Blick. Der schwache Schein der verstreuten Laternenmasten erhellte rissigen Beton und sorgte für flackernde Reflexionen auf dem Wasser.

Sein Handy vibrierte in der Tasche. Er holte es heraus und warf einen Blick auf das Display – Paulie. Levi tippte auf die Rufannahme und meldete sich leise. »Ja?«

Paulies Reibeisenstimme dröhnte durch die Leitung. *»Wollte nur noch mal wegen der Ankunftszeit des Kahns nachfragen. Du hast gesagt, es trifft um sechs ein, richtig?«*

»Laut meinem Ansprechpartner, ja«, bestätigte Levi und hoffte, Laroches Information würde sich als zuverlässig erweisen. »Aber frag beim Hafenmeister nach, ob das Schiff irgendeine Planänderung durchgegeben hat oder so.«

»Mach ich. Und nur, damit es klar ist – sobald das Paket ankommt, schaffen wir es in den Unterschlupf. Mach es nicht auf. Hantier nicht daran rum. Geh damit um, als wär's 'ne Bombe, die jeden Moment hochgehen kann.«

»Sicher. Und du vergiss nicht, dass Vito und Carmine durch die letzte ähnliche Lieferung im Leichenschauhaus gelandet sind. Sorg dafür, dass die Jungs extra vorsichtig sind.«

Paulie brummte zustimmend. *»Alles klar. Wir sind vorsichtig. Sonst noch was, das ich wissen muss?«*

Levis Augen suchten den dunklen Kai ab. »Nein, aber sicher ist im Moment herzlich wenig. Garantieren kann ich gar nichts. Geh einfach keine Risiken ein. Du bist der Einzige, bei dem ich drauf vertraue, dass er's nicht vermasselt.«

»Verstanden«, erwiderte Paulie und beendete den Anruf.

Levi warf einen Blick aufs Handy und schüttelte den Kopf. Immer noch nichts von Oleg.

Er steckte das Telefon wieder ein, verlagerte die Haltung und blieb in den frühmorgendlichen Schatten. Über dem Wasser hing eine dichte Nebeldecke. Obwohl er nicht hindurchsehen konnte, hörte er das anschwellende Grollen der Maschinen eines großen Schiffs, das mit dem Schwappen der Wellen gegen den Kai konkurrierte. Am anderen Ende des Docks hielt sich das Bianchi-Team bereit – sechs Mann, die rauchten und sich leise unterhielten. Sogar aus der Ferne stach Paulies Silhouette daraus hervor, weil er die anderen so deutlich überragte.

Als Levi einen Automotor hörte, starrte er eindringlich über den Kai in den Nebel. Als er den Kopf drehte, erblickte er einen in Sicht rollenden Laster. Die Scheinwerfer wippten auf und ab, während die Räder über den unebenen Boden holperten. Der Wagen fuhr an ihm vorbei und hielt in der Nähe der Docks.

Levi holte das Handy heraus, aktivierte Dennys Videoübertragungs-App und richtete die Kamera auf die Anlegestelle.

Das Smartphone begann zu senden, und seine Kontaktlinsen empfingen die Bilder. Als er die Finger auf dem Touchscreen spreizte, wurde die Ansicht kristallklar vergrößert.

Mehrere hart gesotten wirkende Männer stiegen aus dem Laster – kurz gestutztes Haar, dicke Jacken. Alle beugten und streckten an den Seiten Finger. Selbstsicher bewegten sie sich über den Kai. Aus seiner Sicht sahen sie nach Hafenarbeitern aus.

Laroches Worte kamen ihm in den Sinn. *Ich lasse jemanden versuchen, den anderen Kunden zu erreichen, um Konflikte zu vermeiden …*

Hatte Laroches Ansprechpartner dem anderen Kunden rechtzeitig Bescheid gegeben? Und falls nicht, waren diese Männer dessen Abholer? Ein Schauder lief Levi über den Rücken, als ihm klar wurde, dass die Lieferung mit der Mona Lisa für jenen anderen Kunden bestimmt gewesen sein könnte. Falls ja, wollte er umso mehr erfahren, wer diese Leute waren.

Er tippte auf seinen Ohrstöpsel und flüsterte: »Denny.«

Das Telefon begann, die Verbindung herzustellen, und Levi holte etwas der Größe einer Zigarettenschachtel aus der Innentasche seines Jacketts.

»Ja?«, drang Dennys Stimme über die Leitung.

»Denny, ich muss ein Fahrzeug verfolgen können. Hab gerade Sichtkontakt damit.«

»Moment, ich rufe die Bilder auf.«

Über die Verbindung hörte Levi, wie am anderen Ende getippt wurde, während er aus dem Kunststoffbehältnis eine Miniaturdrohne entnahm und auf den Boden stellte.

Eine winzige blaue LED leuchtete daran auf, als sie sich zu einer helikopterähnlichen Form entfaltete.

»Ist das Ziel der Kastenwagen, den du gerade ansiehst?«

»Ja. Der mit den Kennzeichen aus Virginia.«

Die Rotoren der Drohne erwachten zum Leben. Sekunden später schwebte sie einen halben Meter über dem Boden und steuerte auf den ungefähr 30 Meter entfernten Laster zu.

»Okay, es scheint gerade niemand in unsere Richtung zu schauen. Ich steuere die Drohne aufs Dach und aktiviere die Haftmagnete.«

Levi beobachtete, wie sich das faustgroße Gerät dem Laster im Tiefflug näherte, ehe es blitzschnell hochschoss und auf dem Dach landete, wo Levi es aus den Augen verlor.

»Ziel erreicht. Ich schalte jetzt in den Überwachungsmodus mit GPS-Ortung.«

»Hast du das Nummernschild mitbekommen? Kannst du mir irgendetwas darüber sagen?«

»Hab ich. Der Wagen ist auf irgendeinen Kurierdienst zugelassen, von dem ich noch nie gehört hab. Jedenfalls keiner der großen wie DHL oder FedEx.«

Levi nickte. »Ich will wissen, wer die beauftragt hat, heute herzukommen. Kannst du das rausfinden?«

Während der nächsten Sekunden drang nur vereinzelt das Klicken einer Computermaus über die Leitung. *»Werd sehen, was ich machen kann. Übrigens sind ein paar Sachen für dich eingetroffen. Wenn du später vorbeikommst, um sie abzuholen, hab ich hoffentlich Informationen für dich, falls es online welche gibt.«*

»Passt, ich schaue heute bei dir vorbei. Weiß nur noch nicht, wann, ich bin gerade mitten in was drin. Behalt inzwischen nach Möglichkeit die Drohne im Auge.«

»Ich geb mir Mühe. Bis später.«

Levi tippte erneut auf den Ohrstöpsel und kappte die Verbindung. In dem Moment stapfte ein großer, drahtiger Kerl mit einer gezackten Narbe an der linken Augenbraue auf Nico zu, einen der Bianchi-Männer. Levi konnte hören, welche Worte fielen, doch die Körpersprache war durchaus aufschlussreich. Der mit der Narbe an der Augenbraue deutete mehrfach in Richtung des aus dem Nebel auftauchenden Schiffs, das direkt auf den Kai zusteuerte. Nico schüttelte den Kopf, zeigte seinerseits auf den Laster und wurde zunehmend lauter.

Levi versuchte, ihn zu verstehen, aber der Schiffsmotor übertönte die Worte so, dass sie nur als gedämpftes, zorniges Gemurmel zu ihm drangen. Der mit der Narbe trat einen Schritt vor. Kurz berührte seine Hand Nicos Brust. Das reichte schon –

Nico stieß ihn zurück, und die anderen Mafiosi versteiften sich. Ihre Hände wanderten zu den Hosenbünden.

Trotzdem steckte der Kerl mit der vernarbten Braue nicht zurück. Er wedelte Nico mit dem Zeigefinger vor dem Gesicht herum und blaffte etwas, das den jüngeren Mafioso die Schultern straffen ließ. Levi spürte, wie die Anspannung auf ihn übergriff. Seine Instinkte verlangten von ihm, einzugreifen, aber diese Jungs waren Profis. Ihnen stand nicht zum ersten Mal irgendein Handlanger bei etwas im Weg.

Wenn er nur wüsste, wann Oleg anrufen würde ...

Plötzlich schwang die Tür der Hütte des Hafenmeisters auf. Paulie kam mit bedächtigen Schritten heraus, hatte es offenbar nicht eilig, sondern bewegte sich in stetem Tempo vorwärts. Das Bianchi-Team wich zurück und ließ ihn durch.

Ohne ein Wort zu verlieren, trat Paulie direkt vor den Kerl mit der vernarbten Augenbraue hin. Seine Miene wirkte dabei völlig ruhig, beinah gelangweilt. Dann zog er ohne Vorwarnung eine Pistole aus der Jacke und hielt sie dem Mann an die Stirn.

Der erstarrte, die Augen weit aufgerissen, während er die Hände langsam zu einer kapitulierenden Geste ausbreitete. Seine Begleiter aus dem Laster zögerten, überrumpelt von der plötzlichen, tödlichen Eskalation. Paulie rührte sich nicht, ließ nur den Blick mit emotionslosem Gesichtsausdruck auf den Mann mit der vernarbten Augenbraue gerichtet.

Der wich schließlich einen Schritt zurück. Dabei nickte er langsam und überdeutlich. Der Rest seiner Mannschaft entfernte sich, erst verhalten, dann schneller, als Paulie gemächlich weiter vorrückte und mit der Waffe unverändert auf den Anführer zielte. Nachdem sich die Gruppe etwa zehn Schritte rücklings bewegt hatte, stiegen alle zurück in den Laster, der mit quietschenden Reifen losraste und in den frühen Morgen verschwand.

Paulie steckte die Pistole zurück ins Holster und drehte sich seiner Mannschaft zu. Mehr als ein knappes Nicken war nicht nötig. Nico und die anderen begaben sich prompt zum Rand des Kais, als das Schiff letztlich anlegte. Keine 15 Minuten später wurde eine Holzkiste auf den Betonboden gesenkt – ungefähr einen Meter im Quadrat, russisch beschriftet. Das Bianchi-Team hüllte sie in eine dicke Plane und hob sie mit einem fließenden Bewegungsablauf vorsichtig auf einen Pritschenwagen.

Levi beobachtete das Geschehen aus den Schatten, die Sinne in höchster Alarmbereitschaft. Er rührte sich nicht und gab keinen Laut von sich, als der Wagen mit der sicher auf der Ladefläche verstauten Kiste davonfuhr. Erst, als das Geräusch des Motors in der Ferne verklungen war, löste er sich von der Tür. Seine Gedanken überschlugen sich.

Levi wischte über das Display seines Smartphones, hielt es sich ans Ohr und lauschte, wie es einmal klingelte ... zweimal ...

Dann wurde die Verbindung hergestellt, und es hörte sich an, als hätte jemand am anderen Ende der Leitung den Hörer fallen lassen. Kurz danach ertönte endlich Frankies Stimme. *»Was gibt's?«*

»Frankie, das Paket ist unterwegs. Alicia ist vorgewarnt und wartet, aber ich brauche einen Gefallen.«

»Was kann ich für dich tun?«

»Alicia ist mehr als kompetent genug, die Kiste gefahrlos zu untersuchen. Trotzdem möchte ich, dass jemand bei ihr ist, falls was Unerwartetes passiert. Immerhin hat's Carmine und Vito letztes Mal erwischt, womit auch immer die Lieferung präpariert war. Ich will einfach nicht, dass sie allein damit ist. Sie kümmert sich zwar um alles, aber jemand als Unterstützung wäre ...«

»Schon verstanden, Levi. Betrachte es als erledigt. Ist sie jetzt in deinem Apartment?«

»Ja. Ich rufe sie gleich an und sage ihr, dass es losgeht. Nur schick bitte keinen *incapace* mit, *capisce?* Oh, und er muss in einen Schutzanzug passen.«

»Ich kümmere mich darum. Lass mich nur ein paar Anrufe erledigen. Ich sorge dafür, dass sich der Begleiter in der Lobby mit Alicia trifft.«

»Danke, Frankie.« Levi legte auf und wählte Alicias Nummer.

Nach einmaligem Klingeln dröhnte ihre Stimme laut aus dem Handy. *»Ist die Lieferung angekommen?«*

»Unterwegs zum Unterschlupf. Außerdem treibt Frankie gerade jemanden auf, der dich dorthin begleitet und mit dir in den Raum geht.«

»Dad, ich ...«

»Diskutier nicht mit mir. Vier Augen sehen mehr als zwei. Die Aufgabe ist zu heikel, du brauchst Unterstützung, falls irgendwas schiefgeht.«

Er hörte das Rascheln von Laken. Wahrscheinlich stand Alicia gerade aus dem Bett auf. *»Okay, dann ziehe ich mich jetzt an.«*

»Du hast doch noch die Zugangskarte für den Raum, oder?«

»Dad, ich bin keine Vollidiotin. Natürlich hab ich sie.«

Levis Telefon vibrierte. »Okay, muss auflegen. Viel Glück, und pass auf dich auf.«

Er tippte auf das Display, wechselte die Leitung und hörte ein statisches Knistern. »Ja?«

Einen Moment lang setzte sich das Rauschen fort, bevor eine vertraute Stimme über die schlechte Verbindung drang. *»Levi, mein Freund! Ist eine Weile her.«*

Es war Oleg.

KAPITEL ACHT

»Levi, alter Freund, das ist ja ewig her.« Olegs ausgeprägter russischer Akzent dröhnte laut aus Levis Ohrstöpsel.

»Schön, mal wieder deine Stimme zu hören«, erwiderte er in fließendem Russisch. »Ich nehme an, Laroche hat dir gesagt, warum ich mit dir reden wollte.«

Der Uber, in dem Levi saß, bog gerade nach rechts in die Hamilton Avenue ab.

»Hat er.« Olegs Stimme wurde ernst. *»Ich muss mich für die Verwirrung bei der Lieferung entschuldigen. Anscheinend hat deine Organisation die falschen Ankunftsinformationen erhalten. Hoffentlich habt ihr inzwischen die richtige Lieferung.«*

Oleg achtete darauf, welche Worte er benutzte, wie es sich für eine offene Leitung empfahl.

Zähneknirschend schüttelte Levi den Kopf. »Oleg, ich gehe davon aus, dass Laroche dir auch von einem bedauerlichen Zwischenfall mit dem ersten Paket erzählt hat. Ich muss herausfinden, warum das passiert ist.«

»Levi, das wäre von Angesicht zu Angesicht viel einfacher zu besprechen. Besteht die Möglichkeit, dass wir uns treffen?«

Levi atmete tief ein, hielt die Luft kurz an und stieß sie dann langsam aus. »Ich muss herausfinden, wie es zu dem Vorfall kommen konnte. Wir wissen beide, wie ernst die Sache ist.«

»Das verstehe ich vollkommen, aber ich fürchte, ich weiß noch nicht, wie oder warum es passiert ist. Ich kann euren Verlust nicht ungeschehen machen, aber ich will versuchen, ihn irgendwie aufzuwiegen.«

»Oleg, haben deine Leute das Paket geschickt?«

»Also, um ganz ehrlich zu sein, nein. Es ist kompliziert. Ich habe eine Vereinbarung mit Leuten aus dem ehemaligen Ostblock. Sie helfen mir, einen Teil der Ware herzustellen, die wir versenden.«

Herstellen? Wahrscheinlich Kunstfälscher.

»Aber dieses andere Paket hätte nicht an eure Organisation gehen sollen. Die Lieferung von heute hat meine eigene Versandabteilung verschickt, die andere ist von einem Standort ausgegangen, über den ich keine direkte Kontrolle habe.«

Der Klang der Reifen der Limousine änderte sich, als sie über die Brooklyn Bridge rollten.

»Oleg, ich lasse gerade die heutige Lieferung untersuchen ...«

»Ich kann dir garantieren, dass es damit keine Probleme geben wird. Glaub mir, wenn ich dir sage, dass ich sowohl unsere Geschäftsbeziehung als auch unsere persönliche Freundschaft schätze.«

Levi spürte, wie sich sein Zorn auf den Russen steigerte. »Dann war das, was uns passiert ist, eigentlich für deinen anderen Kunden gedacht?«

Einige Sekunden lang herrschte Stille in der Leitung, bevor Oleg antwortete. *»Nein, das war nie meine Absicht. Ich bin* *zutiefst betroffen darüber. Auch ich will mehr darüber erfahren, was genau sich ereignet hat und wie.«*

»Wer ist der Mittelsmann, der das erste Paket aufgegeben hat?«

Oleg seufzte. *»Leider habe ich nur eine Adresse in der Ukraine, aber ich weiß, dass die Arbeit dort nicht erledigt wird. Ich habe eine Telefonnummer und eine Versandadresse. Alles andere wird elektronisch abgewickelt.«*

Levi schloss die Augen, als der Wagen auf den FDR Drive nach Norden abbog. Fieberhaft überlegte er, was er mit dem anfangen sollte, was Oleg ihm gerade erzählt hatte. »Ich muss Antworten bekommen. Oleg, ich bitte dich das als persönlichen Gefallen – schick mir die Adressen und die Telefonnummer, die du hast. Dann forsche ich selbst weiter nach.«

»Ich schicke dir, was ich habe. Ich würde dir gern was Handfesteres sagen können. Auch ich will der Sache auf den Grund gehen. Ich kann's nicht gebrauchen, dass meinen Kunden dasselbe passiert wie euch. Bitte richte Vincenzo meine aufrichtige Entschuldigung aus.«

Levi presste die Lippen zu einer schmalen Linie zusammen und ballte die Hände zu Fäusten. Unbeantwortete Fragen konnte er nicht ausstehen. »Na schön, Oleg. Schick mir die Daten, und ich gehe der Sache nach.«

»Ich lasse sie dir von Pierre übermitteln. Danke für deine Geduld. Und falls du irgendwas brauchst, wenn du hier ankommst, gibt einfach Bescheid.«

Damit war die Leitung tot, und Levi öffnete die Lider, als die Limousine in die Park Avenue einbog.

Vinnie würde alles andere als begeistert von den fehlenden Antworten sein.

Alicia blieb vor der Stahltür stehen und ließ den Blick durch die schmale Gasse wandern. Der schwache gelbliche Schein der einzigen Lampe in der Nähe durchdrang kaum den anhaltenden Nebel. Ihr Herzschlag beschleunigte sich leicht, als sie die weiße Plastikkarte hervorholte und sie über die vertiefte Zugangskontrolle zog. Ein leiser Piepton, ein Klicken, und die schwere Tür öffnete sich.

Tony Montelaro stand schweigend hinter ihr und wartete geduldig, fühlte sich jedoch sichtlich unbehaglich. In Italien hatte sie auf der Suche nach einem seiner Verwandten viel Zeit mit ihm verbracht. Alicia war froh, dass man ihn als ihren Teamkameraden mitgeschickt hatte. Er war eine verlässliche Seele. Trotzdem wäre es etwas anderes, ihren Vater an der Seite zu haben – Tony war als Kraftprotz dabei, der eingreifen sollte, falls etwas schiefginge. Abgesehen davon konnte sie von ihm keine Ratschläge erwarten.

Sie durchquerten den schwach beleuchteten Korridor. Neonlicht ging an, wenn sie sich näherten, und erlosch hinter ihnen wieder. Die automatische Schaltung verursachte Alicia unter der Kleidung eine Gänsehaut. Der Ort fühlte sich lebendig an – als würde jede ihrer Bewegungen beobachtet. Am Ende des Flurs erwartete sie eine weitere schwere Stahltür. Sie wirkte abweisend wie die eines Tresors. Alicia gab den Code ein und brachte erneut die Karte zum Einsatz. Ein lauteres Klicken als zuvor ertönte, als das Schloss entriegelt wurde.

Im Raum hinter der Tür roch es abgestanden, muffig. Alicia atmete verhalten ein. Ihr Blick heftete sich sofort auf die Werkbank in der Mitte. Darauf standen zwei Holzkisten. Eine der beiden, ramponiert und schon einmal geöffnet, kannte Alicia –

sie enthielt die Kopie der Mona Lisa, von der sie Proben genommen hatte. Diese Kiste wollte sie instinktiv meiden. Ihr Magen krampfte sich beim Gedanken daran zusammen, was mit den zwei Bekannten ihres Vaters passiert war.

Die zweite war neu und unangetastet. Auf der Vorderseite prangte der mit einer Schablone aufgesprühte Schriftzug »Red Horizon Transport«. Mit angespannten Nerven beäugte Alicia misstrauisch die Kiste. Tony räusperte sich hinter ihr und packte aus einem großen Seesack die Schutzanzüge aus.

»Ziehen wir uns an«, sagte sie leise. Ohne jeden möglichen Schutz, der zur Verfügung stand, wollte sie sich der Werkbank nicht mal nähern.

Sorgfältig legte Alicia die Schutzkleidung an und überprüfte die Abdichtungen an den Handschuhen und Stiefeln doppelt. Tony ahmte sie nach, allerdings mit deutlich unsichereren Handgriffen. An seinem Helm fingerte er so lange herum, bis sie ungeduldig darauf deutete.

»Warte, lass mich das machen.« Sie drehte ihn herum und begutachtete die Abdichtung. »Alles in Ordnung.«

»Danke«, sagte Tony, dessen Stimme blechern aus dem Lautsprecher des Anzugs drang. Er klang angespannt. Was sie nachvollziehen konnte – sie fühlte sich ähnlich.

Zusammen bewegten sie sich auf die neue Kiste zu. Tony ging in der Nähe in Stellung und verhielt sich still. Alicia empfand seine Anwesenheit als zugleich beruhigend und irgendwie irritierend. Sie griff nach dem Brecheisen und hebelte behutsam den Holzdeckel auf. Mit einem lauten Knarren löste er sich. Darunter kam Luftpolsterfolie zum Vorschein.

»Vorsichtig«, warnte Tony unnötig. Alicia warf ihm durch das Visier einen kurzen Blick zu.

»Ich weiß«, gab sie schärfer als beabsichtigt zurück.

Langsam entfernte sie die Verpackung und nahm planvoll von jeder freigelegten Schicht eine Probe, die sie sorgfältig in einem wiederverschließbaren Beutel verstaute und beschriftete. Trotz ihrer präzisen, konzentrierten Bewegungen zitterten ihre Hände leicht. Tony musste es bemerkt haben.

»Alles in Ordnung?«, fragte er durch das eingebaute Mikrofon seines Anzugs.

»Es geht mir gut«, antwortete sie und hatte Mühe, dabei nicht gereizt zu klingen.

Sie entfernte eine weitere Schicht und entdeckte darunter nicht ein Gemälde, sondern mehrere – sechs kleine, sorgsam gestapelte Bilder aus der Renaissance. Alicia schnappte nach Luft. Für ihr kaum geschultes Auge wirkten sie wie authentische, museumswürdige Meisterwerke. Alicia fand sie wunderschön, hatte jedoch keine Ahnung, ob sie echt waren oder wer sie geschaffen haben mochte.

»Alles in Ordnung, Alicia?«, fragte Tony erneut. »Ist dir schwindlig oder so?«

»Es geht mir gut, Tony«, erwiderte sie ein wenig scharf. »Ich muss mich nur in Ruhe konzentrieren.«

»Entschuldige. Ich mach nur, was ich deinem Dad versprechen musste«, murmelte Tony. Verlegen trat er von einem Bein aufs andere. Alicia seufzte innerlich. Es stimmte schon, dass er nur seine Aufgabe erfüllte, doch die ständigen Unterbrechungen waren nicht hilfreich für ihre Nerven.

Alicia setzte die sorgfältige Untersuchung fort, nahm Proben vom Rahmen und der Oberfläche jedes Gemäldes, suchte methodisch nach Anzeichen auf Verunreinigungen. Ob es sich um echte Werke handelte oder nicht, war ihr im Grunde völlig gleichgültig. Sie wollte nur herausfinden, ob diese prächtigen, potenziell unbezahlbaren Objekte mit Giftstoffen besudelt worden waren. Jede Probe wurde weiterhin gewissenhaft versiegelt und in ein doppelt gepolstertes Kuvert gesteckt.

»Ist schon wieder ’ne Minute rum«, meldete sich Tony abermals zu Wort. »Ganz sicher, dass es dir gut geht?«

»Herrgott noch mal, Tony, ja. Mir geht’s blendend.« Alicia spürte, wie ihr vor Frustration leichte Röte ins Gesicht stieg. »Lass mich einfach fertig werden.«

»Sicher. Entschuldige.«

Alicia ignorierte ihn und betrachtete die Gemälde eingehend. Auf sie wirkten sie mit ihren vergoldeten Rahmen makellos. Die Farben waren kräftig, die Pinselstriche kunstvoll und präzise. Ihr Herz schlug etwas schneller, als sie erneut überlegte, ob sie Originale vor sich haben könnte.

Dann schüttelte sie scharf den Kopf. *Irrelevant*, hielt sie sich vor Augen. *Bleib konzentriert.*

Nachdem sie die letzte Probe eingetütet hatte, wickelte sie die Gemälde sorgfältig wieder in Luftpolsterfolie und brachte den Holzdeckel an der Kiste an. Als die Anspannung von ihren Schultern abfiel, atmete sie langsam aus.

»Fertig?«, fragte Tony.

»Ja. Alles erledigt.«

Sie traten den Rückweg durch den Korridor an. Alicia umklammerte mit festem Griff einen größeren, doppelt versiegelten Beutel, der die Tüten mit den Proben enthielt. Innerlich betete sie, dass sie sorgfältig genug gearbeitet hatte. Hinter ihr hallten Tonys schwere Schritte in der Stille wider.

Als sie hinaus in die kühle, dunstige Luft traten, atmete Alicia tief durch. Tony nahm den Helm ab und warf ihr einen nervösen Blick zu.

»Wie fühlst du dich? Alles in Ordnung?«

»Es geht mir gut, Tony«, antwortete Alicia und rang sich ein mattes Lächeln ab. »Du kannst dich jetzt entspannen.«

Sichtlich erleichtert nickte er. »So was hab ich vorher noch nie gemacht. Du weißt schon, in so 'nem blauen Schutzanzug rumlaufen.« Er betrachtete seine Hände, beugte und streckte die dicken, an Würste erinnernden Finger. »Damit kenn ich mich nicht aus. Also, mit 'nem tödlichen Feind, den ich nicht sehen und verdreschen kann, meine ich.«

Lachend schüttelte Alicia den Kopf. »Glaub mir, Tony, mir hat das ebenso wenig gefallen wie dir.«

Sie verstärkte den Griff um den versiegelten Beutel und gab ihrem Begleiter ein Zeichen. »Gehen wir. Ich hab, was ich brauche, und ich muss mit Dad reden. Mal sehen, wie es bei ihm gelaufen ist.«

Kurz vor Sperrstunde betrat Alicia das *Gerard's*, die ihr so vertraute Kneipe an der Delancey Street tief im New Yorker Stadtteil Little Italy.

Es war kaum noch jemand da. Rosie, die temperamentvolle puerto-ricanische Barkeeperin, scheuchte gerade eine beschwipste junge Frau hinaus, deren Gelächter unangenehm laut durch den so gut wie verwaisten Gastraum hallte. Leicht überrascht sah sie Alicia an, bevor sie die Aufmerksamkeit wieder auf die sichtlich schwankende Betrunkene richtete. »Süße, soll ich dir sicher keinen Uber rufen?«

»Ne, Rosie, is' ja gleich um die Ecke«, erwiderte die junge Frau und wankte kichernd durch die Tür, die Alicia für sie aufhielt. Rosie verdrehte die Augen, seufzte schwer und wandte sich an Alicia.

»Denny erwartet dich. Er ist mit deinem Vater hinten«, teilte Rosie ihr rasch mit. »Sei so gut und gib Bescheid, dass ich gleich wieder da bin. Ich sorge nur schnell dafür, dass die Gute auf dem Weg nach Hause nicht auf der Nase landet.«

»Klar«, erwiderte Alicia und nickte. Sie beobachtete, wie Rosie die Angeheiterte am Ellbogen stützte, während sie die Delancey Street hinuntergingen. Normalerweise wurde Alicia von Rosie zwar freundschaftlich, aber mit spitzer Zunge begrüßt – diese sanftmütige Seite von ihr zu erleben, erinnerte sie daran, wie komplex Menschen sein konnten.

Nachdem sie die Eingangstür geschlossen hatte, verkündete sie den wenigen verbliebenen Gästen, dass Rosie gleich zurückkommen würde. Danach ging sie an den Toiletten vorbei nach hinten und bog nach links in einen schummrigen Korridor.

Sie betrachtete das bunte Mosaik einer Strandszene, das die Wand zierte, und erkannte es auf Anhieb. Ihr Vater hatte ihr die Kombination der Kacheln gezeigt, die man drücken musste, um die getarnte Tür zu öffnen. Doch bevor sie die Hand dafür heben konnte, ertönte ein leises Klicken, und die Umrisse eines verborgenen Zugangs wurden sichtbar.

Die Tür schwang nach innen auf. Zum Vorschein kam Denny, das lange Haar noch zerzauster als sonst, die Augen leicht blutunterlaufen vom stundenlangen Starren auf Monitore. Er gab ihr ein schnelles Zeichen. »Komm rein, Alicia. Mach die Tür hinter dir zu.«

Denny verschwand tiefer in seinem Versteck, und Alicia betrat den verborgenen Raum.

»Ein Industriegebiet in Dnipro«, hörte sie ihn sagen, als er sich an seinen Schreibtisch setzte, wo ihr Vater den Bildschirm betrachtete. »Ich hab die Adresse rausgesucht, die du mir gegeben hast, und da sind wir gelandet. Wie du siehst, herrscht in der Ukraine immer noch ein heilloses Chaos. Jedenfalls liegt der Ort an der Krywyj-Rih-Straße, Block 14. Ist ein Lagerhausabschnitt. Die Überwachungskameras, in die ich mich reingehackt habe, zeigen keinen Empfangsbereich und keine Beschilderung. Nur anrollende Laster und Kisten, die in die Hallen verfrachtet werden. Reine Logistik. Kein Fußgängerverkehr. Keine erhellten Büros. Das ist keine Fassade für irgendwas, sondern der ungeschminkte Betrieb dort.« Er schaute zu Levi und fragte: »Hast du danach gesucht?«

»Um ehrlich zu sein, bin ich mir nicht mal sicher, wonach ich suche.« Levi zuckte mit den Schultern. »Kannst du deine KI überwachen lassen, wer kommt und geht, und mich auf dem Laufenden halten, falls du was Interessantes siehst?«

»Klar.« Denny wandte sich an Alicia. »Hast du die Proben dabei?«

Sie nickte und rückte mit dem versiegelten Beutel weiter in Dennys Geheimraum vor. »Ja. Da sind sie.«

Ihr Blick wanderte über den großen, hell erleuchteten Arbeitsbereich mit den raumhohen Regalen, vollgepackt mit Elektronik, Computern und verschiedenen zerlegten Geräten. Es erstaunte sie immer wieder, wie chaotisch und zugleich organisiert alles wirkte – wie ein als Garagenverkauf getarntes High-tech-Labor.

Ein wenig erinnerte sie der Ort an Brice' Arbeitsraum in der Zentrale des Outfits.

Ihr Vater saß konzentriert vorgebeugt auf einem der Drehstühle am Schreibtisch. Als sich Alicia näherte, schaute er zu ihr auf, und seine Züge wurden sanfter. »Ist alles gut verlaufen?«

Sie nickte. »Keine Probleme, Dad. Tony war dabei und hat mich endlos genervt, wie du's von ihm wolltest.«

Levi lächelte und nickte.

Denny trat auf sie zu und streckte ihr die Hände entgegen. »Lass mich dir die Proben abnehmen, bevor noch was damit passiert.«

Behutsam überreicht Alicia den versiegelten Beutel an Denny und beobachtete, wie er ihn vorsichtig in eine Kühlbox mit Warnaufklebern vor Biogefährdung legte, bevor er deren Deckel verschloss. Danach wandte er sich rasch einer nahen Maschine zu und ließ die Finger über deren Tastatur fliegen. Er warf Alicia einen Seitenblick zu. »Wie fühlst du dich? Kein Schwindelgefühl, keine Kopfschmerzen?«

»Mir fehlt nichts«, beteuerte Alicia und verlagerte das Gewicht von einem Bein aufs andere. Ihr gefiel nicht, wie nervös sie bei den Worten klang. Sie riss sich zusammen. »Ich hab alles doppelt und dreifach überprüft.«

Denny nickte. »Ich schicke die Proben gleich morgen früh ins Labor und versuche, die Analyse beschleunigen zu lassen.«

Levi lehnte sich schweigend auf dem Stuhl zurück. Alicia sah ihn erwartungsvoll an.

»Sag, Dad«, ergriff sie schließlich das Wort, um die angespannte Stille zu durchbrechen. »Wie geht's jetzt weiter?«

Ihr Vater wandte sich an Denny. »Hattest du nicht was, das sie anprobieren muss?«

»Anprobieren?«, hakte Alicia nach, die keine Ahnung hatte, wovon er sprach.

Denny öffnete eine Schublade, kramte kurz darin und holte ein kleines Plastikbehältnis daraus hervor. Mit einem verhaltenen Lächeln auf den Lippen hielt er es Alicia hin. »Hier. Hätte ich fast vergessen. Ein Upgrade für deine Kontaktlinse. Die alte kannst du als Reserve verwenden, aber die da hat 'ne neue Funktion, die nützlich sein dürfte.«

Alicia legte den Kopf schief, als sie den kleinen Behälter von ihm entgegennahm. »Noch eine Linse? Was ist daran anders?«

Er zeigte auf ihre Tasche. »Gib mir dein Handy – ich muss ’ne App installieren, die sich mit der neuen Linse koppelt.«

»Mein Handy?« Mit neugieriger Miene reichte sie es ihm. Sie schraubte den Deckel von dem Behälter und erblickte eine vertraut aussehende, in klarer Flüssigkeit schwimmende Linse. An der gekrümmten Oberfläche zeichneten sich schimmernd winzige silbrige Fäden ab. Alicia warf einen genaueren Blick darauf. »Noch mehr Nanoröhren?«

»Richtig«, bestätigte Denny, der mit flinken Fingern über das Display ihres Smartphones wischte. »Die Konstruktion ist größtenteils unverändert, ich hab sie nur ein wenig verfeinert und erweitert. Die Linse bietet dieselben AR-Funktionen wie das Vorgängermodell – automatische Übersetzungen, Overlays, das volle Programm. Aber jetzt kann ich denselben Stream wie du sehen, wenn du die App auf dem Handy aktivierst. Die Linse überträgt das Bildmaterial direkt auf dein Telefon oder einen Remote-Server. Ziemlich praktisch, vor allem, falls es haarig wird.«

»Vergiss nicht die Zoomfunktion.« Alicias Vater schnippte mit den Fingern in Richtung ihres Telefons. »Das war eine der Hauptfunktionen, die ich wollte, als wir anfangs über die neue Linse gesprochen haben.«

»Warte ...« Alicias Augenbrauen wanderten hoch, als sie über die Möglichkeiten nachdachte. »Also ist es fast wie ein ... Livestream von allem, was ich sehe?«

»Ein was?«, fragte ihr Vater und drehte sich um, nachdem er ein Elektronikteil auf dem chaotischen Schreibtisch betrachtet hatte. Aus seiner Miene sprach die aufrichtige Ahnungslosigkeit, mit der Alicia ihn gelegentlich gern aufzog.

Mit einem leisen Lachen schüttelte sie den Kopf. »Dad, mich verblüfft immer wieder, wie unbedarft du bei manchen Dingen sein kannst. Livestreaming ist was aus den sozialen Medien. So nennt man es, wenn jemand live filmt und überträgt, was er gerade treibt. Das machen junge Leute heutzutage ständig mit den Handys. Ist ziemlich populär.«

Ihr Vater runzelte leicht die Stirn. Ein verwirrter Ausdruck wanderte über sein Gesicht. »Und so was sieht sich jemand an?«

»Millionen Leute«, erwiderte Alicia geduldig und verdrehte gespielt die Augen. »Willkommen im 21. Jahrhundert.«

Denny gab ihr das Handy zurück. »Die App ist installiert. Dein Dad benutzt die gleiche.«

Alicia träufelte Linsenflüssigkeit auf ihre Fingerspitzen und holte die Kontaktlinse behutsam aus dem Behälter. »Woher weißt du, dass sie mir passen wird?«

»Ich hab die gleichen Werte wie bei der ersten Linse verwendet«, antwortete Denny. »Sollte also perfekt sitzen. Mach sie einfach rein.«

Alicia zögerte kurz, bevor sie die Linse vorsichtig auf ihrem Auge platzierte. Nachdem sie die Unschärfe durch die überschüssige Lösungsflüssigkeit weggeblinzelt hatte, wurde ihre Sicht schlagartig gestochen scharf und fühlte sich völlig natürlich an. Sie sah sich in Dennys überfüllter Werkstatt um und wartete darauf, dass etwas Ungewöhnliches geschah.

»Jetzt probier's mit der App«, forderte Denny sie auf. »Dir stehen verschiedene Modi zur Verfügung. Zum einen die Übersetzungen, zum anderen die Abfrage, und neu ist eben die Simultanübertragung. Du kannst jeden einzeln oder alle auf einmal auswählen. Wenn du die Simultanübertragung aktivierst, öffnet die App ein neues Fenster, in dem du siehst, was übertragen wird.«

»Und dann kannst du auch vergrößern«, fügte ihr Vater hinzu.

Sie rief die App am Handy auf. Sofort blinkte ein winziger, unscheinbarer roten Punkt am Rand ihres Sichtfelds. Ohne ablenkend zu wirken, zeigte er das aktive System an. Als sie die Simultanübertragungsfunktion auswählte, lief auf dem Display des Smartphones ihre exakte Perspektive ab.

»Heilige Scheiße«, murmelte sie, drehte den Kopf und beobachtete, dass der Bildschirm widerspiegelte, was sie sah. »Das ist beeindruckend.«

Ihr Vater deutete mit den Fingern erst eine Kneif-, dann eine Spreizbewegung an. »Du kannst die Ansicht wie mit einem Fernglas verkleinern und vergrößern.«

Alicia legte zwei Finger auf das Display und spreizte sie. Sie runzelte die Stirn, als das Bild im Fenster auf dem Smartphone größer wurde.

»Alicia.« Ihr Vater hielt das eigene Telefon hoch und in die Richtung, in die er blickte. »Schau nicht direkt aufs Handy, sondern halt es in dein Blickfeld, damit das vergrößert wird, was du dir ansehen willst. Ist ein bisschen gewöhnungsbedürftig, aber das kriegst du schon raus.«

Mit einer Hand hob Alicia das Telefon an und blickte daran vorbei zu Dennys Monitor, mit der anderen zoomte sie näher heran.

Der Bildschirm wurde vergrößert, und sie konnte einen Teil des davor zu kleinen Texts darauf lesen.

»Ist natürlich kein optischer, sondern ein digitaler Zoom«, merkte Denny an. »Aber ich hab ziemlich gute KI-Filter eingebaut, die viel bereinigen. Achtfache Vergrößerung sollte ohne große Unschärfen oder Artefakte locker möglich sein.«

Alicia schwenkte gleichzeitig den Arm und den Blick und

probierte aus, verschiedene Objekte zu vergrößern und zu verkleinern. Ihr war auf Anhieb klar, wie nützlich diese Möglichkeit sein konnte.

»Bin nicht sicher, ob du's bemerkt hast.« Denny hielt sein eigenes Handy hoch und zeigte ihr die App. »Bei der Simultanübertragung hast du die Wahlmöglichkeit, die Bilder automatisch als Video lokal zu speichern oder sie an mich zu übertragen, natürlich mit einer sicheren End-to-End-Verschlüsselung.«

Ihr Vater räusperte sich und zeigte auf den Monitor. »Gehen wir zu Ende durch, was du über diese Lieferfirma rausgefunden hast.«

Als Alicia ihren Vater fragend ansah, erklärte er ihr: »Bei der Lieferung heute Morgen hat's ein kleines Missverständnis gegeben. Ein anderer Kurierdienst ist dort aufgekreuzt.«

»Und was hast du gemacht?«, fragte Alicia.

Ihr Vater schüttelte den Kopf. »Ich gar nichts, aber wir haben deren Laster einen Peilsender untergejubelt und die Typen dazu überredet, zu verschwinden.«

Alicia grinste mit dem Wissen, dass dabei wohl nicht nur Worte zum Einsatz gelangt waren, doch das spielte keine Rolle.

Dennys Finger verschwammen auf der Tastatur. Daten rasten über den Bildschirmen, Karten wurden vergrößert, Koordinaten scrollten vorbei.

»Okay, da haben wir's«, verkündete Denny, lehnte sich auf dem Stuhl zurück und drehte sich ihrem Vater zu. »Der Laster ist aus New York direkt runter in die Gegend von D. C. gefahren. Den Großteil der Strecke über die I-95. Dann hat er die Ausfahrt Beltway genommen, ist die New York Avenue runter und schließlich in ein Lagerhausviertel in der Nähe von Ivy City abbogen.«

Alicia verschränkte die Arme vor der Brust und lauschte

aufmerksam. Ihr Vater schwieg und wirkte nachdenklich, während Denny fortfuhr.

»Die GPS-Koordinaten sind glasklar – sie enden bei einem Lagerhaus in der Okie Street. War nicht schwer, die genaue Adresse zu bestimmen.« Denny legte eine dramatische Pause ein, die Alicias Aufmerksamkeit bannte. »Aber jetzt wird's interessant. Sobald der Laster geparkt hat, hab ich das Rechenzentrum in Utah angezapft und 'ne Prioritätsüberwachung für den Festnetz- und Mobilfunkverkehr an dem Standort angefordert.«

»Und hast du dabei was herausgefunden?«, fragte Alicia ungeduldig.

»Innerhalb von fünf Minuten ist von dem Lagerhaus ein Anruf ausgegangen. An eine Nummer in D. C., es hat allerdings niemand abgehoben. Ich hab überprüft, ob's noch mal versucht wurde oder sich sonst was getan hat. Bisher Fehlanzeige. Nach dem unbeantworteten Anruf ist es still im Lagerhaus geworden.«

Alicia zog die Brauen zusammen und spürte, wie sich Anspannung in ihren Schultern einnistete. »Wen haben die angerufen?«

Denny schwenkte zurück zur Tastatur und tippte etwas. Auf dem Monitor wurde ein Profil angezeigt. »Die direkte Durchwahl eines hochrangigen Abgeordneten.«

Alicia warf ihrem Vater einen Blick zu. Er wirkte genauso überrascht wie sie. Stille trat ein, während sie verarbeiteten, was sie soeben erfahren hatten.

»Weiter hab ich noch nicht gegraben«, erklärte Denny und schaute über die Schulter. »Ich dachte mir, ich gebe dir erst Bescheid, bevor ich tiefer gehe.«

Die Miene ihres Vaters verriet Alicia, dass sie das Outfit darüber informieren mussten.

Sie sah ihn an und fragte: »Müssen wir uns damit bei du weißt schon wem melden?«

Statt zu antworten, wandte er sich an Denny und zeigte auf die Kühlbox mit Alicias Proben. »Ich muss wissen, was da drin ist. So bald wie möglich.«

Denny schaute zur Uhr an der Wand und nickte. »Wenn's ein Notfall ist, kenne ich jemanden, den ich anrufen kann. Mit ein bisschen Glück erreiche ich jemanden, der mir morgen früh sagen kann, was wir da haben.« Er zuckte mit den Schultern. »Schneller wird's kaum gehen, Levi. Ich würd's ja selbst machen, wenn ich wüsste, wie. Aber vom Umgang mit solchem Zeug versteh ich nichts.«

Levi klopfte dem Kneipenbesitzer auf die Schulter. »Beschaff mir die Ergebnisse einfach so bald wie möglich.« Dann wandte er sich an Alicia. »Wir beide müssen ein paar Telefonate führen.«

Alicia verabschiedete sich mit einer kurzen Umarmung von Denny, bevor sie hinter ihrem Vater her eilte, der sich bereits auf halbem Weg nach draußen befand.

KAPITEL NEUN

Levi spürte die vom knisternden Feuer im Kamin ausgehende Wärme. Frankie und er saßen auf zwei der drei Ledersessel davor und beobachteten, wie Vinnie rastlos auf und ab lief.

»Verstehe ich das richtig?« Der Mafiaboss sah Levi an. »Du sagst, mit der neuen Lieferung ist alles in Ordnung, aber die erste von den Russen – die Vito und Carmine umgebracht hat – war für jemand anders gedacht?«

»So ziemlich.« Levi nickte. »Denny hat gerade die Laborergebnisse für die neue Lieferung bekommen – die sechs Gemälde sind einwandfrei. Und ja, Olegs Vertreter hat mir erzählt, dass einer ihrer Leute was verbockt und versehentlich die Lieferbenachrichtigungen vertauscht hat.«

Frankie lehnte sich vor, die Ellbogen auf den Armlehnen des Sessels. »Wir haben also von den Russen was bekommen, das für jemand anders bestimmt war. Offen gestanden, ist mir ziemlich egal, wen sie damit ausschalten wollten. Nur haben wir für deren Irrtum bezahlt.«

»Wie schon gesagt, Frankie, ist die Lieferung nicht direkt von Oleg gekommen, sondern von einem Mittelsmann. Ich hab ’ne Adresse in der Ukraine, der ich nachgehen muss. Aber es ist nicht sicher, ob ich rausfinden kann, wer verantwortlich für ...«

»Blödsinn«, fiel Vinnie ihm ins Wort. »Ich glaub nicht an einen Irrtum. Wir haben diese Lieferung nicht grundlos bekommen.«

»Tatsächlich hab ich darüber noch was Verdächtiges.«

Vinnie erstarrte mitten im Schritt, drehte sich ihm mit zu Schlitzen verengten Augen zu und wartete darauf, dass er fortfuhr.

Dann richtete er den Blick auf Frankie, den Sicherheitschef der Familie, der jedoch auch ihre Leute auf den Straßen beaufsichtigte. »Hat Paulie dir erzählt, dass er gestern ein paar Typen einer Lieferfirma am Hafen verscheuchen musste?«

Frankie nickte.

»Tja, ich konnte rausfinden, woher die gekommen sind. Und ich kann euch sagen, dass sie zu keinem gewöhnlichen Kurierdienst à la FedEx gehören. Sie sind zurück zu einem Lagerhaus in D. C. gefahren. Ich lasse es beobachten. Und allem Anschein nach treiben sich dort mehrere Vollmitglieder herum.«

»D. C.? Das ist Don Marinos Territorium.« Vinnie runzelte die Stirn. »Wieso sollten seine Leute so weit hier oben ’ne Lieferung abholen? Außerdem sollte ich davon wissen.«

Frankie schaute genauso besorgt drein wie Vinnie.

»Na ja«, fuhr Levi fort. »Ich hab gehofft, du könntest dich vielleicht umhören, was es damit auf sich hat, während ich nachforsche, wer das erste Paket aus Übersee geschickt hat. Paulie musste erst die Knarre rausholen und damit drohen, einem der Kerle die Birne wegzupusten, bevor sich die Abholmannschaft verdrückt hat.«

»Wie bescheuert sind die, sich hier oben mit uns anzulegen?«, sagte Frankie in bedrohlichem Ton. »Klingt nach bösem Blut mit der Familie Marino.«

»Ganz ruhig, Frankie«, wiegelte Vinnie ab. »Ich rede mit Giancarlo und finde raus, was da los ist.« Er richtete den Blick an die Decke. »Wenn es stimmt, was Levi sagt, könnte die Familie Marino das eigentliche Ziel des ersten Pakets gewesen sein.«

»Scheint so.« Frankie nickte.

Vinnie setzte ein Lächeln auf und sah Levi in die Augen. »Perfekt. Und du bist doch mit einem von Giancarlos Capos befreundet, oder?«

Levi nickte. »Ja. Mit Dino Minelli hab ich schon zusammengearbeitet. Er ist in Ordnung.« Levi begegnete Vinnies Blick und fragte sich, was ihm durch den Kopf gehen mochte.

Der Don drehte sich Frankie zu und scheuchte ihn mit einer Geste zur Tür. »Frankie, geh mit deiner Familie frühstücken. Ich rufe dich in Kürze an, dann können wir überlegen, wie wir mit den Aufträgen für nächsten Monat verfahren.«

Ohne ein weiteres Wort stand Frankie prompt auf, nickte Levi zu, küsste Vinnie auf beide Wangen und verließ den Salon.

Sobald sich die Tür geschlossen hatte, nahm Vinnie Platz. »Ich wittere an der Sache die dreckigen Pfoten des Outfits. Was verheimlichst du mir?«

Levi sah ihn mit ausdrucksloser Miene an. »Was meinst du?«

»Levi, ich bin nicht von gestern.« Er begann, an den Fingern aufzuzählen. »Mal sehen – zunächst mal hat unsere Jungs ein Gift kaltgemacht, das zuletzt zu Zeiten der Sowjetunion benutzt worden ist. Wir haben Penner aus D. C., die sich auf unserem Gebiet mit uns anlegen. Und der alte Don Marino hat die Finger im Spiel, dessen Leute tief in die Politik da unten verstrickt sind und Gefallen einfordern – der alte Sack würde Kunst nicht mal dann erkennen, wenn sie ihm da Vinci höchstpersönlich ins Gesicht malt. Das alles riecht nach etwas, in dem das Outfit bis zum Hals drinstecken würde. Und irgendwie sind wir mit reingezogen worden.« Vinnie deutete mit dem Kinn auf Levi. »Haben sie sich bei dir gemeldet?«

In Levis Kopf flammte eine Szene auf, die sich vor wenigen Jahren in genau diesem Raum abgespielt hatte. Ein Moment, der Levi bis ins Mark erschüttert hatte. Er wiederholte, was Vinnie damals gemacht hatte, indem er in der Tasche nach einer der großen Silbermünzen tastete, die er vom Outfit hatte, und sie dem Mafiapaten hinhielt.

Lächelnd beugte sich Vinnie vor und ergriff die andere Hälfte.

Es dauerte kaum eine Sekunde, bis die Münze grün aufleuchtete und bestätigte, dass sie beide dem Outfit angehörten.

Levi räusperte sich und schüttelte den Kopf. »Vinnie, mir kommt's immer noch wie ein Fiebertraum vor, dass du auch eine Verbindung zu der Truppe hast. Du weißt also nichts? Sie haben dir nichts gesagt?«

Vinnie wischte die Frage weg. »Ich seh keine Notwendigkeit, mit denen zu reden, und umgekehrt. Für Ihre Drecksarbeit haben sie ja dich – und ich weiß, wem deine Loyalität gilt. Also, haben sie dich dafür eingespannt?«

Levi nickte und steckte die Münze wieder ein. »Ein ehemaliger Senator ist vom selben Gift wie Vito und Carmine dahingerafft worden. Das hat sie aus den Schatten gelockt, um herauszufinden, warum. Deshalb haben sie sich bei mir gemeldet.« Er zuckte mit den Schultern. »Weil ich dabei war, Vitos und Carmines Tod auf den Grund zu gehen, wollten sie sich mit mir zusammensetzen und wissen, was ich bisher herausgefunden habe. Den Großteil davon wussten sie ohnehin.«

»Was ist mit der Spur in die Ukraine?«, hakte Vinnie nach. »Wissen sie davon auch schon?«

Levi schüttelte den Kopf. »Nein. Aber ich würde nichts dabei finden, Ihnen davon zu erzählen. Wie denkst du darüber?«

»Ich möchte, dass du bei der Sache dem Washington-Aspekt nachgehst. Bei den Marinos tut sich irgendwas, das bei unseren Freunden vom Outfit für Aufsehen sorgen könnte. Das sagt mir mein Bauchgefühl. Und wie die anderen Clans will ich nicht, dass sie sich in unsere Familienangelegenheiten einmischen. Nur mit einem toten Senator und bei all den ungeklärten Fragen über diese Lieferungen könnte leicht eines zum anderen führen. Du musst mir helfen, das zu verhindern.«

»Aber was ist mit Don Marino? Er könnte ...«

»Ich rede mit Giancarlo, finde raus, ob er verstimmt ist. Falls ja, glätte ich die Wogen.« Vinnie schürzte die Lippen. »Das ist nichts für Alicia.«

»Sehe ich genauso.« Levi wusste, an wen er sich wenden würde, um den Ball ins Rollen zu bringen. Allerdings ohne Alicia. In eine Angelegenheit der *Cosa Nostra* würde er sie niemals hineinziehen.

»Der Spur in die Ukraine müsste auch sofort nachgegangen werden, denn Ratten machen sich tendenziell schnell aus dem Staub, wenn du verstehst, was ich meine.«

»Soll Alicia in die Ukraine, während ich mich mit der Fährte in Washington befasse?«

»Ja. Nur hab ich Bedenken wegen ihrer Sicherheit.« Der Pate beugte sich vor und sah Levi eindringlich in die Augen. »Sie ist tüchtig und zäh wie Leder, trotzdem ist sie nicht du. Ich weiß, dass sie vom Outfit ausgebildet worden ist. Meinst du, sie hat das Zeug dazu, die Verantwortlichen festzunageln?«

Ein Anflug von Unsicherheit überkam Levi. »Vielleicht liegt's dran, dass ich ihr Vater bin, aber ehrlich gesagt macht mich der Gedanke nervös, sie allein loszuschicken.«

Vinnie nickte. »Da bin ich ganz bei dir. Und weil ich um den Gefallen bitte, würde ich ihr gern 'nen schlagkräftigen Begleiter an die Seite stellen. Was hältst du davon?«

Levi atmete tief ein und blies die Luft langsam aus. Ob mit oder ohne Unterstützung, es gefiel ihm nicht, sie eine so gefährliche Aufgabe übernehmen zu lassen. »Also, ich würde dazu nicht nein sagen, aber letztlich ist es ihre Entscheidung. Wer schwebt dir denn vor?«

Der Don stand auf und schenkte Levi ein verschmitztes Grinsen. »Dafür weiß ich genau den Richtigen.«

Der beschlagene Spiegel in Alicias Bad ließ ihr Abbild darin wie einen Geist hinter Milchglas erscheinen. Sie hob die Hand, wischte träge Kreise durch die Kondensation, wodurch die Scheibe kurz klar wurde, ehe sie sich erneut beschlug. Dezent nach Lavendel-Shampoo duftender Dampf wirbelte um sie herum.

Sie zog den dicken Frotteebademantel enger um sich und genoss dessen angenehmes Gewicht, während sie das nasse Haar mit einem Handtuch trocken rubbelte. Wasser tropfte leise auf den polierten Marmorwaschtisch. Das Geräusch vermischte sich mit dem unterschwelligen Summen der Belüftungsanlage des Gebäudes – eine stete, niederfrequente Erinnerung an die verborgenen Annehmlichkeiten des luxuriösen Apartments.

Plötzlich ertönte von der Eingangstür das metallische Klacken der Verriegelung, gefolgt von gedämpften, autoritär klingenden Stimmen. Ihr Herzschlag beschleunigte sich leicht. Als Alicia rasch ihr Schlafzimmer betrat, verursachte ihr die kühlere Luft eine kribbelnde Gänsehaut auf den feuchten Armen. Das Aroma von frisch gebrühtem Kaffee drang in ihr Zimmer. Sie atmete tief ein und nahm einen Hauch des Eau de Cologne ihres Vaters wahr – eine vertraute Mischung aus würzig und ledrig, die ihr immer ein Gefühl von Geborgenheit vermittelte.

Als sie das Schlafzimmer verließ, kamen ihr Vater und Onkel Vinnie in Sicht, in ein ernstes Gespräch vertieft. Das Klicken ihrer Absätze hallte über den polierten Parkettboden und verursachte subtile Vibrationen darin. Einen Moment lang fühlte sich Alicia in ihrem Bademantel und noch feuchtem, zerzausten Haar entblößt.

»Morgen, Dad«, grüßte sie betont ungezwungen. Dennoch gelang es ihr nicht ganz, den Anflug von Verlegenheit zu kaschieren.

Levi sah sie mit Zuneigung, aber auch unterschwelliger Belustigung in den Augen an. »Morgen, Alicia.«

Onkel Vinnie schaute mit einem verhaltenen Grinsen auf den Lippen höflich weg. »Hallo, junge Dame. Tut mir leid, ich wollte dich nicht überrumpeln.«

Alicia verdrehte die Augen und verschränkte die Arme vor der Brust. Der Bademantel war groß genug, um sie vollständig zu verhüllen, wodurch die übertriebene Rücksichtnahme des Mafiapaten unnötig war. »Guten Morgen, Onkel Vinnie.«

Levi zog eine Augenbraue leicht hoch. »Würdest du dich anziehen? Wir drei haben was zu bereden.«

Zu dritt? Mit Alicia war noch nie in Gegenwart des Dons etwas Ernstes besprochen worden.

»Klar. Gib mir fünf Minuten.« Alicia wirbelte herum. Der Bademantel klatschte zart gegen ihre Fußgelenke, als sie zurück in ihr Zimmer eilte. Hastig streifte sie ihn ab und schlüpfte in eine Jeans und einen weichen cremefarbenen Pulli, dessen Stoff sich angenehm auf der abkühlenden Haut anfühlte. Ihr Haar bearbeitete sie nur flüchtig mit den Fingern und ließ es lässig verstrubbelt.

Als sie in den Wohnbereich zurückkehrte, hatte sich der Duft von Kaffee verstärkt. Einladend und mit einem Hauch von gerösteten Kakaobohnen trieb er durch den Raum. Onkel Vinnie stand am Eingang zur Küche und nippte mit nachdenklicher Miene aus einer dampfenden Tasse. Ihr Vater schenkte am Esszimmertisch in zwei hohe Gläser gerade Orangensaft ein, der seinerseits ein fruchtiges, erfrischendes Aroma verströmte.

»Danke, Dad.« Sie trank einen Schluck. Der süßlich-säuerliche Saft vertrieb die letzten Reste von Schläfrigkeit. Ihre Sinne wurden schärfer. Als sie sich hellwach fühlte, wurde ihr die außergewöhnliche Bedeutung eines morgendlichen Besuchs des Paten umso bewusster.

»Also«, ergriff sie mit ruhiger Stimme das Wort. »Worum geht's?«

Ihr Vater deutete zum Esstisch. »Nimm Platz. Es gibt eine kleine Planänderung.«

Alicia schluckte nervös und spürte, wie der Geschmack des Orangensafts in ihrem Mund ein wenig bitter wurde. Ihr Vater und Vinnie wechselten einen ernsten Blick. Als sich Alicia dazu überwand, das Wort zu ergreifen, hoffte sie, dass sie gelassener klingen würde, als sie sich fühlte. »Du kümmerst dich also in D.

C. um etwas für Onkel Vinnie, und ich soll in die Ukraine. Kann ich dir in D. C. nicht helfen? Damit es dort vielleicht schneller geht?«

Kaum hatten die Worte ihre Lippen verlassen, zuckte sie innerlich darüber zusammen, wie erbärmlich sie sich anhörten.

Ihr Vater lächelte herzlich, schüttelte jedoch den Kopf. »Ich fürchte, nein. Das muss ich allein erledigen.«

Was so gut wie sicher bedeutete, dass es sich um eine Angelegenheit der Mafia handelte.

»Alicia.« Onkel Vinnie streckte sich über den Esszimmertisch und tätschelte ihr die Hand. »Ich weiß, damit hast du nicht gerechnet, aber dein Vater hat zu mir gemeint, du kannst mit so gut wie allem fertig werden. Und da ich dazwischenfunke, möchte ich versuchen, es wenigstens teilweise auszugleichen.« Er deutete zum nahen Wohnzimmer. »Weißt du noch, wie wir beide uns zuletzt unterhalten haben, ich auf dem Sessel da drüben?«

Alicia erinnerte sich an das Gespräch, als hätte es eben erst stattgefunden. Auch an die unverhoffte Verärgerung, die damals jäh in ihr aufgestiegen war. »Du hast mir gesagt, dass eine junge Frau in Italien einen Anstandswächter braucht.«

Ihr Vater schmunzelte, während Vinnie mit einem gutmütigen Achselzucken reagierte. »So ungefähr war es wohl. Ich meine, mich zu erinnern, dass dein Vater verhindert war und ich mich für deine Sicherheit verantwortlich gefühlt habe. Tja, diesmal ist es so ähnlich. Und weil ich die natürliche Ordnung der Dinge durcheinanderbringe, bin ich verpflichtet ...«

»Aber Onkel Vinnie«, fiel Alicia ihm ins Wort, wenngleich ihr nicht wohl dabei war, dem Boss ihres Vaters zu widersprechen, »das tust du gar nicht. Ich bin erwachsen und ...«

»Das ist mir durchaus bewusst. Aber das ist was anderes. Ich weiß nicht, in welche Gefahren ich dich schicke ...« Vinnies Gesichtsausdruck wurde düster und grüblerisch. »Um ehrlich zu sein, je mehr ich darüber nachdenke, desto weniger gefällt es mir. Aber ich vertraue auf die Überzeugung deines Vaters von deinen Fähigkeiten. Trotzdem brauchst du Unterstützung. Ich kann das nicht reinen Gewissens zulassen, ohne für deine Sicherheit zu tun, was ich kann. Und in dem Fall akzeptiere ich kein Nein als Antwort. Einen Moment.« Onkel Vinnie zog sein Handy aus dem Jackett und hielt es sich ans Ohr.

Alicia schaute zu ihrem Vater, der ihr mit einer unscheinbaren Geste zu verstehen gab, dass sie ruhig bleiben sollte. Dass Onkel Vinnie glaubte, er könnte sich mir nichts, dir nichts darin einmischen, was sie tat oder ließ, fühlte sich entsetzlich falsch an. Dennoch unterdrückte sie den Drang, zu protestieren, holte tief Luft und stieß sie langsam aus.

Schließlich steckte der Don das Telefon weg, stand auf und wandte sich dem Eingang zu.

Im selben Moment hob Bagel den Kopf und miaute, als jemand an die Tür klopfte.

Onkel Vinnie ging hin und öffnete. Tony stand mit großen Augen und nervöser Miene davor.

Der Pate winkte Alicia zu sich und küsste sie auf beide Wangen. »Tony begleitet dich. Ich habe euch Flüge für morgen um 15:30 Uhr gebucht.« Er drehte sich dem Vollstrecker der Familie zu und deutete mit dem Daumen auf Alicia. »Pack für die Reise, hör auf sie und halt ihr den Rücken frei, *capisce?*«

Tony nickte mit einem zutiefst verwirrten Ausdruck im Gesicht.

»Gut.« Der Don tätschelte Tony die Wange. »Über die Einzelheiten klärt sie dich auf.«

Damit ging Vinnie, und Tony bedachte Alicia mit einem

matten Lächeln. »Äh, dann sage ich meine Pokerrunde morgen wohl ab. Wohin geht's eigentlich?«

Alicia fehlten die Worte, während sie den armen Ahnungslosen wie benommen anstarrte.

Bagel tappte zu Tony und streckte die Vorderpfoten hoch. Der große, massige Mann hob den Kater auf, der sich schnurrend in seine Arme schmiegte.

Alicias Vater räusperte sich und deutete von ihr zu Tony, als wolle er sagen: *Jetzt antworte ihm schon.*

Schließlich brach sie beim Anblick der verdutzten Miene des Vollstreckers in Gelächter aus. »Tja, dann reisen wir beide wohl in die Ukraine.«

KAPITEL ZEHN

Als Levi durch die zerschrammte Holztür von *Ma Kelly's Bistro* eintrat, erfasste ihn der Geruch wie eine Ohrfeige – abgestandenes Bier, fettiges Fleisch und etwas Säuerliches, das er lieber nicht zuordnen wollte. Kein New Yorker Mafioso, der etwas auf sich hielt, würde sich je freiwillig in einer solchen Spelunke blicken lassen. Das Lokal stank nach Verzweiflung. Düsteres Licht kämpfte sich durch verstaubte Lampenschirme, der Boden fühlte sich klebrig unter den Schuhsohlen an.

Das Pub war ein Relikt, nur noch dem Namen nach irisch. Die flackernden Glühbirnen schafften es kaum, das versiffte Interieur zu erhellen. Das Linoleum zerrte leicht an Levis Füßen, als er sich den Weg in den Schuppen bahnte. Als er sich im fast verwaisten Gastraum umsah, entdeckte er Dino Minelli auf Anhieb.

Der Mann erhob sich an einem ramponierten Tisch im hinteren Bereich. Ein Lächeln breitete sich in seinen zerklüfteten Zügen aus. Dino besaß eine breite Brust, grau meliertes, dunkles

Haar und bewegte sich mit dem Selbstvertrauen eines Vollmitglieds der Mafia. Als Capo der Familie Marino trat er mit der natürlichen Autorität eines Mannes auf, der sich den Rang verdient hatte. Ein wenig Arroganz schwang darin zwar mit, allerdings gedämpft. Wie Levi konnte er genauso gut in einem Besprechungsraum einen Deal aushandeln wie auf der Straße für Recht und Ordnung sorgen.

»Levi«, grüßte Dino herzlich und ergriff seine Hand eher brüderlich als formell. »Ist viel zu lange her, mein Freund.«

Levi erwiderte den Händedruck genauso kräftig wie Dino. »Schön, dich zu sehen, Dino. Schaust gut aus.«

Grinsend ließ Dino den Blick über die schmuddelige Einrichtung von *Ma Kelly's* wandern. »Du auch. Ich muss schon sagen, du wertest den Laden eindeutig auf.« Mit einem Schmunzeln deutete er auf die unbesetzten Tische.

Levi zog eine Augenbraue hoch und verkniff sich ein Lächeln. »Ja, hast 'nen echt noblen Treffpunkt ausgesucht. Was ist das nur mit dir und diesem Schuppen? Dasselbe Loch, in dem ich dich vor ein paar Jahren kennengelernt habe.«

»Gutes Gedächtnis, mein Freund.« Dino lachte laut und herzhaft. »Komm mit, Levi.« Er deutete mit dem Kopf zur Tür. »Die Spelunke ist ausschließlich für Treffen gedacht, bei denen sonst niemand auftaucht. Gehen wir ein Stück.«

Sie verließen das Pub und traten hinaus in den späten Nachmittag von Washington, D. C. Der Verkehr brummte an ihnen vorüber, Autos reflektierten schimmernd das Sonnenlicht. Dino ging ungezwungen den stark frequentierten Bürgersteig entlang voraus, vorbei an Touristen und Geschäftsleuten, die ihnen keine Beachtung schenkten.

Nachdem sie in eine ruhigere Seitenstraße abgebogen waren, weg von Verkehrskameras und Passanten, senkte Dino die

Stimme und schlug einen ernsteren Ton an. »Als du mich aus heiterem Himmel angerufen hast, dachte ich mir, ich bekomme vielleicht ein paar Antworten auf Fragen, denen ich für Don Marino nachgehen soll.«

»Ach ja? Was hat der Don denn gesagt?«

»Komm mir nicht so, Levi. Das weißt du verdammt genau.« Schnaubend schüttelte Dino den Kopf. »Es hat Wirbel an den Docks in eurem Gebiet gegeben. Euer Hüne Paulie war mit einer Mannschaft dort, und eine von uns auch. Sie sind ein wenig aneinandergeraten.«

»Genau darüber wollte ich reden.« Levi nickte, steckte die Hände in die Taschen und sah sich unauffällig nach etwaigen Verfolgern oder Kameras um. »Ich hab ein wenig darüber nachgeforscht, was passiert ist. Anscheinend ist ’ne Verwechslung bei einer bestimmten Lieferung aufgetreten. Paulie hat mir erzählt, dass eure Jungs für das gleiche Paket dort waren. Verrätst du mir, was eure Mannschaft in unserem Hinterhof wollte?«

»Das hab ich auch gefragt.« Dino verzog das Gesicht und schüttelte den Kopf. »Hab keine klare Antwort gekriegt, nur ’ne Menge Ausflüchte. Die Jungs im Hafen waren Freiberufler – Mobster zwar, aber nicht die hellsten Birnen im Leuchter, falls du weißt, was ich meine. Gut möglich, dass sie Mist gebaut haben.« Er zuckte mit den Schultern und kniff die Augen zusammen. »Wenn wir der Sache auf den Grund gehen wollen, müssen wir beide wohl ’nen Ausflug zu dem Lagerhaus unternehmen, in dem sie sich rumtreiben. Von Angesicht zu Angesicht ein paar Takte mit den *momos* reden.«

Dino drückte einen Knopf auf einem Autoschlüssel. Ein schwarzer, einen halben Block entfernt geparkter Lincoln Navigator gab einen doppelten Piepton von sich. Der Hochglanzlack und die Chromakzente wirkten in der heruntergekommenen

Gegend völlig fehl am Platz. Der SUV war makellos – detailreich, gewachst, ein Fahrzeug, das von Geld zeugte, ohne übertrieben protzig zu wirken.

Nachdem sie hingegangen waren, öffnete Levi die Beifahrertür und stieg ein. Die Ledersitze rochen noch neu, das Armaturenbrett erwies sich als tadellos sauber. Vom Innenspiegel baumelte ein kleiner Christophorus-Anhänger. »Schicke Karre.«

»Bringt mich von A nach B, ohne dass ich allzu sehr auffalle«, erwiderte Dino und drückte den Zündknopf. Der Motor erwachte schnurrend zum Leben, trotz der Größe des Autors flüsterleise. »Außerdem achten die Bullen nicht groß auf eine solche Familienkutsche.«

Dino fuhr los und reihte sich mit dem Navigator in den Verkehr von D. C. ein.

Levi klappte den Blendschutz auf seiner Seite herunter, als ihm die Sonne gleißend ins Gesicht schien. Sie fuhren die New Jersey Avenue in Richtung Süden. Im winzigen Spiegel der Blende zeichnete sich ansatzweise die Kuppel des Kapitols ab. Levis Blick blieb in Bewegung, achtete auf Schaufenster, Seitenstraßen, Gesichter in vorbeifahrenden Autos. Alte Gewohnheit.

»Sag mal«, ergriff er im Plauderton, aber mit fester Stimme das Wort, »wie gut kennst du diese Mobster?«

Dino brummte, eine Hand lässig auf dem Lenkrad, die andere am Schalthebel. »Ich bin mir nicht sicher, wer in der Mannschaft war. Wenn's die Jungs sind, die ich vermute – die sich hauptsächlich um den Lagerhausbereich kümmern –, dann sind sie recht passabel. Der eine oder andere könnte ein Anwärter für unsere Organisation sein. Aber ehrlich, Levi, ich hab erst vor weniger als zwölf Stunden erfahren, was passiert ist. Du erwischst mich also ein bisschen unvorbereitet.«

»Wir werden's wohl bald genauer wissen«, erwiderte Levi, den Blick nach wie vor nach draußen gerichtet.

»Keine Sorge.« Dinos Kieferpartie wirkte angespannt. »Wir gehen der Sache auf den Grund. Solche Missverständnisse müssen nicht sein. Lass mich nur die Vorstellung übernehmen, den Rest kannst du erledigen. Brich nur nach Möglichkeit keine Knochen. Sonst brauchen wir 'nen Arzt, ich muss dem Don erklären, was passiert ist, und ...«

»Vergiss es.« Levi grinste. »Das ist nicht nötig – außer, sie stellen sich dumm an.«

Der Navigator passierte die M Street und schlängelte sich durch den Feierabendverkehr nahe Buzzard Point. Unten in Anacostia am Fluss ging es auf den Straßen ruhiger zu. Alte Lagerhäuser und Industriegelände prägten die Gegend, manche verlassen, andere hielten sich noch irgendwie im Geschäft. Hinter rostigen Zäunen stapelten sich Schiffscontainer. Typischer Flussgeruch drang in den Wagen – Brackwasser, Dieselabgase und die leicht metallische Note von Tauwerk.

Dino bog langsam in die Water Street ein, einen halben Block später auf ein abgelegenes Areal. Ein langes, niedriges Lagerhaus aus Ziegelsteinen stand am Ende des Piers, das Rolltor aus Metall halb offen. Die Schatten dahinter verbargen, was das Gebäude beherbergte.

Davor rauchten zwei Männer, die sich bemühten, nicht so zu wirken, als hielten sie Wache. Beide trugen billige Jacken und Jeans, die ihnen nicht recht passten – dem Aussehen nach Straßengangster.

Dino schaltete den Motor aus, setzte sich jedoch nicht sofort in Bewegung. Mit zusammengekniffenen Augen beobachtete er die beiden vor dem Lagerhaus.

»Siehst du die zwei da?«, murmelte er. »Den links kenne ich

nicht. Der rechts heißt Manny und ist zurückgeblieben. Nicht buchstäblich, eher der Typ leichtgläubiger Trottel. Was nicht gerade für den anderen spricht.«

Levi schmunzelte verhalten.

Dino zog den Schlüssel aus dem Zündschloss und steckte ihn in die Jackentasche. »Mal sehen, wie viel diese *momos* wirklich wissen.«

Sie stiegen aus dem Navigator. Die schweren Türen fielen mit einem dumpfen Knall hinter ihnen zu. Draußen herrschte hohe Luftfeuchtigkeit. Vom Fluss drang gedämpft das Dröhnen der Schlepper herüber. Über ihnen kreisten zwei Möwen und kreischten an einem sich verdunkelnden Himmel. Die Sonne war bereits ziemlich tief zum Horizont gesunken.

Die beiden Wächter strafften die Schultern, als sie Dino auf sich zukommen sahen. Sie strahlten so spürbar nervöse Energie aus wie der Asphalt die gespeicherte Hitze des Tags. Einer warf die Zigarette zu Boden und trat sie unter dem Absatz aus.

Levi musterte den Mann mit nüchterner Miene. »Gentlemen«, sagte er leise. In seinem Ton schwang dabei eine genauso subtile wie unverkennbare drohende Note mit.

Dino verzichtete auf eine Vorstellung. Stattdessen deutete er mit dem Kinn auf das Tor. »Aufmachen. Wir haben was zu bereden.«

Das Büro in der Lagerhalle entpuppte sich als bessere Besenkammer. Die Waschbetonwände waren in einer hässlichen Schattierung von Grauweiß gestrichen, die Ecken von jahrelanger unachtsamer Nutzung abgewetzt. Unter einer flimmernden Deckenlampe stand ein verbeulter Schreibtisch aus Metall. Die

Luft roch leicht nach Motoröl, billigem Rasierwasser und schalem Zigarettenrauch.

Manny lehnte unbeholfen am Türrahmen, als wüsste er nicht recht, ob er bleiben oder abhauen sollte. Vier weitere Männer hatten sich in das Büro gepfercht. In steifer Haltung saßen sie mit argwöhnischen Mienen auf Klappstühlen aus Metall. Keiner sprach ein Wort, als Dino eintrat und die Tür für Levi aufhielt, eine respektvolle Geste, die im Raum nicht unbemerkt blieb.

Alle vier Männer standen auf, die Blicke auf Dino geheftet.

»Entspannt euch, Leute. Setzt euch wieder.« Dino nickte der Mannschaft zu. Dann richtete er die Aufmerksamkeit auf einen schlanken Kerl hinter dem Schreibtisch, bevor er mit ruhiger, aber scharfer Stimme fortfuhr. »Franco, das ist Levi, ein Freund von uns.« Kurz verstummte er, als wöge er die Worte sorgfältig ab. Sein Blick wanderte dabei flüchtig zur Decke, als hielte er es für möglich, dass der Raum verwanzt war. »Levi steht in enger Verbindung mit Freunden von uns in New York.«

Die so harmlos klingende Formulierung *»ein Freund von uns«* aus Dinos Mund verriet den Anwesenden, dass Levi der *Cosa Nostra* angehörte. Und indem sich Dino gezielt an Franco wandte, gab er Levi zu verstehen, dass der Mann hinter dem Schreibtisch ebenfalls ein Vollmitglied der Mafia war, während es sich bei den anderen wahrscheinlich nur um Mobster handelte.

Die Bedeutung seiner Worte hing in dem beengten Raum drückend in der Luft. Vier Augenpaare richteten sich abwägend auf Levi. Obwohl sie nicht genau wussten, wer er war, stand für sie fest, dass sie sich besser respektvoll verhalten sollten.

Levi schwieg, gab ihnen Zeit zum Nachdenken, bevor er knapp nickte.

Dino deutete auf die Gruppe. »Manny hast du ja schon

draußen kennengelernt. Die anderen sind Franco, Pete, Joey und Richie.«

Franco, ein drahtiger Kerl mit markantem Gesicht, der aussah, als hätte er seit einer Woche nicht geschlafen, nickte verhalten, die Hände tief in den Taschen seiner abgewetzten Jacke. Levi stufte ihn auf Anhieb als den Kopf der Truppe ein.

Er wich einige Schritte in eine Ecke des Raums zurück, damit er alle gleichzeitig im Blick hatte. Dann ergriff er im Plauderton das Wort. Dennoch ließ seine Stimme keinen Zweifel am Ernst der Angelegenheit. »Vor ein paar Tagen hat's einen Zwischenfall am Red Hook Terminal in Brooklyn gegeben. Wer von euch war damals dabei?«

Franco, Pete und Joey hoben die Hand.

Levi zeigte auf Manny und Richie. »Ihr zwei könnt gehen.«

Ohne zu zögern, verließen die beiden Männer das beengte Büro, wodurch ein wenig mehr Freiraum entstand.

Levi wandte sich an Franco. »Hast du die Mannschaft angeführt?«

Zögerlich nickte der Mann. Sein Adamsapfel hüpfte, als er schwer schluckte.

Pete und Joey ließen den Blick auf den Boden zu ihren Füßen gerichtet.

Levi konnte die von ihnen ausgehende Angst förmlich riechen. Ein dünner Schweißfilm glänzte in den Gesichtern der beiden. Seine nächste Frage richtete er wieder an Franco, der trotz seiner besorgten Miene weniger nervös als die zwei anderen aussah. »Was zum Teufel habt ihr in Brooklyn gewollt?«

Franco räusperte sich mit einem Blick zu Dino, der am Türrahmen lehnte und dem Mann unscheinbar zunickte, als erteilte er ihm die Erlaubnis, Levi zu antworten. »Wir haben 'ne E-Mail vom Spediteur bekommen. Darin hat gestanden, das von uns erwartete Paket wäre nach Norden umgeleitet worden. Anderer Hafen. Wir sollten es stattdessen dort abholen.«

Levi zog eine Augenbraue hoch. »Wer vom Spediteur?«

Franco zuckte mit den Schultern. »Irgendein Logistiktyp drüben in Russland. Wir stehen nicht direkt in Verbindung, tauschen nur E-Mails über deren Vertreter aus. Der hat gemeint, es hätte 'ne Verwechslung auf ihrer Seite gegeben.«

Bislang stimmte alles mit dem überein, was Levi bereits zu wissen glaubte.

Levi nickte langsam und ließ die Stille andauern, bis Franco hinter dem Schreibtisch die Haltung verlagerte.

»Okay«, sagte er schließlich. »An wen solltet ihr das Paket liefern, wenn ihr es bekommen hättet?«

Franco presste die Lippen zu einer schmalen Linie zusammen. Abermals schnellte sein Blick zu Dino, eine stumme Frage, ob er antworten durfte. Dino nickte kaum merklich.

»Mir hat man den Namen Kendra Holstrom genannt«, sagte Franco letztlich. »Bin der Frau nie begegnet. Weiß auch nicht viel über sie, nur was in der Bestellung gestanden hat. Angeblich sollte das Paket ein Geschenk für ihren Vater sein. Sie war echt penibel dabei, was für Kunstwerke es sein sollten, hat auf den Geschmack ihres alten Herrn verwiesen und alle möglichen Details geschrieben. Ich hab einfach alles an den Lieferanten weitergeleitet.«

Levi verengte die Augen zu Schlitzen. »Hast du eine Adresse dieser Kendra?«

Wieder nickte Franco. Er stand auf, trat zu einem der verbeulten Aktenschränke an der Wand, öffnete die oberste Schublade, sah eine Reihe von Mappen durch und zog schließlich eine heraus. Nachdem er durch die Seiten geblättert hatte, drehte er die Mappe zu Levi und tippte mit dem Finger auf den Lieferschein.

»Hier. Das *Hay-Adams* Hotel. Im Zentrum von D. C.«

Neben der Adresse stand eine gekritzelte Kontaktnummer – mit Vorwahl 323, die zu West Hollywood gehörte, wenn sich Levi richtig erinnerte.

Er nahm sich Zeit, die Seite eingehend zu betrachten und sich die Details einzuprägen. Das *Hay-Adams* – ein nobler Schuppen. Definitiv keine Absteige für lichtscheues Gesindel.

Franco räusperte sich zaghaft und schaute erneut zu Dino. »Also ... äh ... Dino, was machen wir jetzt wegen der Lieferung? Wir haben schon die Anzahlung von der Lady. Auch wenn wir das Paket nicht gekriegt haben, wird sie es wohl noch erwarten.«

Dino lehnte sich mit vor der Brust verschränkten Armen an die Tür zurück. Sein Blick wanderte zu Levi. »Was meinst du dazu?«

Levi zuckte mit unergründlicher Miene die Schultern. »Schreddert die Mappe. Sagt ihr, dass die Sendung beim Transport verloren gegangen ist. Euer Teil des Deals ist durch die Anzahlung abgedeckt. Hat keinen Sinn, Phantomen hinterherzujagen.«

Franco zuckte sichtlich zusammen.

»Hör lieber auf mich.« Levi bedachte den Kerl mit einem stahlharten Blick. »Weißt du, wie man Anrufe und E-Mails ignoriert?«

Franco nickte. »Klar. Mach ich ständig.«

»Tja, dann tu's auch bei dieser Lady.« Levi deutete wegwerfend auf die Mappe mit den Informationen über die Bestellung. »Ich statte dieser Kendra 'nen Besuch ab und kümmere mich um die Angelegenheit. Mach dir wegen der Lieferung keine weiteren Gedanken.«

Franco nickte. Er wirkte zwar nicht begeistert, aber sichtlich erleichtert darüber, dass ihm die Entscheidung abgenommen wurde. Prompt zerriss er die Mappe an der Bindung und schob die Seiten in einen kleinen Schredder, der auf dem Schreibtisch surrend seine Arbeit verrichtete.

Levi bedachte die Truppe mit einem letzten Blick. »Das war alles, was ich gebraucht habe.«

Dino stieß sich von der Tür ab und öffnete sie für Levi. Die beiden Männer traten hinaus in den widerhallenden Lagerbereich. Von den Docks wehte der Geruch von salziger Luft und Rost herein.

Als sie draußen waren, warf Dino einen Seitenblick zu Levi. »Du hast, was du gebraucht hast?«, vergewisserte er sich.

Levi nickte, der Blick bereits abwesend, konzentriert auf den nächsten Schritt. »Ja. Ist an der Zeit, diese sogenannte Kunstkäuferin kennenzulernen.«

KAPITEL ELF

In der Business-Class des Airbus A350 der Lufthansa herrschte Stille, abgesehen vom gelegentlichen Klirren von Gläsern und dem Brummen der Triebwerke. Alicia saß am Fenster, tippte mit den Fingern auf die Armlehne und beobachtete, wie das Bodenpersonal draußen in der hellen Beleuchtung des Frankfurter Flughafens wie Ameisen herumwuselte. Auf dem Sitz neben ihr döste Tony halb auf dem breiten Ledersitz, die Arme verschränkt, das Kinn auf die Brust gesunken. Unter dem Sitz vor ihr hatte sich Bagel in der von der Fluggesellschaft zugelassenen Transportbox zu einem schwarzen Fellknäuel eingerollt.

»Noch zwei Stunden bis Kiew«, murmelte Tony, ohne die Augen zu öffnen.

Alicia leerte den Rest des Mimosa, den sie sich genehmigt hatte. Als ein dumpfes Pochen im Schädel einsetzte, runzelte sie die Stirn.

Sie musste künftig die Finger von Alkohol lassen. Nach ihrem 21. Geburtstag hatte sie gelegentlich getrunken und den

Schwips genossen, den es ihr manchmal beschert hatte. Aber diese Zeiten waren vorbci. Mittlerweile bekam sie von Alkohol nur noch Kopfschmerzen. Kein angenehmer leichter Rausch mehr, bloß dieses dumpfe Pochen.

Sie schaute zu Bagel hinab. Kurz hob er den Kopf und erwiderte ihren Blick mit goldenen Augen, bevor er wieder in die von ihm bevorzugte Form eines Donuts sank. Diese eigenartige Reaktion auf Alkohol hatte sie, seit sie an Krebs erkrankt war. Und seit Bagel in ihr Leben getreten war.

Sie dachte daran zurück, was der Kater getan hatte – obwohl sie zu dem Zeitpunkt geschlafen hatte. Vielleicht war es mehr ein Bestandteil eines Fiebertraums gewesen. Jedenfalls hatte er, damals noch ein Kätzchen, etwas auf ihren Bauch erbrochen. In wachem Zustand wäre sie sofort unter die Dusche geeilt. Stattdessen erinnerte sie sich an ein Brennen, das jener goldfarbene Speichel verursacht hatte – oder was auch immer es war. Erst später hatte man ihr die kaum zu glaubende Geschichte von mikroskopisch kleinen Nanobots erzählt, die durch ihren Körper kursierten. Damals war sie fest davon überzeugt gewesen, dass der Krebs dank Bagel und der winzigen Maschinen, die er auf sie erbrochen hatte, zurückgegangen war.

Mittlerweile wusste sie nicht mehr, was sie glauben sollte.

Ihre Kopfschmerzen verschlimmerten sich, als sich der letzte Schluck des Cocktails in ihrem Körper ausbreitete, und Alicias Augen weiteten sich mit einer Erkenntnis. Was, wenn die Nanobots den Alkohol wie ein Gift behandelten? Trotz ihrer umfassenden naturwissenschaftlichen Ausbildung hatte sie keine Ahnung, wie diese unmöglich anmutenden Maschinen funktionierten, doch auf einmal schien es Sinn für sie zu ergeben. Statt den Alkohol wie bei einem normalen Menschen seine Wirkung entfalten zu lassen, könnten diese sogenannten kleinen Helfer ihn abbauen, wobei die Kopfschmerzen als Nebenwirkung auftraten. Wahre Rauschkiller.

Ihr Vater hatte zugegeben, sie ebenfalls im Körper zu haben, allerdings wusste Alicia nicht, wie es dazu gekommen war. Trank er deshalb nie Alkohol? Sie hob sich die Frage für später auf, überrascht darüber, dass sie nicht schon längst zwei und zwei zusammengezählt hatte.

Alicia neigte die Rückenlehne zurück und nickte. »Wenigstens ist es jetzt ein Direktflug.«

Ihre Route war recht einfach gewesen – von Newark nach Frankfurt, und nach einem Zwischenstopp nun weiter zum internationalen *Flughafen Kiew-Boryspil, kurz KBP*. Durch das Upgrade der Lufthansa auf die erste Klasse war der Langstreckenflug erträglich gewesen – Liegesitze, heiße Handtücher, das volle Programm. Aber aller Luxus konnte nicht die Nervosität über die bevorstehende Mission entschärfen.

Von Denny hatte sie spärliche Informationen über den Zielort erhalten, und sie hatte sowohl Satellitenbilder als auch eine Straßenkarte jenes Teils der ukrainischen Hauptstadt studiert.

Eine freundlich lächelnde Flugbegleiterin kam vorbei und sprach Alicia an. »Möchten Sie noch einen Drink, Ma'am?«

Alicia erwiderte das Lächeln und winkte ab. »Nein, danke.« Sie setzte wieder die Kopfhörer auf und scrollte durch die Flugverfolgung. Die Karte zeigte den Streckenverlauf an – sie würden den polnischen Luftraum durchqueren und bald danach jenen der Ukraine erreichen. Die voraussichtliche Ankunft würde in knapp zwei Stunden erfolgen.

Als die Triebwerke für den Start hochfuhren, spürte Alicia den vertrauten Druck und wurde von der Schwerkraft in den Sitz gepresst, während sich das Flugzeug in den Himmel schraubte. Sie blickte auf die Transportbox hinab. Bagel rührte sich kaum, lag mit geschlossenen Augen gemütlich auf der Plüschunterlage darin und ließ sich nicht anmerken, dass er etwas von den physikalischen Kräften mitbekam.

Die Durchsage dröhnte in abgehacktem Englisch mit deutschem Akzent aus den Lautsprechern: »Kabinenbesatzung, vorbereiten zur Landung.« Unmittelbar darauf folgte dieselbe Mitteilung auf Ukrainisch mit scharf und fremdartig klingenden Konsonanten. Alicia tippte auf den kleinen, rechts eingesetzten Ohrstöpsel – ein praktisches Gerät, das Denny ihr für die vorherige Reise in den Vatikan bereitgestellt hatte. Die nächsten ukrainischen Sätze drangen leise in übersetztem Englisch an ihr Trommelfell.

»Bitte bleiben Sie angeschnallt sitzen. Wir landen in Kürze in Kiew.«

Der Abstieg verlief seidenweich. Die Räder setzten mit einem leichten Holpern auf der Landebahn auf, bevor die A350 ausrollte und langsam zum Stehen kam. Noch ehe das Anschnallzeichen erloschen war, öffneten erste Passagiere, die es eilig hatten, auszusteigen, die Gepäckfächer über den Sitzen. Unterhaltungen auf Ukrainisch, Russisch und Deutsch vermengten sich zu einer misstönenden Geräuschkulisse.

Als sie die Maschine verließen, schlugen ihnen durchdringender Kerosingeruch und eine leicht metallische Note in der schneefeuchten Luft draußen entgegen. Frost überzog die Ränder

der Fenster. In der Ferne erhellte der orangefarbene Schein von Natriumdampflampen das Rollfeld.

Bagel streckte sich in seiner beengten Transportbox und gähnte ausgiebig.

Alicia kauerte sich hin und entriegelte die Tür. Der Kater schnippte mit dem Schwanz, bevor er heraustrabte. Sie rückte das Babytragetuch aus schwarzem Segeltuch mit verstellbaren Trägern zurecht, das sie für ihre letzte internationale Reise mit dem Vierbeiner gekauft hatte.

Bagel war alles andere als ein gewöhnlicher Kater. Seine Intelligenz übertraf bei Weitem, was Alicia von anderen Tieren kannte. Er hatte sogar gelernt, sich über eine Reihe großer Plastikknöpfe mit ihr zu verständigen. Wenn er darauf tappte, gab jeder ein bestimmtes, mit ihrer Stimme aufgezeichnetes Wort wieder. In ihrem Apartment in D. C. lagen fast hundert davon über den Boden verstreut, und Bagel nutzte sie ausgiebig. Er wusste, was jeder einzelne davon besagte, und teilte ihr damit umfassend seine Wünsche mit.

Und das war nur der Anfang ...

Bagel streckte sich erneut, als Tony ihre Tasche aus dem Gepäckfach über den Sitzen holte. Der Kater tappte mit der Pfote in einer rasanten Abfolge von abwechselnd kurzen und längeren Berührungen auf Alicias Knie, die Buchstaben im Morsecode ergaben.

»Futter.«

Auch ohne jene Knöpfe konnte Bagel ihr mitteilen, was ihm gerade durch den Kopf ging. Obwohl er über einen begrenzten Wortschatz verfügte, erhob ihn allein die Tatsache, dass er es überhaupt konnte, zu einem Supergenie der Tierwelt.

Alicia lächelte den Kater an, der mit großen goldenen Augen

zu ihr hochstarrte, ohne zu blinzeln. »Sobald wir im Hotel sind und eingecheckt haben, kümmere ich mich darum. Versprochen.«

Der Vierbeiner schniefte laut und richtete den Blick auf die Trage.

Alicia lockerte die Träger weit genug, um Platz für ihn zu schaffen.

Er hüpfte auf ihren Schoß, stieg in das Segeltuch, schmiegte sich darin an ihren Oberkörper und lugte mit dem Kopf über den Rand wie ein pelziger Wächter. Sein Schwanz zuckte einmal, bevor er mit einem resignierten Seufzen das Kinn auf den Stoff senkte.

»Siehst gut aus da drin, Bagel«, meinte Tony schmunzelnd und hievte sich einen großen Seesack über die Schulter.

Der Flughafen fühlte sich mit seiner grellen Neonbeleuchtung und schwarzen Akustikplatten an der Decke steril an. Aus Lautsprechern dröhnte eine Durchsage:

»Шановні пасажири, багаж рейсу з Франкфурта зараз доставляється на стрічку номер три.«

Alicias Ohrstöpsel übersetzte leise für sie:

»Achtung: Das Gepäck für den Flug aus Frankfurt trifft auf Gepäckband drei ein.«

. . .

Der Geruch von überbrühtem Kaffee vermischte sich mit jenem von Reinigungschemikalien. Reisende drängten sich an der Gepäckausgabe. Einige brüllten in ihre Handys, andere zerrten an widerspenstigen Koffern.

Alicia und Tony holten ohne Zwischenfälle ihren Hartschalenkoffer von Pelican, dezent mit den üblichen Reiseaufklebern versehen, in jeder Hinsicht unauffällig.

Von draußen schlug ihnen Kälte entgegen, sobald sich die Schiebetüren zischend geöffnet hatten. Obwohl es erst November war, herrschten mindestens fünf, wenn nicht sogar zehn Grad weniger als zu Hause.

Plötzlich verspürte Alicia einen Anflug nervöser Energie. Dieses Unterfangen war kein Scherz. Sie befanden sich in der Ukraine nach einem Krieg, und Alicia wusste nicht wirklich, was sie erwarten würde.

Erschwerend kam hinzu, dass sie im Augenblick keinerlei Waffen bei sich trug.

Bagel drehte sich in der Trage so herum, dass der kalte Wind über seinen Rücken statt in sein Gesicht wehte.

Auf dem Gehweg rauchten Taxifahrer im gelblichen Schein der Straßenlaternen und hielten Tafeln mit kyrillischen Namen hoch. Hinter ihnen zeichneten sich die dunklen Umrisse von Transportern und schwarzen Limousinen ab.

Tony winkte ein Taxi zu ihnen, einen älteren schwarzen Mercedes, in dem es leicht nach nassem Leder und Nelkenzigaretten roch.

Der Fahrer, ein drahtiger Kerl mit tief in den Höhlen liegenden Augen und einer weit in die Stirn gezogenen Wollmütze, nickte ihnen zu. Als er Tony das Gepäck abnehmen wollte, genügte ein Blick des imposanten Vollstreckers, um den

Mann zurückschrecken zu lassen, der stattdessen erst den Kofferraum, dann die hintere Tür auf der Beifahrerseite öffnete.

Tony verstaute das Gepäck und stieg von der Fahrerseite ein.

Als sich Alicia neben ihn auf die Rückbank schob, verlagerte Bagel mit einem leisen Brummen in der Trage die Haltung.

Als der Fahrer hinter dem Lenkrad Platz nahm, beugte sich Alicia zu ihm vor und sprach ihn auf Russisch an. »Können Sie Russisch?«

Er begegnete ihrem Blick im Innenspiegel und setzte ein verhaltenes, müdes Lächeln auf. *»Ja, ein bisschen. Russisch geht.«*

Alicia nickte, erleichtert darüber, dass sich der Russischkurs beim Outfit als nützlich erweisen würde, denn ihre Kenntnisse in Ukrainisch lagen bei praktisch null. Auf dem Schoß hielt sie ihr Handy mit der Übersetzungs-App bereit, die sie jedoch allem Anschein nach nicht brauchen würde, zumindest noch nicht.

Nachdem sie den Flughafen Boryspil verlassen und die Hauptstraße in Richtung Stadtzentrum erreicht hatten, ergriff der Fahrer auf Russisch wieder das Wort. Dass er langsam redete und auf die Aussprache achtete, erleichterte es sowohl Alicia als auch ihrem Ohrstöpsel, ihm zu folgen.

»Die Straße hier war vor dem Ausbauprojekt von Bäumen gesäumt – alten Linden.«

Alicia drehte sich Tony zu, der mit Sicherheit keine Silbe verstand, und lieferte ihm eine laufende Kurzfassung der Ausführungen ihres Chauffeurs.

. . .

»Früher habe ich im Kiewer Geschichtsmuseum gearbeitet und Führungen über die Geschichte der Gegend abgehalten. Dann ... hat sich alles geändert.«

Was er damit meinte, musste er nicht erläutern. Der Krieg begleitete die Unterhaltung wie ein Schreckgespenst im Hintergrund.

»Mein Museum hat man 2022 in ein Nachschubdepot verwandelt. Einige Exponate konnten gerettet werden, viele nicht. Deshalb bin ich Taxifahrer geworden.«

Er zuckte mit den Schultern, nicht verbittert, nur resigniert. *»Man muss sich anpassen. Darin sind wir Ukrainer gut.«*

Draußen geriet nach und nach die Stadt in Sicht – postsowjetische Wohnblocks, brutalistische, von Straßenlaternen mit kaltem Licht erhellte Architektur. Gelegentlich lugten goldene Zwiebeltürme zwischen den Gebäuden hervor. Die ruhigen Straßen waren nass von geschmolzenem Schnee, in der Luft nahm man dicht Dieseldämpfe und Schornsteinrauch wahr.

»Jetzt erreichen wir das Kulturviertel«, kommentierte der Fahrer, als sie in eine schmale, kopfsteingepflasterte Straße einbogen. *»Das alte Kiew. Diese Gegend hat die schlimmsten Bombeneinschläge überstanden. Viele Gebäude stammen aus der Zeit vor der Revolution. Das Viertel hat Charakter.«*

Seine Erläuterungen setzten sich zehn Minuten fort, bis sie in eine noch ruhigere, ebenfalls mit abgewetzten Kopfsteinen gepflasterte Straße gelangten, gesäumt von schmiedeeisernen

Balkonen. Der Fahrer deutete mit einer behandschuhten Hand nach vorn.

»Da ist es«, verkündete er. »Готель Прем'єр Палац, Київ.«

Mit einem Blick in den Innenspiegel wiederholte er auf Englisch: »Das *Premier Palace* Hotel.« Er wechselte zurück zu Russisch. *»Sehr berühmt. Hier sind früher Minister und Künstler abgestiegen – vor dem Krieg.«*

Alicia nickte. Mittlerweile hatte sie sich an die Kadenz der örtlichen Aussprache gewöhnt. Bagel rührte sich im Tragetuch. Seine Ohren zuckten, als das Taxi im Schein der Eingangsbeleuchtung des Hotels zum Stehen kam.

Das *Premier Palace* Hotel Kyiv, ein reich verziertes Relikt aus der Zeit der Zaren und Oligarchen, ragte wie eine Hochzeitstorte am Rand des Kulturviertels empor. Marmorböden, schwere Vorhänge, in der Luft der leichte Geruch von Politur und teurem Parfüm. Der Concierge warf einen flüchtigen Blick auf ihre Pässe, bevor er ihnen zwei Schlüsselkarten aushändigte.

»Wir haben Zimmer nebeneinander«, wandte sich Alicia an Tony, als sie ihre Karte ins Lesegerät steckte. Zimmer 514 für sie, 516 für ihn.

Wieder rührte sich Bagel in seiner Trage. Er blinzelte müßig, als Alicia die Tür aufschob und das Zimmer betrat. Warme Luft, dicker Teppichboden, neutrale Töne. Sie stellte das Gepäck an der Wand ab, hob Bagel behutsam aus dem Tragetuch und setzte ihn auf dem Bett ab. Er gähnte, streckte sich gemächlich und begann, seinen Schwanz zu putzen. Der neuen Umgebung schenkte er nicht wirklich Beachtung.

Alicia sah ihn an und sagte: »Bin gleich wieder da.«

Sie ging zu Tonys Zimmer und klopfte an die dicke Holztür, die fast sofort geöffnet wurde.

»Was gibt's?«, fragte Tony, der gerade seine Lederjacke auszog.

Alicia beugte sich aus dem Flur zu ihm und sprach im Flüsterton. »Unser Ziel für morgen ist nur ungefähr vier Blocks von hier entfernt. Zu Fuß höchstens zehn Minuten. Mein Informant sagt, dass täglich um acht Uhr morgens jemand das Lagerhaus betritt. Dafür sollten wir bereit sein.«

»Passt 7:00 Uhr?«

Sie nickte. »Ja, passt. Bis dann.«

»Schlaf gut.«

Alicia wandte sich von Tonys Tür ab und sah auf die Armbanduhr.

Für sie war der Abend noch nicht zu Ende.

Sie musste erst ihr Bewaffnungsproblem lösen.

~

Unmittelbar nach dem Taras-Schewtschenko-Boulevard bog Alicia in eine schmale Seitenstraße ab. Ihr Atem bildete in der kalten Nachtluft kleine Wölkchen. Das Pflaster schimmerte im gelblichen Schein der Straßenlaternen feucht. Unterwegs stellte sie den Kragen auf. Sie passierte geschlossene Cafés und eine Bar, aus der gedämpfte Popmusik durch doppelt verglaste Scheiben drang.

Die Adresse, die sie von Brice hatte, machte optisch nicht viel her – ausgebleichte Fassade mit kyrillischen Graffiti im unteren Bereich, eine schwere grüne Tür, eingelassen in einen Bogen aus Stein. Grinsend rief sie sich Brice' umfangreiche Anweisungen ins Gedächtnis. Jene Tür stellte nicht den wahren

Eingang dar.

Der befand sich auf der anderen Seite der Gasse hinter einem von Efeu überwucherten, rostigen schmiedeeisernen Tor, das von außen verschlossen wirkte. Unten verbarg sich daneben im Schatten eines Abflussrohrs eine kleine Messingbüste von Zar Nikolaus II. auf einem etwa fußschemelhohen Sockel. Alicia kniete sich hin und befolgte Brice' Anweisung. Sie tippte zweimal auf die Krone, ehe sie den Kopf der Büste nach links drehte.

Ein leises Klicken ertönte.

Ein Teil des Eisenzauns löste sich mit einem hydraulischen Zischen und schwang nahezu lautlos auf.

Alicia trat hindurch.

Dahinter wartete eine zweite Stahltür, versteckt hinter der Fassade eines zugemauerten Ladens, in dem wohl seit dem Kalten Krieg nichts mehr verkauft worden war.

Leuchtstoffröhren gingen flackernd über ihr an, während sich die Eingangstür schloss und sie von der Außenwelt abschottete. Unwillkürlich fragte sich Alicia, wie ihr Leben zu einem James-Bond-Film geworden war.

Das Dekor im Flur erinnerte sie an eine alte Filmkulisse. Ihr Blick wanderte über die Wände, bis sie entdeckte, wonach sie suchte. Es handelte sich um einen getarnten Handscanner im Rahmen eines antiken, an der Mauer montierten Münztelefons aus der Sowjetzeit. Alicia ging hin und legte die Hand flach darauf. Wieder folgte ein Klicken, diesmal tiefer, als würden die Zuhaltungen eines Tresors entriegelt.

Die Innentür schwang auf und offenbarte eine andere Welt.

Trockene Wärme flutete ihr entgegen, begleitet von einer Geruchsmischung aus Pfeifentabak, Holzpolitur und in Samtvorhänge eingenistetem Staub. Den Unterschlupf in Kiew hatte man nicht postsowjetisch-zweckmäßig gestaltet, sondern mit der Opulenz der Zeit vor der Revolution. Ein prunkvoller Kronleuchter, dem allerdings einige Kristalle fehlten, hing über dem Parkettboden. Dicke rote Vorhänge umrahmten hohe Fenster, von innen mit mattierten Platten abgedeckt. Die ausgebleichte, geblümte Tapete sah authentisch aus – wahrscheinlich zierte sie die Wände schon seit 1912.

Alicia trat ein und blieb kurz nach der Schwelle stehen. Ihre Stiefel klackten auf dem Holzboden.

Ein Mann kam hinter einem Vorhang hervor – dünn, blass, Ende 60, das silbergraue Haar streng zurückgekämmt. Er trug eine dunkle Jacke im Kosakenstil über einer gebügelten Hose. In aufrechter Haltung stand er da und musterte sie mit stechendem Blick durch eine Brille mit Drahtgestell.

Zunächst schwieg er. Dann sagte er auf Russisch: »Guten Abend.«

Alicia nickte und antwortete halbwegs fließend in derselben Sprache. »Ich glaube, ich werde erwartet.«

Statt zur Seite zu treten, näherte sich der Mann. In einer Hand hielt er eine kleinkalibrige Makarow-Pistole, allerdings nach unten gerichtet und ruhig, nicht offenkundig feindselig, es wirkte eher wie eine Gewohnheit. Den anderen Arm streckte er Alicia mit der Handfläche nach oben entgegen.

Sie fasste in die Tasche, holte die Identifikationsmünze vom Outfit heraus und hielt sie ihm zur Überprüfung hin.

Der ältere Mann ergriff die andere Hälfte der Münze. Fast sofort leuchtete eine grüne LED auf, die ihre Mitgliedschaft in der Geheimorganisation bestätigte.

Mit einer fließenden, höflichen Bewegung ließ er die Münze los und steckte die Pistole ins Holster, beinah wie ein Oberkellner, der einen Weinöffner verstaute. Dann winkte er sie wortlos mit einer Geste vorwärts.

Wie in Harlem hatte die Anlage mehr von einem Labyrinth, als sie auf den ersten Blick erkennen ließ – falsche, verschiebbare Wände, hinter denen sich Gänge verbargen, in antiken Rahmen getarnte Kameras. Das Outfit hatte etwas aus der Vergangenheit modernste Sicherheitsvorkehrungen verpasst.

Sie betraten einen großen Raum. Auf der gegenüberliegenden Seite öffnete sich eine unechte Wand. Zum Vorschein kam ein kleines Gewölbe mit Kuppeldecke, erhellt von einem nur esstellergroßen Kronleuchter. Der Spind darin wies kein Schloss auf, sondern ein an der Tür befestigtes Schachbrett aus Metall mit wohl magnetischen Spielfiguren darauf.

Beim Lesen von Brice' Anweisungen hatte sie gedacht, der Mann wollte sie auf den Arm nehmen, doch dieses Rätsel innerhalb eines Rätsels entfaltete sich genau wie von ihm beschrieben. Alicia suchte das Spielbrett nach dem Springer ab und verschob ihn mit etwas Kraftaufwand zu dem von Brice genannten Feld. Sie wiederholte den Vorgang mit dem Turm. Sobald er sich in der richtigen Position befand, klickte es mechanisch. Der Spind öffnete sich.

Als Alicia hineinspähte, entdeckte sie saubere, mattschwarze Koffer aus Kunststoff.

Der erste enthielt ihre Ruger LCP II in einer Schaumstoffeinlage, ein Reservemagazin, ein Gürtelholster und einen Schalldämpfer der Größe eines Filzstifts.

Den zweiten Koffer kennzeichnete ein dünner roter Streifen – er gehörte Tony. Darin befand sich eine Sig P229 mit zwei Magazinen für 15 Schuss sowie ein IWB-Holster für die 9-Millimeter-Pistole.

Sie packte die Ausrüstung in ihren Beutel, dessen Gewicht an ihrer Hüfte ein beruhigendes Gefühl vermittelte.

Unbewaffnet zu einer Mission anzutreten, war undenkbar. Die Lieferung von Esther war leider noch nicht eingetroffen, daher erschien es nur vernünftig, etwas Hilfe des Outfits in Anspruch zu nehmen.

Der alte Mann stand an der Tür, die Hände hinter dem Rücken gefaltet. Schweigend beobachtete er sie.

Sie drehte sich vom Spind weg und nickte ihm zu. »Danke.«

Er nickte nur knapp zurück.

Als sie sich zum Gehen wandte, flackerte der Kronleuchter, mit ziemlicher Sicherheit ein Zeichen dafür, dass sich gerade etwas ereignet hatte. Vermutlich hatte sich wie in Harlem ein Gang verschoben oder etwas ähnlich Desorientierendes getan.

Zu ihrer Überraschung jedoch begleitete sie der alte Mann den Weg zurück, den sie gekommen waren. Als sie den Unterschlupf verließ, schloss sich prompt die Stahltür mit einem hydraulischen Zischen hinter ihr. Draußen fiel mit einem Klacken das Eisentor zu, und die Büste des letzten Zaren setzte ihre ewige Wache fort.

KAPITEL ZWÖLF

Levi stand in den Schatten des Ballsaals des Hotels, in dem ein stetes Raunen gedämpfter Unterhaltungen herrschte, unterbrochen von Beifallsschüben, wenn hoffnungsvolle Kandidaten die Bühne betraten und verließen. Die Bühnenbeleuchtung erhellte tiefrote Samtvorhänge. An einem mit schwarzem Leinen bespannten Tisch saßen Juroren, nippten an Wasserflaschen und murmelten in Mikrofone. Über der Bühne verkündete ein riesiges Transparent in fetter Serifenschrift:

Diva: Landesweites Vorsingen.

Herausgeputzt in einem dunkelgrauen Nadelstreifenanzug stand er direkt hinter dem Absperrseil mit Samtbezug, trank schlechten Hotelkaffee aus einem Plastikbecher und tat so, als wäre er nur halbherzig am Geschehen interessiert. In Wirklichkeit hatte er etliche Hebel in Bewegung gesetzt, um anwesend zu sein. Ein kurzer Anruf bei Dino hatte ihm den Kontakt zu einem örtlichen Gewerkschaftsmitglied verschafft, einem Mann, der an der Show mitarbeitete. So war er zu einem Ausweis gekommen, der ihn vorbei an den Menschenmassen draußen zur Veranstaltung selbst gebracht hatte. Allerdings galt sein einziges Interesse der Blondine in der Nähe des Richtertischs.

Kendra Holstrom war Mitte 40, besaß helle Haut, stechende graue Augen und die selbstbewusste Ausstrahlung eines Stars alter Hollywood-Filme. Sie trug ein schwarzes Etuikleid mit dezenten Goldfäden und das honigblonde Haar zu einem glänzenden Zopf geflochten. Im Augenblick unterhielt sie sich mit jemandem vom Produktionsteam, doch dazwischen wanderte ihr Blick durch den Saal – und landete schließlich bei Levi.

Er war weder wie ein Mitarbeiter gekleidet, noch sah er wie ein Teilnehmer oder Angehöriger aus. Eher wie ein Geschäftsmann mit maßgeschneidertem Anzug, roter Krawatte und makelloser Frisur.

Einen Moment lang verharrte ihr Blick auf ihm. Dabei sahen sie einander in die Augen, und sie schaute weg – in ihren ansonsten stoischen Zügen flackerte ein kaum merkliches Lächeln auf.

Levi bahnte sich durch die Umstehenden einen Weg zu ihr und stellte sich neben sie, als die nächste Kandidatin die Bühne betrat. Den Großteil der vergangenen Nacht hatte er damit verbracht, sich über diese Frau zu informieren, vor allem über ihren beruflichen Werdegang. Mehrere Stunden hatte er sogar darin investiert, sich mit den technischen Aspekten von Musikverständnis auseinanderzusetzen. Dieser Fachbereich verfügte über einen völlig eigenen, einzigartigen Jargon. Er lauschte der Kandidatin auf der Bühne.

Die hübsche junge Frau stimmte eine Popballade mit opernhafter Ausschmückung an – ambitioniert, aber riskant. Durch die Recherchen der vergangenen Nacht bis in den frühen Morgen hinein hörte er Dinge, auf die er davor nie bewusst geachtet hatte. Die Frau sang vorwiegend mit der Bruststimme, versuchte jedoch, die höheren Töne wie ein Sopran zu bewältigen. Wodurch sich Anspannung im Gesang einschlich. Ihr Passaggio verlief nicht sauber, ohne Atemstütze. Dann kamen schnelle Tonfolgen. Schlampig artikuliert.

»Sie gleitet in die Töne, statt sie präzise zu setzen. Schöne Stimmfarbe, aber was sollen die plötzlichen Strohbassuntertöne?«, murmelte Levi gerade laut genug bei sich, dass sie es hören konnte.

Holstrom spähte erst in seine Richtung, bevor sie sich ihm vollständig zudrehte und den eine Armlänge von ihr entfernten Fremden von oben bis unten musterte.

Als die nächste Kandidatin ans Mikrofon trat, richtete sie die Aufmerksamkeit wieder auf die Bühne.

»Ich finde auch, dass sie einen schönen Klang hatte, eine gute natürliche Resonanz im Maskenbereich. Aber ich gebe Ihnen recht, dass einige ihrer Interpretationsentscheidungen suboptimal waren.« Die Talentsucherin bedachte Levi mit einem fragenden Blick. »Sind Sie Gesangslehrer einer der Kandidatinnen?«

»Nein«, entgegnete er und lachte herzhaft. »Nur ein langjähriger Liebhaber des Genres.«

»Und welches Genre wäre das?« Kendra richtete den Blick wieder auf Levi und ignorierte die auf der Bühne trällernde Anwärterin.

»Hauptsächlich Opern. Aber ich verfolge diese Sendung schon länger. Mir gefällt die Idee dahinter. Die Suche nach einem Rohdiamanten ist für das Publikum immer ansprechend.«

Mit schiefgelegtem Kopf betrachtete sie seinen grünen Besucherausweis. »Was genau machen Sie dann hier? Das ist eine geschlossene Veranstaltung. Wenn Sie weder Coach noch Kandidat oder Mitarbeiter der Show sind ...«

»Um ehrlich zu sein, kenne ich Leute von der Produktionsfirma.« Das stimmte nicht, aber er hatte genug recherchiert, um ein paar Namen nennen zu können, damit er nicht erklären müsste, wie er an den Besucherausweis gekommen war. »Ich hab Verbindungen spielen lassen, um einen Einblick hinter die Kulissen zu erhalten. Aus reiner Neugier. Wie gesagt, bei *Diva* sind schon einige fantastische Operntalente aufgetreten, was genau meinen Geschmack trifft.«

Levi zeigte zur Bühne, wo eine neue Kandidatin eine Ballade von Rihanna in einer auf das Wesentliche reduzierten Version vortrug. »Hören Sie das? Sie ergänzt die Ballade um Koloraturen. Pop-Phrasierung mit Belcanto-Atemkontrolle als Grundlage. Das nenne ich mal gewagt.«

Kendra schloss die Augen, lauschte dem Gesang und nickte. »Gutes Gehör. Singen Sie auch selbst?«

»Nein, das gehört nicht zum Repertoire meiner Fähigkeiten. Mein Gesang taugt höchstens dafür, Bussarde anzulocken und jeden zu verscheuchen, der nicht taub ist.«

Kendra lachte leise und authentisch. »Genau wie mein Vater. Er ist regelrecht besessen von Opern, aber ich habe ihn noch nie auch nur eine Note singen gehört.«

Als Nächstes versuchte sich ein männlicher Bariton an einer poppigen Interpretation von Puccini.

Levi verengte die Augen zu Schlitzen. »Er hat zwar die Atemkontrolle, aber sein Ansatz ist zu flach. Wunderschöner

Klang, allerdings drückt er aus der Kehle. Bis zum Mittelteil wird ihm die Luft ausgehen.«

Und wie von ihm vorhergesagt, fiel die Stimme des Sängers eine Minute später praktisch in sich zusammen.

Wieder sah Kendra ihn an und kniff dabei die Augen zusammen. »Wer sind Sie?«

Er schenkte ihr ein träges Lächeln. »Nur ein Opernfan mit passablem Gehör. Ein Freund hat mir von dem offenen Vorsingen heute erzählt, und ich wollte mal sehen, wie es hinter den Kulissen zugeht. Sie wissen schon, einen Blick auf das werfen, was man im Fernsehen nicht mitbekommt.«

Sie musterte ihn lange und abwägend. »Also, ich bin Kendra.«

»Levi«, erwiderte er und streckte ihr die Hand hin.

Sie schlugen ein. Ihr Griff erwies sich als fest.

Sie sah ihn unverwandt an, als sie sagte: »Das Vorsingen läuft noch ungefähr eine Stunde, danach muss ich mich kurz mit den Juroren besprechen. Sind Sie später noch da?«

Levi spürte, wie ihm leichte Wärme ins Gesicht stieg, als er nickte. »Das lässt sich einrichten. Hätten Sie Lust, einen Happen essen zu gehen?«

»Sind Sie sicher, dass Ihre Frau damit einverstanden wäre?«, fragte sie mit verschmitzter Miene.

»Ledig. Ungebunden. Nicht schwul.«

Kendra lachte herzhaft, bevor sie von einem Ohr zum anderen grinste. »Das ist schön zu hören.« Sie deutete zum Tisch der Jury. »Ich muss wieder an die Arbeit. Treffen wir uns hier um sieben, ja?«

Levi nickte. »Ich werde da sein.«

Sie gingen ins *Le Diplomate* in der 14th Street, ein klassisches französisches Bistro mit weiß gefliestem Boden, roten Lederbänken und dezenter goldener Beleuchtung. Kellner in gestärkten Hemden und Schürzen bewegten sich anmutig zwischen den Tischen umher.

»Sie sind schon mal hier gewesen«, sagte Kendra, während sie die Speisekarte durchsah.

»Ein paar Mal«, bestätigte Levi und faltete seine Serviette auseinander. »Das Steak Frites ist ausgezeichnet. Und die Schnecken sind ein sündhafter Genuss, wenn man so etwas mag.«

»Oh, ich bin bei vielem recht abenteuerlustig, vor allem beim Essen.« Die Blondine schenkte Levi ein kokettes Lächeln, bevor sie sich wieder der Speisekarte zuwandte.

Ihr Kellner trat an den Tisch, ein junger Mann namens Henri, dessen Pariser Akzent zu perfekt klang, um unecht zu sein.

»Bonsoir, Mademoiselle, Monsieur. Sie möchten bestellen?«

Levi ließ Kendra den Vortritt. Sie überflog die Speisekarte geübt wie jemand, der regelmäßig auswärts aß, und hielt kurz inne, bevor sie mit einem manikürten Fingernagel neben *Trout Almondine* tippte.

»Ich nehme das«, sagte sie und reichte dem Kellner die Karte. »Und bitte sparsam mit der braunen Buttersoße, ja?«

»Sehr wohl, *Mademoiselle*. Wenig braune Butter.« Er wandte sich an Levi: »Und Sie, *Monsieur?*«

Levi schloss die ledergebundene Speisekarte mit einem leisen Schnappen.

»Die Ente à l'orange«, verkündete er. »Und bitte *à point*. Das Wurzelgemüse reicht mir als Beilage. Und davor ein Selters.«

Kendra sah ihn an. »Alte Schule«, meinte sie mit einem anerkennenden Lächeln. »Gefällt mir.«

Höflich lächelnd hakte der Kellner nach: »Hatten Sie schon Gelegenheit, die Weinkarte durchzusehen?«

Levi schaute zu Kendra. »Wir haben einmal Forelle, einmal Ente. Da brauchen wir vielleicht ein wenig Hilfe.«

»Selbstverständlich.« Der Kellner nickte. »Ich schicke Ihnen unseren Sommelier.«

Wenig später erschien ein großer Mann in einem anthrazitfarbenen Anzug mit einem silbernen Tastevin um den Hals am Tisch. Er begrüßte sie herzlich. »Wie ich höre, haben wir es mit einer anspruchsvollen Abstimmung zu tun?«

Kendra schmunzelte. »Trout Almondine und Ente à l'orange.«

»Ein klassischer Kontrast«, befand der Sommelier. »Aber kein Problem.«

Er beugte sich leicht vor. »Darf ich Ihnen den Meursault Premier Cru 2019 von der Domaine Comtes Lafon empfehlen? Das ist ein weißer Burgunder – reichhaltig, strukturiert, cremig. Er besitzt die Finesse für die Forelle und zugleich genug Rückgrat für die Zitrusglasur der Ente.«

Levi nickte. »Klingt nach einem Volltreffer.«

Er wandte sich an Kendra. »Sind Sie damit einverstanden?«

Sie lächelte. »Voll und ganz. Nehmen wir ihn.«

Während sie auf das Essen warteten, unterhielten sie sich – nicht nur über Musik, sondern auch über Erinnerungen aus der Kindheit, Erlebnisse auf Reisen und eine gemeinsame Abneigung gegen Hotelkissen.

Levi war längst Profi darin geworden, sich einen banalen, für den jeweiligen Zweck geeigneten Lebenslauf zu erschaffen.

Die Forelle traf zart in der Pfanne gebraten ein, bestreut mit gerösteten Mandeln und glasiert mit einer Butter-Zitronen-Soße, die in der sanften Beleuchtung schimmerte. Levi fiel auf, dass der Küchenchef sie auf einer Unterlage aus grünen Bohnen mit gerösteten Haselnüssen und einem Hauch von Zitrussaft angerichtet hatte. Seine Ente kam in Medaillons aufgeschnitten, glänzend unter einer Orangenreduktion, serviert mit Urkarotten und einem Klecks Trüffel-Pastinaken-Püree.

»Ich hatte Forellen schon in vielen Städten«, sagte Kendra nach dem ersten Bissen, »aber die ist sagenhaft gut. Überhaupt nicht fett. Und die Mandeln sind gerade richtig kross. Der Koch muss magische Hände besitzen. Danke, dass Sie mich hierher ausgeführt haben. Allein hätte ich mir so ein Lokal nie gegönnt.«

Levi schmunzelte. »Ich bin froh über die Gelegenheit für eine anständige Mahlzeit statt banaler Hotelkost. Das ist auch für mich eine angenehme Überraschung.«

Sie tupfte sich mit der Serviette die Lippen ab und beugte sich leicht vor. »Sagen Sie, was macht Levi eigentlich, wenn er nicht gerade die Gesangskünste von Teilnehmenden an einem Wettbewerb seziert?«

Lächelnd legte er die Gabel ab. »Ich besitze eine Sicherheitsfirma«, antwortete er. »Spezialisiert auf Personenschutz. Manchmal VIPs, reiche Klienten, gelegentlich ... Politiker.«

Bei den Worten hielt Kendra mit dem Weinglas auf halbem Weg zu den Lippen inne. Etwas flackerte kaum merklich in ihren Augen auf. Nicht wirklich Angst. Eher Interesse.

»Politiker, hm?«, sagte sie in beschwingtem Ton. »Die müssen schwierige Kundschaft sein. Jemand dabei, den ich kenne?«

Er zuckte nur leicht und unverbindlich mit den Schultern und trank einen Schluck Selters. Seinen Wein hatte er noch kaum angerührt. »Wir bemühen uns, sozusagen hinter dem Vorhang zu bleiben. Diskretion gehört mit zum Job.«

Kendra legte den Kopf und musterte ihn mit geschürzten Lippen. »Das ist ziemlich sexy«, befand sie. »Durch meinen Beruf lerne ich zwar etliche Männer kennen, aber ich kann mich nicht erinnern, je mit einem waschechten Bodyguard zu Abend gegessen zu haben.«

Er schmunzelte. »Streng genommen bin ich mittlerweile nur noch der Typ mit dem Klemmbrett.«

»Aha«, sagte sie und klang alles andere als überzeugt.

Dann war sie an der Reihe. »Ich bin Talentsucherin«, verriet sie. »Für *Diva*. Ich leite das Recall-Sichtungsteam für die landesweiten Castings. Das hat mich nach D. C. geführt.«

»Ich dachte mir schon, dass Sie eine wichtige Persönlichkeit sind«, erwiderte Levi. »Sie beherrschen einen Raum.«

Kendra lachte leise. »Sehr freundlich. Um ehrlich zu sein, ist es mehr wie Flöhe hüten – ich sortiere die mit hoffnungsloser Selbstüberschätzung aus, verhindere Nervenzusammenbrüche der hoffnungsvolleren Anwärter und wehre gelegentlich überehrgeizige Mütter mit einem Rachekomplex ab.«

»Ich könnte mir vorstellen, dass Sie an einem Tag das gesamte Spektrum menschlicher Emotionen erleben.«

»Oh«, erwiderte sie und erhob ihr Glas in seine Richtung, »Sie haben ja keine Ahnung.«

Sie stießen miteinander an. Und damit wurde der Abend so genussvoll wie die kulinarischen Köstlichkeiten auf ihren Tellern. Bereits kurze Zeit später gingen sie dazu über, einander zu duzen.

~

Nach dem Essen spazierten sie am Tidal Basin entlang. Schwach schimmernde Lampen und die Reflexionen vom Wasser erhellten ihnen den Weg. Auf der anderen Seite ragte das Jefferson Memorial weiß und erhaben empor. Die nahen Kirschbäume raschelten leise im Wind.

Kendra blieb am Geländer stehen und betrachtete das Spiegelbild des Denkmals. »Die Kuppel erinnert beinah an die Architektur in Florenz«, meinte Levi und deutete mit dem Kopf darauf.

Sie lachte leise. »Florenz. Gott, mein Vater wäre begeistert von dir.«

Levi zog eine Augenbraue hoch.

»Ich hab nie wirklich Geschmack an Kunst entwickelt«, gestand Kendra und schlang die Arme um sich, während sie am Geländer lehnte. »Und das, obwohl mich mein Dad als Kind ständig in Museen geschleift hat. Zumindest vor seinem Umzug nach D. C.«

»Er ist hergezogen? Wofür?« Levi wusste es bereits.

»Mein Vater ist Senator Holstrom – aus Wisconsin«, verriet sie mit einem verhaltenen Schulterzucken. »Aber mit dem Aspekt von ihm habe ich nichts am Hut. Als er in die Politik gegangen ist, war ich schon weg von zu Hause. Meine Kindheitserinnerungen mit ihm sind von Frischkäse und Raphael geprägt.«

Levi drehte sich ihr mit hochgezogenen Augenbrauen zu. »Das würde ich wohl von einem Mädchen aus dem Mittleren Westen erwarten. Zumindest den Teil mit dem Frischkäse.«

Lachend klatschte sie ihm verspielt gegen den Arm. »Dad ist immer noch besessen. Ständig verlangt er schier unmögliche Besorgungen von mir. Du hast ja keine Ahnung, wie schwer es ist, Originalwerke aus der Renaissance aufzutreiben. Alles, was auch nur annähernd authentisch ist, wird einem weggeschnappt, bevor es auf den Markt kommt.«

»Klingt, als hätte er einen teuren Geschmack.«

»Oh, du machst dir keine Vorstellung. Letzten Monat war ich in Lissabon, um ein kleines florentinisches Porträt zu erwerben. Wie sich herausgestellt hat, war es eine Fälschung.«

»Also bist du auch im Kunsthandel unterwegs?«

Sie schüttelte den Kopf. »Nein, ich versuche nur, für ihn bedeutungsvolle Werke aufzuspüren. Originale.«

Levi nickte und grübelte über die Worte. Ein Kunst sammelnder Senator mit einer Vorliebe für die Renaissance.

»Bist du je an der Westküste?«, fragte sie, wodurch sich die Stimmung änderte.

»Von Zeit zu Zeit«, erwiderte er. »Vor allem, wenn ich einen Grund habe, hinzureisen.«

Sie griff in ihre Handtasche und reichte ihm eine schlichte schwarze Visitenkarte. »Wenn du mal in Los Angeles bist, ruf mich an.«

»Werde ich.« Nach einem Blick auf die Karte steckte er sie ein.

»Ich mein's ernst«, betonte Kendra und stupste ihn mit der Schulter. »Du würdest meine Gefühle verletzen, wenn du dich nicht meldest.«

Levi lächelte. »Du hast mein Wort. Du wirst die Erste sein, die ich anrufe.«

Schließlich traten sie den Weg zurück in die Zivilisation an und bestellten mit einer App am Handy einen Uber.

»Levi, ich hatte eine wirklich schöne Zeit. Und das sage ich nicht nur so dahin – du bist völlig anders, als ich es erwartet hätte.«

Als Levi in ihr zu ihm aufschauendes Elfenantlitz blickte,

leuchteten ihre Augen im gelblichen Schein der Straßenlaternen. »Was genau hast du denn erwartet?«

»Keine Ahnung.« Sie zuckte mit den Schultern. »Wohl eine Enttäuschung. Aber du bist ein Rätsel in einer Verpackung mit Ecken und Kanten. Das ist ziemlich sexy.«

Damit beugte sie sich näher und schlang die Arme um seinen Nacken.

Und ihre Lippen begegneten sich zu einem zärtlichen, anhaltenden Kuss.

Levi nahm mit allen Sinnen ihren Körper an seinem wahr, während die Laterne über ihnen sie beide in ein beschauliches, goldenes Licht tünchte.

Ihre Finger strichen über Levis Brust – und hielten inne.

»Ist das eine Pistole?«, flüsterte sie mit stockendem Atem.

»Ja.«

Sie zog sich nicht zurück. Einen Arm beließ sie an seinem Nacken, während sie den anderen um seine Taille legte und sich dichter an ihn presste. »Dann war das mit der Sicherheitsfirma wohl kein Scherz.«

»Ich scherze selten.«

Ein spürbarer Schauder durchlief sie. »Das ist so ja fast schon lächerlich heiß.«

Er schmunzelte.

Ein Auto näherte sich und hielt unmittelbar neben ihnen.

Ihr Uber.

»Willst du noch auf einen Drink mitkommen? Meine Suite ist im *Hay-Adams*, nicht allzu weit weg.«

»Ich nehme Medikamente«, erwiderte er mit einem schiefen Lächeln. »Da sollte ich lieber nichts trinken.«

Sie biss sich auf die Unterlippe und entgegnete mit sinnlicher Stimme: »Du musst auch nichts trinken, wenn du nicht willst.«

Er strich ihr eine Strähne von der Wange. »Ich bin schwer in Versuchung, glaub mir. Aber ich muss in wenigen Stunden zur Arbeit. Ein andermal?«

Kendra musterte ihn einige Sekunden lang, bevor sie seufzte. »Versprochen?«

Zur Antwort küsste er sie erneut, langsam und zärtlich. »Wenn ich an der Westküste bin, bist du die Erste, die ich anrufe.«

Sie drückte sanft seinen Oberarm, ehe sie sich abwandte und in den wartenden Uber stieg.

Als der Wagen davonfuhr, sah Levi ihm nach, bis er in der Nacht verschwand. Dann holte er sein Handy heraus und wählte.

Brice meldete sich nach dem zweiten Klingeln und klang benommen.

»Bist du bei der Arbeit?«

»Es ist elf Uhr nachts, Levi. Nein. Ich bin im Bett wie die meisten vernünftigen Menschen.«

»Na schön. Dann sehen wir uns gleich morgen früh im Labor. Wir müssen ein wenig auf altmodische Weise recherchieren.«

Damit beendete er den Anruf und ließ die erlangten Erkenntnisse Revue passieren.

Dad ist immer noch besessen. Ständig verlangt er schier unmögliche Besorgungen von mir. Du hast ja keine Ahnung, wie schwer es ist, Originalwerke aus der Renaissance aufzutreiben.

Es war ein produktiver Abend gewesen.

KAPITEL DREIZEHN

Draußen zeichnete sich noch kaum der Morgen ab, als Alicia bereits das Fenster ihres Hotelzimmers öffnete. In der frostigen Kiewer Luft trieb beißender Schornsteinrauch. Im Zimmer herrschte Stille, abgesehen von einem leisen keramischen Klirren, verursacht von Bagel, der aus einer kleinen Schale getrocknete Sardinen schlemmte, die Alicia aus einem rund um die Uhr geöffneten Laden um die Ecke geholt hatte. Die Ohren des Katers zuckten im Takt der Geräusche. Er genoss sein salziges Frühstück eindeutig.

Ihr Handy vibrierte.

Sie griff es sich vom Nachttisch und hielt es sich ans Ohr. »Ja?«

»Hey, Alicia. Kannst du reden?«

Es war Denny.

»Du rufst gerade noch rechtzeitig an. Falls du gute Informationen über das Lagerhaus für mich hast, brauche ich sie unbedingt sofort.«

»Ja, da dein GPS in dem Teil der Welt aufgetaucht ist, dachte ich mir, ich übertrage dir, was ich weiß. Du kriegst von mir gleich MMS über Signal, jeweils mit Überwachungsfotos, die du interessant finden dürftest.«

Prompt vibrierte das Telefon erneut, als die verschlüsselte Kommunikations-App die erste Nachricht von Denny empfing.

Mit dem Daumen öffnete Alicia sie. Als sie auf den ersten Anhang tippte, erschien am Display ein körniges Standbild mit Zeitstempel von einer Überwachungskamera.

»Sieht so aus, als hättest du dich in das Netz der Straßenkameras der Stadt gehackt.«

»Genau. So ziemlich überall in Europa und vor allem im ehemaligen Ostblock stehen sie auf Überwachung. Ist nicht allzu schwer sich, Fernzugriff darauf zu verschaffen.«

Alicia sah die verschiedenen Bilder durch. Das Lagerhaus hob sich als graue Silhouette von einem Horizont aus Beton ab. Eine der Nachrichten enthielt ein Video. Es zeigte Männer, die dort mit routinemäßiger Regelmäßigkeit ein- und ausgingen.

»Was sehe ich mir gerade an, Denny. Soll ich mich auf was Bestimmtes konzentrieren?«

»Ja, auf die zwei Typen, von denen ich dir auch Standbilder geschickt habe. Der eine ist besonders kräftig gebaut, aber reden wir zuerst über den anderen.«

Alicia blätterte durch die Bilder, bis sie auf einen durchschnittlich aussehenden Ukrainer stieß, bekleidet mit mehreren Schichten. Am auffallendsten fand sie seine große Nase und ein vorstehendes Kinn.

»Der Erste heißt Maksym Petrenko, ist ukrainischer Staatsbürger und ein bekannter Kurier von Scharkow. Hat ein bisschen gedauert, bis ich herausgefunden hatte, wer er ist, aber ich konnte mitverfolgen, wie er häufig überall in Kiew unterwegs ist,

um Kunstzubehör zu beschaffen. Bunt gemischtes Kaufverhalten – Pigmentpulver, Hautleim, Kalziumkarbonat, sogar Hasenleim.«

»Klingt fast, als würde da ein wissenschaftliches Projekt laufen«, meinte Alicia.

»Ja, oder? Ihr habt mir zwar nicht genau gesagt, worum's geht, aber durch die Liste und ein bisschen Recherche konnte ich mir zusammenreimen, dass es was mit Kunst zu tun haben muss. Das sind alles traditionelle Zutaten, die man damals in der Renaissance verwendet hat. Bei einem der Einkäufe musste er 'ne Kreditkarte benutzen. Das hat mir gereicht, um das Rätsel zu lösen. Er ist im vergangenen Jahr mindestens sechsmal zwischen der Ukraine und Moskau hin und her gereist. Durch die Überwachung in Russland, wo's sogar noch mehr Kameras als im ehemaligen Ostblock gibt, konnte ich zwei und zwei zusammenzählen. Er steht definitiv mit Scharkow in Verbindung. Das ist vorerst alles, was ich über ihn habe.«

Alicia nickte und ließ sich auf der Bettkante nieder. »Ich würde sagen, das ist schon mal ziemlich gut. Und was hat es mit dem anderen Kerl auf sich?«

»Der ist schwieriger. Offen gestanden würde ich bei ihm besonders vorsichtig sein. Er ist nämlich 'ne Nuss, die ich nicht knacken konnte.«

Sie wechselte zu einem Foto eines großen, massigen Mannes mit einer schwarzen Sturmhaube und einer verspiegelten Brille.

»Im Gegensatz zu Petrenko, der das Lagerhaus anscheinend fast täglich aufsucht, lässt sich unser vierschrötiger Unbekannter offenbar nur montags, mittwochs und freitags dort blicken – trifft immer mittags ein und geht abends.«

»Du hattest wohl keine Zeit, ihm mit all den Videokameras zu folgen ...«

»Doch, ich hab's versucht. Und wie, glaub mir«, betonte

Denny mit Nachdruck. *»Der Typ bewegt sich mit paranoider Präzision. Er weicht jedem Kameraobjektiv in der Stadt aus, als hätte er sich eine Karte mit den Standorten eingeprägt. Am Ende verschwindet er immer in eine Zone, in der es auffallenderweise gar keine Überwachungskameras gibt, und ich verliere ihn. Aus 8.000 Kilometer Entfernung sind meine Möglichkeiten halt doch begrenzt.«*

Alicia sah die restlichen Nachrichten durch. Darunter befand sich eine, die nach einer Anrufabschrift aussah.

- *Zeitstempel: 16:07 Uhr Kiewer Zeit*
  - *Von: »Unbekannter« (Lagerhaus Ukraine)*
  - *An: »Michail« (Scharkows Netzwerk, Russland)*
  - *Sprache: Russisch*

Unbekannter: *Die Madonna ist fast fertig – der Schlussfirnis kommt am Donnerstag drauf. Ist der Kurier immer noch für Freitag vorgesehen?*

Michail: *Ja. Und er weiß, dass er vorsichtig sein muss. Er bringt das Transportmaterial mit.*

Unbekannter: *Mach nicht denselben Fehler wie bei der letzten Sendung. Bei der hab ich ’ne Menge Zeit und Energie verschwendet. Verstehen wir uns?*

Michail: *Ja, Maestro. Das passiert nicht noch mal. Es hatte auch für uns Konsequenzen.*

Unbekannter (Maestro?): *Und der andere Kunde, von dem ich dir erzählt habe? Der Amerikaner. Wie sieht’s bei ihm aus?*

Michail: *Er ist bestätigt. Seine Auftragsdetails kommen nächste Woche rein. Wird diesmal eine größere Leinwand.*

Unbekannter (Maestro?): *Die Größe ist mir egal. Ich will nur die Sicherheit, dass die Lieferung so ankommt, wie sie soll. Sorg dafür, dass ich diesmal die biometrischen Daten kriege. Wir werden so schnell wie möglich bereit sein. Stell nur sicher, dass …*

Michail: *Keine Fehler. Wissen wir. Diesmal wird es keine geben.*

[Anrufende]

»Worum zum Geier geht's in dieser Abschrift? Wer ist dieser Maestro?«

»Über ihn habe ich nur, was ich dir schon geschickt habe.« Denny seufzte. *»Aber ich hab die Stimmen aus dem Telefongespräch analysiert. Laut Computer ist Michail so gut wie sicher russischer Muttersprachler, seinem Akzent nach wahrscheinlich irgendwo um das Uralgebirge herum östlich von Moskau geboren. Das Ergebnis für den anderen hat mich überrascht. Schon erstaunlich, was die Computer aufschnappen können. Ich hab mir das Gespräch im Original angehört, und für mich haben beide wie waschechte Russen geklungen. Aber der Rechner sagt, dass dieser Maestro mit ziemlicher Sicherheit Amerikaner ist.«*

»Amerikaner?«

»Ja. Aber das bedeutet lediglich, dass er wahrscheinlich in Amerika aufgewachsen ist und Russisch erst später gelernt hat. Mein Gehör für Akzente in Fremdsprache ist wohl Müll. Jedenfalls hab ich die Analyse mit zwei verschiedenen Systemen durchgeführt. Beide geben eine Wahrscheinlichkeit von über 80 Prozent für einen Amerikaner an.«

»Okay, das ist definitiv mehr, als ich vorher hatte. Sonst noch was?«

»Nein, das ist alles. Wollte dir nur übermitteln, was ich bisher zusammenkratzen konnte, bevor du dein Ding durchziehst.«

»Danke Denny, das weiß ich echt zu schätzen. Und mein Ding ziehe ich jetzt gleich durch. Falls du noch irgendwas rausfindest, weißt du ja, wie du mich erreichst.«

Damit legte Alicia das Telefon weg und ließ das Gespräch in Gedanken Revue passieren. Das Einzige, was ihr von Dennys Erkenntnissen im Augenblick bei ihren Plänen weiterhalf, war die Bestätigung, dass in dem Lagerhaus offenbar regelmäßig Fälschungen hergestellt wurden.

Und dass sie sich dort wohl schnellstmöglich umsehen sollte, um nicht diesem Maestro über den Weg zu laufen. Derzeit rankten sich um den Mann zu viele Unbekannte für ihren Geschmack.

Sie warf einen Blick zu Bagel, der gerade die letzten Sardinenkrümel vom Boden seiner Schale leckte. »Okay, wird Zeit, dass du dir deinen Unterhalt verdienst.«

Mit geübter Mühelosigkeit legte Alicia ihrem Kater das schwarze Gurtzeug an und fädelte die verstärkten Riemen um seine Brust und Schultern, bis sie wie angegossen saßen. Die modifizierte GoPro – mattschwarz, ohne LED-Anzeigen und mit einem eigens angefertigten Gehäuse zusätzlich verkleinert – rastete mit einem satten Klicken unter seinem Schulterfell ein. Die Kamera selbst lag an Bagels Brust an, so angewinkelt, dass sie ein klares Bild von der Richtung lieferte, die er erkundete.

Bagel schüttelte sich unter dem Gewicht, bevor er mit

verengten Augen zu ihr aufschaute und zugleich irritiert und würdevoll wirkte. Das Pendant einer Katze für ein tiefes Seufzen.

»Ich weiß«, sagte sie und strich mit einer Hand über seinen Rücken. »Ist wahrscheinlich nicht besonders bequem zu tragen, aber es erfüllt seinen Zweck.«

Zur Antwort schnippte er mit dem Schwanz.

Auf ein verhaltenes Klopfen an der Tür folgte Tonys Flüstern aus dem Flur.

Alicia ging hinüber und öffnete ihm. Tony ragte hünenhaft am Eingang auf. Er trug eine schwarze Jeans, Kampfstiefel und eine anthrazitfarbene Cargojacke, die ihm das kantige Aussehen eines erfahrenen Ex-Soldaten verlieh. Sein Blick wanderte über sie – einsatztauglicher Feldanzug, dunkle Strickmütze, die Hände in den Jackentaschen.

»Hübsche Aufmachung«, lobte er mit einem anerkennenden Nicken.

Lächelnd fasste Alicia mit einer Hand unter die Jacke und passte den Riemen des versteckten Schulterholsters an. Die mattschwarze Ruger ruhte bequem unter ihrem linken Arm, verborgen unter dem Stoff.

Tony zog eine Braue hoch. Seine Lippen verzogen sich zu einem Grinsen. Er zeigte auf sie. »Wie ich sehe, hast du's irgendwie geschafft, dir ein neues Spielzeug zu besorgen.«

Alicia lächelte verschmitzt, zog den Reißverschluss der Jacke halb hoch und verdeckte die Waffe dadurch vollständig. »Für dich hab ich auch eins.«

Sie fasste in eine versteckte Innentasche und zog eine kompakte schwarze Pistole heraus, eingewickelt in ein Mikrofasertuch. Alicia reichte sie ihm mit dem Griff voraus.

»Eine Sig P229.« Aus ihrem Seesack entnahm sie ein

passendes Gürtelholster für die Waffe und warf es Tony zu. »Hast du gedacht, ich lasse zu, dass wir ganz ohne irgendwas durch die Stadt laufen?«

Tony schmunzelte, als er den Gürtel aus der Hose zog, um das Holster einzufädeln. »Tja, fürs Denken werde ich bei der Sache nicht bezahlt – das ist deine Aufgabe. Ich bin nur der Kerl fürs Grobe.«

Er warf das Magazin aus der Pistole aus, steckte es ein und zog den Schlitten zurück. Die herausspringende Patrone fing er geschickt auf, unterzog sie einer kurzen Begutachtung und nickte. »Gut. Eine 9-Millimeter wird reichen.« Er schob die Patrone ins Magazin, das er wieder einlegte, ehe er die Pistole ins Holster steckte.

Alicia lächelte, als er die Kleidung so zurechtrückte, dass sich die Waffe nicht durch sein Hemd abzeichnete. Der Mann hatte sein Leben als Soldat der Mafia auf der Straße verbracht – falls irgendetwas aus dem Ruder liefe, würde Tony ein zuverlässiger Rückhalt sein.

Sie zog schwarze Handschuhe an. »Bist du bereit?«

Tony nickte.

Alicia hob Bagel in sein Tragetuch. Der Kopf des Katers lugte knapp über der Reißverschlusslinie heraus. Seine goldenen Augen suchten den Raum mit der Aufmerksamkeit eines ausgebildeten Soldaten ab.

Sie rief die GoPro-App auf dem Handy auf und aktivierte Bagels Gerät. Sofort wurde die Live-Übertragung angezeigt, eine schräge Ansicht der Hotelzimmerwand, als sich der Kater in der Trage streckte.

»Also gut«, sagte sie und schob eine verirrte Strähne zurück unter ihre Mütze. »Gehen wir nachschauen, was in dem Lagerhaus abläuft.«

Der Morgen in Kiew wurde nicht wärmer, während Alicia und Tony auf dem rissigen Bürgersteig in Richtung des Lagerhausviertels gingen. In der Luft lag durchdringend ein industrieller Geruch von feuchtem Beton und Motoröl. Ihr Atem bildete sichtbare Wölkchen, als sie sich dem Gebäude näherten.

Das gedrungene Lagerhaus stand am Ende einer schmalen Straße. Der morgendliche Dunst ließ die Ränder der Silhouette verschwommen erscheinen. Es handelte sich um ein großes, flaches Bauwerk, eingeschossig und weitgehend ohne Fenster, abgesehen von einigen wenigen hoch an den Wänden. Ihre Scheiben reflektierten einen tristen grauen Himmel. Außen wies es einen unscheinbaren Flickenteppich aus rußgeschwärztem Beton und ausgebleichter Industriefarbe auf, womit es sich nahtlos in die anderen Gebäude der Umgebung einfügte. Nichts daran wirkte auffällig. Ein Ort, den man übersehen würde, wenn man nicht wusste, was darin vor sich ging.

Die Kälte in der Luft fühlte sich beißend an, und mittlerweile nahm man den leichten Kupfergeruch naher Eisenbahnschienen wahr. Irgendwo in der Ferne bellte ein Hund. Im näheren Umfeld hustete hinter einer Laderampe ein Raucher, bevor wieder Ruhe eintrat. Ihre Schritte knirschten in der frühen Stille überproportional laut über den von Raureif rutschigen Kies.

Alicia wurde langsamer.

Irgendetwas stimmte nicht.

Sie konnte nicht genau festmachen, woran das Gefühl lag – sie spürte nur eine ungewisse Anspannung in der Atmosphäre, als hielte das Gebäude selbst den Atem an. Ihre Finger zog es zum Saum der Jacke, wo das Gewicht der kompakten Pistole in ihrem Schulterholster gegen die Rippen drückte.

»Das könnte schnell übel aus dem Ruder laufen«, murmelte sie bei sich.

Tony ging einen halben Schritt hinter ihr, die Hände in den Taschen seiner Cargojacke. Er schwieg, doch als sie ihm einen Blick zuwarf, nickte er knapp. Dann fasste er unscheinbar an seinen Hosenbund – die subtile, geübte Geste eines Mannes, der sich vergewisserte, dass sich seine versteckt getragene Waffe an Ort und Stelle befand.

Sie gingen weiter. Mittlerweile schrammten ihre Stiefel über von Raureif überzogenen Beton. Um diese Zeit, kurz nach acht Uhr morgens, war die Stadt noch am Aufwachen. Irgendwo über ihnen klatschten die Flügel einer Taube gegen eine Feuerleiter aus Eisen.

Alicia rückte das Tragetuch mit Bagel zurecht, der mit einem leisen Brummen das Gewicht verlagerte und die Ohren anlegte. Der Kater verstummte, wirkte aber wachsam.

Langsam stieß Alicia den Atem aus, den Blick auf eine kompakte Metalltür vor ihr gerichtet.

»Hoffentlich kaufen die mir meine Geschichte ab«, meinte sie.

Tony warf ihr einen letzten Seitenblick zu. »Und wenn nicht?«

Alicias Lächeln erreichte nicht die Augen. »Dann geht der Tanz los.«

Sie schob das Tragetuch vor ihre Brust. Wieder rührte sich Bagel darin, die golden gesprenkelten Augen groß. Die Kamera lag fest verzurrt an seiner Brust an. Vor der angerosteten Eingangstür blieb Alicia stehen und drehte sich zu Tony um.

»Überlass das Reden mir. Kein Wort von dir.«

Er nickte knapp und sah sich wachsam in der Umgebung um.

Als Alicia die Hand auf den Griff legte, rechnete sie halb damit, dass abgesperrt sein würde.

Aber die Metalltür öffnete sich ächzend. Dahinter kam ein höhlenartiger Raum zum Vorschein, erhellt von künstlichem Licht. Es stank beißend nach Lösungsmitteln. Darunter lag der Geruch von Leinöl, Holzstaub und altem Firnis in der Luft. Die Leuchtstoffröhren surrten wie zornige Insekten.

In der Nähe des Eingangs stand ein Schreibtisch, an dem ein glatzköpfiger Mann in Zopfstrickpullover und Steppweste saß. Er blätterte in einem Wirtschaftsbuch. Hinter seinem Ohr klemmte ein Stift. Als er Alicia bemerkte, hielt er inne und legte die Stirn in Falten.

Es handelte sich um den Mann von den Fotos auf ihrem Handy. Maksym.

Selbstbewusst marschierte Alicia geradewegs auf ihn zu und ergriff auf Russisch das Wort.

»Scharkow schickt mich«, behauptete sie. »Bei einem der letzten Aufträge hat's Beschwerden gegeben. Ich soll eines der Werke in Bearbeitung überprüfen.«

Sichtlich verdattert blinzelte der Mann. Langsam stand er auf. »Sie gehören zu Scharkow? Wir hatten noch nie Vertreter eines Kunden hier.«

Sie zuckte mit den Schultern. »Uns liegt eine Beschwerde von einem Käufer vor, und wir wollen uns persönlich von der Qualität überzeugen. In dem Fall hat sie die Erwartungen nicht erfüllt.«

Seine Züge verfinsterten sich eine Schattierung, und sein Blick schnellte kurz zu Tony, ehe er zu ihr zurückkehrte. »Das ist ... ungewöhnlich. Der Maestro hat mir davon nichts gesagt. Niemand hat was von einem Problem erwähnt.«

»Noch nicht«, erwiderte Alicia und verschränkte die Arme vor der Brust. »Deshalb bin ich hier. Wir möchten die Sache persönlich regeln, damit es zu keinen weiteren Zwischenfällen kommt.«

Der Mann zögerte, legte den Kopf schief und sagte: »Der Maestro ist gerade nicht da, aber vielleicht kann ich weiterhelfen. Können Sie mir sagen, bei welcher Bestellung der Fehler aufgetreten ist?«

Alicia schüttelte den Kopf. »Was passiert ist, ist passiert. Mir geht's vielmehr um das aktuelle Projekt. Ich will mich vergewissern, dass es wie geplant läuft, und es mit eigenen Augen sehen.«

Der Mann stand auf und winkte sie vorwärts. »Kommen Sie mit.«

Während sie tiefer in die Halle vorrückten, achtete Alicia auf die Details – reihenweise in Trockengestellen gestapelte Leinwände, polierte Staffeleien, leise brummende Luftentfeuchter in den Ecken. Sie prägte sich jede offene und geschlossene Tür ein.

Bagel drehte sich im Tragetuch herum. Ohne nach unten zu schauen, legte Alicia dem Kater kurz die Hand auf den Rücken.

Es war so weit.

Showtime.

Auf halbem Weg durch das Labyrinth der Kunstutensilien sprang Bagel plötzlich aus dem Tragetuch. Der Glatzkopf erschrak.

»Wahrscheinlich hat er eine Maus gesehen«, kommentierte Alicia. »Der kommt schon zurück.«

Der Mann führte sie zu einer breiten, von zwei schwenkbaren Lampen erhellten Werkbank. Darauf lag ein halbfertiges Gemälde – farbenprächtig und meisterhaft gemalt. Eine Frau saß mit einem Pinsel in der Hand an der Werkbank und schaute von der Arbeit auf. »Ja?«

Maksym erklärte ihr rasch etwas auf Ukrainisch.

Alicias Ohrstöpsel erfasste die Worte und übersetzte sie in Echtzeit.

»Sie hat Fragen zu den Kunstwerken. Beantworte einfach ehrlich, was du weißt.«

Alicia trat näher hin und begutachtete die Textur der Farbe, die Blattgoldverzierung, die Spannung der Leinwand.

»Wissen Sie, wer der ursprüngliche Künstler war?«, erkundigte sie sich.

»Man schreibt das Werk Domenico Ghirlandaio zu«, antwortete die Frau mit hörbarem Stolz in der Stimme auf Russisch.

Maksym fügte hinzu: »Das ist die nächste Auftragsarbeit, die wir für Ihre Leute an einen Käufer in den USA liefern sollen.«

Alicia nickte und ging um die Werkbank herum. »Welches Medium wird verwendet?«

»Tempera und Öl, traditionelle Mischung. Mit Hasenleim als Grundlage«, erwiderte die Frau. »Die Leinwand ist neu, aber mit historischen Gesso-Schichten behandelt. Der Rahmen ist aus Alteiche, spätes 19. Jahrhundert.«

Die Frau verstand mit Sicherheit mehr davon als Alicia. Sie arbeitete weiter die Liste der einstudierten Fragen ab – Herkunft der Pigmente, Trocknungszeit, Pinselarten. Die präzisen Antworten kamen mit der Selbstsicherheit von jemandem, der sich voll und ganz mit seiner Arbeit identifizierte.

»Und wann soll es geliefert werden?«

»In ein, zwei Wochen«, sagte Maksym. »Abhängig von der Endkontrolle.«

»Endkontrolle?«, hakte Alicia nach. »Was heißt das?«

Der Mann zögerte. »Unser Maestro überprüft alles persönlich, bevor es rausgeht.«

»Worauf genau achtet er dabei?«, fragte sie und legte den Kopf schief.

Der Mann lachte trocken. »Das müssten Sie schon ihn fragen. Ich kümmere mich nur darum, das nötige Material und die Farben für die Künstler zu beschaffen.«

»Und wo ist der Maestro gerade?«

Der Mann deutete auf eine geschlossene, zerschrammte Stahltür mit alten Farbflecken auf der anderen Seite der Lagerhalle. »Wenn er hier ist, dann normalerweise in seinem Büro. Aber er kommt erst in ein paar Stunden.«

Alicia nickte und betrachtete die Tür eingehender. Solider Rahmen. Verstärkte Angeln. Sie prägte sich die Details zur späteren Verwendung ein.

Schließlich traten sie durch das Labyrinth der Leinwände den Rückweg an. Flecke von Lösungsmitteln übersäten den Boden. Alicia sah sich weiterhin unauffällig um, achtete auf Überwachungskameras, geschlossene Türen und Korridore, die sie passierten. Der Ort kam ihr zunehmend wie ein Bienenstock vor – weitläufig offen in manchen Bereichen, zugleich jedoch gespickt mit abgelegenen, schwer einsehbaren Winkeln.

Eine Bewegung erregte ihre Aufmerksamkeit – Bagel kam hinter einem Holzstapel hervor, den Schwanz aufgerichtet wie einen Fahnenmast. Staub überzog sein schwarzes Fell, und an einem Ohr prangte deutlich ein Tupfen gelber Farbe. Er steuerte auf sie zu, als hätte er sich nicht in Ecken herumgetrieben, an denen er eigentlich nichts verloren hatte.

Der glatzköpfige Lagerhausmitarbeiter blinzelte. »Wie ich sehe, hat er zu Ihnen zurückgefunden.«

»Hab ich ja gesagt«, erwiderte Alicia leichthin. Sie ging in die Hocke und zog das Tragetuch auseinander. Ohne zu zögern, hüpfte Bagel hinein und drehte sich einmal im Kreis, bevor er sich einkringelte. Ein Auge ließ er beobachtend halb offen.

Der Mann lachte leise, klang dabei unbehaglich, aber höflich. »Interessante Katze.«

»Sie haben ja keine Ahnung«, murmelte Alicia. »Danke für den kurzfristigen Rundgang und das Gespräch mit der Künstlerin – den Namen habe ich nicht mitbekommen.«

»Helga.«

»Tja, Helga war sehr hilfreich. Ich werde bei meinem Vorgesetzten entsprechend Bericht erstatten. Nochmals Danke für Ihre Unterstützung.«

Maksym rang nervös die Hände. »Brauchen Sie sonst noch etwas?«

Alicia schüttelte den Kopf. »Nein, wir sind hier fertig.«

Die Neonröhren an der Decke summten, als sie den Arbeitsbereich hinter sich ließen und zum Eingang zurückkehrten. Alicia nickte dem Mann zum Abschied zu, ehe sie die Tür aufschob. Wieder ächzten die Angeln, bevor kalte Luft wie eine Welle hereinwogte.

Draußen war die morgendliche Stille vom entfernten Brummen mehrerer Lastwagen irgendwo im Viertel verdrängt worden. An einer nahen Laderampe grollte ein Dieselmotor vor sich hin. Alicia zog den Reißverschluss ihrer Jacke höher und die Klappe des Tragetuchs über Bagel, um ihn vor dem Wind zu schützen.

Sie streichelte ihm den Kopf, während sie sich vom Lagerhaus entfernten. Dabei ließ sie den Eingang hinter ihnen nicht aus den Augen.

»Das ist gut gelaufen«, meinte sie leise.

Tony fragte neben ihr: »Heißt das, wir sind mit dem Schuppen hier fertig?«

»Nein, nicht mal annähernd.« Alicia lachte.

»Also haben wir den Laden nur ausgekundschaftet, was?«

Grinsend schaute sie zu Tony auf. »Klingt, als würdest du dich mit so was auskennen – Observierung und so.«

Tony zuckte mit den Schultern, die Hände in den Jackentaschen. »Du nennst es Observierung, ich anders, aber egal. Jedenfalls glaube ich, du willst einen Blick hinter die Metalltür werfen, die wir drinnen gesehen haben.«

Alicia presste die Lippen zusammen, während sie den Weg zurück zum Hotel fortsetzten. Tony mochte wie ein Muskelprotz aussehen und manchmal so klingen, doch er war durchaus intelligent und besaß ein ausgeprägtes Situationsbewusstsein. Beinah wie ein Yin zu ihrem Yang.

Bagel gab einen hohen Laut von sich, und Alicia streichelte erneut seinen Kopf.

»Finden wir erst mal raus, was Bagels Aufklärungsmission ergeben hat, danach können wir die nächsten Schritte überlegen.«

Bagels Ohren zuckten. Sein Körper fühlte sich warm an ihrer Brust an, aber seine Haltung vermittelte Anspannung – als hätte er der Unterhaltung gelauscht und wäre nicht begeistert davon, was er hörte.

»Hast du was Interessantes entdeckt?«, murmelte Alicia.

Der Kater gab ein tiefes Knurren von sich, streckte eine Pfote aus und tippte ihr damit auf die Brust.

Alicias Lächeln verpuffte. Im Kopf übersetzte sie den Code.

. . .

»Schlecht. Sehr schlecht.«

Schweigend beschleunigte Alicia die Schritte.

Was könnte er gesehen haben, dass er so reagierte?

KAPITEL VIERZEHN

Normalerweise übernahm er solche Aufgaben nicht.

Er war Kurier – hauptsächlich im Regierungsviertel. Dokumente, bestelltes Mittagessen, gelegentlich ein Geschenk von Lobbyisten, gerade charmant genug verpackt, dass die Sicherheitskräfte über die Regeln hinwegsahen. Nichts Anstößiges oder Außergewöhnliches.

Aber diesmal ... ja, diesmal roch etwas faul.

Übergeben hatte ihm das Paket ein gepflegter Mann ohne Akzent oder sonstige Auffälligkeiten, gekleidet wie ein Durchschnittsmitarbeiter aus der K Street. Sehr wohl auffallend jedoch war die Bezahlung. Streng genommen die Hälfte davon.

Ein sauber in der Mitte durchtrennter Hundert-Dollar-Schein in einer Ecke eines Schutzumschlags mit Lieferanweisungen. Eine Menge Geld für eine schlichte Zustellung, und er war nicht von gestern. Wahrscheinlich wollte der Mann nicht von irgendwelchen Kameras bei der Übergabe an einen Senator erfasst werden. Vermutlich etwas Zwielichtiges – doch solche Dinge spielten sich in der Stadt ständig ab, und es lag nicht an ihm, darüber zu urteilen. Gesagt hatte der Mann nicht viel.

»Sie wird um 7:45 Uhr vom Hart- zum Russell-Gebäude gehen. Das ist Ihr Zeitfenster. Keine Umwege. Keine Fragen. Erledigen Sie nur die Übergabe. Wenn sie das Paket entgegennimmt, bekommen Sie die andere Hälfte.«

Und so war er im Untergrund von Washington, D. C. gelandet, in den Tunneln des Senats, wo die Decken niedrig waren, die flimmernden Lampen eine über Jahrzehnte aufgestaute nervöse Energie vermittelten und die Luft dauerhaft nach altem Stein und nassem Papier roch. Oben Marmor und modernste Ausstattung, unten Dampfrohre und Politik.

Er warf einen Blick aufs Handy. 7:38 Uhr. Zeit für seinen Auftritt.

Er hatte sich angemessen gekleidet. Graue Hose, blaues Hemd, rotes Schlüsselband mit gefälschtem Anhänger, der »Landwirtschaftsrat Virginia« besagte. Niemand schenkte ihm Beachtung. Nicht in diesem Korridor.

Die leichte Kassette unter seinem Arm bestand aus hellem Holz mit matter Beschichtung, Walnuss, vielleicht auch Zeder. Keine Verpackung. Auf dem Deckel stand in ordentlicher schwarzer Schrift:

»Montpelier Chocolatiers – Handgefertigt in Culpeper, VA«.

An der Kante klebte sogar ein Siegelaufkleber, als wäre die Ware mit einem PR-Budget von einem Bauernmarkt besorgt worden.

Als er um die Ecke in den Hauptgang der Hart-Russell-Verbindung bog, sah er sie in seine Richtung kommen – Senatorin Elaine Carrington, flankiert von zwei Assistenten, mit denen sie sich unterhielt. Sie bewegte sich anders als die meisten ihrer Amtskollegen – keine steife Körperhaltung, keine herablassende Ausstrahlung. Stattdessen wirkte sie bodenständig und direkt. Stechende Augen, die einen bei Blickkontakt wohl als Ersten blinzeln lassen würden.

Er näherte sich ihr bis auf zwei Schritte und streckte ihr die Kassette entgegen, als wäre es für ihn eine Routine, die er zehnmal täglich abspulte.

»Senatorin Carrington«, sagte er gerade laut genug, um gehört zu werden, jedoch ohne aufzufallen. »Von den Leuten aus Montpelier. Sonderlieferung.«

Sie blieb nicht stehen, sondern wurde lediglich langsamer und warf einen Blick auf die Kassette. Einer ihrer Assistenten tat es ihr gleich und schaute drein, als liefe in seinem Kopf eine schnelle Risikoanalyse ab.

Sie nahm die Kassette mit einer Hand und festem Griff entgegen, einfach so. Ihr Blick fiel auf die Aufschrift, bevor sie ihn ansah.

»Sie gehören zum Landwirtschaftsrat?«, fragte sie beiläufig.

Er schenkte ihr ein flüchtiges, respektvolles Lächeln. »Ich bin nur der Kurier, Ma'am. Man hat mir gesagt, dass die Lieferung zeitkritisch ist und an Sie persönlich erfolgen muss.«

Nach einem knappen Nicken ging sie mit der Kassette unter dem Arm weiter zur nächsten Verzweigung und unterhielt sich wieder.

Unauffällig zielte er mit dem Handy in die Richtung und schoss lächelnd ein Foto der mit dem Paket entweichenden Senatorin.

Dann wandte er sich ab, stieg die Treppe im Tunnel hinauf und stieß den angehaltenen Atem erst aus, als er das Echo ihrer klackenden Absätze nicht mehr hörte.

Er fasste in die Tasche. Das Wegwerfhandy vibrierte. Unbekannte Nummer. Als er ranging, fragte eine Stimme: *»Hat sie es angenommen?«*

»Ja.«

»Gut, ich bin sicher, sie wird begeistert davon sein. Wir treffen uns an derselben Stelle. Die andere Hälfte gehört Ihnen.«

Damit wurde die Verbindung beendet, und er betastete den Rand des zerrissenen Hunderters. Zusammen mit dem Handy steckte er ihn wieder ein und lächelte.

Kein übler Stundenlohn, sagte er sich.

Kiew, Ukraine
Premier Palace Hotel – Zimmer 514

Alicia saß mit dem Telefon in der Hand auf der Bettkante. Bagel lag eingerollt wie ein Kringel neben ihrem Oberschenkel. Sie hatte Tony geraten, ein wenig zu schlafen. Ihr Einsatz würde kurz nach Mitternacht beginnen.

Als sie sich das von Bagel im Lagerhaus aufgezeichnete Videomaterial ansah, verspürte sie ein wachsendes Unbehagen.

Sie tippte eine Nachricht an Mason.

»Nur hypothetisch: Was, wenn ich bestätigen kann, dass ich den Mörder von Calloway aufgespürt habe? Wie lautete die Zielvorgabe?«

. . .

Drei Punkte erschienen.

Und verschwanden kurz.

Dann tauchten sie wieder auf.

»Liquidieren. Geben Sie uns Bescheid. Eine Säuberungsmannschaft ist in Bereitschaft. Lassen Sie sich dabei nur nicht umbringen.«

Bagel schaute blinzelnd zu ihr auf. Sie lächelte nicht.

War dieser Maestro der Täter?

Alicias Bauchgefühl besagte, dass sie die Antwort hinter jener Tür aus Metall finden würde.

Sie schaltete das Display aus und flüsterte: »Wenn er den Senator umgebracht hat, dann hat er es verdient.«

Bagel tippte ein Muster an ihren Oberschenkel. *»Schlecht. Sehr schlecht.«*

Ein beklemmendes Gefühl schnürte ihr die Kehle zu. Sie wusste nicht, wie sie die Worte deuten sollte, und konnte nur beten, dass sie das Richtige tun würde.

~

Vom Potomac wehte ein bitterkalter Wind herüber, als Levi die Limousine in der 31st Street parallel einparkte. Er stieg aus, steckte das Handy in die Innentasche seines Mantels und sah sich auf dem Bürgersteig um. Die Umgebung war absichtlich zum Vergessen – einige zugenagelte Geschäfte, mit Graffiti überzogene Mauern, dazu schwach der Geruch von Frittierfett aus einem Imbiss um die Ecke.

Mit gemächlichen Schritten ging Levi in Richtung Süden los. Ein alter Mann an der Ecke bettelte um Geld für Essen, doch Levi blieb in Bewegung. Ein Stück weiter hielt er unter einem rissigen Schild aus Holz mit einem Hahn und einem Stier an.

Mit einem geübten Ruck öffnete er die knarrende Tür und betrat eine Kneipe, in der es nach abgestandenem Bier und Beize stank. Die schwache Beleuchtung reichte gerade, um durch die Luft treibenden Staub zu erkennen. Der Barkeeper hinter dem Tresen nickte Levi nur schweigend zu.

Levi grüßte zurück und ging zu einem Mann in einem grauen Maßanzug, der an der Bar saß. Helle Augen richteten den Blick auf ihn. Mason klopfte mit einer Münze auf die Theke und hielt sie Levi entgegen.

Der ergriff die andere Hälfte. Fast augenblicklich leuchtete eine kleine LED grün auf. Mason steckte die Münze ein.

Mit einem Seitenblick zu Levi sagte er: »Brice ist kurz vor Ihnen eingetroffen.«

Levi nickte und fragte: »Was machen Sie so früh hier?«

Der gedrungene Direktor des Outfits schüttelte den Kopf. »Es ist nicht früh. Tatsächlich bin ich eben erst mit der Arbeit fertig geworden und dachte mir, ich genehmige mir ein Bier.«

Levi klopfte Mason auf die Schulter und erwiderte im Flüsterton: »Ein weiterer Grund, warum ich keinen Vollzeitjob bei Ihrem Verein wollte. Ich hab gern auch ein wenig Zeit für mich.«

Mason zuckte mit den Schultern, ehe er zurückgab: »Grüßen Sie Alicia von mir.«

»Mach ich«, log Levi und machte sich auf den Weg zur Herrentoilette. Er öffnete die Tür und trat ein.

Drei Kabinen. Zwei Pissoirs. Ein Schild mit der Aufschrift »Außer Betrieb«.

Harold war bereits im Dienst. Er saß auf einem Hocker und

putzte mit einem Lappen seine Brille, als wäre es vollkommen normal, sich in Toiletten herumzudrücken. Wortlos sah er Levi an. Er reichte ihm ein gefaltetes Handtuch.

Levi nahm es entgegen. Das ungewöhnliche Gewicht überraschte ihn längst nicht mehr.

Er betrat die Kabine mit dem Schild davor, schloss die Tür hinter sich und drückte mit dem Handtuch auf den Hebel der Spülung.

Wasser rauschte. Der Boden sank.

Die Umgebung veränderte sich.

Die Kabine mit den braunen Seitenwänden verschwand, wurde abgelöst von vorbeiziehendem grauem Beton. Ein leises hydraulisches Surren und leichte Vibrationen unter Levis Füßen begleiteten die Fahrt nach unten. Als der Aufzug zum Stehen kam, stieg Levi in eine kleine, sterile Kammer mit einem Handabdruckscanner neben einer verstärkten Tür aus.

Er legte die ausgestreckten Finger auf das flache Gerät.

Eine blaue Linie zog unter seiner Handfläche vorbei. Grünes Licht. Ein hörbares Klicken.

Drei Bolzen wurden entriegelt. Die Tür schwang auf.

Er trat hindurch.

Der Korridor dahinter bestand ausschließlich aus Beton, schmucklos und karg. Grelle LEDs erhellten den Weg. Am Ende des Gangs blinkte eine weitere Zugangskontrolle. Levi beugte sich für den Netzhautscan vor. Wieder grünes Licht.

Er durchquerte die Tür.

Dahinter erstreckte sich ein gewaltiger Raum, der nicht durch Prunk, sondern durch seine Ausmaße beeindruckte. Zwei Geschosse tiefer herrschte in einem Gewirr von Arbeitskabinen leises, aber reges Treiben. Analysten, Agenten, Techniker, alle beschäftigt mit Aufgaben, die von banal bis hin zu entscheidend für die nationale Sicherheit reichten. Digitale Informationen flimmerten über riesige, von der Decke abgehängte Bildschirme – Satellitenbilder, Wärmekarten, Schlagzeilen aus aller Welt.

Levi stieg von der Plattform oben ins Herz der Zentrale des Outfits hinab und steuerte auf den ausschließlich Brice vorbehaltenen Raum zu. Der Quartiermeister und Technikguru besetzte Büro C3, eines der wenigen in der Anlage mit eigener Zugangskontrolle. In gewisser Weise erinnerte es an Dennys versteckte Werkstatt.

Levi trat auf die Metalltür zu und drückte den Knopf am Rahmen.

Es dauerte einige Sekunden, bis er ein metallisches Geräusch hörte. Das Schloss wurde entriegelt, und die Tür öffnete sich mit einem leisen hydraulischen Zischen.

Als Levi eintrat, beobachtete Brice mit hochgekrempelten Ärmeln und einem Kaffee in der Hand, wie Text über einen der Wandmonitore scrollte.

»Levi«, sagte Brice und stand auf. »Meine Systeme fahren gerade nach dem neuesten Update wieder hoch. Dauert nicht lang.«

Levi nickte und schloss hinter sich die Tür, die auf gut geölten Angeln geräuschlos zuschwang.

Washington, D. C. – Zentrale des Outfits

Büro C3

07:50 Uhr

Die Stahltür schloss sich mit einem dumpfen Pochen hinter Levi. Brice' Büro wurde von einer großen Werkbank beherrscht, übersät mit Lötkolben, Elektronikteilen und verschiedenen Komponenten, an denen der Mann für das Outfit tüftelte.

Der bebrillte Technikleiter drehte sich auf seinem Stuhl um und bedeutete Levi ungeduldig, Platz zu nehmen. »Dein Anruf gestern Nacht über Recherchen auf altmodische Weise hat mir keine Ruhe gelassen. An Schlaf war nicht mehr zu denken. Was genau hast du damit gemeint? Geht's um den Fall von Senator Calloway oder um was anderes?«

Levi ließ sich auf einen freien Stuhl plumpsen und rollte näher zu Brice. »Es steht damit in Verbindung. Um ehrlich zu sein, bin ich mir nicht sicher, ob's vielleicht ein sinnloses Unterfangen ist. Ich brauch dein Talent beim Recherchieren, um rauszufinden, ob eine Verbindung zu dem besteht, was ich erfahren habe.«

Brice streckte die Arme zur Decke. Seine Knöchel knackten, als er anschließend die Finger beugte. »Dann mal los.« Der Technikexperte wandte sich dem Terminal auf seinem Schreibtisch zu. Die Tasten klapperten, als er tippte. »Worum geht's?«

»Ich hatte gestern Abend so was wie ein Date mit einer gewissen Kendra Holstrom«, erwiderte Levi, rollte neben Brice und beobachtete den Monitor an der Wand.

»Okay, was soll ich ...«

»Ihr Vater ist auch Senator und Kunstfanatiker. Mein Bauchgefühl sagt mir, dass er wie dieser Calloway auf irgendjemandes Abschussliste stehen könnte, und ...«

»Gefunden!« Brice' Finger verschwammen, während sie die Tasten rasant zum Klacken brachten. »Mal sehen, wer dieser Holstrom ist. Irgendwie kommt mir der Name bekannt vor.«

Über Brice' Bildschirm liefen reihenweise Ausschusszuweisungen, Unterausschussprotokolle und Besprechungszeitpläne, die offenbar aus geschlossenen Senatskalendern und angezapften Bundesregistern stammten.

»Okay«, sagte Brice, der die Tastatur zunehmend eindringlicher bearbeitete. »Der Mann ist kein Junior Senator aus dem Käsestaat. Er muss Beziehungen an den richtigen Stellen haben.«

Levi kniff die Augen zusammen, während er auf den Monitor starrte.

Brice stieß einen leisen Pfiff aus. »Senator Raymond Holstrom ist definitiv ein aktuelles, gewähltes Mitglied des Senats. Er ist der Senior Senator von Wisconsin, in seiner vierten Amtszeit und in mehreren bedeutenden Gremien.«

Brice schaltete ein Fenster auf Vollbildanzeige um.

Levi nickte. »Er ist also im Haushaltsausschuss. Dann ist das wohl ein begehrter Posten, richtig?«

Schmunzelnd nickte Brice. »Die meisten Senatoren würden ihr linkes Ei dafür geben.« Er zählte die verschiedenen Ausschüsse auf, denen Holstrom angehörte.

»Anscheinend sitzt er gleich in zwei davon, dem Unterausschuss für Verteidigung und dem für Energie und Wasser, der unter anderem die NNSA und die Forschung und Entwicklung von Atomwaffen beaufsichtigt.«

»Brice, ich bin mit dem Washingtoner Jargon nicht so vertraut wie du – was ist die NNSA?«, fragte Levi.

»Die National Nuclear Security Administration, unsere Atomsicherheitsbehörde. Gehört zum Energieministerium und ist so entscheidend, wie sie sich anhört.«

»Okay ...«

»Warte, da ist noch mehr«, fiel Brice ihm ins Wort. »Holstrom ist Mitglied im Verteidigungsausschuss des Senats und im für Nachrichtendienste zuständigen Parlamentarischen Kontrollgremium. Jetzt kommt der Hammer«, kündigte er an, drückte eine Taste und deutete auf den Bildschirm. »Rate mal, wer noch im Verteidigungsausschuss war, bevor er in seinem Arbeitszimmer zu Hause tot umgefallen ist?«

Levi lehnte sich auf dem Stuhl zurück und betrachtete das Foto eines vertrauten Gesichts samt kurzem Lebenslauf. »Calloway.«

»Genau. Und nicht nur das. Soweit ich das hier sehe, waren beide in geschlossenen Briefings über Sonderzugangsprogramme. Ich kann versuchen, herauszufinden, über welche, aber das könnte je nach Art der Zugriffskontrolle ein bisschen dauern.« Brice drehte sich Levi zu. »Wir wissen jetzt, dass beide an potenziell schwerwiegenden Themen gearbeitet haben. Nur wie hilft uns das, Calloways Mörder aufzuspüren? Bist du überhaupt sicher, dass Holstrom eine Zielperson war?«

»Ziemlich sicher ...« Levi nickte, während sich seine Gedanken überschlugen. »Weniger sicher bin ich mir darüber, ob uns die Erkenntnis in irgendeiner Weise weiterbringt. War wohl weit hergeholt. Die Politiker in Washington arbeiten ja ständig an tausend Themen gleichzeitig.«

»Du ahnst noch nicht mal die Hälfte, Levi. Viele von denen geben sich vor den Kameras als Gegner, sind aber privat dicke Kumpel. Und andere, die man für Freunde halten könnte, weil sie in derselben Partei sind, können einander auf den Tod nicht ausstehen. In dieser Stadt herrscht rund um die Uhr der blanke Wahnsinn.«

Nachdenklich rieb sich Levi das Kinn. Schließlich fragte er, ohne aufzuschauen: »Kannst du sonst noch irgendwas über Calloways Tod rausfinden? Das Informationspaket von Mason war ein wenig arm an Details.«

Brice legte den Kopf schief und tippte bereits. »Ja. Was genau willst du wissen?«

Levi lehnte sich wieder zurück und studierte den Inhalt des Bildschirms. »Das Gemälde. Der Rahmen. Wie konnte es so was Gefährliches ins Arbeitszimmer eines Senators schaffen, ohne irgendeinen Alarm auszulösen? Es hätte doch bemerkt, untersucht, gekennzeichnet werden müssen – irgendetwas.«

Brice nickte und arbeitete sich durch die Caches gesicherter Server. »Damit hast du nicht unrecht. Aber gib dir das: Calloway hat bevorzugt von zu Hause aus statt im Kapitol gearbeitet.«

»In Wisconsin?«

»Nein, er hatte eine noble Bleibe in Kalorama gemietet. Die Häuser dort sind mehrere Millionen wert, extrem abgeschottet, sicher und diskret. An Kohle hat's dem Senator anscheinend nicht gemangelt. Das von ihm gemietete Haus hatte eine registrierte Genehmigung vom Sicherheitsbüro des Senats und vom Büro des Director of National Intelligence als TSF.«

»TSF?«, hakte Levi nach und deutete mit der Hand eine Kurbelbewegung an.

»Entschuldige. Das steht für Temporary Security Facility und ist im Wesentlichen eine temporäre sichere Einrichtung, vergleichbar einer SCIF, nur auf Privatgelände. Deshalb war's nicht ohne, die Hütte nach seinem Tod wieder restlos sauber zu bekommen.«

Levi verengte die Augen zu Schlitzen. »Also hat es gar keine behördliche Überprüfung eintreffender Pakete gegeben.«

»Anscheinend nicht. Wäre das Gemälde in sein Büro im Senat geliefert worden, hätte es die üblichen Verfahren durchlaufen – Röntgen, Metalldetektor, stichprobenartige Sichtkontrolle. Dabei wäre es vielleicht abgefangen worden ... oder auch nicht.«

»Oder auch nicht?« Levi runzelte die Stirn. »Erklär mir das.«

Brice rief eine Datei auf und zeigte auf den Monitor. Er enthielt technische Einzelheiten darüber, was man gefunden hatte. »Ich fasse mal zusammen. Das Gemälde ist versiegelt in einer hochwertigen Sicherheitstasche aus Kunststoff eingetroffen. Manchmal wird etwas Ähnliches für Diplomatengepäck verwendet. Sieht vielleicht normal aus, ist aber kein gewöhnliches Plastik, sondern eine biometrisch gesicherte Faraday-Tasche aus Stahlgewebe mit Kunststoffüberzug. Wäre ziemlich schwierig gewesen, die Sendung zu öffnen. Mit einem Teppichmesser wäre es aussichtslos gewesen, dafür wäre schon ein robuster Bolzenschneider nötig gewesen. Anscheinend hat man die Tasche nachträglich geröntgt und festgestellt, dass alles darin als unbekannter Gegenstand geringer Dichte registriert worden wäre. So was erregt in der Regel keinen besonderen Verdacht und wird durchgewunken. Unterm Strich hat es wohl nach einem hochwertigen Objekt in professioneller Transportverpackung ausgesehen.«

Levi schaute skeptisch drein. »Und du sagst, das Ding war biometrisch gesichert? Mit einem Fingerabdruckscanner? Beschreib mir das Schloss genauer.«

Lächelnd zog Brice eine Schublade auf und holte einen versiegelten transparenten Beutel mit einem Asservatenetikett heraus. »Hier. Das wurde zum Sichern der Tasche verwendet.«

Levi nahm den schweren, handflächengroßen schwarzen Gegenstand aus Metall entgegen und betrachtete ihn eingehend. An zwei Enden wies er verstärkte Ösen auf, durch die man ein Stahlseil fädeln konnte. Vorn in der Mitte befand sich leicht vertieft ein daumengroßes Feld aus Glas, umrahmt von einer verchromten Einfassung.

Irgendetwas an dem Schloss störte ihn. Es schien etwas zu fehlen ...

Levi gab Brice den Beutel mit nachdenklicher Miene zurück und fragte: »Ist das eine Sonderanfertigung oder wird so was heutzutage seriengefertigt? Und wie könnte jemand darin Calloways Daumenabdruck einprogrammiert haben?«

»Das ist frei erhältliche Ware und daher auf einfache Programmierung ausgelegt.« Brice zeigte auf den Rand des Schlosses. »Siehst du den Anschluss da? Ein USB-C für die Übertragung von Daten zum und vom Schloss. So programmiert man es.« Er verstaute die Tüte wieder in der Schreibtischschublade. »Das ist Stangenware. Ich hab's zerlegt und kann dir sagen, dass dieses Modell in Polen hergestellt wurde. Und bevor du fragst, diese Dinger haben keine Seriennummern. Es gibt also keine Möglichkeit, sie zu einer Bestellung oder einem Kaufbeleg zurückzuverfolgen. Ich weiß nur, dass es innerhalb der letzten drei Jahre gefertigt worden ist. In dem Zeitraum hat die Fabrik ungefähr 50.000 davon produziert. Das ist eine Sackgasse.«

Mit konzentrierter Miene ließ Levi die Gedanken zu einem anderen Zeitpunkt und Ort zurückkehren.

Vor seinem geistigen Auge befand er sich mit Alicia im Unterschlupf.

Er sah die Kiste, die Vito und Carmine umgebracht hatte, so deutlich vor sich, als hätte er sie vor der Nase. Eine mittelgroße, ramponierte Kiste aus Holz mit kyrillischer Beschriftung an der Vorderseite: *Red Horizon Transport*. Abgesplitterte Kanten, kreuz und quer herausragende Nägel – schlampig und überstürzt wieder verschlossen.

Levi ließ Revue passieren, wie er den Deckel mit einem Brecheisen aufgezwängt hatte. Darunter war Luftpolsterfolie zum Vorschein gekommen.

Er dachte daran zurück, wie Alicia die Schichten entfernt hatte ... »Brice, war da auch Luftpolsterfolie?«

Der Techniker drehte sich wieder der Tastatur zu und gab eine Suchanfrage ein. Die Anzeige auf dem Bildschirm wurde aktualisiert. »Ja. Überall auf dem Boden im Arbeitszimmer. Willst du wissen, wie viel?«

Levi schüttelte den Kopf, während er in Gedanken ablaufen ließ, wie Alicia vorsichtig Proben genommen und Schicht für Schicht die Schutzfolie entfernt hatte, bis letztlich das Gemälde zum Vorschein gekommen war.

Bei jener Lieferung hatte es weder eine Tasche noch ein biometrisches Schloss gegeben.

Er konzentrierte sich wieder auf die schlampig zusammengeschusterte Kiste. Schließlich stand er auf, griff sich sein Handy und entfernte sich von Brice. »Bin gleich zurück.«

Levi tippte auf eine Kurzwahl. Wenige Sekunden später ertönte eine Stimme in seinem Ohr. *»Ja?«*

»Frankie. Wer hat die erste Lieferung von Scharkow zusammengepackt und in den Unterschlupf gebracht?«

»Herrgott, Levi. Es ist kaum acht Uhr morgens, und ich hatte noch nicht mal meinen ersten Espresso. Moment, muss mein Hirn in Gang bringen.« Levi hörte Bewegung am anderen Ende der Leitung. Dann trat einige Sekunden lang Stille ein, ehe Frankie sagte: *»Ich bin mir ziemlich sicher, dass Sally bei Scharkows Lieferung aufgeräumt hat. Warum fragst du?«*

Levi kannte Salvatore Marchesi noch aus dem alten Viertel und der Zeit, bevor die Bianchis in den Norden der Stadt gezogen waren. Er gehörte zu den Aufräumern der Familie. Ob es um die Beseitigung von Leichen oder Beweisen ging, spielte dabei keine Rolle. Der Mann war ein geradliniger Vollprofi.

»Kannst du ihn mir in die Leitung holen? Ich hätte 'ne Frage an ihn.«

»Moment, ich glaub, er ist noch in seiner Wohnung. Warte kurz.«

Levi hörte ein Klicken. Nach ungefähr zehn Sekunden Stille folgte darauf ein leises Summen.

»Levi, bist du noch dran?«, fragte Frankie.

»Ich bin hier.«

»Sally, und du?«

»Ja«, meldete sich eine vertraute, altersraue Stimme in der Leitung. *»Was gibt's, Levi? Was kann ich für dich tun?«*

»Erinnerst du dich an die Aufräumarbeiten am Red Hook Terminal in Brooklyn?«

»Ja. Zwei unserer Jungs und ein Paket.«

»Genau. Ich hätte eine Frage zum Paket. Was weißt du noch darüber? Was war dort, an der Kiste dran und um sie herum? Erzähl mir alles.«

»Es hat überall Luftpolsterfolie verstreut gelegen, als hätten die beiden sie schnell heruntergerissen. Das Gemälde hat an der Kiste gelehnt, als ich eingetroffen bin. Hat unberührt ausgesehen und fast so gewirkt, als wär's stolz auf sich.«

Nach einer kurzen Gedankenpause fügte er hinzu: *»Alles andere – Bolzenschneider, Brecheisen, kaputtes Schloss – hat den Eindruck gemacht, als hätten sie's mitten während der Arbeit fallen lassen. Was auch immer sie erledigt hat, es ist schnell gegangen. Sie hatten nicht mal Zeit, in Panik zu verfallen.«*

»Erinnerst du dich an Einzelheiten von dem Schloss? War da noch was anderes als Luftpolsterfolie?«

»Ja, an das Schloss erinnere ich mich«, sagte Sally. *»Es war mattschwarz, in etwa so groß wie 'ne Brieftasche. Hatte zwei Ösen aus Metall mit 'nem durchgefädelten Kabel. Das hatten die*

beiden mit dem Bolzenschneider durchtrennt. Kein Schlüsselloch, nur so 'ne kleine Glasfläche, traubengroß.« Wieder verstummte Sally kurz. *»Jetzt, wo ich drüber nachdenke – da hat auch 'n leerer Plastikbeutel rumgelegen, der mir ungewöhnlich schwer vorgekommen ist. Wieso fragst du?«*

Levi schüttelte den Kopf. »Kein besonderer Grund. Du hast mir alles geliefert, was ich gebraucht hab. Sag mal, das Schloss oder den Beutel hast du nicht zufällig noch, oder?«

»Ach, Scheiße. Ne, ich hab alles verschwinden lassen, wie es sich gehört. Du weißt ja, wie das läuft.«

Sally wusste, dass er Schwierigkeiten bekäme, wenn Beweise zurückblieben, die auf die Familie verwiesen.

»Ja.« Levi grinste. »Dachte mir nur, ich frage einfach. Danke für die Bestätigung. Jetzt geh mit Martha frühstücken.«

Levi steckte das Handy ein und kehrte zu Brice zurück. »Ich konnte gerade etwas bestätigen, worüber ich mir nicht sicher war.«

»Und was?«, hakte Brice nach.

»Holstrom war im Visier derselben Leute wie Calloway.«

»Also ist er eine Zielperson. Und was willst du mit der Information jetzt anfangen?«

»Dazu hab ich schon eine Idee.« Levi lächelte.

Plötzlich blinkte in der gegenüberliegenden Ecke des Raums ein rotes Licht, und Brice' Augen wurden groß. »Oh Scheiße.«

»Was ist los?«, fragte Levi, als Brice zu seinem Terminal herumwirbelte und die Finger über die Tastatur rasen ließ.

Levi schaute zum Monitor auf, der eine Warnmeldung anzeigte.

»Weiß ich nicht genau, aber das Russell-Gebäude ist gerade abgeriegelt worden.«

KAPITEL FÜNFZEHN

Washington, D. C
08:11 Uhr
Gefahrgut-Einsatzmeldung: Capitol Police, Alarmstufe zwei
Russell Senate Office Building – Raum 318
Büro von Senatorin Elaine Carrington – Virginia

Captain Marcus Delaney nippte im Einsatzleitwagen nahe der Constitution Avenue an seinem zweiten Becher mit schwarzem Kaffee, als die Meldung auf seinem Tablet eintraf. Stufe zwei war zwar keine Routine, aber auch nicht übertrieben besorgniserregend. Stutzig ließ ihn jedoch der angefügte Vermerk werden – *medizinischer Notfall bei einer Senatorin.*

Kurz darauf folgte die Bombe.

»Sanitäter am Einsatzort kollabiert. Gefahrguteinheit angefordert. Übertragungsweg unbekannt.«

Delaney wuchtete das Tablet in die Halterung am Armaturenbrett und wandte sich im Befehlston an seine Leute.

»Zwei Teams – eines bleibt bei mir, eines geht am Verbindungsgang zum Dirksen-Gebäude für Unterstützung bei der Evakuierung in Stellung.«

Damit riss er die Seitentür auf und sprang hinaus auf den Asphalt. Die Mannschaft rüstete sich bereits hinten im Wagen – Schutzanzüge, Überdruckmasken, Verbandskasten, Luftüberwachungsgeräte. Auf der anderen Straßenseite zeichnete sich gesittet das vor Marmor strotzende Russell Senate Office Building ab – hinter dessen ionischen Säulen sich gerade ein möglicher CBRN-Notfall entfaltete.

Im Laufschritt überquerten sie die Constitution Avenue, eilten durch den südöstlichen Personaleingang und über die Zugangsrampe hinunter in den Kellergang des Russell-Gebäudes. Delaney tippte auf sein Funkgerät.

»Zentrale, bitte um Bestätigung: Büro von Senatorin Carrington?«

»Bestätige. Büro 318. Laufender medizinischer Notfall. Äußerer Korridor gesichert. Gebäudestatus soeben auf Teilabriegelung gegangen – Innentüren versiegelt, aber noch keine gebäudeweite Evakuierung.«

Im Nu erreichten sie die Aufzüge, nur befand sich keiner auf ihrer Ebene. Keine Zeit zum Warten. Delaney winkte die Mannschaft zum Treppenhaus. »Wir laufen.«

Drei Stockwerke höher stürmte das Team mit reichlich Adrenalin im Blut durch den Zugang in einen Flur, in dem es nach Panik und Bürokratie stank. Mitarbeiter standen mit den Rücken an den Wänden. Eine Assistentin mit einem Klemmbrett weinte. Ein geröteter, schwitzender Beamter der Capitol Police winkte sie zu einer Tür.

»Da drin. Es ist schlimm. So was ...«

Bevor er zu Ende sprechen konnte, hatten sie ihn bereits passiert.

Chaos.

Im Vorzimmer zum Büro der Senatorin herrschte ein heilloses Durcheinander – verstreutes Papier, umgestürzte Stühle. Neben dem Empfangstisch lag eine spastisch zuckende Frau auf dem Boden.

»Krampfanfall! Diazepam, *sofort!*«, rief Delaney.

Die Atmosphäre im Raum knisterte förmlich vor Anspannung. Sein Luftüberwachungsgerät schlug an, sobald sie die Schwelle überquert hatten – VOC-Spuren, beißender Geruch. Ammoniak? Versengter Kunststoff? Möglicherweise Reinigungsmittel. Oder auch etwas Schlimmeres.

Delaney rückte ins eigentliche Büro vor.

Totenstille.

Senatorin Elaine Carrington saß erschlafft auf einem Sessel, die Augen offen, aber glasig, die Lippen bläulich, die Haut bereits bleich.

Links davon eine weitere Person.

Der Sanitäter. Ersthelferweste, die Augen weit aufgerissen, Schaum vor dem Mund. Kein sichtbares Trauma.

Rechts der Senatorin noch eine Gestalt. Ein Mann in einem Anzug – wahrscheinlich ihr Stabschef. Er lag mit dem Gesicht nach unten auf dem Teppich, in der Hand ein Smartphone.

»Großer Gott«, murmelte Delaney, während er den Blick durch den Raum wandern ließ. Er aktivierte sein Schultermikrofon.

»Einsatzzentrale, hier Gefahrguteinheit 1 vor Ort. Bestätige drei Betroffene – ein Sanitäter, ein Mann, die Senatorin – nicht ansprechbar. Draußen eine Sekretärin mit Krampfanfällen.

Unbekannter Wirkstoff. Beginnen jetzt mit Eindämmungsprotokoll.«

Er nickte seinem Stellvertreter zu.

»Arbeitet den Raum ab – Luftüberwachung, Temperatur, Erkennung flüchtiger Stoffe. Sucht nach irgendwelchen Paketen, zugestellten Lieferungen, offenen Behältnissen. Ich will alles eingetütet und fotografiert haben. Und fasst *nichts* an, bevor wir wissen, womit wir's zu tun haben.«

Er konzentrierte sich auf den Sanitäter. Keine Wunden, kein Blut, kein Trauma. Aber Schaum vor dem Mund ...

»Neurotoxin?«, flüsterte jemand.

Delaney erwiderte nichts. Allerdings nistete sich Kälte in seinem Magen ein.

Das Büro der Senatorin sah makellos aus – Bücherregale, eine Flagge von Virginia, ein von Dokumenten übersäter Schreibtisch mit Briefing-Papieren ... und ein ungewöhnlicher Gegenstand.

Eine kleine Holzkassette lag umgekippt neben dem Beistelltisch. Kein Etikett, keine Karte.

»Nehmt euch das zuerst vor«, befahl er angespannt. »Nicht aufmachen. Nur fotografieren und eintüten.«

Draußen traf ein zweites medizinisches Team ein und begann mit der Versorgung der Sekretärin. Ihr Puls ging unregelmäßig, die Pupillen waren riesig.

Delaney reagierte schnell. Wenn eine chemische Ursache vorlag, war sie eingedämmt. Im Fall einer biologischen wären sie bereits zu spät dran.

Aber wenn es sich um etwas anderes handelte, beispielsweise ein versteckt in jene Kassette eingebautes Trägersystem, dann hatten sie soeben ein zur Waffe mutiertes Büro mitten im Herzen der US-Regierung betreten.

Wieder aktivierte er das Mikrofon und funkte die Zentrale an.

»Hochstufung von zwei auf vier. Russell abriegeln. Schalten Sie die FBI-Sondereinheit für Massenvernichtungswaffen auf diese Frequenz. Sofort.«

Quantico, Virginia
FBI-Labor für den Einsatz bei Massenvernichtungswaffen – Eindämmungsbereich Bravo
08:52 Uhr

Nate Carrington atmete langsam in den leichten Überdruck seines Schutzanzuges der Kategorie A aus. Der Regler seines umluftunabhängigen Atemschutzgeräts klickte, als das Ventil durchschaltete. In seinem Visier pulsierte der HUD-Streifen: Anzugsintegrität – nominal. Gebläsefiltergerät – normal. Temp: 21,2 °C.

Eine solche Ausrüstung hatte er seit Kandahar nicht mehr getragen.

Als schick konnte man den für biologische Gefahreneinsätze verstärkten JSLIST-Anzug weiß Gott nicht bezeichnen. Aber wenn zwei Tote – darunter eine Senatorin – und ein wie ein Sandsack zu Boden gegangener Ersthelfer gemeldet wurden, gab es keine Diskussion. Dann legte man entweder den Anzug an oder ließ es bleiben.

Nate hatte es nicht bleiben lassen. Obwohl er bereits im Ruhestand war. Nicht nach dieser Meldung mit einem Namen, der irgendwo auf seiner Ahnentafel stand: Elaine Carrington. Eine Cousine zweiten Grades.

Sie hatten einander nie kennengelernt. Und nun würde er die Gelegenheit nie mehr bekommen.

Mit einem behandschuhten Finger betätigte er das Bedienfeld der inneren Luftschleuse. Die Dekontaminationskammer durchlief ihren Zyklus. Dann öffneten sich zischend die Innentüren zu Sektor B.

Die Holzkassette befand sich unter zweiarmigen Halogenlampen in der Mitte einer am Boden verschraubten Werkbank aus Edelstahl. Auf einem Asservatenetikett stand: R318-01A. Er trat näher hin.

Sie sah beinah ... urig aus.

Walnussholz mit mattierter Beschichtung, Schwalbenschwanzverbindungen, Messingscharniere. Auf dem Deckel mit Schablone in schwarzer Tinte aufgesprüht:

»Montpelier Chocolatiers – Handgefertigt in Culpeper, VA«.

Bei der ersten Sichtung vor Ort im Russell-Gebäude war sie negativ auf radiologische, chemische und biologische Stoffe getestet worden. Trotzdem hatte er auf einer umfassenden sekundären Eindämmung für die Nachuntersuchung im Labor bestanden. Weil so etwas nicht normal war. Nicht bei Süßwaren. Und erst recht nicht in Washington, D. C.

Die – eingetüteten und etikettierten – Pralinen selbst wurden in Labor D mittels GC-MS, LC-MS/MS und Fourier-Transform-IR-Spektroskopie auf Toxinspuren und Partikelrückstände analysiert. Aber die Kassette hatte noch andere Warnzeichen erkennen lassen.

Er ging daneben in die Hocke. Die Stiefel knarrten leicht auf dem gummierten Bodenbelag.

Die Innenauskleidung war entfernt worden. Darunter war etwas Seltsames zum Vorschein gekommen.

Drei handgefertigte Rillen, erzeugt mit einem Gravierstift, nicht mit einer CNC-Fräse, davon zeugten die engen Schwungwinkel und die flachen Grate an den linken Kanten. Es handelte sich um Führungsschienen. Irgendetwas war in sie geschoben worden – und sicher keine handgeschöpfte Schokolade.

Hinzu kam der biometrische Verschluss.

Zuerst hätte er ihn beinah übersehen, denn er tarnte sich als dekorative Messingeinlage in der Ecke. Tatsächlich jedoch war es ein Fingerabdruckscanner aus Polycarbonat, der sich leicht vertieft unter einer Linse mit einem verchromten Ring befand. Die Verkabelung verlief dahinter im Holzrahmen.

Wer um alles in der Welt verpackt Pralinen mit einem biometrischen Schloss?

Er holte einen sterilen Polyestertupfer hervor und fuhr damit vorsichtig durch die Rillen, erst trocken, danach mit einem leichten Lösungsmittel. Jede Probe wurde beschriftet:

R318-01A-G1 / G2 / G3

Anschließend wanderte sie in eine mit Tyvek ausgekleidete Beweismitteltüte, wurde versiegelt und paraphiert.

»Sektor B an Zentrale«, sagte er durch das Funkmikrofon. »Proben von den Rillen protokolliert und vorbereitet. Empfehle außerdem den Versuch, latente Abdrücke vom Bioscanner abzunehmen – könnt ihr das AFMES für eine Mikroabdrücke- und Rückstandsevaluierung reservieren?«

Eine Stimme antwortete knisternd. *»Verstanden, Carrington. Reserviert und eingeplant.«*

Er warf einen letzten Blick auf die Kassette.

Keine Bombe. Keine Dampfspuren. Nichts sickerte, pulsierte oder schimmerte.

Aber er hatte schon Türen eingetreten, wo sich dasselbe Bild geboten hatte. Spanisch kam ihm nicht der Inhalt der Kassette vor, sondern sie selbst. Die Eleganz, die *Technik* dahinter.

Kein Behältnis, um etwas zu schmuggeln, sondern für eine gezielte Zustellung.

Er richtete sich auf und aktivierte die Gegensprechanlage.

»Besorgt mir eine vollständige Liste der registrierten biometrischen Schlösser, die in den letzten fünf Jahren von bekannten Anbietern verkauft wurden. Fangt mit allen aus Osteuropa an.« Nate neigte die Kassette leicht und verengte die Augen hinter dem Gesichtsschutz zu Schlitzen. »Ein paar Produktionseigenschaften kenne ich. Die Laminatbeschichtung ist ein Polymerblend. So was hatten wir mal bei einer Zollbeschlagnahmung in Dulles – bei einer modifizierten Kuriertasche, eingeschmuggelt aus Danzig. Dasselbe merkwürdige Lötmuster, zu breit gestreute Perlen, nicht maschinell dicht wie bei koreanischen Importen. Und dieser USB-C-Anschluss entspricht nicht US-Vorgaben – er ist schräg versenkt. Das hab ich bisher nur bei polnischen Chargen gesehen. Eindeutig Schwarzmarkt-Exportware.«

Nate runzelte die Stirn. Ihm gefiel nicht, was seine Instinkte ihm sagten. Er legte sie zurück auf die Eindämmungshalterung und löste einen frischen Versiegelungsbeutel vom Spender an der Wand. Vorsichtig schob er die Holzkassette hinein und zog den manipulationssicheren Verschluss zu. Der Klebestreifen leuchtete quer über die Naht rot auf.

»Kennzeichnet das für eine sekundäre Eindämmung und informiert das Joint Tasking Center. Wenn das Ding aus Polen – oder einem noch schlimmeren Herkunftsland – stammt, brauchen wir jemanden von CBP, ODNI und vielleicht sogar DTRA.«

Er kritzelte seine Initialen und die Uhrzeit auf das Etikett.

»Und niemand öffnet das hier ohne geeignete Schutzausrüstung für Nervenkampfstoffe. Nur für alle Fälle.«

Zischend schloss sich die Luftschleuse. Hinter ihm blieb das Rätsel einer versiegelten Kassette zurück, die niemand verstand – noch nicht.

Washington, D. C. – Zentrale des Outfits
Büro C3
09:04 Uhr

Im Raum roch es nach Lötzinn und verbranntem Kaffee. Brice beugte sich auf dem Stuhl vor. Seine Finger tanzten über eine geteilte Tastatur. Über drei Monitore flimmerten Fenster mit Datenströmen, Paketprotokollen und die Anzeige einer sicheren Verbindung zu einem FBI-Backchannel.

Levi stand mit vor der Brust verschränkten Armen schweigend hinter ihm und beobachtete ihn. Wartend.

Der Lockdown des Russell-Gebäudes hatte es vor zehn Minuten in die Newsfeeds geschafft. Vorläufig noch nicht in die öffentlichen. Allerdings wiesen nur vage Äußerungen wie »Zwischenfall im Senatsgebäude« und »Vorsichtsmaßnahmen getroffen« darauf hin, dass irgendetwas im Gebäude schiefgegangen war.

»Ich grase jede interne Quelle ab, die ich finden kann«, murmelte Brice. »Die Capitol Police hat den Großteil ihres Datenverkehrs abgeschottet, sobald Stufe vier aktiviert wurde, aber ein paar Labors haben ihre Zugangsdaten noch nicht umgestellt. Ich zapfe gerade ein halbes Dutzend Feeds aus Quantico, vom Heimatschutzministerium und der JTF-CBRNE an.«

»Keine Ahnung, wovon du da redest. Weiß man schon, welchen Senator oder welche Senatorin es erwischt hat?«, fragte Levi.

Brice zögerte. »Ja. Elaine Carrington. Aus Virginia.« Er schaute nicht auf. »Aktiv in denselben Ausschusskreisen wie Holstrom und Calloway.«

Levi verengte die Augen zu Schlitzen. »Das macht dann drei.«

»M-hm.«

Mit einem Klicken öffnete Brice einen Nebenkanal mit der Beschriftung »FBI-WMD-Audio 3«. Aus einem Labor ertönten in schlechter Qualität zwei Stimmen, die über eine Einstellung für eine Chromatografie-Kalibrierung diskutierten. Hintergrundgeräusche – das Summen einer Zentrifuge, das Klappern von Tabletts, jemand murmelte etwas von Diethylether.

»Nutzlos«, grummelte Brice und schaltete weiter. »Nächster Kanal.«

Ein neues Fenster öffnete sich – eine Echtzeit-Transkription wurde darin angezeigt. Ein chemischer Analytiker diktierte Testergebnisse in ein Laborberichtssystem. Beim Großteil handelte es sich um belangloses Zeug – Rückstände an einem Hefter, ein halber Proteinriegel unter einem Schreibtisch, Fasern eines Blazers.

»... Spuren von Benzoylecgonin in Schreibtischprobe 7B ...«

»Das ist Koks«, übersetzte Brice mit einem Blick über die Schulter. »Aber wenn das die Bedrohung wäre, müsste inzwischen halb Capitol Hill tot sein.«

Levi zuckte mit keiner Wimper. »Das ist nicht der Grund für den Lockdown.«

Brice regelte den Ton etwas lauter.

»... Proben von der Holzmaserung im Inneren von Objekt 01A zeigen keine aktiven flüchtigen Rückstände, aber die Nachsäulenderivatisierung hat Ethyl-N,N-dimethylphosphoramidocyanidat ergeben ...«

Levi runzelte die Stirn.

Die Stimme fuhr fort und wurde plötzlich schärfer. *»... ja, Sir. Bestätigt. Das ist eine Verbindung der GD-Serie. Ein Organophosphat-Nervenkampfstoff. Äußerst geringe Menge, wahrscheinlich eine Mikrodosis-Konfiguration. Hautkontakt könnte gereicht haben.«*

Stille trat ein.

Dann ertönte über dieselbe Leitung eine andere Stimme, die älter und gefasster klang. *»Das verlässt diesen Raum nicht, bevor wir die Beweiskette kennen. Ich will eine vollständige Analyse über Liefermethode und Sicherheitskontext. Holen Sie jedes Quäntchen an Metadaten aus diesem Paket raus.«*

Brice tippte bereits. »Rufe jetzt die Metadaten ab – hab Zugriff auf einen der Laborberichte bekommen, bevor er versiegelt wurde. Hier ...«

Auf dem zentralen Monitor erschien ein PDF.

Brice scrollte durch den vorläufigen Bericht und zeigte auf den Bildschirm. »Sieht dir an, was da steht.«

Asservatenetikett: R318-01A.

Beschreibung: »Holzkassette, Walnuss, gekennzeichnet als handwerklich hergestellte Pralinen – Marke Montpelier.«

Brice schnaubte. »Elegante Verpackung für ein Attentat.«

Levis Blick verdüsterte sich. Pralinen. Natürlich. Harmlos. Präzise. Er überflog den Bericht weiter, während Brice scrollte.

ANMERKUNG: Biometrischer Schließmechanismus bestätigt. Fingerabdruckscanner in Verschlussarchitektur integriert. Konstruktion wahrscheinlich polnischer Herkunft. Parallelen zu 2019 in Dulles beschlagnahmter Kurierausrüstung. Weitere Nachforschungen laufen.

Levis Blick heftete sich auf die Passage.

Ein biometrisches Schloss.

»So was baut man in ein Geschenk nur ein, wenn man genau weiß, wer es öffnen wird«, murmelte er. »Das waren keine Pralinen. Es war eine Waffe.«

Er wich vom Monitor zurück, als hätte gerade jemand einen Schuss abgefeuert.

»Mehr muss ich nicht wissen«, sagte Levi leise.

Brice drehte sich mit dem Stuhl herum. »Glaubst du, es steht in Verbindung mit ...«

»Ganz sicher sogar«, fiel Levi ihm ins Wort. »Dasselbe wie bei Holstrom. Und wie bei Calloway. Wir suchen keinen Irren mit einem Kunstfetisch, sondern jemanden, der eine Rechnung zu begleichen hat.« Er deutete mit dem Kopf auf den Bildschirm. »Wir haben jetzt drei Namen. Können wir daraus ableiten, in welcher Verbindung zueinander sie gestanden haben könnten?«

Brice knackte mit den Knöcheln und rief den historischen Abstimmungsverlauf des Senats auf. »Die waren nicht mal bei derselben Partei. Holstrom war Republikaner, Calloway ein

Demokrat alter Schule, Carrington ein ziemlich liberaler Demokrat.«

»Gut«, sagte Levi. »Jetzt such nach Gemeinsamkeiten. Wobei haben alle drei *gleich* abgestimmt?«

»Ich wette, Calloway war Wechselwähler, zumindest bei Fragen der nationalen Sicherheit.« Brice zog eine Augenbraue hoch, führte die Abfrage jedoch durch. »Diese drei haben selten gleich abgestimmt. Gib mir einen Moment.«

Er durchforstete die Datenbank, filterte Tausende Senatsabstimmungen.

»Da haben wir's«, murmelte Brice. »In den letzten sieben Jahren haben sie nur *sechsmal* alle gleich abgestimmt. Hier war es etwas Verfahrenstechnisches, da überparteiliche Resolutionen ... aber das da – Moment.«

Er klickte darauf. Der Monitor füllte sich mit Text.

Änderungsantrag 1427-B – Neuverteilung der veranschlagten Mittel für klassifizierte Forschung unter der DARPA und dem NNSA-Programm des Energieministeriums.

Vorgeschlagene Kürzungen: 11,2 % gegenüber der Ausgangsbasis. Ziel: doppelte oder unbeaufsichtigte Verteidigungsforschungseinrichtungen.

»Wenn ich das richtig verstehe, geht's da um irgendeine Budgetkürzung, oder?«

Brice nickte. »Eine bedeutende. Bei diesen Teilen der Regierung wird selten der Rotstift angesetzt.«

Levi lehnte sich vor. »Können wir sehen, wer davon betroffen war?«

Brice öffnete die angefügten Erläuterungen zu den Auswirkungen. Eine umfangreiche Tabelle wurde angezeigt. Mit Hunderten roten Einträgen. Brice markierte eine Spalte und klickte auf ein paar Schaltflächen.

»273 Positionen«, kommentierte er. »Kürzungen bei USAMRIID-Teams, CBRNE-Verbindungseinheiten und taktischen Biochemielabors. Da, sieh mal.«

Er zeigte auf den Bildschirm. »Das ist nur ein Teil davon.«

Einrichtung: Fort Detrick – Abteilung Biodefense, Arbeitsgruppe Experimentelle Materialien

Status: Projekt beendet. Personal: 36 entlassen.

Ein weiterer Eintrag.

Einrichtung: Dugway Proving Ground – Prüfstand für taktische Biochemie

Status: Mittel gestrichen. Personal: 17 versetzt. 12 entlassen.

Levi atmete langsam aus und kniff die Augen zusammen.

»Diese drei Senatoren waren mitverantwortlich dafür, dass mehrere Hundert Biowaffenexperten entlassen wurden«, sagte er wie zu sich selbst.

Brice bemerkte die Veränderung seines Tonfalls. »Levi?«

Aber Levi reagierte nicht. In Gedanken hatte er den Raum verlassen. Die Ukraine. Alicia hielt sich dort auf. Und wenn er richtig vermutete, wenn das dahintersteckte, was er *glaubte* ...

Ein Schauder lief ihm über den Rücken. Sie ohne ihn losziehen zu lassen, hatte sich strategisch richtig angefühlt.

Aber ein auf Rache sinnender Biowaffenexperte, der sie wahrscheinlich erwartete ...

Plötzlich fühlte es sich wie ein schwerer Fehler an.

Zähneknirschend konzentrierte er sich. »Wer war noch an der Abstimmung beteiligt?«

Brice führte die Abfrage durch.

»Zwölf weitere Senatoren haben gleich gestimmt«, sagte er und überflog die Namen. »Sieben sind nicht mehr in der Politik. Zwei sind in den letzten Jahren gestorben – an natürlichen Ursachen, soweit ich das sagen kann. Aber einer ...«

Er verstummte.

Levi trat näher.

Brice drehte sich langsam zu ihm um. »Einer ist jetzt der Vizepräsident.«

Levi erstarrte. Seine Atmung verflachte. Unwillkürlich ballte er die Hände an den Seiten zu Fäusten.

»Großer Gott ...«, flüsterte Brice.

Levi steuerte bereits mit dem Telefon in der Hand auf den Ausgang zu.

»Wohin willst du?«, fragte Brice.

»Muss dringend wohin.«

An der Tür hielt er inne und drehte sich um. »Gib inzwischen Mason Bescheid, dass kein verärgerter Kunstfreak dahintersteckt. Wir haben's mit einem militärischen Biowaffenexperten zu tun, der findet, dass diese Leute sein Leben zerstört haben.«

Brice erbleichte.

In Levis Stimme trat ein knurrender Unterton. »Und der Übertragungsweg für die Bedrohung kann alles Mögliche sein, von *Kunstwerken bis hin zu Pralinen*. Praktisch *alles*.« Er sah Brice in die Augen.

»In Washington wird die Hölle losbrechen, wenn ans Licht kommt, was wirklich vor sich geht.«

Mit der Hand am Türgriff hielt Levi inne. »Wäre wohl besser, du gibst das ausschließlich an Personen weiter, die es unbedingt wissen müssen.«

»Was du nicht sagst.«

KAPITEL SECHZEHN

Kiew, Ukraine
Premier Palace Hotel – Zimmer 514
19:12 Uhr.

Der Geruch von Dill und Knoblauch vermischte sich mit dem frischen Duft von Leinen und poliertem Holz des Hotelzimmers im *Premier Palace.* Alicia saß im Schneidersitz mit dem aufgeklappten Laptop neben ihr auf der weichen Bettdecke. Vor ihr stand ein Teller mit dampfenden *Warenyky* – köstlichen, mit Kartoffelpüree und karamellisierten Zwiebeln gefüllten Teigtaschen, die in goldener Butter mit einem Klecks Sahne schwammen.

Tony lehnte sich auf dem gesteppten Sessel zurück und spießte einen weiteren Happen seiner *Holubtsi* auf die Gabel – mit gewürztem Schweinefleisch und Reis gefüllte Kohlrouladen. Den Teller balancierte er vorsichtig auf dem Oberschenkel, während er mit unbehaglicher Miene das Gewicht verlagerte. »Ehrlich, ich könnte schwören, der Kohl hier hat was gegen mich. Das Zeug fährt mir in den Magen wie 'n Güterzug.«

»Jetzt reiß dich gefälligst ein bisschen zusammen«, brummelte Alicia, als sie knusprigen dunklen Roggen aus *Borschtsch* löffelte, so dicht, dass er wie geschmolzener Granat aussah. »Wir können's nicht gebrauchen, dass man uns wegen Gasgefahr in ein anderes Zimmer umsiedelt.« Sie wischte sich die Lippen ab und deutete auf die geöffnete GoPro-Oberfläche auf dem Laptop. Dann drehte sie ihn so, dass beide den Bildschirm sehen konnten. »Schauen wir uns Bagels Aufzeichnung an. Mal sehen, was unser Freund für uns entdeckt hat.«

Der Kater labte sich auf der anderen Seite des Zimmers auf dem Teppich mit hörbarem Genuss aus einer Porzellanschale an getrockneten Sardinen, hereingeschmuggelt aus einer Zoohandlung um die Ecke. Alle paar Sekunden schnippte er mit dem Schwanz und warf einen Blick zu Alicia, als wollte er sagen: *»Endlich ein bisschen Anerkennung für meine Genialität.«*

Alicia tippte auf die Wiedergabeschaltfläche. Der Bildschirm flimmerte.

Die Bilder von Bagels Brustkamera erwachten zum Leben.

Schweigend sahen sie sich an, wie der Kater auf ein Regal sprang und mit einem anmutigen Satz in den Dachsparren des Lagerhauses landete, lautlos und trittsicher. Die GoPro in ihrer gepolsterten Halterung erfasste dabei jedes Detail in infrarotverstärkten Schwarz-Weiß-Aufnahmen. In der weitläufigen Halle wimmelte es von Staffeleien, Kisten, halb verhüllten Leinwänden und schattigen Winkeln.

Man sah mindestens zwölf Werkbänke für Kunstfälscher,

doch an diesem Morgen waren nur drei davon besetzt gewesen. Bagel schlich wie ein Phantom die Dachsparren entlang.

Alicia spießte eine weitere Teigtasche auf und sagte nach einem Bissen davon: »Schau ihn dir an, unseren kleinen Profi. Ich wette, der FSB hätte liebend gern etwas wie ihn.«

Schließlich hatte Bagel genug von den Dachsparren und sprang lautlos wieder hinunter zum Boden.

Alicia beobachtete auf dem Bildschirm seine Bewegungen und fragte sich, was ihm durch den Kopf gegangen sein mochte, während er scheinbar zielstrebig die Umgebung erkundet hatte. Plötzlich dämmerte ihr eine Erkenntnis. Bagel war die Halle in einem Rastermuster abgelaufen. Dabei hatte er planvoll in geraden Linien verschiedene Hindernisse überwunden und links und rechts betrachtet, was sich in seiner Nähe befand, während er eine Reihe nach der anderen abgearbeitet hatte.

Verblüffend – so gingen gewöhnliche Tiere nicht vor, oder?

An einem niedrigen Tisch mit Farbtuben hielt Bagel inne. Man hörte ihn schnuppern, bevor er sich herumdrehte. Die GoPro hatte leise Tropfgeräusche irgendwo außerhalb des Blickfelds der Kamera erfasst.

Tony schluckte einen Bissen *Deruny* runter – Kartoffelpfannkuchen – und beugte sich vor. »Halt die Wiedergabe mal an. Was ist das?«

Alicia ging ein paar Sekunden zurück und ließ das Video wieder ablaufen.

Bagel näherte sich einer Leinwand auf dem Boden. Abermals schnupperte er. Man hörte ein leises, missfälliges Schnauben des Katers, gefolgt von einem kurzen protestierenden Laut – er hatte etwas Nasses gestreift.

»Trottelchen«, sagte Alicia voller Zuneigung.

Bagel schaute träge blinzelnd von seinen Sardinen auf.

Die Aufnahmen verwackelten wild, als er heftig den Kopf schüttelte, bevor man für den Bruchteil einer Sekunde einen hellen Fleck im Bild sah. Farbe. An seinem Ohr.

Seufzend stand Alicia auf, ging zum Waschbecken und befeuchtete ein warmes Handtuch mit Wasser und Seife. Damit kauerte sie sich neben den Kater und begann, den getrockneten ockerfarbenen Fleck behutsam vom Fell an seinem linken Ohr zu reiben.

Bagel grummelte zwar, ließ es aber zu.

Als sie fertig war, leckte sich Bagel die Pfote und rieb sich das zerzauste Ohr, als wollte er seine Würde wiederherstellen.

Auf dem Monitor lief das Video weiter – verschmiert mit Farbspritzern. Nicht ideal.

Alicia überprüfte die an den Laptop angeschlossene GoPro und kratzte vorsichtig die Farbe vom Objektiv. Zum Glück löste sie sich problemlos.

Als sie die Aufmerksamkeit wieder dem Video zuwandte, war der Kater tiefer ins Labyrinth der Lagerhalle vorgedrungen. An einer Ecke befand sich eine schmale Metalltür, die nach draußen führte – einfaches Bolzenschloss, keine Kamera, keine offensichtlichen Drähte einer Alarmanlage oder magnetische Auslöser am Rahmen.

»Moment«, sagte Alicia, beugte sich vor und hielt die Wiedergabe an.

Tony runzelte die Stirn, als sie auf den Bildschirm zeigte.

»So kommen wir heute Nacht rein«, sagte sie. »Dahinter ist auf keinen Fall ein Nebenraum. Das ist eine Außentür.«

»Sieht ganz so aus«, pflichtete Tony ihr nickend bei. »Wenn ich mich nicht irre, ist sie an der gegenüberliegenden Seite des Haupteingangs, durch den wir reingekommen sind. Und das Schloss scheint mir bewältigbar zu sein.«

Alicia sah Tony an und schmunzelte über seinen angewiderten Gesichtsausdruck. »Wieso schaust du so drein?«

Der große Mann schüttelte den Kopf und zuckte mit den Schultern. »Bin mir nicht sicher, was ich widerlicher finde – die Reaktion meines Magens auf das Essen oder dieses jämmerliche Schloss. Damit würde ich nicht mal den Schuppen auf der Farm meines Onkels sichern.«

»Tja, hoffen wir, dass der Schein nicht trügt.« Alicia beugte sich vor und setzte die Wiedergabe fort.

Bagel lief weiter sein Raster ab. Schließlich näherte er sich der Tür, hinter der sich angeblich das Büro des Mannes namens Maestro befand.

Auch sie bestand aus Metall, doch die Lage im Gebäude ließ klar erkennen, dass sie in einen anderen Raum führen musste.

Bagel schlich näher zur Tür – und erstarrte.

Sowohl Alicia als auch Tony lehnten sich nach vorn.

Auf dem Betonboden zeichneten sich in der von Staub durchsetzten Infrarotbeleuchtung drei ... nein, vier kleine, reglose Formen ab.

»Was zum Geier ist das?«, fragte Tony.

Alicias Nasenflügel blähten sich. »Ich glaube, das sind Ratten.«

Tony nickte. »Die sind entweder tot oder schlafen. Und offen gestanden hab ich noch nie ’ne schlafende Ratte gesehen, also wohl eher tot.«

Alicia legte den Kopf schief, während sie die Bilder vor ihr betrachtete. »Ich sehe keine Fallen. Sammelt der Typ etwa tote Tiere?«

Die Kreaturen befanden sich in unterschiedlichen Stadien der Leichenstarre. Die Kadaver lagen verkrümmt da, als wären sie mitten in krampfartigen Zuckungen gestorben.

Auf dem Video bewegte sich Bagel näher hin, die Ohren angelegt, die Schnurrhaare vibrierend wie Antennen.

Aber er berührte die Körper nicht, schnupperte nicht mal daran, sondern hielt nur abrupt und scheinbar angespannt inne. Als wäge er ab, was er vor sich sah.

Dann drang aus dem Lautsprecher ein leises, tiefes Knurren.

»Hat er gerade ...«, begann Tony.

Im Video wich Bagel einen Schritt zurück und fauchte.

Im Zimmer neben ihnen erstarrte der Kater mitten im Kauen. Sein Schwanz kringelte sich. Er ließ ein Fauchen wie in der Aufzeichnung vernehmen.

Alicia und Tony wechselten einen besorgten Blick.

Auf dem Bildschirm sah man, wie sich Bagel umdrehte und in die Haupthalle schaute, ehe er sich wieder den Ratten zuwandte.

Ein tiefes, grollendes Miauen dröhnte aus dem Lautsprecher.

Dann tippte er mit einer Reihe bewusster Pfotenbewegungen ein Muster, das Alicia übersetzte.

»Er warnt uns – ›schlecht‹.«

Mit großen Augen starrte Tony auf das Video. »Sehr schlecht.«

Dann endete die Aufzeichnung.

Im Zimmer herrschte Stille.

Bagel kümmerte sich wieder um sich selbst und leckte sich die letzten Sardinenschuppen von der Pfote. Dabei starrte er Alicia mit unbewegten Augen an.

Sie erwiderte seinen Blick.

»Ja, Kumpel«, flüsterte sie. »Das sieht wirklich übel aus.«

Tony atmete langsam aus, saß immer noch vorgebeugt auf dem Sessel, den Teller mit halb aufgegessenem *Holubtsi* auf einem Knie. »Sind dir da drin irgendwelche Kameras aufgefallen?«

Alicia antwortete nicht sofort. Sie fuhr mit dem Finger durch die Zeitleiste des Videos zurück und beobachtete, wie sich Bagel durch Schatten und über unordentliche Werkbänke schlängelte. Nirgendwo blinkte oder rührte sich etwas. Keine roten Punkte. Keine an die Wände montierten Kuppeln. Nur Staffeleien, Kisten und farbfleckiger Beton.

»Keine einzige«, sagte sie schließlich. »Nicht einmal eine von der Decke hängende Attrappe. Dir?«

Tony schüttelte den Kopf. »Nein, und ich hab extra darauf geachtet. Man sollte meinen, dass die an einem solchen Ort mit Zeug, das als Originale zig Millionen wert wäre, wenigstens 'nen Bewegungsmelder oder eine Infrarotfalle hätten.«

Alicia schaute zur Ecke des Zimmers, wo sich Bagel in sphinxartiger Haltung hingelegt hatte, die Augen golden und unergründlich.

Sie Miene wurde konzentriert. »Bagel ...«

Die Ohren des Katers zuckten.

»Hast du irgendwelche Kameras gesehen?«, fragte sie.

Er blinzelte einmal. Dann drehte er bewusst und bedächtig den Kopf hin und her, ein klares, unmissverständliches Nein.

Tony lachte verhalten. »Tja. Damit wäre das wohl geklärt.«

Alicia lehnte sich ans Kopfteil zurück und fuhr sich mit der Hand übers Gesicht. »Natürlich gibt's dort keine Kameras – das ist Absicht. Keine Kameras, keine digitalen Beweise.«

Tony schürzte die Lippen. »Richtig. Damit hast du wahrscheinlich recht. Ein solcher Betrieb würde sich nicht dafür verantworten wollen, was da drin abläuft.«

»Genau«, pflichtete Alicia ihm bei. »Keine neugierigen

Blicke. Nichts, was irgendein Cop später finden könnte. Nur Schatten, Farbe und vielleicht Gift.«

»So gut wie sicher Gift«, murmelte Tony.

Bagel gab einen mürrischen Laut von sich, verlagerte auf dem Teppich die Haltung und scharrte mit der Pfote an seinem Napf, als wollte er zum Ausdruck bringen, dass die Unterhaltung mittlerweile unter seiner Würde war.

Alicia schmunzelte müde. »Also gut, wir haben unseren Weg rein, und wir wissen, hinter welcher Tür das Büro dieses Maestro ist. Damit stehen unsere nächsten Schritte wohl fest.«

Tony sah sie an. »Denkst du an heute Nacht?«

Sie nickte. »Gegen zwei Uhr nachts sollten keine Fußgänger unterwegs sein. Zu früh für Betrunkene, zu spät für Cops. Na ja, zumindest für Cops bei uns zu Hause. Ich verlasse mich darauf, dass es in der Ukraine ähnlich ist.«

Tony stand auf, streckte sich und stöhnte. »Prima. Warum noch mal ziehen wir die Sache nicht gemütlich am Vormittag durch?«

Alicia griff nach der GoPro und begann, sie vom Laptop abzuschließen. »Weil ich mir nicht vorstellen kann, dass dieser Maestro uns die Erlaubnis erteilt, seine Sachen zu durchwühlen.«

»Dabei fällt mir ein ...« Tonys Miene wurde ernst. »Da wir jetzt wissen, wer der Giftmischer ist, was ist unser Ziel?«

Alicia begegnete seinem Blick und erwiderte, so ruhig sie konnte: »Wir überprüfen, ob dieser Maestro für Vitos und Carmines Tod verantwortlich ist. Ich gehe davon aus, dass wir die Information in seinem Büro finden werden.«

Tony sah Alicia weiter mit düsterer Miene an und legte den Kopf schief. »Ich sollte dir wohl sagen, dass mir Mr. Bianchi genaue Anweisungen gegeben hat, was zu tun ist, wenn wir Vitos und Carmines Mörder finden. Du möchtest dann vielleicht nicht im Raum sein.«

Alicia starrte Tony ausdruckslos an. Zum ersten Mal dämmerte ihr, dass Tony als ihr Begleiter von vornherein eine Doppelrolle erfüllt hatte. Natürlich wollte Onkel Vinnie durch ihn ihre Sicherheit gewährleisten, doch der hünenhafte Mafioso, den sie aufrichtig als Freund betrachtete, war zugleich ein professioneller Killer.

Sie kicherte, als ihr eine Last von den Schultern fiel.

»Was ist so komisch?«, fragte Tony mit dem Ansatz eines Lächelns auf den Lippen.

Sie klopfte Tony kräftig gegen den Oberarm, wie sie es ihren Vater unzählige Male hatte tun sehen. »Weißt du, ich hab eigene Anweisungen dazu bekommen. Womöglich müssen wir am Ende eine Münze werfen, um zu entscheiden, wer sich darum kümmert.«

Tonys Augen wurden groß, bevor er ein herzhaftes Lachen anstimmte. »Ehrlich, ihr Yoders seid alle miteinander unglaublich.« Er ging zum Fenster und öffnete den zugezogenen Verdunkelungsvorhang gerade weit genug, um die blinkenden Lichter von Kiew zu sehen.

»Zwei Uhr«, sagte er. »Lass es uns sauber durchziehen.«

Alicia nickte. »Und leise.«

Kiew, Ukraine
Lagerhausviertel – Seitengasse
01:53 Uhr

Die Kälte in der Gasse fühlte sich persönlich an. Sie kroch an Alicias Hals hinunter unter den Kragen und nistete sich zwischen ihren Schulterblättern ein. Ihr Atem bildete sich kräuselnde Wölkchen, die sich ebenso schnell verflüchtigten wie ihre Selbstsicherheit in diesem Teil der Stadt.

Vor ihr zeichnete sich das Lagerhaus als in Schatten gehüllte, rechteckige Form ab, erhellt allein vom Flackern einer sterbenden Natriumdampfstraßenlaterne. Sie tünchte die Umgebung in einen schaurigen, gelbstichigen Schein, der wie ein versagender Herzschlag pulsierte. Sie spürte, wie Bagel den Körper als angespannte Masse aus Muskeln und Fell gegen ihre Wade drückte. Sein Schwanz schnippte.

Mittlerweile befanden sie sich ihrem Ziel sehr nah.

Alicia ging neben einer verzogenen, vor Kondensation feuchten Stahltrommel in die Hocke und legte instinktiv die Hand auf Bagels Rücken, um sie beide zu beruhigen. Auf der anderen Straßenseite lag eine Gestalt auf einer Bank in einem halb eingestürzten Buswartehäuschen. Ziemlich sicher handelte es sich um einen Mann, eingewickelt in etwas Olivfarbenes, das ebenso gut ein Mantel wie eine Plane sein konnte. Es ließ sich schwer abschätzen. Seine Anwesenheit gefiel Alicia nicht.

»Trunkenbold«, flüsterte sie. »Bank.«

Tony hatte ihn bereits gesehen. Sie musste nichts sagen – er nickte und steuerte auf die Straße zu. Sein langer Mantel strich dabei über den Beton wie ein Flüstern bevorstehender Gefahr, ein Versprechen von Gewalt.

Alicia blieb tief geduckt.

Tony bewegte sich wie jemand, der an Dunkelheit gewöhnt war – effizient, leise, unbekümmert. Sie beobachtete, wie er die Straße überquerte und sich seine Silhouette über den Mann auf der Bank beugte. Bagel rührte sich neben ihr, legte den Kopf schief, die Muskeln angespannt.

Tony stupste den Mann. Und wartete.

Dann richtete er sich auf und kehrte kopfschüttelnd zurück.

»Der Typ stinkt nach Wodka und Pisse. Er atmet kaum noch. Den hat der Alkohol lahmgelegt. Definitiv kein Beobachter.«

Langsam atmete Alicia durch die Nase aus. *Gut.*

Das Outfit hatte ihr eingetrichtert, immer paranoid zu sein, und nach Möglichkeit dafür zu sorgen, dass sie nicht beobachtet wurde.

Sie richtete die Aufmerksamkeit auf die Hintertür der Lagerhalle. Aus drei Metern Entfernung wirkte sie völlig unscheinbar – keine Kennzeichnung, kein Tastenfeld, keine offensichtliche Kamera. Nur ein vertieftes Rechteck aus Stahl, das sich zu bemühen schien, nicht bemerkt zu werden.

Sie bewegte sich darauf zu und kauerte sich hin. Sofort durchnässte der Boden das Knie ihrer Hose. Eiskalt und körnig. Bagel folgte ihr und setzte sich wie ein stummer Wächter neben sie. Seine Augen leuchteten sattgolden im schwachen Licht der Gasse.

Alicia schlug eine Seite der Jacke zurück, um den Werkzeugsatz an ihrem Oberschenkel freizulegen. Die vertraute Lederhalterung endete über dem oberen Rand ihres Stiefels. Das Schloss vor ihr bestand aus geschwärztem Stahl, an den Rändern abgewetzt und leicht korrodiert. Es schien zuletzt vor ungefähr einem Jahrzehnt gewechselt worden zu sein und vermittelte keinen hochwertigen Eindruck. Andererseits handelte es sich um eine Gegend mit billigen Mieten. Kein Ort, an dem man größere Mengen Bargeld, Schmuck oder Sonstiges erwarten würde, wofür sich ein Einbruch lohnen könnte. Optisch passte das Schloss voll und ganz in die Umgebung.

»Mal sehen, was du bist«, murmelte sie.

Ihre behandschuhten Finger tasten darüber, fühlten das Gewicht, die Form. Billigware. Keine echte Abschreckung. Nicht für jemanden, der auch nur halbwegs Übung besaß.

Bagel gab einen verhaltenen, an- und abschwellenden Laut von sich.

Ohne zu ihm zu schauen, lächelte Alicia. »Ja, ich weiß. Wir sind so gut wie drin.«

Das Metall fühlte sich trocken und spröde an. Wenn es nicht zu laut wäre, würde sie Tony einfach gegen die Tür treten lassen. Wahrscheinlich würde das Schloss nachgeben.

Sie wählte erst einen Spanner aus, dann einen Haken. In einem anderen Leben wäre das ein netter Wohnzimmertrick gewesen.

Tony stand ein Stück hinter ihr und behielt beide Enden der Gasse im Auge. Seine Hand ruhte unter dem Mantel, vermutlich auf der Schusswaffe. Bereit, sie blitzartig zu ziehen.

Alicia konzentrierte sich wieder auf das Schloss.

Sie lauschte – dem Wind, der etwas Unsichtbares hoch über ihr zum Rattern brachte. Dem Schrammen des Hakens im Zylinder. Ihrer sich verlangsamenden Atmung, während sie sich konzentrierte.

Bagel rührte sich nicht, beobachtete sie nur.

Dieses Schloss war nicht dazu gedacht, jemanden wie sie aufzuhalten.

»Fast ...«, flüsterte sie.

Dann lächelte sie wieder. Nicht, weil sie das Schloss geöffnet hatte, sondern weil sie es spüren konnte.

Es würde gleich ...

Der Zylinder konnte warten. Sie hielt inne.

Kiew, Ukraine
Lagerhausviertel – Hintereingang
01:58 Uhr

Alicia stand vor der vom Wetter gezeichneten Stahltür und atmete in der Kälte kleine Wölkchen aus. In der Gasse herrschte Stille, abgesehen vom gelegentlichen fernen Ächzen einer Straßenbahn und dem durch rostige Dachrinnen säuselnden Wind. Eine Stille, die bewirkte, dass man sich unwillkürlich an jede getroffene Entscheidung erinnerte.

Sie holte das Handy heraus. Das Display tauchte ihr Gesicht in einen schwachen bläulichen Schein. Kurz schwebten ihre Daumen darüber, bevor sie schnell tippte.

Gehe hinten rein.

Alles ruhig. Tony und Bagel sind bei mir. Wenn ich mich nicht bis drei Uhr melde, ist vom Schlimmsten auszugehen.

– A

Nachdem sie die Mitteilung noch einmal durchgelesen hatte, drückte sie auf *Senden.*

Einige gefühlt lange Sekunden wartete sie, obwohl sie nicht wirklich mit einer sofortigen Antwort ihres Vaters rechnete.

Es kam keine.

Alicia steckte das Telefon wieder in die Jackentasche und biss die Zähne zusammen.

Zeit, es hinter sich zu bringen.

Sie holte tief Luft und stieß den Atem langsam aus. Das hatte sie bei ihrem Vater tausendfach beobachtet. Anscheinend hatte er die Technik zum Beruhigen der Nerven vor einer Ewigkeit in Japan gelernt.

Alicia wusste nur, dass sie funktionierte.

Mit steter Atmung und bewusst verlangsamtem Herzschlag kniete sie sich erneut vor die Stahltür.

Wieder schlug sie die Jacke zurück und legte die Werkzeughalterung an ihrem rechten Oberschenkel frei. Zum Vorschein kam ihr Dietrichsatz vom Outfit. Die Tasche selbst bestand aus poliertem schwarzem Leder, weich vom Gebrauch und so schwer wie ein Gebetbuch.

Sie enthielt das Werkzeug ihres stillen Handwerks ... oder war es das überhaupt? Ihr Vater würde sagen, dass sich ein Einbrecher damit den Lebensunterhalt verdiente. Tatsächlich wusste sie nicht recht, wie sie ihre Tätigkeit bezeichnen sollte, doch im Augenblick spielte das keine Rolle. Sie betrachtete ihre Werkzeuge.

– Picks von Bogota aus Titanstahl mit drei und einem Zacken

– Halbdiamanten, auf Hochglanz poliert

– Sparrows SSDeV-Haken, für reibungsarmes Ansprechen beschichtet

– Ein Spannersatz, dünn und dick, gebogen und gerade

– Und der heilige Gral, ihre elektrische Pickpistole, in Neopren gehüllt wie ein Skalpell

Allerdings war es der falsche Zeitpunkt für rohe Gewalt oder Lärm. Fingerspitzengefühl war gefragt.

Sie rollte das Handgelenk, streckte die Finger und ließ die Tür ihre Geschichte erzählen.

Sie dachte an die wochenlange Ausbildung mit professionellen Schlossern zurück. Diese Leute hatten ihren eigenen Fachjargon, an den man sich erst gewöhnen musste. Die »Bekannten« ihres Vaters hingegen, mit denen er sie zusammengebracht hatte, verwendeten deutlich praktischer orientierte Ausdrücke.

Während sie die Tür studierte, fühlte sie sich nach Quantico zurückversetzt, wo ein FBI-Agent sie mehrere Tests hatte absolvieren lassen. Bei dem Schloss vor ihr handelte es sich um einen Profilzylinder – ein Schlage-Klon, 3-Stift-Zuhaltung, horizontaler Schlüsselkanal, Oxidationsspuren am Außengehäuse. Ein Schloss, wie man es in halb Osteuropa fand, trügerisch einfach – bis man einen Stift zu weit hineindrückte und der gesamte Zylinder zuschnappte wie eine Bärenfalle.

Sie drehte leicht den Knauf. Verriegelung bestätigt. Kein Nachgeben, kein Geräusch.

»Tony«, murmelte Alicia, ohne sich umzudrehen. »Halt die Augen offen.«

»Verstanden.«

Alicia wählte einen mittelbreiten, an der Spitze leicht gekrümmten Spanner und führte ihn vorsichtig unten in den Schlüsselkanal ein, weder tief noch flach. Gerade fest genug, um Drehmoment gegen den Uhrzeigersinn auszuüben.

Als Nächstes rollte sie einen Halbdiamanten zwischen den Fingern und schob ihn mit der Sorgfalt einer Chirurgin in das Schloss.

»Hinten anfangen, nach Bindung tasten.«

Ihre Stimme drang gehaucht aus ihr. In Gedanken ging sie Lektionen in düsteren Kellern von Leuten des Outfits durch, die Tresore schneller öffneten, als sie tippen konnte.

Stift eins – federnd.

Stift zwei – nichts.

Stift drei – *klick.*

Gut.

Sachte zog sie den Halbdiamanten heraus. Sie griff sich einen kürzeren Haken, etwas steifer, taktiler.

»Nicht auf das Geräusch vertrauen, sondern auf das *Gefühl*, dass der Stift richtig gesetzt ist.«

Diesmal tastete sie tiefer. Die Stifte waren nicht einheitlich gefertigt. Der zweite wies eine Überstandskante auf – wahrscheinlich zur Sicherheit, dazu gedacht, ein falsches Set zu vermitteln und das Drehmoment zu ruinieren.

Sie zog das Werkzeug zurück und verringerte die Spannung.

Von vorn.

Alicia setzte es wieder an, diesmal sanfter.

Einhaken.

Stift eins – bewegt.

Stift zwei – Widerstand.

Sie wandte Federspannung an. Keinen Druck – *Feedback.*

Gut.

Stift zwei rastete mit einem sauberen, deutlichen Klicken ein, das durch ihre Knochen vibrierte.

Pin drei – schon erledigt.

Stift vier – *zäh*, störrisch.

Alicia wechselte das Werkzeug. Sie wählte einen kurzen Haken. Der Stift rührte sich nicht.

Es fühlte sich beinah so an, als wäre das Innenleben des Schlosses teilweise von der Witterung beeinträchtigt worden.

»Ich durchschaue dich«, murmelte sie. »Du bist ein flaches falsches Set.«

Sie bewegte den Pick unter den Stift und übte kaum merklichen Druck darauf aus. Nicht nach oben – nach *außen*.

Mit einem leisen Klacken rastete der Stift ein. Sie spürte, wie sich der Kern drehte – einen halben Millimeter.

Ihr Herz setzte einen Schlag aus.

Gesetzt.

Stift fünf – kaum Widerstand. Eine leichte Berührung. Mit einem beinah seufzenden Laut rastete er ein.

Dann bewegte sich der Spanner. Keine volle Umdrehung. Nur ein *Impuls*.

Alicia verlagerte die Hand, stützte den Daumen an der Frontplatte ab und drehte den Kern vollständig.

Der Bolzen zog sich langsam mit einem Geräusch zurück, als würde das Metall den Rost von Jahrzehnten abstreifen.

Alicia stieß den Atem aus.

Dann drehte sie sich Bagel zu.

Der Kater blinzelte.

»Wir sind drin.«

Tony trat näher, überprüfte noch einmal beide Enden der Gasse und nickte knapp. »Nichts zu hören, nichts zu sehen. Die Luft ist rein.«

Alicia zog die Tür einen Spalt auf – gerade weit genug, um Bagel mit bereits eingeschalteter GoPro hineinhuschen zu lassen.

Es ging weder ein Alarm noch ein Licht an.

Alicia packte das Werkzeug mit geübten Griffen in umgekehrter Reihenfolge wieder ein. Dann fasste sie in ihren Rucksack und öffnete ein schmales Seitenfach.

Sie holte ein kompaktes Headset aus Überbeständen der Armee hervor, umgerüstet für Infrarot. Keine Spitzenausrüstung, aber sie erfüllte ihren Zweck. Sie legte es mit den Riemen an, klappte sich die Sensoreinheit über ein Auge und schaltete sie ein.

Sie hörte, dass Tony es ihr wie geübt gleichtat.

Ein leichter Infrarotimpuls erhellte die Türöffnung in blassen, statischen Tönen.

Alicia flüsterte: »Alles oder nichts ...«

Und trat ein.

Kiew, Ukraine
Lagerhausviertel – Innenraum der Lagerhalle
02:07 Uhr

Alicia schwenkte das Infrarotmonokular über die Dachsparren. Das leise Surren des Objektivmotors begleitete jeden ihrer Herzschläge. Im Lagerhaus herrschte eine kirchenartige Stille, nur vereinzelt vom Ächzen des Winterwinds durch rostige Lüftungsschächte unterbrochen, und von dem kaum hörbaren, dumpfen Pochen, mit dem Bagel an der Decke von Balken zu Balken sprang.

»Links alles klar«, meldete Tony leise, die Hand in der Nähe der Pistole, als er über eine zerbrochene Staffelei hinwegstieg.

»Nichts im Infrarot«, murmelte Alicia, die das Monokular weiter durch den Raum schwenkte. Die gespenstisch erhellte Umgebung präsentierte sich ihr in verwaschenen Grüntönen – Kisten, Leinwände, reglose Schatten. »Keine Bewegungen, keine Reflexionen. Sieht alles sauber aus.«

Sie zog einen kompakten RF-Scanner aus der Oberschenkeltasche und suchte damit die Umgebung ab. Das Gerät gab einen Piepton aus, bevor es die Frequenzbänder abtastete – und nichts fand. »Signalfreie Zone. Kein Wi-Fi, keine HF-Abstrahlung, keine aktiven Kameras.«

Planvoll rückten sie durch das Lagerhaus vor, überprüften jede unübersichtliche Ecke und jeden Arbeitsplatz. Alicia kniete sich neben ein Lüftungsgitter und spähte mit einem Mikro-Inspektionsspiegel hinein – Staub, Spinnweben, oxidierte Innenauskleidung. Weit und breit keine Spur von Mikrolinsen oder Bewegungsmeldern.

Wer dieser Maestro auch seine mochte, er wollte offenbar rein gar nichts im Lagerhaus *aufgezeichnet* haben. Wahrscheinlich zwecks *glaubhafter Abstreitbarkeit.*

Alicia wandte sich ihrem Rucksack zu und öffnete mit geübtem Griff den Reißverschluss.

Zuerst holte sie die Gefahrgutanzüge heraus, vom Outfit zur Verfügung gestellte, leichte Polymermodelle, Schutzstufe B+, mehrlagige Barriereschicht. Mattschwarz, anthrazitfarbene Gebläsefilter mit 40-Millimeter-NATO-Anschlüssen, ausgelegt für Aerosolbedrohungen mit geringem Druck.

Alicia breitete ihren auf einer sauberen Plane aus und begann, ihn mit routinierten Bewegungen anzulegen. »Maximal 15 Minuten, sobald wir die Schwelle überschreiten«, kündigte sie an. »Die Zeit läuft ab Aktivierung des Atemschutzsystems. Filterintegrität bestätigt?«

Tony zog bereits die Beine seines Anzugs hoch und hatte den Reißverschluss halb zugezogen. »Alles in Ordnung mit dem Anzug. Keine offensichtlichen Löcher oder Probleme.«

Sie arbeiteten synchron und versiegelten sich gegenseitig. Handgelenke. Fußgelenke. Reißverschlüsse doppelt und dreifach kontrolliert. Klebestreifen angebracht. Druckausgleich hergestellt.

Bevor Alicia die Gesichtsmaske aufsetzte, überprüfte sie abermals das IR-Monokel. Es war zwar klobig, doch das Okular passte gerade noch ins Sichtfenster der Maske. Nicht elegant, aber es würde funktionieren.

»Monokel aufgesetzt«, meldete sie. »IR-Kontrolle.«

Tony brachte seines an und nickte bestätigend. »Immer noch alles in Ordnung.«

Bagel landete neben einem Kistenstapel. Sein Schwanz schnippte erst einmal, dann erneut.

Alicia bückte sich und berührte ihn sanft am Kopf. »Dich brauchen wir als unsere Augen von oben.«

Bagels Nase zuckte, als wäre er nicht sicher, was sie meinte.

Sie zeigte himmelwärts. »Die Dachsparren. Falls sich irgendwo was rührt, gibst du uns ein Zeichen.«

Bagel gab ein leises Knurren von sich, wandte sich ab, tappte lautlos eine Leiter hinauf und verschwand in den Schatten wie ein Geist mit goldenen Augen.

Alicia drehte sich wieder Tony zu. »Waffen.«

Beide zogen ihre Pistolen, die sie in Kiew erhalten hatten, aus den angepassten, außen an den Oberschenkeln der Anzüge befestigten Kydex-Halterungen. Die reibschlüssigen, hitzebeständigen Holster ermöglichten ein sauberes Ziehen und Einstecken der Waffe.

Alicia überprüfte ein letztes Mal den Anzug, die Versiegelung am Hals, die Gebläsefunktion, dann zeigte sie den Daumen hoch.

Tony tat es ihr gleich.

Zusammen rückten sie tiefer ins Lagerhaus vor. Die rutschfesten Sohlen ihrer Stiefel dämpften ihre Schritte. Die Strahlen ihrer Taschenlampen hatten sie auf die geringste Intensität gedimmt.

Der Eingang zum Büro von Maestro befand sich ungefähr 15 Meter vor ihnen. Keinerlei Kennzeichnung, nur eine Tür mit einem Schloss.

Als sie sich näherten, wurde Alicia klar, dass es sich bei diesem um ein anderes Kaliber als bei dem draußen handelte.

Nachdem sie mit dem Fuß die toten Ratten weggefegt hatte, ging sie vor der Tür in Hocke. Der rechteckige Schließmechanismus war bündig montiert. Entlang der vertikalen Kante verlief ein magnetischer Dichtungsstreifen. Kein Schlüsselloch. Kein Schließzylinder. Kein Markenzeichen.

Sie runzelte die Stirn.

»Ein Hybridschloss, halb mechanisch, halb elektronisch. Polnisch, vielleicht auch tschechisch. Könnte eines dieser verteilten Magnetsysteme sein – verdammt selten.«

Tony bückte sich neben ihr und spähte über ihre Schulter.

Alicia fasste nach unten und öffnete die Außentasche am Oberschenkel ihres Anzugs gerade weit genug, um ihr mit behandschuhten Fingern einen Dietrichsatz zu entnehmen, diesmal aus brüniertem Stahl mit gummierten Griffen.

Sie wählte einen drahtdünnen Spanner und einen Torsionsfühler mit angepasstem Kopf, abgewinkelt für ein geringes Reibungsgefühl.

Vorsichtig begann sie, die untere Nahtstelle abzutasten.

Nichts.

Sie arbeitete sich nach oben vor und entdeckte eine Aussparung hinter der Außenplatte.

Klick.

Alicia atmete aus. »Da. Mechanische Überbrückung.«

Bei elektronischen Schlössern gab es so gut wie immer einen schlüsselbetätigten Reservemechanismus.

Sie schob die Sonde hinein und richtete die Mikro-Nocken nacheinander behutsam aus, keine Bewegung mehr als ein Grad. Das Schloss leistete nicht mit Gewalt, sondern durch seine Komplexität Widerstand. Hinter der Frontplatte drehte sich eine verteilte Reihe von magnetischen Schiebern, die nacheinander gekippt und gesetzt werden mussten.

Ein Fehler, und sie müsste die Sequenz von vorn beginnen.

Tony gab keinen Laut von sich, atmete nur ruhig hinter dem Gesichtsschutz.

Nach fünf lautlosen Minuten spürte Alicia endlich eine minimale Bewegung.

Ein leises Klicken drang durch die Außenplatte. Hinter dem Gehäuse pulsierte eine schwache grüne LED einmal. Der Magnetverschluss löste sich.

Alicia erstarrte mit der Hand in der Nähe des Riegels.

Noch öffnete sie die Tür nicht.

Sie wartete.

Und der Raum wartete mit ihr.

Kiew, Ukraine
Lagerhausviertel – Büro von Maestro
02:19 Uhr

Alicia sagte nichts, bewegte sich nur weit genug zurück, damit Tony Bescheid wusste.

Er rückte mit gezogener Waffe und in angespannter Körperhaltung neben sie vor. Ihre Anzüge knitterten bei jeder Bewegung. Die Schichten aus Kunststoff und Gummi leisteten bei jedem Schritt leichten Widerstand. Durch die außen angebrachten Halterungen konnten sie ohne Gefahr für die Integrität der Anzüge auf ihre Waffen zugreifen. Sie waren zwar nicht perfekt dafür, schnell zu ziehen, doch es funktionierte, und Sicherheit ging vor. Besonders in dieser Nacht.

Bagel kauerte oben in den Dachsparren und schnippte einmal mit dem Schwanz.

Alicia zog am Griff.

Die Tür öffnete sich einen Spalt.

Durch das IR-Monokel schimmerte der Raum dahinter in fahlen Grautönen. Nichts rührte sich darin. Regale. Eine Werkbank. Halterungen für Leinwände.

Die beiden traten ein.

Etwas mehr als einen halben Meter.

SSSSSSSSSCCCCCCCCCHHHHHHHH...

Aus der gegenüberliegenden Ecke des Raums ertönte ein scharfes Zischen. Ein auf die Tür gerichteter Hochdruckauslass in der Nähe der Decke.

Alicia sah den Sprühnebel herausschießen – den Großteil davon bekam Tony ab.

In Sekundenschnelle umhüllte die wallende Wolke ihn. Heftig hustend und mit den Armen rudernd taumelte er rückwärts, bis er hart gegen einen Schreibtisch prallte.

Sie hörte Schmerzen in seiner Stimme, als er brüllte: *»Raus!«*

»Rückzug, sofort!«, stieß sie mit wild hämmerndem Herzen hervor.

Zu spät.

Sie konnte ihn unter der dichten Sicht der unbekannten Substanz nicht mal mehr sehen.

Die chemische Wolke klatschte förmlich gegen ihr Visier. Unter dem Anzug wurde ihre Haut erst kalt, dann *heiß*.

Plötzlich spürte sie ein chemisches Brennen an den Unterarmen – als wären Nadeln durch das schützende Material um sie herum eingedrungen. Er musste undicht sein.

Alicia stürmte vorwärts, sank auf die Knie und ertastete eines von Tonys ausgestreckten Beinen. Der Schutzanzug schmolz praktisch von ihm ab.

Sie packte ihn an den Fußgelenken. Mittlerweile fühlte sich ihre Haut an, als stünde sie in Flammen.

Ohne nachzudenken, begann sie, sein totes Gewicht mitzuschleifen, einen schleppenden Schritt nach dem anderen. Die Gummibeschichtung ihrer Handschuhe war rutschig geworden – alles erschien ihr völlig falsch. Ihre Kehle brannte, ihre Augen tränten.

Der Anzug hatte versagt.

Befeuert von einem Adrenalinschub hievte sie Tony und sich aus dem wallenden Dunst und vor der Schwelle zu Maestros Büro zusammen.

Die Schwaden folgten ihr nicht nach draußen – doch der Schaden war bereits angerichtet.

Ihre Lunge fühlte sich an, als hätte sie Glasfasern inhaliert. Ihr Herzschlag dröhnte in ihren Ohren.

Bagel stimmte über ihr ein panisches Knurren an.

Alicia versuchte, einzuatmen – und bekam keine Luft.

Ihre Finger, von denen der Handschuh abgeschmolzen war, umklammerte immer noch Tonys Fußgelenk.

Die Ränder ihrer Sicht schimmerten. Die Decke neigte sich.

Als sie Tonys Namen murmeln wollte, drang kein Laut aus ihrer Kehle.

Die Grautöne verdichteten sich zu einem schwarzen Vorhang.

KAPITEL SIEBZEHN

Kiew, Ukraine
Lagerhausviertel – Innenraum der Lagerhalle – später Nachmittag

Staub trieb in den Strahlen der Wintersonne, die schräg durch die zerbrochenen oberen Fenster der Halle einfielen. In der Nähe der Oberlichter, durch die Brice' Team in der Nacht eingedrungen war, flatterten noch Plastikplanen. Es roch nach Ölfarben, Firnis und schwach nach Essig – ein verräterisches Anzeichen dafür, dass einer der Aufräumtrupps des Outfits gekommen und gegangen war.

Brice führte Doug Mason durch einen langen Korridor, gesäumt von wiederverwendeten Galerieleuchten und Staffeleien mit unfertigen Werken.

»Anscheinend hat man hier Geld mit der Produktion von

Kopien alter Meister für unterschiedlichste Kunden gemacht«, sagte Brice über die Schulter. »Wir haben 14 unvollendete Leinwände gezählt. Alle gut genug, um einen Sammler auf den ersten Blick zu täuschen – vielleicht sogar bei genauerer Betrachtung, wenn der Firnis entsprechend gealtert ist.«

Mason erwiderte nichts. Er ging mit den Händen in den Jackentaschen. Sein Blick wanderte gemessen berechnend über die Umgebung.

Brice blieb an einer der provisorischen Kopierstationen stehen – Staffeleien, Pigmentschalen, Infrarot-Beleuchtung, leichter Terpentingeruch. Auf einem abgewetzten Hocker saß mit hängenden Schultern eine Frau. Ihre Knöchel traten weiß um einen Keramikbecher in ihren Händen hervor.

Sie schaute auf.

Eine Ukrainerin, Ende zwanzig, und sie zitterte trotz der warmen Jacke, die man ihr gegeben hatte. Vor Schlafmangel und Stress sah sie blass aus. Ihr Blick schnellte zwischen Brice und Mason hin und her, als die beiden sich ihr näherten.

»Das ist eine der Künstlerinnen«, sagte Brice leise. »Sie heißt Kateryna Mylenko, geboren in Charkiw. Ihr Reisepass ist echt. Keine Vorstrafen. Sie war gerade dabei, einen Ghirlandaio zu kopieren, als wir die Bude gestürmt haben.«

Mason nickte knapp, ehe er vortrat. In fließendem Ukrainisch ergriff er das Wort.

»Guten Tag, Kateryna«, begrüßte er die Frau in freundlichem Ton. »Sie sind jetzt in Sicherheit. Und ich brauche Ihre Hilfe. Was ist dieser Ort hier?«

Sie blickte in ihren Becher, bevor sie zögernd wieder aufschaute. Ihre Stimme klang brüchig.

»Ein Atelier. Wir haben hier ... gemalt. Und manchmal kopiert.«

»Wer hat den Betrieb geleitet?«, hakte Mason nach.

Sie leckte sich über die Lippen. »Maksym. Er hat für uns das Material organisiert und uns in bar bezahlt. Aber ... die Entscheidungen hat nicht er getroffen. Das hat der andere Mann.«

Mason verengte die Augen zu Schlitzen. »Sein Name?«

Sie schüttelte den Kopf. »Kein Name. Alle haben ihn nur ... Maestro genannt.«

Das Wort hing wie ein Fluch in der Luft.

Mason fuhr ruhig fort. »Ist er oft hergekommen?«

»Nein«, flüsterte sie. »Aber wenn, dann hat er nur mit Maksym gesprochen. Sie haben auf Englisch geredet, das ich kaum verstehe.«

»Wo sind die beiden jetzt?«

Katerynas Hände zitterten. »Weg. Maksym hat die Lagerhalle täglich für uns zum Arbeiten aufgeschlossen. Ich habe ihn nicht mehr gesehen, seit die Polizei mit den anderen Amerikanern aufgetaucht ist.« Sie deutete mit dem Kopf auf Brice. »Herr Brice hat mich gebeten, heute herzukommen, nur bin ich mir nicht sicher, warum. Um mit Ihnen zu reden?«

Mason machte eine beschwichtigende Geste und schenkte ihr ein herzliches Lächeln. »Ja, wahrscheinlich deshalb. Ich bin sicher, Sie werden entschädigt und können bald nach Hause.«

Sie sah Brice an. »Ich will kein Ärger. Ich wollte nur malen.«

»Sie stecken nicht in Schwierigkeiten«, beruhigte Mason sie. »Glauben Sie mir, wenn ich Ihnen sage, dass es etliche üble Menschen auf der Welt gibt. Dazu gehören Sie nicht. Sie sind in Ordnung.« Er wandte sich an Brice und wechselte zu Englisch. »Ich denke, ich habe von ihr, was ich gebraucht habe. Sorgen Sie dafür, dass sie für ihre Zeit hier bezahlt wird.«

Brice nickte und deutete in Richtung des Gangs. »Kommen Sie mit«, sagte er. »Werfen wir einen Blick auf das Büro.«

Nach einem Schritt hielt Mason inne. »Wie geht's Alicia?«

Brice' Miene wurde verkniffen. Kaum merklich schüttelte er den Kopf. »Kann ich nicht genau sagen. Seit man sie mit dem Rettungshubschrauber nach Ramstein gebracht hat, konnte ich niemanden erreichen, der Einzelheiten über ihren Fall kennt. Ich weiß nur, dass die Jungs, die zuerst hier eingetroffen sind, gesagt haben, sie hätte kaum noch geatmet. Und ihren Begleiter hat die Falle dieses Maestro regelrecht zersetzt.«

»Wissen wir schon, wer der Tote war?«, fragte Mason.

Brice nickte. »Ein bekanntes Mitglied der Mafiafamilie Bianchi in New York. Wohl einer von Levis Leuten, der für Alicias Schutz sorgen sollte.«

Mason nickte. »Würde ich auch annehmen. Ich frage wegen Alicia nach.« Er runzelte die Stirn. »Ich habe Levi angerufen, nachdem ich erfahren hatte, wie schief die Sache gelaufen ist. Ob Sie's glauben oder nicht, er ist gerade in der Ukraine gelandet.«

»Oh Scheiße. Wahrscheinlich wollte er herkommen, um sie zu unterstützen. Leider ein bisschen zu spät.« Brice verzog das Gesicht. »Muss ein interessantes Gespräch gewesen sein.«

Mason schüttelte den Kopf. »Das wollen Sie gar nicht wissen. Ich hoffe nur, sie kommt durch.«

Darauf erwiderte Brice nichts mehr. Schweigend traten die Männer den Weg zum Büro an. Ihre Stiefel hallten über den Betonboden, während zwischen ihnen nur eine Frage verblieb.

Wie geht es Alicia?

Kiew, Ukraine

Lagerhausviertel – Innenraum der Lagerhalle – Maestros Büro

In dem Raum stank es unverändert nach versengtem Metall und etwas Schlimmerem – etwas Chemischem, Saurem, das noch Tage nach der Freisetzung in der Luft hing. Mason stieg vorsichtig über zerbrochene Fliesen und geschwärzte Überreste von Büromöbeln. Ein Großteil davon sah aus, als wäre er von irgendeiner Säure zerfressen worden.

Brice stand neben einem Tisch und hielt einen versiegelten Asservatenbeutel mit einem verzogenen Schaltkreisfragment und einem korrodierten Gehäuse. Er schaute nicht auf, als Mason an ihn herantrat.

»Das Biowaffenteam hat den Dekontaminations- und Neutralisierungsprozess vor ein paar Stunden abgeschlossen«, berichtete Brice. »Wir haben der Spurensicherung grünes Licht gegeben. Die meisten Unterlagen auf Papier sind vernichtet, aber ein Teil der Hardware hat überlebt.« Er hielt den Beutel hoch. »Dies ist ein Teil der Falle, auf die Alicia gestoßen ist.«

Mason ging in die Hocke und begutachtete den Schaden. »Erzählen Sie mir mehr über diese Falle.«

Brice schürzte die Lippen und runzelte die Stirn. »War ein ziemlich fieses Ding von jemandem, der gewusst hat, was er tut.«

Er ging in die Mitte des Raums und zeigte nach oben. Durch ein zerbrochenes Oberlicht fiel fahles Tageslicht in ungleichmäßigen, konzentrischen Mustern auf den zerstörten Boden.

»Anscheinend hat dieser Maestro das Büro mit einem zweistufigen Sicherheitsmechanismus ausgestattet. Die Verkabelung im Gebäude ist noch überwiegend wie in einem Bunker aus den 1950er-Jahren – nur die Heizung und die Beleuchtung hängen am Strom. Hier drin verhält es sich ein bisschen anders. Ich konnte die verbogenen Trümmer von speziell angefertigten Schaltkreisen bergen, und ich glaube, ich kann nachvollziehen, wie das System funktioniert hat.«

Wieder hob er die Platine hoch. »Das war einer der Auslöser. Ein Funkfrequenzempfänger, wahrscheinlich mit einem Kurzstreckensender gekoppelt – etwas, das Maestro bei sich getragen hat, um die Falle zu entschärfen, bevor er eingetreten ist.«

»Ein Funkschlüssel?«, fragte Mason.

»Genau. Wie ein Garagentoröffner. Einfach. Nicht aufspürbar. Hat allerdings einen Haken – *das allein hätte nicht gereicht.«*

Brice deutete nach oben zum Dachfenster, bevor er eine andere Tüte mit einem flachen, hauchdünnen Schaltkreis ergriff. »Diese Fotovoltaikzelle war der zweite Teil. Hat als passiver Lichtsensor fungiert. Das System war so verdrahtet, dass *beide* Bedingungen erfüllt sein mussten, um die Falle zu entschärfen – das Signal von dem Handsender *und* Tageslicht, vermutlich vom Dachfenster.«

»Also kein Licht ...«, sagte Mason gedehnt.

»Keine Entschärfung«, bestätigt Brice. »Wir haben die Schaltung überprüft – ohne beides ist die Falle scharf geblieben. Maestro hatte es so eingerichtet, dass man den Raum ausschließlich bei Tageslicht gefahrlos betreten konnte, und *nur* mit dem Funkschlüssel. Aufzeichnungen von Überwachungskameras in der Umgebung bestätigen, dass der Mann hier ausnahmslos tagsüber ein- und ausgegangen ist.«

Masons Züge verfinsterten sich.

»Alicia ist nachts reingekommen.«

Brice nickte mit verkniffener Miene. »Als sie über die Schwelle getreten ist, hat das System sie als Eindringling behandelt und ein unter Druck stehendes Dampfgemisch aus Speichern über der Deckenverkleidung freigesetzt.«

Er trat auf eine geschwärzte, verätzte Lüftungsöffnung zu.

»Aerosolisierte Säuren – Fluorsulfonverbindungen, Halogenwasserstoffe und ein Mix aus Oxidationsmitteln, den wir noch analysieren. Heiß genug, um sich durch Versiegelungen zu fressen, Atemschutzmasken zu zersetzen und jeden Schutzanzug der Stufe B in weniger als einer Minute zu zerstören.«

Mason ließ den Blick über die verwüstete Umgebung wandern. »Sie hat volle Schutzausrüstung getragen.«

»Hat keine Rolle gespielt. Dieses Zeug war nicht dafür vorgesehen, zufällig zu töten, sondern unausweichlich. Und es hat alles hier drin verdammt gründlich vernichtet.«

»Irgendwelche Spuren von biologischen Kampfstoffen?«

Brice nickte. »Wir haben Ausgangsstoffe gefunden. Nichts Fertiges, aber alles, was man braucht, um eine ganze Reihe schmutziger Biowaffen zu bauen – Rizinderivate, Hautkampfstoffe, sogar stabilisierte Alkaloide in geringen Mengen. Dieser Maestro hat die Lagerhalle nicht nur als Fälschungsfabrik genutzt. Das war ein Labor.«

Mit angespannter Kieferpartie stieß Mason den Atem aus. »Abdrücke?«

»Jede Menge. Wir haben Dutzende von verdeckten Flächen abgenommen – Scharniere, Schubladenschienen, Werkzeuggriffe. Die Säuberung war nicht so gründlich, wie er gedacht hat.«

Mason wandte den Blick ab und starrte auf einen Abschnitt der Wand, an dem geschmolzenes Vinyl wie Kerzenwachs verlaufen war.

»Haben wir ihn schon identifiziert?«

Brice schüttelte den Kopf. »Die Spurensicherung ist eben erst weg. Die werden alles, was sie haben, mit jedem biometrischen Raster von NATO und Interpol abgleichen. Das kann Stunden dauern. Oder länger.«

Einen Moment lang schwieg Mason.

»Wenn wir einen Treffer landen«, sagte er schließlich, »will ich als Erster davon erfahren.«

Brice legte den Kopf schief. »Wollen Sie ein Team losschicken?«

Mason senkte die Stimme. Jedes Wort ertönte berechnend und kalt.

»Kein Team.«

Er wandte sich der Tür zu.

»Ich überlasse ihn Levi.«

Brice erwiderte nichts, doch seine verhärtete Miene verriet, dass er verstanden hatte.

Mason ließ die Stille anhalten, während er die skelettartigen Überreste von Maestros innerstem Heiligtum betrachtete. »Er wird Gerechtigkeit walten lassen wollen.«

Er drehte sich um. Seine Stimme wurde so frostig wie der antiseptische Dunst in der Luft.

»Und diesmal werde ich ihn nicht aufhalten.«

Luftwaffenstützpunkt Ramstein
Medizinischer Trakt – Intensivstation, drei Tage nach der Extraktion

Die Pieptöne des Vitalmonitors hatten sich zwar mittlerweile eingependelt, dennoch traute Levi ihm nicht. Maschinen konnten lügen. Zu oft hatte er miterlebt, wie bei Menschen mit einem perfekten EKG plötzlich das Herz stehen geblieben war.

Regungslos stand er neben Alicias Krankenbett. Die Deckenbeleuchtung war gedämpft, um zu schonen, was ihr an Augenlicht blieb. Ihr Kopf ruhte leicht zur Seite gedreht. Selbst im

Koma hatten sich die angespannten Falten in der Stirn nicht völlig geglättet. Ihre Haut wies zwar nach wie vor unregelmäßige Flecke auf, doch die grellroten Bläschen, die sie bei seiner Ankunft gehabt hatte, waren verschwunden. Wundheilgel beschichtete ihre Arme und Schultern wie eine zweite Haut. Aus ihrer Nase verlief ein dünner Schlauch. Ein Kabel des Herzmonitors schlängelte sich um ihr Schlüsselbein wie eine verirrte Halskette.

Ihr Anblick erinnerte beinah an eine Überlebende eines Schlachtfelds.

Levi jedoch sah im Augenblick etwas völlig anderes.

Vor seinem geistigen Auge befand er sich in diesem Raum, allerdings vor drei Tagen.

Er hatte die Tür geöffnet, war eingetreten ...

Und sein Herzschlag hatte einfach ... ausgesetzt.

Alicia war unkenntlich gewesen. In seiner Erinnerung war sie an ein Beatmungsgerät angeschlossen. Ihr Brustkorb hob und senkte sich im Takt des Zischens der Maschine, von der ein Schlauch wie eine Rettungsleine zu ihrem Mund verlief. Das Gesicht seiner wunderschönen, leidenschaftlichen, intelligenten Tochter war knallrot, von Blasen übersät und ungleichmäßig geschwollen, als hätte jemand versucht, es schmerzhaft umzugestalten. Verbände bedeckten ihre Arme. Am schwersten machte ihm ihr Kopf zu schaffen. Ganze Bahnen ihres langen schwarzen Haars fehlten, chemisch verbrannt. Stattdessen prangte dort wunde, entzündete Haut.

Als hätte sie jemand restlos auslöschen wollen.

Neben ihm ertönte eine klinische, zu ruhig klingende Stimme.

»Die Verätzungen betreffen 71 Prozent ihrer Haut«, sagte der Arzt. »Die lebenserhaltenden Maschinen entlasten ihren Körper.

Wir halten sie im künstlichen Koma – mit Midazolam und Propofol, um die Schmerzen zu lindern und sie ruhigzustellen. Aber bei einer derart umfassenden Zerstörung der Hautschicht ist eine Infektion fast ...«

»Unvermeidlich«, hatte Levi den Satz leise geendet.

Der Arzt hatte genickt und dankbar dafür gewirkt, dass nicht er es erneut hatte aussprechen müssen. »Wir tun, was wir können, um sie für die Transplantation zu stabilisieren, wenn sie die nächsten 48 Stunden übersteht.«

Wenn.

Das Wort lastete immer noch wie ein tonnenschweres Gewicht auf Levis Brust. Er war schon öfter in solchen Räumen gewesen. Bei Fremden. Bei Menschen, die nicht seinen Nachnamen trugen. Diesmal war es anders. Es ging um *sie.*

Dann huschte plötzlich etwas Schwarzes, Pelziges an seinem Bein vorbei und sprang auf das Fußende des Betts.

Bagel. Klatschnass von Regen oder einem Lauf durch die Kanalisation – Levi hatte keine Ahnung, wie es der Kater in den zugangskontrollierten medizinischen Trakt eines Militärstützpunkts geschafft hatte. Aber er war da. Sein Schwanz peitschte aufgeregt. Die Augen ähnelten glühenden Kohlen.

Der Arzt setzte sich mit finsterer Miene in Bewegung. »Tiere sind hier nicht ...«

Levis Arm schnellte vor, bevor er darüber nachdenken konnte. Seine Hand landete auf der Brust des Doktors und hielt ihn jäh zurück.

Die Krankenpflegerin hinter ihm schnappte hörbar nach Luft. Levi sah beide nicht an. Stattdessen ergriff er mit leiser, tonloser, aber entschlossener Stimme das Wort.

»Wenn jemand von Ihnen den Kater anfasst oder versucht,

ihn zu entfernen ...« Er drehte ihnen den Kopf zu. Seine sonst so unergründlichen Augen funkelten und feuerten Dolche ab.

»Dann bringe ich Sie um.«

Er wurde dabei nicht laut. Keine Drohung – die Äußerung einer Tatsache.

Bagel tappte zu Alicias Schulter und rollte sich dort zu einem Kringel aus feuchtem Fell ein. Er miaute nicht, er schnurrte nicht, sondern beobachtete sie nur.

Genau wie Levi.

Und die Maschine atmete weiter für sie.

KAPITEL ACHTZEHN

Luftwaffenstützpunkt Ramstein
Medizinischer Trakt – Intensivstation – Tag sechs

Das pneumatische Zischen der sich öffnenden Tür zur Intensivstation klang wie ein zu lange angehaltener Atemzug. Zwei Ärzte traten ein, einer Anfang dreißig, der andere älter, angegraut, bebrillt und eindeutig der Boss. Der Jüngere blieb am Monitor stehen, der Ältere begab sich mit einer Patientenmappe unter dem Arm zu dem an der Wand montierten Leuchtkasten.

Levi rührte sich auf seinem Stuhl nicht.

Der Ältere brachte zwei große Röntgenbilder an der Tafel an und schaltete sie ein. Ein unterschwelliges Brummen ertönte, und weißes Licht erhellte die Aufnahmen von hinten.

»Mr. Yoder«, sagte der Arzt, ohne sich umzudrehen. »Ich möchte Ihnen etwas zeigen.«

Schweigend stand Levi auf und ging hinüber.

Da er längst gelernt hatte, Röntgenbilder zu deuten, brauchte er keine Erklärung.

Das erste Bild, das von vor sechs Tagen stammte, zeigte ein heilloses Chaos. Die Lunge von Flüssigkeit getrübt, die schwachen Umrisse der Alveoli teils zerfetzt, teils kollabiert, die Rippenschatten von Streifen überlagert.

»So ist Alicia eingeliefert worden«, sagte der Arzt. »Ich habe schon Soldaten, die Senfgas ausgesetzt waren, in besserer Verfassung gesehen.«

Er deutete auf die zweite Aufnahme.

Sie sah wie die Lunge eines anderen Menschen aus.

Der Brustbereich wirkte normal, keine aufgestauten Flüssigkeiten. Die strukturelle Erholung spottete jeder Beschreibung.

»Heute Morgen haben wir sie erneut geröntgt. Keine Anzeichen einer inneren Entzündung. Und die äußere Genesung ist – offen gestanden – ein Wunder. Wir haben keine Transplantation durchgeführt. Es ist keine Infektion aufgetreten. Wir haben sie vom Beatmungsgerät genommen. Abgesehen von einem vorübergehenden Abfall der Sauerstoffsättigung, die sich schnell erholt hat, haben sich ihre Vitalwerte stabilisiert.«

Kurz verstummte er und sah Levi an.

»Es besteht kein Grund mehr für ein künstliches Koma. Wir beenden die Sedierung jetzt. Allerdings kann es zwischen 12 und 48 Stunden dauern, bis sie das Bewusstsein zurückerlangt. Für das Aufwecken eines Körpers, der so kurz davor war, zu versagen, gibt es keine präzisen zeitlichen Prognosen. Viel davon hängt mit dem Stoffwechsel zusammen.«

Der Arzt trat ans Kopfende des Betts und tippte auf den Bildschirm der Infusionspumpe. Das leise Surren der Maschine verstummte. Danach entfernte er die Leitung vom Propofol-Behältnis und verschloss die Öffnung.

»Das war's«, verkündete er ruhig. »Sie ist von der Sedierung abgekoppelt.«

Wieder sah er Levi an. »Wir behalten weiterhin die Vitalwerte im Auge. Wenn sie stabil bleiben, wird sie aufwachen ... wenn sie bereit dazu ist.«

Levi erwiderte nichts. Er nickte nur knapp und kehrte zu seinem Platz neben ihrem Bett zurück.

Die Ärzte gingen, ließen ihn mit Alicia und Bagel allein, der eingerollt an ihrer Seite lag und mit geschlossenen Augen an seiner Schwanzspitze nuckelte.

Sie sah deutlich besser aus – weniger wie eine Todgeweihte, mehr wie jemand, der heilte. Ihr Gesicht hatte teilweise die ursprüngliche Form zurück, obwohl noch einigen Stellen rosig und wund blieben. Die ärgsten Schwellungen waren abgeklungen. Das Haar wies nach wie vor große Lücken auf, doch sie atmete selbst. Keine Maschine führte ihr mehr Luft zu.

Levi stützte die Ellbogen auf die Knie und seufzte.

Dann begann er zu reden.

Nicht mit den Ärzten, auch nicht mit sich selbst.

Mit ihr.

»In einer Höhle in der Erde, da lebte ein Hobbit«, sagte er leise.

Ohne Buch, ohne zu zögern.

Er gab die Worte aus dem Gedächtnis wieder, sah jede Zeile so deutlich, als hätte er sie gedruckt vor sich. In Gedanken hörte er ihre junge Stimme, die winzigen Finger gespannt in den Saum einer Decke gekrallt, während er neben ihr gesessen und ihr den Tolkien-Klassiker vorgelesen hatte.

»Nicht in einem schmutzigen nassen Loch, in das die Enden von irgendwelchen Würmern hereinbaumelten und das nach Schlamm und Moder roch ...«

Mit ruhiger, steter Stimme fuhr er fort. Die Maschinen piepten vor sich hin. Der Raum schien zu atmen.

Zeit verging.

Dann ...

Ein Zucken.

Ihr linker Zeigefinger hatte sich leicht bewegt und den Bruchteil eines Zentimeters am Laken gezogen.

Levi beugte sich näher.

Ihre Lippen teilten sich. Ein leises Stöhnen drang heraus – trocken, angestrengt, aber unverkennbar sie.

Jäh sprang er auf. Der Stuhl schrammte hinter ihm über den Boden.

Alicias Lider flatterten.

Sie wachte auf.

Und wie immer auf ihre Weise – nicht nach der Vorhersage der Ärzte, sondern nach einem Zeitplan, den allein sie bestimmte.

Luftwaffenstützpunkt Ramstein
Medizinischer Trakt – Intensivstation

Levi wusste nicht, wann sie zu weinen angefangen hatte. In der einen Minute war sie blinzelnd, mit trägen Pupillen und schlaffem Unterkiefer erwacht, im nächsten hatte sie sich an seine Schulter geklammert und sein Hemd mit heißen Tränen getränkt.

Ihre Stimme hatte rau wie Kies geklungen, und sie hatte kaum Worte formen können. Und ihre erste verständliche Frage hatte nicht etwa ihrem Zustand gegolten. Auch nicht den

Schmerzen, dem fehlenden Haar, den Narben oder dem leisen Piepen eines Monitors hinter ihr.

Sie hatte sich nach Tony erkundigt.

Und nun war sie untröstlich.

»Er hat es nicht geschafft?« Ihre Stimme klang so kraftlos.

Levi brachte es nicht über sich, sofort etwas zu erwidern. Stattdessen drückte er sie fester, während der neben ihr eingerollte Bagel so laut schnurrte, dass man die Vibrationen spürte. Der kleine schwarze Kater schmiegte sich mit dem Kopf an ihre nicht verbundene Hand und verharrte so, als verstünde er, dass der Trost seiner Nähe mehr zählte als Worte.

Levi schluckte schwer. »Nein. Hat er nicht.«

Die Emotionen brachen endgültig aus ihr heraus. Ihre Schultern zitterten, ihr Atem ging abgehackt, und Levi ließ sie sich an ihm ausweinen, die Hand an ihrem Hinterkopf, wo bereits flaumiges Haar aus der frisch verheilten Haut wuchs. Ihr Schluchzen klang nicht laut, sondern müde, hohl, ausgelaugt.

Die Tür öffnete sich.

Der Arzt trat mit dem Blick auf seinem Klemmbrett ein – und erstarrte, als hätte er sich im Zimmer geirrt.

»Was ...« Blinzelnd verstummte er und rückte die Brille zurecht. »Wie um alles in der Welt können Sie schon aufrecht sitzen?«

Die Pumpe, die ihr Sedativa zugeführt hatte, war erst vor zwei Stunden ausgeschaltet worden.

Alicia wischte sich die Augen ab, ohne den Blick von ihrem Vater zu lösen. Schließlich half Levi ihr, sich auf die Kissen zurückzulehnen, allerdings weiterhin in aufrechter Position.

Der Arzt überprüfte rasch die Werte auf dem Monitor, danach manuell ihren Puls und ihre Pupillen. Sein Gesichtsausdruck schwankte dabei zwischen Ungläubigkeit und argwöhnischer Faszination.

»Tja«, sagte er schließlich und schmunzelte fassungslos, »Ihre Vitalwerte sind ... außergewöhnlich. Ruhepuls, Sauerstoffversorgung, sogar Ihre Entzündungsmarker – alles pendelt sich dramatisch schneller ein, als wir es je erwartet hätten. Als sie eingeliefert wurden, waren sie auf voller Lebenserhaltung. Verätzungen an über 70 Prozent Ihres Körpers. Inhalationstrauma. Wir hätten nicht gedacht, dass Sie die ersten 24 Stunden überleben, geschweige denn, dass Sie in weniger als einer Woche aufrecht sitzen können.«

Alicia blinzelte. »Ich bin am Verhungern.«

Darüber lächelte der Arzt. »Das ist ein gutes Zeichen. Ein sehr gutes. Sie dürfen bald wieder leichte feste Nahrung zu sich nehmen. Wenn die Entwicklung so weitergeht, sind Sie in wenigen Tagen hier raus. Uns ist unbegreiflich, wie sich Ihr Fall derart schnell wenden konnte. In den 30 Jahren, die ich schon praktiziere, ist mir noch nie etwas Vergleichbares untergekommen.«

Levi spürte ihren Blick.

Er drehte den Kopf und sah ihr in die Augen.

Sie brauchten es nicht auszusprechen.

Die Nanobots.

Ihr gemeinsamer Fluch.

Ihr Wunder.

Der Arzt ergriff sein Klemmbrett und bedachte Bagel mit einem nachdenklichen Blick, bevor er das Zimmer verließ. Flüsterleise schloss sich die Tür hinter ihm.

Alicia strich mit den Fingern liebevoll über Bagels weiches Rückenfell. Er reagierte, indem er drauflosschnurrte wie ein überlasteter Generator.

Sie sah Levi nicht an, als sie das Wort ergriff.

»Glaubst du immer noch, dass es ein Fluch ist?«, flüsterte sie. »Klingt so, als sollte ich eigentlich tot sein ... oder als wäre ich es schon fast gewesen.«

Levi musterte sie, seine Tochter, sein praktisch wiedergeborenes Kind, und stellte fest, dass er darauf keine Antwort hatte.

Sie schob die Beine auf die Bettkante zu.

»He – langsam«, sagte er, sprang auf und hielt sich bereit, sie aufzufangen.

Sie stand auf, verharrte auf wackeligen Beinen wie ein neugeborenes Reh da und klammerte sich sofort an seinem Unterarm fest.

»Na schön«, lenkte sie schwankend ein. »Wie wär's mit einem Kompromiss?«

Er zog eine Braue hoch.

»Ich setze mich auf den Stuhl da« – sie zeigte mit zitterndem Finger hin – »und du besorgst mir was zu essen.«

Levi setzte sich nicht sofort in Bewegung. »Was hättest du gern?«

»Alles«, antwortete sie. »Ich bin *am Verhungern.* Weißt du, diese Nanobots werden nicht mit Luft betrieben. Und sie haben noch jede Menge Arbeit vor sich.« Sie zwinkerte ihm zu.

Mehr war nicht nötig.

Wortlos wandte sich Levi ab und steuerte zielstrebig auf die Tür zu.

Hinter ihm schmiegte sich Bagel enger an Alicias Bein und schnurrte so laut, als wollte er das Universum vor einem weiteren Versuch warnen, ihr zu schaden.

Luftwaffenstützpunkt Ramstein
Gehweg über das Gelände

Die kalte deutsche Luft strich beißend über Levis Wangen, als er aus dem medizinischen Trakt auf den Betonweg trat, der gekrümmt um das Hauptgebäude des Lazaretts verlief. Sein Atem bildete kurzlebige Wölkchen. Hinter dem Zaun herrschte auf dem Flugfeld reges Treiben – C-130er wurden vorbereitet, Tanklaster bewegten sich wie Schatten durch den Nebel.

Sein Handy vibrierte. Mason.

Ohne die Schritte zu verlangsamen, ging Levi ran.

»Was haben Sie rausgefunden?«

Mason verlor keine Zeit.

»Wir haben einen Treffer. Latente Fingerabdrücke aus dem Lagerhaus. Die Ergebnisse haben wir heute Morgen bekommen. Einer der Abdrücke stammt von keinem Ukrainer, sondern von einem Staatsbürger der USA. Ehemaliger Offizier.«

Levi straffte die Schultern. »Seit wann nicht mehr?«

»Er heißt Derrick Antonow. Früher Captain Derrick James Antonow. Army. Abteilung Biowaffen. In Fort Detrick. Bei einer Umstrukturierungsprüfung 2018 ist er abgetaucht. Vom Radar verschwunden, bevor irgendjemandem klar geworden ist, dass er einen Haufen geschützter Formeln mitgenommen hatte.«

Levi atmete langsam aus. »Und jetzt?«

»Er ist in Deutschland.«

Levi blieb stehen.

Mason fuhr fort. »Wir haben ihn aufgespürt, weil ihm zu unserem Glück ein dummer Fehler unterlaufen ist. Beim Auslösen der Falle ist eine Meldungsfunktion ausgeführt worden. Zwei Telefonnummern wurden angefunkt – kurze Verbindung, Punkt-zu-Punkt-Signal. Eine der Nummern gehört Maksym, dem

Betriebsleiter in dem Kunstlagerhaus. Die andere war die von Antonow.«

»Lassen Sie mich raten«, sagte Levi. »Keiner der beiden ist am nächsten Tag im Lagerhaus aufgetaucht.«

»Richtig. Sie waren noch vor Sonnenaufgang weg aus Kiew. An der Stelle ist Brice ins Spiel gekommen.«

Levi setzte den Weg fort.

»Mason, es hat sich so angehört, als wäre Brice fast sofort zur Stelle gewesen. Woher hat er eigentlich gewusst, dass Alicia dort war?«

»Alicia hat nach der ihrer Ankunft in der Ukraine Waffen gebraucht. Also hat sie ihn angerufen. Mehr war für Brice nicht nötig, um die Verbindung herzustellen. Mit ein wenig Fernbeobachtung hat er schnell herausgefunden, dass die Lagerhalle ihr Ziel war. Er hat einen Abhörposten zwei Häuser weiter eingerichtet, mit Wärmebild- und RF-Ortung. Als die Falle zugeschnappt ist, hat er die Handover-Signatur aufgeschnappt. Entscheidend war, dass Antonow kein Wegwerfhandy benutzt hat. Die Meldung ist an sein normales Telefon gegangen. Leider hat er es sechs Stunden nach seiner Ankunft in Deutschland entweder entsorgt oder ausgeschaltet. Sein Signal haben wir verloren – aber nicht das von Maksym. Sie sind zusammen aus der Ukraine abgereist.«

Levi senkte die Stimme. »Wo ist Maksym jetzt?«

Mason zögerte nicht. »In Augsburg. Bayern. Dort ist er in einem unscheinbaren Hotel außerhalb der Altstadt abgestiegen. Seit zwei Tagen. Wir observieren das Gebäude, aber bislang hat er es nicht verlassen. Ich habe gewartet, bis sich Alicias Zustand stabilisiert hat. Vorher wollte ich Ihnen die Information nicht geben.«

Levis Finger verkrampften sich um das Telefon.

»Und Antonow?«

»Untergetaucht. Keine neue digitale Spur. Jedenfalls noch nicht. Aber wenn jemand weiß, wo er ist, dann wahrscheinlich Maksym.«

Levi kehrte bereits zum Krankenhaus um. Seine Stiefel knirschten über frostglatten Beton.

»Schicken Sie mir alles.«

Eine Pause. Dann kam von Mason: »Levi ... Sie müssen das nicht allein machen. Ich kann Ihnen ein Team als Unterstützung zur Seite stellen.«

»Nicht nötig.«

Eine weitere Pause.

»Das dachte ich mir schon«, erwiderte Mason mit einem resignierenden Unterton in der Stimme. »Viel Glück. Und seien Sie vorsichtig.«

Levi beendete den Anruf, ohne etwas zu erwidern.

Er steckte das Telefon in die Jackentasche und blickte über die nebelverhangene Landschaft. Irgendwo da draußen atmete der Mann, der seine Tochter beinah umgebracht hätte, geborgte Luft.

Was nicht so bleiben würde.

Luftwaffenstützpunkt Ramstein
Medizinischer Trakt – Entlassungsraum

Levi musste dem Arzt nicht ins Gesicht sehen, er bemerkte dessen Zögern an seinen Händen. Wiederholt spähte der Mann zu Alicia, auf ihre Vitalwerte, zurück auf den Bildschirm. Schließlich wandte er sich Levi zu.

»Ihre Genesung ist beispiellos«, sagte der Arzt und verschränkte die Arme vor der Brust. »Ich würde lieber noch mindestens zehn weitere Scans durchführen. Eine derart rasante Zellregeneration ist ... na ja, medizinisch eigentlich unmöglich.«

Levi schwieg. Dasselbe hatte er über seinen Fall von sogenanntem Krebs im Endstadium gehört.

»Sie kann laufen«, sagte Levi letztlich schlicht. »Sie kann atmen. Also kommt sie mit mir.«

»Entlassung unter Vorbehalt«, murmelte der Arzt. »Entgegen Empfehlung.«

Levi unterschrieb die nötigen Dokumente.

Draußen im Flur lief Alicia auf und ab – immer noch blass und zu dünn. Aber in den Augen hatte sie ein Feuer wie damals, als sie als Teenager gedacht hatte, sie könnte sich durch alles einen Weg erkämpfen.

»Du willst ohne mich los?«, fragte sie scharf, sobald er in Sicht geriet.

Seine Stimme blieb ruhig. »Ja.«

»Kannst du vergessen.«

Er blinzelte. »Du bist noch kaum richtig auf den Beinen.«

»Ich stehe«, konterte sie. »Und ich werde das nicht auslassen. Du willst hinter ihm her, oder? Dem Mann, der die Falle gestellt hat. Der Tony auf dem Gewissen hat.«

Levi erwiderte nichts.

Alicia trat dicht an ihn heran und sah ihm eindringlich ins Gesicht. Ihre Stimme ertönte leise, jedoch rasiermesserscharf. »Ich *muss* dabei sein. Wenn das Leben in seinen Augen erlischt, will ich es miterleben.«

Langsam atmete er aus. »Na schön. Aber glaub bloß nicht, dass wir es auf deine Weise regeln.«

»Okay.« Triumphierend legte sie den Kopf schief. »Also kann ich mitkommen?«

Levi runzelte die Stirn. »Wenn du schon was Dummes anstellen willst, dann besser zusammen mit mir. In Ordnung – du kannst mit.«

Ein Grinsen breitete sich in ihren Zügen aus. Sie ballte die Hände zu Fäusten und legte einen ungelenken kleinen Tanz hin. Wenn er sie nicht an der Schulter gepackt hätte, wäre sie auf dem Hintern gelandet.

»Du wirst es nicht bereuen.«

»Tu ich bereits.«

Luftwaffenstützpunkt Ramstein
Parkplatz vor dem Lazarett

Alicia zeigte ihm ein Standbild aus einem körnigen Video, das jemand von Brice' Leuten außerhalb der Lagerhalle aufgenommen hatte. Maksym. Mitte dreißig, hager, Rattengesicht, das dauerhaft nervöses Schuldbewusstsein vermittelte.

»Das ist er?«, fragte Levi.

»Eine bessere Aufnahme haben wir nicht.«

Levi betrachtete das Bild drei Sekunden lang und brannte es sich ins Gedächtnis.

Die App von Brice lief bereits auf Levis Handy und empfing Daten der Ortung von Maksyms Handy. Die Signalstärke reichte, um seinen Standort auf 50 bis 150 Meter genau zu bestimmen. Zuvor war der Mann in Bewegung gewesen, mittlerweile jedoch befand er sich stationär an einem Ort knapp außerhalb von Augsburg.

Stadtrand von Augsburg

Das Auto war ein mattschwarzer Škoda, geliehen von einem der Agenten des Outfits in Ramstein. Levi hatte keine Ahnung, wer der Mann war. Er wusste nur, dass er als Captain bei der Army diente. Beim Verlassen des Lazaretts hatte er Levi im Vorbeigehen zum Gruß die Hand geschüttelt, war prompt wieder gegangen und hatte unscheinbar einen Schlüssel zwischen Levis Fingern zurückgelassen. Der Anhänger wies einen Aufkleber mit dem Kennzeichen auf.

Alicia saß neben ihm auf dem Beifahrersitz. Eine tief in die Stirn gezogene, marineblaue Skimütze verbarg ihr katastrophal zugerichtetes Haar. Seit sie den Stützpunkt verlassen hatten, war von ihr kaum ein Wort gekommen. Ihr Blick verharrte konzentriert auf dem Telefon in ihrer Hand – sein Smartphone, auf dem die von Brice ferninstallierte Ortungs-App lief. Sie hatte es noch kein einziges Mal weggelegt.

Bagel lag eingerollt im Fußraum auf der Beifahrerseite, den Kopf dösend an Alicias Schienbein gelehnt.

»Fast da«, verkündete sie. »Das Signal ist ziemlich stark. Seit zehn Minuten hat er sich nicht mehr bewegt.«

Levi erwiderte nichts, ließ den Blick mit zusammengekniffenen Augen auf die Straße gerichtet. Die Bäume wurden dichter, als sie in eine Sackgasse einbogen. Den Schotterweg säumten verstreute Häuser mit Schrägdächern und Holzfassaden. In den von der Spätnachmittagssonne nicht erreichten, schattigen Bereichen überzog Frost das Gras.

Alicia zeigte mit dem Arm. »Da.«

Zwischen den Bäumen am Ende der Straße stand ein zweigeschossiges kleines Haus mit zugezogenen Vorhängen. Es brannten keine Lichter, weit und breit rührte sich nichts.

Kurz vor der Einfahrt hielt Levi den Wagen hinter einer Gruppe immergrüner Bäume an. Sein Blick verharrte auf dem Haus – keine Bewegungen an den Fenstern, keine Fahrzeuge.

Er hatte befürchtet, dass die Ortung ein Problem sein könnte – in einer dicht bevölkerten Stadt konnte es schwierig sein, das Ziel bei all den Wohnungen exakt auszumachen. In dieser offenen Umgebung jedoch war das kein Thema.

Er wandte sich an Alicia.

»Du bleibst hier.«

Sofort öffnete sie den Mund zum Protestieren.

»Dich hat er gesehen«, kam Levi ihr zuvor. »Er würde dich erkennen. Mich nicht.«

Sie knirschte mit den Zähnen, und hinter dem trotzigen Ausdruck in ihrem Gesicht drehten sich die Rädchen in ihrem Kopf. Nach einem Herzschlag jedoch siegte Vernunft über Sturheit. Widerwillig nickte sie. »Sobald du die Umgebung überprüft hast ...«

»Hole ich dich rein.«

»Mach schnell«, forderte sie ihn verbissen auf.

Levi stieg aus und schloss leise die Tür. Sofort umfing ihn Kälte, die er allerdings kaum wahrnahm. Das Gewicht der Pistole in seiner Jackentasche fühlte sich vertraut an. Unterwegs strichen seine Finger über den Griff. Er zog sie noch nicht, hielt sich lediglich dafür bereit.

Zielstrebig steuerte er auf das Haus zu. Seine Stiefel verursachten kaum ein Knirschen auf dem Kies. Seine Sinne schärften sich, stimmten sich mit seinen Instinkten ab. Irgendetwas an der Stille der Umgebung fühlte sich künstlich an.

Er klopfte an.

Knarrend öffnete sich die Tür.

Dahinter stand der Mann, dessen Foto Alicia ihm gezeigt hatte – Maksym. In natura wirkte er dünner und blasser.

Der Mann schaute verdutzt drein, hatte sichtlich mit keinem Besuch gerechnet. Maksym öffnete den Mund, vermutlich, um eine Frage zu stellen ...

Levis Faust schnellte präzise nach oben, ein geübter, von Wut befeuerter Aufwärtshaken. Für den Bruchteil einer Sekunde weiteten sich die Augen des Getroffenen, bevor sein Körper zusammenbrach. Mit einem Übelkeit erregenden Knall schlug sein Hinterkopf auf dem Boden auf.

Dann folgte Stille.

Levi trat ein.

KAPITEL NEUNZEHN

Augsburg – Hauskeller

Die Luft im Keller fühlte sich auf Alicias Haut wie ein feuchtes, schweres Tuch an, klebrig, erstickend. Kondensation benetzte die Wände aus Stein. Die nackte Glühbirne an der Decke flackerte, als wäre sie unschlüssig, ob sie die Szene darunter erhellen sollte.

Alicia stand reglos da, die Arme fest vor der Brust verschränkt – nicht um sich zu wärmen, sondern um das Zittern ihrer Hände zu kontrollieren.

Sie hatte sich längst noch nicht vollständig erholt.

Auch wenn sie das niemals laut zugeben würde.

Ihre Haut juckte unablässig und schien sich zu straff über die heilenden Muskeln zu spannen. Es kostete sie jedes Quäntchen Willenskraft, sich nicht wund zu kratzen. Und obwohl sie zwei vollwertige Mahlzeiten verschlungen hatte, mehr, als sie je zuvor auf einmal gegessen hatte, verspürte sie nach wie vor

Hunger. Und keinen normalen. Die Empfindung reichte tiefer und verursachte ein schmerzliches Ziehen in ihr. Ihr Körper schien den Treibstoff schneller zu verbrennen, als Alicia ihn zu sich nehmen konnte.

Natürlich wusste sie, woran es lag.

Ihr Vater bezeichnete es als Fluch.

Doch das war es nicht.

Jedenfalls nicht für sie.

Der Hunger war der Preis dafür, dass sie etwas überlebt hatte, das sie eigentlich hätte umbringen müssen. Alicia stellte sich vor, die winzigen Wunder zu sehen, die durch ihre Adern krochen und Gewebe reparierten. Sie stellten sie wieder her, hatten sie vom Rand des Abgrunds zurückgeholt. Noch war sie nicht völlig geheilt, doch bald würde sie es sein.

Ihr Blick heftete sich auf die an einen Stuhl gefesselte Gestalt – Maksym. Der rattengesichtige kleine Mann, der den Frontmann für Maestros Betrieb gespielt hatte. Seine Haut wirkte feucht, die Augen waren zugeschwollen. Er stank nach altem Schweiß und Panik. Bis auf die Unterwäsche ausgezogen saß er da. Seine Rippen bebten bei jedem Atemzug.

Alicia hatte ihn zweimal geschlagen. Heftig. Und es reichte nicht. Damit hatte sie ihn nicht erschüttert. Um jemanden zum Reden zu bringen, brauchte man auf die eine oder andere Weise eine geschickte Hand. Diese Fähigkeit musste sie erst noch meistern.

Als sie sich von Maksym abwandte, näherte sich ihr Vater dem Gefangenen.

Wie würde er vorgehen, um ihn zu knacken?

Sie beobachtete, wie sich ihr Vater bewegte. Dabei krampfte sich ihr Magen zusammen – nicht vor Angst, sondern vor Verblüffung über die *mühelose Präzision*, die er ausstrahlte. Alle Herzlichkeit, aller trockenen Humor waren verschwunden.

Im Augenblick glich er nicht dem Mann, der sie großgezogen hatte. Von dieser Version hatte sie bisher nur flüchtige Eindrücke erhascht.

Und es erschreckte sie, wie sehr sie ihn in dieser Form bewunderte.

Er vermittelte zugleich Selbstsicherheit und Gefahr. Selbst nach all der Zeit an seiner Seite konnte sie nicht nachvollziehen, wie er so völlig umschalten konnte – als würde ein nur für ihn zugänglicher Schalter umgelegt.

»Nur, um Missverständnisse auszuräumen«, sagte Levi ruhig und zog ein Messer.

Der Stahl zischte leise, als er aus der Scheide gezogen wurde. Unwillkürlich heftete sich Alicias Blick darauf – funkelnd und schmal ruhte die Klinge schier unfassbar ruhig in seiner Hand.

Maksym versteifte den Körper. Er wimmerte, noch bevor sich das Messer seinem Gesicht näherte.

Levi trat dicht zu ihm, die Augen frostig wie Winterglas. Die Klinge schwebte eine Haaresbreite vor Maksyms rechtem Auge. Der Mann konnte nicht mal zucken, ohne befürchten zu müssen, in Kontakt damit zu geraten. Für ihn gab es keinen Ausweg.

»Entweder redest du«, erklärte Levi, »oder du verlässt diesen Keller nicht lebend.«

Alicia blinzelte nicht mal. Sie konnte es nicht.

»Aber davor«, fügte Levi seelenruhig hinzu, »sorge ich dafür, dass du dir den Tod *wünschst*.«

Jedes Wort erzielte die Wirkung eines in Holz geschlagenen Nagels.

»Ich fange mit deinen Zähnen an. Du kannst dir nicht vorstellen, wie schmerzhaft es ist, sie ohne Betäubung gezogen zu bekommen. Wenn wir damit durch sind, gehen wir dazu über, dir das eine oder andere zu brechen.

Die kleinen Knochen zuerst – Finger, Zehen. Dann arbeiten wir uns weiter vor. Die Hände. Die Füße. Du wärst erstaunt, wie schnell menschliches Fleisch blutigem Roastbeef ähnelt. Manche Menschen finden das geradezu appetitanregend.«

Nach einem tiefen Atemzug ergänzte er beinah freundlich: »Und keine Sorge, du wirst nicht schnell sterben. Du wirst lange durchhalten. Ich werde dich mit Bluttransfusionen am Leben und wach halten. Und wenn dich die Schmerzen schließlich um den Verstand bringen – werde ich immer noch da sein.«

Der Schlag erfolgte so ansatzlos und schnell, dass Alicia ihn kaum mitbekam. Die offene Hand ihres Vaters klatschte mit brutaler Wucht in Maksyms Gesicht und schleuderte seinen Kopf mit einem Übelkeit erregenden Knirschen zur Seite.

Maksym begann, heftig zu zittern. Alicia roch den Urin, bevor sie sah, wie sich unter dem Stuhl eine Lache bildete.

»Ich rede«, stieß der Mann schluchzend hervor. »Nur bitte bring mich nicht um.«

Levi trat zurück. Die Klinge, die er in der Hand gehalten hatte, verschwand mit einer fließenden, geübten Bewegung in der Scheide, ohne Theatralik. Die Geste vermittelte lediglich, dass unzweifelhaft er die Kontrolle hatte.

Alicia atmete langsam und gleichmäßig durch.

Wieder spürte sie den mittlerweile vertrauten Hunger, der wie eine Urgewalt an ihr nagte. Der Juckreiz breitete sich unter der Kleidung ihren Rücken hinauf aus. Ihre Haut passte noch nicht richtig über die Muskeln.

Die Heilung war längst nicht abgeschlossen.

Mit kaltem Blick trat sie vor und ergriff mit scharfer Stimme das Wort. »Gut«, sagte sie. »Fang damit an, wo er ist.«

Ihr Vater zog sich in die Schatten zurück, überließ ihr die Bühne.

Als sie in Maksyms blutunterlaufene Augen sah und den gebrochenen Ausdruck darin erkannte, wusste sie, dass er ihr liefern würde, was sie wollte.

Während sie dort stand, verhärtete sich etwas in ihr.

Und sie wusste nicht, ob sie fürchten oder begrüßen sollte, zu was sie gerade wurde.

Augsburg – Hauskeller – eine Stunde später

Levi stand über Maksyms erschlaffter Gestalt. Die flackernde Glühbirne über ihm warf ein unfreundliches Licht darauf, was Alicia von dem Mann übrig gelassen hatte. Das Gesicht war abscheulich geschwollen. Blut verkrustete die Nasenlöcher. Aus einer Platzwunde am Wangenknochen lief weiteres Blut träge in den Mundwinkel. Sein Röcheln ließ auf gebrochene Rippen von dem Tritt schließen, den sie ihm verpasst hatte, doch die Augen waren nach wie vor geöffnet und reagierten auf Bewegungen. Er war noch bei klarem Verstand.

Nur darauf kam es an.

Alicia lehnte an der gegenüberliegenden Wand, einen Stiefel daran abgestützt, während sie sich geistesabwesend die Fingerknöchel rieb. Ihm entging nicht ihre stille Befriedigung, die sie hinter einer professionellen Fassade zu verbergen versuchte. Sie war weiter gegangen, als ihm lieb war. Ein bisschen zu weit.

Aber sie hatten bekommen, was sie brauchten.

Levi kauerte sich neben den schwer ramponierten Kerl und zog ein Foto aus der Innentasche der Jacke. Es handelte sich um eine vielleicht sieben oder mehr Jahre alte Aufnahme aus einer Personalakte. Sie zeigte einen Mann in steifer militärischer Haltung mit scharf geschnittenen Zügen und selbstbewusstem Gesichtsdruck.

Derrick James Antonow.

Levi hielt das Foto vor Maksyms misshandeltes Gesicht. »Ist er das?«

Maksym blinzelte Blut weg, bevor er rasch nickte und durch die Bewegung vor Schmerzen zusammenzuckte. »Ja«, stieß er krächzend hervor. »Das ist er. Nur sieht er jetzt ... älter aus. Und dünner. Aber er ist es.«

Levis Stimme blieb ruhig. »Und du bist sicher, dass du uns seinen richtigen Aufenthaltsort genannt hast?«

Maksym schluckte schwer. Blut tropfte aus seinem Mundwinkel. »Ja. Ich schwör's. Er trifft sich um drei mit dem Immobilienmakler, von dem ich euch erzählt habe. In einem Viertel mit Lagerhäusern.«

Alicia trat vor, den Blick auf Maksym gerichtet, als hätte sie eine weitere Runde mit ihm vor. Er zuckte zurück.

Levi richtete sich auf, steckte das Foto wieder ein und nickte ihr zu. Zeit zu verschwinden.

Maksyms Stimme ertönte zittrig hinter ihnen, als sie sich der Treppe zuwandten.

»Ihr habt gesagt ... ihr lasst mich frei«, sagte er wimmernd. »Wenn ich rede, lasst ihr mich gehen, habt ihr gesagt.«

Levi hielt am Fuß der Treppe inne und schaute zu ihm zurück.

»Wir haben versprochen, dich laufen zu lassen, *nachdem* wir Antonow haben«, erklärte er ruhig. »Sobald das erledigt ist, kriegst du deine Freiheit.«

»Ich hab euch alles gesagt! Bitte!«

Levi verzog keine Miene. »Dann hast du nichts zu befürchten.«

Maksym erschlaffte auf dem Stuhl wie eine Marionette mit gekappten Fäden.

Levi und Alicia stiegen die schmalen Stufen hinauf. Mit leiser Endgültigkeit zog er die schwere Kellertür zu. Das Schloss rastete mit einem metallischen Klicken ein, das in der Stille zu laut widerhallte.

Als sie zum Auto zurückkehrten, lag durchdringender Kieferngeruch in der feuchten, kalten Luft. Obwohl die Sonne hoch an einem wolkenlosen Himmel stand, hatte der Winter die Landschaft fest im Griff.

Alicia brach das Schweigen, als sie sich dem Fahrzeug näherten. »Lassen wir ihn wirklich laufen?«

Levi öffnete die Fahrertür, ohne sie anzusehen.

Bagel protestierte miauend über die Demütigung, dass sie ihn zurückgelassen hatten. Kaum hatte sich Alicias auf dem Beifahrersitz niedergelassen, sprang er auf ihren Schoß.

»Freiheit kann man unterschiedlich deuten«, sagte er, als er sich hinters Steuer setzte.

Kurz begegnete er ihrem Blick.

»Ich bin mir nur nicht sicher, ob Maksym *meine* Interpretation davon gefallen wird.«

Damit startete er den Motor.

Levi lenkte den Škoda auf die A99. Vor ihnen zeichnete sich gegen den bedrückend grauen Himmel das Industriegebiet im Westen von München wie eine Reihe abgebrochener Zähne ab. Alicia hatte das Navi auf seinem Smartphone aufgerufen und es am Armaturenbrett angebracht, denn die Bedienung des bordeigenen Systems des Autos war ungefähr so intuitiv wie bei einem Mikrowellenherd aus der Sowjetära. Ihr Ziel war ein bestimmtes Lagerhaus nahe Aubing im Westen der Stadt.

Es war 11:58 Uhr. Ihnen blieben noch knapp mehr als drei Stunden bis zu Antonows angeblichem Treffen.

Levi tippte auf die Wählschaltfläche. Brice meldete sich beim zweiten Klingeln.

»Das GPS sagt mir, dass ihr unterwegs seid.« Brice' Stimme kämpfte gegen Umgebungsgeräusche an – er befand sich an irgendeinem lauten Ort.

»Ja, wir sind kurz vor München. Hab dir die Zieladresse geschickt. Hast du irgendwas darüber für mich?«

»Ich arbeite gerade daran, Überwachungskameras anzuzapfen. Dauert noch ein bisschen. In der Zwischenzeit hab ich für euch einen Kontakt in der Nähe von Lochhausen. Ist so was wie ein geheimer Unterschlupf hinter einem Güterbahnhof an der Bodenseestraße, zehn Minuten westlich vom Zielort. Ich schicke euch die Einzelheiten. He, Alicia, hörst du mit?«

»Ja.« Alicia beugte sich näher zum Telefon, während sie Bagels Kopf streichelte. »Du bist auf Lautsprecher.«

»Zunächst mal – ich bin so froh zu hören, dass du noch in einem Stück bist. Wir haben deinen Laptop und deine sonstigen Sachen aus deinem Hotelzimmer in Kiew geholt. Sie werden dich erwarten, sobald du zurück in den Staaten bist. Für dein kaputtes Handy brauchst du Ersatz. Lass mich bei Gelegenheit wissen, was sonst noch draufgegangen ist, dann überlegen wir uns was.«

»Danke, Brice. Und danke auch dafür, dass du so neugierig warst und Leute in der Nähe postiert hast. Das hat mir wahrscheinlich das Leben gerettet.«

Brice lachte. *»Kein Ding. Levi, ich schicke euch die Anwei-*

sungen und lege mich dann ins Zeug, um Bilder vom Zielort zu kriegen.«

»Verstanden«, erwiderte Levi und beendete den Anruf. Sein Telefon piepte mit einer eingehenden Nachricht. Es handelte sich um die Informationen von Brice über den geheimen Unterschlupf. Er beugte sich vor, scrollte zum Ende und richtete den Blick wieder auf die Straße.

Alicia schaute zu ihm. »Apropos verlorene Ausrüstung. Ich hab keine Ahnung, was aus Dennys Kontaktlinse und Ohrstöpsel geworden ist, die ich beide im Lagerhaus getragen habe. Wahrscheinlich hat der chemische Sprühnebel sie zersetzt.«

Levi nickte. »Gut möglich. Zerbrechen wir uns darüber jetzt nicht den Kopf. Ich muss mich konzentrieren, damit ich nicht falsch abbiege. In dieser Ecke von Deutschland war ich noch nie.«

Alicia nickte und legte die Hand auf Bagels Tragetuch. Der Kater hatte sich zu einem dichten Fellknäuel eingerollt. Ein gelegentliches Zucken der Ohren verriet, dass er nur leicht döste.

Sie bogen von der Hauptstraße ab und steuerten in die Außenbereiche des Industrieparks von Freimann – graue Lagerhäuser, Schotterflächen, niedrige Gebäude aus Metall, die wie in Ruß getunkt aussahen. Frost überzog teilweise durchhängende Maschendrahtzäune. Aus einem nahen Schornstein quoll Rauch, den die Heizung des Autos zusammen mit den restlichen Gerüchen von draußen in den Innenraum saugte. Alicia rümpfte die Nase.

Die gesamte Gegend stank nach Diesel und anderen Petrochemikalien.

Sie bogen in eine von verwahrlosten Versanddepots flankierte Seitenstraße ein. Die Hälfte der Hinweisschilder war entweder verunstaltet oder gestohlen worden.

»Was für eine Gegend«, murmelte Alicia.

»Nicht ungewöhnlich für ein Industriegebiet«, erwiderte Levi und fuhr langsamer.

Dann erblickte er, was in Brice' Nachricht stand. Eine schmale Gasse, kaum breit genug für zwei Personen nebeneinander. Rechts befand sich ein Backsteingebäude, bei dem rostige Eisenträger wie gebrochene Finger aus der Mauer ragen.

Levi fuhr rechts ran und schaltete den Motor aus, bevor er in die beißende Kälte ausstieg.

»Das ist es?«, fragte Alicia, die es ihm gleichgetan hatte.

Er zeigte auf die Gasse. »Finden wir's raus.«

Der Durchgang wirkte dunkler, als er um die Mittagszeit sein sollte. Offenbar blockierten die umliegenden Gebäude den Lichteinfall. Die Luft roch durchdringend nach Fäulnis, altem Motoröl und nassem Eisen. Pfützen reflektierten Dachrinnen, von denen es mit dem steten Takt eines Metronoms tropfte.

Am Fuß der Mauer entdeckte Levi die Reste einer verrosteten Eisenhalterung. Er zählte 13 Ziegel nach oben und drückte die Hand flach auf die Stelle.

Sie fühlte sich wie ein gewöhnlicher Backstein an, kalt und solide.

Nachdem er den Druck drei Sekunden lang aufrechterhalten hatte, ertönte ein Klicken.

Etwas Metallisches klackte hinter der Mauer. Der Abschnitt unter seiner Hand setzte sich in Bewegung und schwang mit einem pneumatischen Zischen nach innen auf. Die verborgene Tür öffnete sich mit leiser Endgültigkeit.

Alicia zog eine Augenbraue hoch. »Echt jetzt. In einer Backsteinmauer? Kommt mir vor, als hätte das Outfit das von Rowlings Winkelgasse abgekupfert.«

Levi warf seiner Tochter einen Blick zu. »Wer? Was?« Er wischte den Kommentar weg. »Egal, ziehen wir's durch.«

Sie traten ein.

Als sich die Tür hinter ihnen schloss, blieben sämtliche Geräusche der Umgebung draußen zurück. Über ihnen gingen leise surrende Leuchtstoffröhren an.

Vor ihnen erstreckte sich ein steriler, metallischer, an einen Bunker erinnernder Korridor. Am anderen Ende flankierten Glaswände eine Stahltür. Hinter jeder Scheibe hielt ein Soldat in Kampfuniform der Deutschen Bundeswehr eine MP5 durch einen Schlitz in Hüfthöhe. Beide hatten den Zeigefinger nicht weit vom Abzug entfernt.

»Legen Sie nacheinander die Hand auf die Zugangskontrolle rechts der Tür, bis ein grünes Licht erscheint«, blaffte einer der beiden auf Deutsch.

Levi zuckte mit keiner Wimper und übersetzte die Worte für Alicia.

Sie nickte. »Du zuerst.«

Levi trat vor und legte die Hand flach auf die in Brusthöhe neben der Tür montierte, kühle Metallplatte.

Nach einem Herzschlag ging ein grünes Licht an. *Klick.*

Alicia folgte seinem Beispiel.

Das leise Zischen von Hydraulikkolben hallte durch den Korridor, und die schwere Tür vor ihnen öffnete sich auf geölten Angeln.

Eine voraufgezeichnete Stimme verkündete über die Lautsprecheranlage in zackigem Deutsch: »Willkommen im Vorratsraum.«

KAPITEL ZWANZIG

München – Unterschlupf des Outfits
»Vorratsraum«
12:42 Uhr.

Mit einem neuerlichen Zischen schloss sich die Tür aus Metall hinter ihnen. Levi und Alicia blieben in einer klimatisierten Kammer zurück, in der es leicht nach Waffenöl und Ozon roch.

Leuchtstoffröhren an der Decke erhellten mit ihrem grellweißen Licht eine Reihe von mattschwarzen Spinden, Stahlschränken und modularen Waffenhalterungen an den Wänden. Der Raum glich halb einer Waffenkammer, halb einem Tresor – ein Tempel nüchterner Effizienz.

Alicia sah sich um und murmelte: »Man könnte meinen, wir hätten den Kleiderschrank eines Bond-Bösewichts betreten.«

Levi grinste. »Wir sind hier immerhin beim Outfit.«

Aus einer vertieften Tür an der gegenüberliegenden Wand erschien ein Mann, groß, schlank, bekleidet mit einer anthrazitfarbenen Weste und einer gebügelten Hose. Das silbrige Haar trug er mit chirurgischer Präzision zurückgekämmt. An einem Auge klemmte ein Monokel – ein waschechtes *Monokel* –, als wäre es nicht bereits seit der Kaiserzeit aus der Mode.

»Guten Tag«, sagte der Mann und verneigte sich leicht. »Ich bin Helmut. Bitte entschuldigen Sie das ... Ambiente.« Sein Englisch war klar verständlich, sein schwacher Akzent wirkte gewollt. »Ich glaube, Sie brauchen Ausrüstung. Meine Aufgabe besteht darin, Sie bei einer sowohl ... effizienten als auch zweckmäßigen Auswahl zu unterstützen.«

Alicia zog eine Augenbraue hoch. »Wir kriegen einen Waffensommelier?«

Helmut ließ den Hauch eines Lächelns aufblitzen. »Betrachten Sie mich eher als Concierge für angewandte Tödlichkeit.«

Damit wandte er sich um und bedeutete ihnen, ihm zu folgen. »Hier entlang.«

Sie durchquerten einen kurzen Tunnel und gelangten in eine weitläufige Kammer, die an einen unterirdischen Ausstellungsraum erinnerte. Hinter einer dicken Scheibe aus anscheinend kugelsicherem Glas befand sich ein Arsenal, das von zusammenklappbaren Maschinenpistolen bis hin zu Präzisionsgewehren für Weitschüsse reichte, präsentiert wie Haute Couture in einem privaten Atelier.

Helmut deutete auf eine Konsole mit Touchscreen in einem Tisch in der Mitte. »Beginnen wir mit dem Kontext. Art des Ziels?«

Levi antwortete mit schlichten Worten. »Ein Mensch. Gefährlich.«

»Sehr gut. Urbanes oder ländliches Umfeld?«

»Urban. Beengte Verhältnisse.«

»Ah.« Helmut nickte. Seine Finger tanzten über die Konsole. Teile der Wandverkleidung verschoben sich. Zum Vorschein kam eine Ansammlung kompakter Waffen.

»Tödliche Wirkung im Nahbereich. Schallgedämpft?« Helmuts Ton klang nüchtern und sachlich. »Attentat?«

Levi zögerte kurz. »Ja.«

»Ausgezeichnet. Dann räumen wir der Akustik höhere Priorität ein. Sie werden etwas Schallgedämpftes mit Unterschallmunition wollen. Dieses Modell beispielsweise«, er nahm eine schlanke Pistole mit integriertem Schalldämpfer in die Hand und bot sie Levi an, »erzeugt beim Abschuss ungefähr 122 Dezibel.« Er zog eine Augenbraue hoch. »Bei einer gewöhnlichen Pistole ohne Schalldämpfer reden wir von annähernd 160. Je zehn Dezibel verdoppeln die wahrgenommene Lautstärke für das menschliche Ohr.«

Alicia nickte anerkennend. »Also verringern wir den Lärm um drei Viertel?«

»Exakt«, bestätigte Helmut. »Das genügt, um es wie eine Fehlzündung eines Autos statt einer Bedrohung klingen zu lassen. Bei kluger Wahl des Umfelds wird kein zweiter Schuss nötig sein.«

Er bewegte sich die Wand entlang und wählte einen PDW aus, einen schallgedämpften .300 Blackout-Karabiner. Levi überprüfte die Ausgewogenheit der Waffe.

Dann vibrierte sein Handy.

Er warf einen Blick auf das Display. Brice.

»Ja?«

»Ich hab Neuigkeiten für dich«, sagte Brice. *»Wie sieht's mit deinem Weitblick aus?«*

»Weitblick?«

»Du verstehst dich doch auf Weitschüsse, oder?«

»Oh, ja, sicher. Das ist kein Problem, solange wir von keinen übertriebenen Entfernungen oder extremen Randbedingungen reden. Wieso fragst du?«

»Der Treffpunkt deiner Zielperson ist perfekt für einen Scharfschützenschuss – nur ein Eingang, ein Ausgang, völlig frei einsehbare Mauer. Und in der Nähe sind zwei Bürogebäude. Freies Schussfeld von den oberen Stockwerken aus, Entfernung vielleicht 100 Meter. Normalerweise dränge ich Agenten meine Meinung zu ihrem Vorgehen ja nicht auf, aber ...«

»Mir wirst du sie trotzdem sagen.«

»Richtig. Schalte ihn aus der Ferne aus. Das ist sauber und leise. Sollte wie aus dem Lehrbuch ablaufen können.«

Levi richtete den Blick auf Alicia. »Bist du mit einem Schuss aus dem Hinterhalt einverstanden?«

Mit fragender Miene drehte sie sich ihm zu. Sie nahm eine Pose ein, als würde sie ein Gewehr abfeuern. »Meinst du in dieser Art?«

»Ja.«

Ihre Züge hellten sich auf. »Scheiße, ja.«

»Okay, Brice. Klingt nach ’nem Plan. Willst du mir sonst noch was sagen?«

»Nein, nur viel Glück.«

Levi legte auf und wandte sich an Helmut. »Wir brauchen etwas für einen Schuss auf ungefähr 100 Meter. Präzise und schallgedämpft.«

»Sehr wohl.« Die Augen des Mannes leuchteten auf, als wäre ihm gerade eine Herausforderung gestellt worden. »Sie wollen etwas mit Sub-M.O.A.-Genauigkeit, integrierter Schalldämpfung und einem Patronenlager für .308 oder 6.5 Creedmoor Unterschallmunition. Auf 100 Meter empfehle ich das DSR-Precision DSR-1. Deutsches Fabrikat. Werkseitig kalibriert. Schnellwechselsystem für den Lauf. Einstellbarer Matchabzug. Zweibein aus Kohlefaser. Optik von Schmidt & Bender, wenn Sie ein Wärmebild-Overlay wünschen.«

Er führte sie zu einem geschlossenen Schrank, den er mit seinem Daumenabdruck und einem Netzhautscan öffnete.

Darin befand sich ein schnittiges schwarzes Scharfschützengewehr, das optisch mehr nach einem Raumschiff als nach einer Schusswaffe aussah.

Alicia fuhr mit ihren Fingern am Gehäuse entlang. »Es ist wunderschön.«

Helmut nickte knapp. »Und tödlich, Miss Yoder.«

»Haben Sie zufällig zwei davon?«, fragte Levi.

Ein Lächeln breitete sich in Helmuts Zügen aus, und er nickte erneut. »Ja.«

Levi trat vor und begutachtete die Waffe. »Na schön, Helmut – dann machen wir sie mal transportfertig. Ich brauche etwas Diskretes, das auf der Straße nicht auffällt. Umhängetaschen, unscheinbar.«

»Verstanden«, erwiderte Helmut zackig.

Levi griff sich eine dezente Umhängetasche und steckte sicherheitshalber ein Reservemagazin ein. Den Rest stellte Helmut effizient bereit – passgenaue Schalldämpfer, kompakte Zieloptik und zwei drahtlose Ohrstöpsel. »Sicherer Kanal«, erläuterte er. »Bandverschlüsselung. Geringe Latenz. Sie werden sich gegenseitig kristallklar hören, sogar während schallgedämpfter Schüsse.«

Rasch packten sie alles zusammen. Alicia schlang sich ihr Gewehr quer über den Rücken und verbarg es unter einer weiten Jacke, mit der sie wie eine Touristin wirkte, nicht wie eine Attentäterin. Levi verstaute Reservemunition in einer unscheinbaren Segeltuchtasche. Bagel, der das Geschehen wie immer begriff, sprang unaufgefordert in sein Tragetuch.

»Danke, Helmut«, sagte Levi, als er die Tasche zuzog.

Helmut nickte respektvoll. »Viel Glück. Und seien Sie pünktlich. Deutsche Zielpersonen neigen dazu, eher zu früh als verspätet einzutreffen.«

Die Stahltür schloss sich hinter ihnen und versiegelte die Schätze des Vorratsraums, als sie in die Welt zurückkehrten.

München – Schussposition auf einem Dach
14:41 Uhr

ALICIA

Der Kies, der das Flachdach bedeckte, knirschte leise, als sich Alicia ausgestreckt darauf niederließ. Die Sicht erwies sich als perfekt. Ihre erhöhte Position wies nach Osten und bot ihr freies Schussfeld zum Haupteingang der Lagerhalle.

Bagel ließ sich in Sphinxhaltung neben ihr nieder und beaufsichtigte ihre Vorbereitungen nach Katzenart, reglos, die Augen zu Schlitzen verengt, der Schwanz gelegentlich zuckend.

Sie legte das Gewehr flach hin, lud eine Patrone ins Lager, hielt das Auge ans Zielfernrohr und passte die Höheneinstellung an.

LEVI

Zwei Gebäude weiter ging Levi hinter dem DSR-10 in Position. Das Zweibein ruhte auf der Betonkante des Dachs. Er späte durch das Zielfernrohr nach Westen, hatte aus einem gegenüberliegenden Winkel genauso freies Schussfeld auf denselben Eingang wie Alicia.

Levi tippte auf den Funkohrstöpsel in seinem Ohr.

»Sag was.«

»Du bist mies in Smalltalk.«

»Gut. Funktioniert.«

»Sieht so aus.«

»Jetzt warten wir ...«

ALICIA

Sie spähte durch das Zielfernrohr. Durch die Abluft der Heizlüftung auf dem Dach nahm sie in ihrem Sichtfeld ein leichtes Flimmern wahr. Sie tippte sich zweimal auf die Wange. Von der Kälte wurde ihr Gesicht allmählich taub.

Bagel schien unbekümmert, während er sie schnurrend weiterhin beobachtete.

LEVI

Das Zielfernrohr war exakt auf die Eingangsstufe der Lagerhalle ausgerichtet. Die Entfernung stimmte. 100 Meter. Leichter Seitenwind. In Gedanken ging er noch einmal alles durch. Drei Klicks nach links. Unterschallmunition. Patronenlager geladen. Alles an dem Schuss fühlte sich richtig an.

»Augen offen halten«, sagte er.

»Immer.«

»Bei mir ist es 14:57 Uhr.«

»Verstanden ... Auf drei Uhr hat gerade ein Auto eingeparkt.«

»Ich sehe es.«

Eine Gestalt stieg aus der Limousine aus. Groß. Breite Schultern. Zielstrebige Bewegungen.

Levi sicherte die Waffe und beugte sich vor.

»Siehst du ihn?«

»Das ist er«, flüsterte Alicia in seinem Ohr. *»Vom Gesicht habe ich in der Ukraine keine Aufnahmen gesehen, aber die Größe, der Gang – das stimmt exakt überein. Ich bin überzeugt davon, dass er es ist.«*

Der Mann trug eine Kopfbedeckung, eine verspiegelte Sonnenbrille, eine dicke Jacke und Handschuhe. Als hätte er bewusst darauf geachtet, seine Identität bestmöglich zu verschleiern.

»Ich kann sein Gesicht überhaupt nicht erkennen.«

»Macht nichts«, gab Alicia zurück. *»Dad, die Silhouette von dem Kerl hat sich mir eingebrannt. Er ist es.«*

Levi beobachtete, wie der Mann eintrat, um sich mit dem Immobilienmakler zu treffen. »Okay. Dann wissen wir jetzt, wen wir im Visier haben. Sobald die gleiche korpulente Masse wieder durch die Tür kommt, schießt du.«

»Alles klar. Hab den Eingang im Fadenkreuz.«

Er hatte immer gehofft, bei ihrem ersten Abschuss würde nicht so viel auf dem Spiel stehen. Aber es ließ sich nicht ändern.

Mit der Hand am Gewehr verlangsamte er die Atmung.

Es war gerade 15:00 Uhr geworden.

Weitere fünf Minuten vergingen.

»Vergiss nicht, Alicia, das ist ein Geduldsspiel.«

»Weiß ich, Dad.«

Levi lächelte, während er weiter wartend durch das Visier spähte.

Zehn Minuten vergingen.

Levi justierte das Zielfernrohr, überprüfte erneut den Wind, konzentrierte sich auf seine Atmung.

»Fünfzehn Minuten.« Kaum hatte er es ausgesprochen, öffnete sich die Tür.

Derselbe Mann trat heraus ins Licht der Nachmittagssonne.

Levis Herzschlag beschleunigte sich nicht.

Er atmete nur langsam aus.

Der Abzug ließ sich butterweich durchdrücken.

Das Gewehr stieß gegen seine Schulter zurück, als das Projektil den Lauf verließ.

Fast gleichzeitig peitschte Alicias Schuss von ihrer Position aus durch die Stille.

Der Kopf des Mannes explodierte zu einem rosa Sprühnebel.

Sein Körper sackte wie ein nasses Handtuch zusammen.

Levi verharrte noch einen Atemzug lang in unveränderter Position.

»Sauberer Schuss«, lobte er.

»Das war spitze!« Alicias Stimme dröhnte aufgeregt aus seinem Ohrstöpsel und klang aufgekratzt vor Adrenalin.

Im Hintergrund hörte er über die Funkverbindung sogar Bagels Schnurren.

»Abrücken«, ordnete Levi an, der das Gewehr bereits mit geübten Handgriffen zerlegte.

Er gestattete sich ein verhaltenes Lächeln.

New York – Gerard's

Die gedämpfte Beleuchtung in Dennys Kneipe erhellte mit einem dezenten goldenen Schein die zerkratzte Theke aus Holz und die Reihen alter Schnapsflaschen, die seit Jahren niemand mehr angefasst hatte. Aus versteckten Lautsprechern dudelte gerade laut genug Jazz, um das Lokal nicht wie eine Gruft wirken zu lassen.

Levi schwenkte das Selters in seinem Glas. Winzige Bläschen stiegen darin auf und verpufften. Alicia saß ihm gegenüber und ahmte es nach. An ihrem Glas funkelten Kondenstropfen im schummrigen Licht. Kein Alkohol. Auf Kopfschmerzen konnten sie beide verzichten. Denny hatte bei ihrer Bestellung gegrinst.

»Selters? Scheint 'ne Yoder-Familientradition zu sein.«

»Mach's nicht schlecht«, hatte Levi gemurmelt. »Ist nichts verkehrt an unbeeinträchtigten Reflexen.«

Mittlerweile saßen Alicia und er gesellig schweigend da. Seit München waren zwei Wochen vergangen.

Alicia hatte sich eine drastisch andere Frisur zugelegt. Ein Großteil ihrer Mähne war verschwunden, ersetzt von einem kantigen Schnitt, der mehr nach einer Berliner Punkerin als einer Agentin aus Washington, D. C. aussah. Sie bemerkte, wie er sie musterte, und zog eine Augenbraue hoch.

»Kein Wort darüber«, warnte sie.

Er schaute trotzdem skeptisch drein. »Hast du vor, bei einer Ska-Band einzusteigen?«

»Woher weißt du überhaupt, was Ska ist?« Sie verdrehte die Augen. »Mir gefällt die Frisur auch nicht, aber was soll ich machen? Die Hälfte meiner Kopfhaut ist chemisch vernichtet worden. Was Besseres ist mir nicht eingefallen, während ich darauf warte, dass alles nachwächst.«

Mit einem Brummen gestand er ihr den Punkt zu.

Sie hatten beide soeben eine E-Mail von Brice mit einer

Zusammenfassung der Ergebnisse der Spurensicherung und einem Einsatzbericht erhalten.

Alicia lächelte, während sie darin scrollte. »Wir haben den Richtigen erwischt.«

Levi nickte, während er den Text überflog.

Die Identität des in München Liquidierten war als Dr. James Antonow, vormals in Fort Detrick stationiert, bestätigt worden. Zweifelsfrei. Nun war der Mann tot, der Fall abgeschlossen.

Levis und Alicias Handy vibrierten, als eine weitere Nachricht eintraf.

Er wechselte zu der neuen E-Mail und las sie mit einem Lächeln und einem Nicken, während Alicia nach Luft schnappte.

»Heilige Scheiße«, entfuhr es ihr ein wenig zu laut. Mehrere Gäste der Kneipe drehten sich nach ihnen um.

Alicia zeigte ihm die E-Mail, die sie gerade erhalten hatte. Es handelte sich um eine Quittung über den Betrag, der auf ihr Konto überwiesen worden war. »Das ist zu viel«, flüsterte sie.

»Schatz, du hast einen hohen Preis bezahlt.«

Wieder starrte Alicia mit offenem Mund auf ihr Smartphone. »Stimmt wohl ...«

Levi lächelte. »Ist ein bisschen mehr als das Jahresgehalt, das man dir angeboten hat, oder?«

»Und ob ...«

»Weißt du«, sagte Levi, »du könntest immer noch in Vollzeit dort einsteigen.«

Alicia runzelte die Stirn und schüttelte den Kopf. »Nein, sicher nicht. Aber ...«

»Was denkst du?«

Eine Pause.

»Mir gefällt die Vorstellung, unabhängig zu sein«, sagte sie langsam. »Freie Zeiteinteilung, eigene Entscheidungen. Nur ...«

Sie biss sich auf die Unterlippe. »Ich weiß, das hört sich jetzt vielleicht seltsam an ... aber ich arbeite echt gern mit dir zusammen.«

Levi blinzelte.

Mit leiserer Stimme fuhr sie fort. »Tony hätte nicht auf die Weise sterben sollen. Darüber hab ich viel nachgedacht. Wenn du statt Tony bei mir im Lagerhaus gewesen wärst ... dann wäre die Sache vielleicht völlig anders ausgegangen.«

Levi erwiderte nichts.

Das musste er nicht.

Denny erschien mit einem Geschirrtuch über der Schulter neben ihnen. »Wollt ihr auch was essen, oder besetzt ihr mir hier nur die Stühle?«

Levi schaute zu Alicia, dann zurück zu Denny.

»Sag mir deine Meinung«, forderte er ihn auf. »Findest du, dass sich Alicia selbstständig machen sollte? Allein? Oder sollten wir uns zusammentun und künftig ein Team bilden?«

Denny rieb sich nachdenklich das Kinn.

»Hm ...«, brummte er mit gespieltem Ernst. »Sehr gute Frage.«

Dann drehte er langsam den Kopf, lächelte und sah direkt den Leser/die Leserin an.

»Was meinst du dazu?«

ANMERKUNGEN DES AUTORS

Tja, damit sind wir am Ende von *Todesgemälde*, und ich hoffe aufrichtig, es hat dir gefallen.

Wenn das dein erstes Buch von mir war, schulde ich dir eine kleine Vorstellung. Wer das hier schon kennt, kann direkt weiterspringen zu den neuen Teilen.

Ich habe mein Leben wissenschaftlicher Forschung verschrieben und bin schon länger in der Hightech-Branche tätig, als ich zugeben möchte. Meine Herkunft ist nicht besonders ungewöhnlich. Man könnte jedoch anmerken, dass ich mit Englisch als meiner dritten Sprache aufgewachsen bin, obwohl es mittlerweile mit Abstand meine stärkste ist. Ich wurde in eine Armeefamilie hineingeboren, bin viel gereist und habe dasselbe getan wie die meisten: Ausbildung, Job, Hochzeit und Kinder.

In bin damit aufgewachsen, in wissenschaftlichen Zeitschriften zu schmökern. Darüber bin ich zum Lesen von Science-Fiction gekommen, hauptsächlich die Klassiker von Asimov,

Niven, Pournelle und so weiter. Dann entdeckte ich epische Fantasy für mich, was mir eine völlig neue Welt erschloss. Eigentlich viele neue Welten. Durch Eddings, Tolkien und Co. habe ich das Genre schätzen gelernt. Als ich älter und biederer wurde, kam ich auf den Geschmack von Thrillern wie jenen von Cussler, Crichton, Grisham und anderen.

Als meine Kinder jünger waren, erfand ich für sie Geschichten, die ihnen gefielen und sie gut unterhielten. Wer hätte in dem Alter auch keinen Spaß dabei, etwas von Zwergen, Elfen, Drachen und dergleichen zu hören? Dies waren die Gutenachtgeschichten ihrer Jugend. Um mich nicht zu verzetteln, fing ich an, die Geschichten aufzuschreiben.

Tja, die Kinder wurden größer. Und es hat sich herausgestellt, dass mich nach dem Aufschreiben all der Geschichten ein Fieber gepackt hatte – das Schreibfieber. Es juckte mich, richtig damit anzufangen ... aber nicht mit traditionellen Geschichten, wie ich sie mir für die Kinder ausgedacht hatte.

Im Verlauf der Jahre habe ich mich mit einigen recht bekannten Autoren angefreundet. Und wenn ich erwähnte, dass ich das Schreiben vielleicht ernsthafter betreiben will, bekam ich von mehreren denselben Rat: »Schreib über etwas, womit du dich auskennst.«

Über etwas schreiben, womit ich mich auskenne? Ich fing an, über Michael Crichton nachzudenken. Er war nicht praktizierender Arzt und begann mit einem medizinischen Thriller. John Grisham war ein Jahrzehnt lang Anwalt, bevor er eine Reihe von Gerichtsthrillern verfasste. Der Ratschlag schien etwas für sich zu haben.

Ich fing zu grübeln an. »Womit kenne ich mich aus?« Und dann kam es mir.

Ich kenne mich mit Wissenschaft aus. Das ist mein Beruf und

bereitet mir Freude. Tatsächlich gehört es zu meinen Hobbys, Fachartikel zu lesen, die verschiedenste wissenschaftliche Disziplinen umspannen. Meine Interessen reichen von Teilchenphysik über Computer und Militärwissenschaften (also jede Wissenschaft hinter allem, was knallt) bis hin zu Medizin. In der Hinsicht bin ich zugegebenermaßen ein Nerd. Außerdem reise ich schon mein Leben lang viel und befasse mich aus reinem Interesse mit fremden Sprachen und Kulturen.

Mit dem Rat einiger *New York Times*-Bestsellerautoren im Gepäck begann ich mein Unterfangen, Romane zu schreiben.

Schon mein erstes Buch, *Urgewalt*, wurde ein *USA Today*-Bestseller. Seither habe ich es mehrfach auf diese Liste geschafft. Im Nachhinein bin ich froh, dass ich den Sprung ins kalte Wasser gewagt und mit dem Schreiben begonnen habe.

Damit genug der Einleitung. Ich rede nicht so gern über mich selbst. Also weiter im Text, nachdem ich mich so aufdringlich vorgestellt habe.

Die Idee zu *Todesgemälde* ist mir gekommen, als ich eine Sendung über Kunstraub gesehen habe. Unter anderem wurde darin kurz erwähnt, wie Nazi-Deutschland weite Teile Europas geplündert hat. Dabei wurden etliche berühmte Kunstwerke gestohlen und im Verlauf der Zeit zurückgegeben, sogar solche vom Kaliber der Mona Lisa.

Ja – die erste Szene und viel danach wurden von einem vielleicht fünf Sekunden dauernden Einwurf in einer Dokumentation inspiriert, die ich mir vor mehreren Jahren angeschaut habe. Und ja, bei Einzelheiten bin ich generell gern so genau wie möglich. 1911 hat ein Diebstahl durch einen italienischen Handwerker und ehemaligen Mitarbeiter des Louvre namens Vincenzo Peruggia stattgefunden.

Weitere Informationen darüber folgen im Anhang. Dort warten noch mehr kleine Bonusinhalte.

Aber unabhängig davon, worauf die Geschichte zurückgeht, hoffe ich, sie hat dir gefallen.

Wie immer freue ich mich über Kommentare und Rückmeldungen.

Bitte hinterlasst eure Gedanken/Rezension über die Geschichte auf Amazon und teilt sie mit euren Freunden. Nur durch Rezensionen und Mundpropaganda kann diese Geschichte weitere Leser finden, und ich hoffe sehr, dass dieser Roman – und der Rest meiner Bücher – ein möglichst großes Publikum ansprechen.

Und ich wäre nachlässig, wenn ich nicht zumindest auf das Ende oder die letzten Zeilen davon einginge.

Sie sind ein Aufruf an dich, liebe Leserin, lieber Leser.

Du hast die Möglichkeit, den weiteren Verlauf dieser Reihe zu beeinflussen.

Von etlichen Seiten heißt es, ein Autor sollte sich die Kritiken, die er erhält, nicht ansehen. Daran glaube ich nicht. In Rezensionen steckt oft viel Weisheit, wenngleich es natürlich auch welche gibt, die einem Rätsel aufgeben.

Jedenfalls gehe ich davon aus, dass einige Leser:innen eine Meinung dazu haben könnten, ob Alicia allein oder zusammen mit Levi weitermachen sollte.

Lass mich über eine Rezension wissen, wie du dazu stehst – oder wo auch immer du mir sonst im Internet oder im wahren

Leben begegnest. Ich freue mich über Rückmeldungen und bin von einem Konsens leicht zu beeinflussen.

Wenn die Meinungen allerdings halb in die eine, halb in die andere Richtung tendieren, werde ich die Entscheidung wohl selbst treffen.

Es war für mich ein aufrichtiges Vergnügen, diese Geschichte zu schreiben, und noch mal, ich hoffe, sie hat dir gefallen.

Mike Rothman
22. Mai 2025

Wenn dich Neuigkeiten über meine Arbeit interessieren, kannst du dich gern für meinen Newsletter anmelden:

https://mailinglist.michaelarothman.com/new-reader

Falls du es nicht weißt, möchte ich dich im Zusammenhang mit der von Denny gestellten Frage darauf hinweisen, dass Alicia derzeit eine eigene, parallele Reihe hat. Allerdings steckt sie dort in einer Gewissenskrise. Ihr letztes Buch jener Reihe endet praktisch dort, wo ihr Auftritt in diesem Roman beginnt. Sie ist sich nicht sicher über die Zukunft ihrer Verbindung zum Outfit.

Damit du ein besseres Gefühl dafür bekommst, stelle ich dir eine kostenlose Leseprobe bereit.

Du wirst feststellen, dass sie im ersten Buch, Multiverse, als Studentin in Princeton noch eher die zweite Hauptfigur neben einem Professor derselben Universität ist. *Multiverse* schließt zeitlich fast unmittelbar an *Tief im Sumpf* an.

Als Teaser füge ich eine Vorschau auf Multiverse und den Folgeband New Arcadia an, in dem Alicia allein im Mittelpunkt steht.

ANHANG

Wenn du schon Bücher von mir gelesen hast, gehst du mittlerweile wahrscheinlich davon aus, dass ich unabhängig vom Genre immer ein bisschen Wissenschaft einflechte. Eigentlich bin ich ja ungern vorhersehbar. Und dennoch sind wir wieder mal beim Anhang. Wie bei den anderen Romanen mit Levi Yoder habe ich Dinge eingebaut, die vielleicht einer Erklärung bedürfen.

Nanobots: echt oder erfunden?

Um es klarzustellen: Nanobots – auch Naniten oder molekulare Maschinen genannt – sind keine Magie, sondern handfeste Wissenschaft. Der Begriff wird im Bereich der Science-Fiction oft verwendet. Das Grundkonzept dahinter sind mikroskopisch kleine Maschinen, darauf programmiert, bestimmte Aufgaben im menschlichen Körper auszuführen.

In dieser Geschichte verfolgen die Nanobots ein unglaublich

ehrgeiziges Ziel – laufende Reparaturen anhand eines »idealen« menschlichen Bauplans als Vorlage. Das bedeutet, sie beheben nicht nur aufgetretene Schäden, sondern arbeiten ständig daran, den Körper in einen optimalen Zustand zu versetzen. Sobald irgendetwas aus dem Ruder läuft – Zellschäden, Entzündungen, Verätzungen –, greifen sie ein.

Jetzt kommt der wissenschaftliche Teil.

Lässt sich so etwas Kleines im wahren Leben bauen?

Ja. Tatsächlich machen wir das bereits. Ein perfektes Beispiel dafür ist moderne Halbleiterlithografie.

Die neuesten Chips von Unternehmen wie TSMC und Intel werden mit 3-Nanometer-Prozessknoten hergestellt. Konkret heißt das, die Transistorkanäle – im Wesentlichen die Ein-/Aus-Schalter eines Computers – sind mittlerweile kleiner als der Durchmesser eines einzelnen DNA-Strangs.

Solche Präzision beweist, dass Technik im Nanomaßstab absolut möglich ist.

Wenn wir so kleine Prozessoren bauen können, warum laufen wir dann nicht alle mit gesundheitsoptimierenden Nanobots im Blutkreislauf herum?

Das liegt nicht an der Technik selbst, sondern an einem Fertigungsproblem.

Einen Nanobot zu konstruieren, wäre in etwa so, als würde man einen Ferrari mit einer Pinzette bauen. Mühsam, aber machbar.

Die große Hürde ist die günstige, zuverlässige Massenproduktion von Millionen oder Milliarden solcher Ferraris, die dem menschlichen Immunsystem standhalten und im Körper tatsächlich nützliche Arbeit verrichten können.

In *Todesgemälde* spulen wir in eine Welt vor, in der jemand dieses Problem gelöst hat. In der Nanobots existieren. In der sie skalierbar sind. Und in der sie in Menschen wie Levi und Alicia zum Einsatz gelangen.

Was uns dazu führt, wie sie in der Geschichte funktionieren.

Nehmen wir zum Beispiel Alicia. Durch die chemische Falle in dem Lagerhaus hätte sie nach menschlichem Ermessen sterben müssen. Ihre Lunge war zerstört, ihre Haut verätzt, ihre Organe haben versagt. Und doch hat sie überlebt. Ihr Zustand hat sich stabilisiert. Ihr Körper hat nicht nur überlebt, sondern wurde – aktiv und künstlich – wiederhergestellt.

Durch die Nanobots.

Was nicht bedeutet, dass Levi oder Alicia unsterblich sind und nicht getötet werden können. Aber etwas, das ein Normalsterblicher nicht überleben würde, können sie unter Umständen überstehen. Und ihre Fähigkeit, sich zu regenerieren, ist generell stark verbessert.

Nicht nur im Fall von Traumata. Diese winzigen Maschinen bekämpfen auch den Alterungsprozess, denn im Wesentlichen handelt es sich dabei um langsam voranschreitende, kumulative Schäden. Wenn die Zellen konstant aufgeräumt, repariert und optimiert werden, wird das Altern im Grunde ... optional.

Natürlich geht damit ein Preis einher.

Ständiger Hunger. Ein Jucken unter der Haut. Nahrung wird wie in einem Hochofen verbrannt. Der Körper fühlt sich an, als würde er rasant umgestaltet.

Und vielleicht – nur vielleicht – ist man nicht mehr ganz *man selbst*.

Damit im Hinterkopf lebt Levi. Er betrachtet die Nanobots als Fluch. Und Alicia?

Sie teilt diese Ansicht nicht.

Denn ihr haben sie das Leben gerettet. Auch Levi schon mehr als einmal, nur will er es nicht wahrhaben.

Dadurch wird diese Technologie zu mehr als einem Handlungselement, nämlich zu einer bedeutenden Frage:

Wenn man alles reparieren könnte, was im menschlichen Körper schiefläuft ... was würde dabei verloren gehen?

Nowitschok und die Falle im Lagerhaus – ist das real?

Unterhalten wir uns über etwas Unerfreuliches.

Nowitschok.

Klingt wie ein Begriff aus einem Spionagefilm, oder? Leider gibt es Nowitschok wirklich, und schlimmer noch, es ist im wahren Leben schon eingesetzt worden, um Menschen zu töten. Mehrfach.

Was ist Nowitschok?

Die Bezeichnung Nowitschok (Russisch für »Neuankömmling«) steht für eine Gattung von Nervenkampfstoffen der nächsten Generation, entwickelt von der Sowjetunion in den 1970er- und 1980er-Jahren. Sie sollten tödlicher, schwerer nachzuweisen und einfacher aus verbreiteten Vorläufersubstanzen herstellbar sein als ältere Nervenkampfstoffe wie VX oder Sarin.

Sie greifen in das Nervensystem ein – genauer gesagt, binden sie sich an ein Enzym (Acetylcholinesterase), das für den Abbau von Neurotransmittern zuständig ist. Sobald dieses Enzym blockiert ist, spielt der Körper verrückt.

Muskeln verkrampfen.

Die Lunge versagt.

Das Herz setzt aus.

Der Tod tritt unweigerlich ein, wenn nicht umgehend eine *sehr spezifische* medizinische Behandlung zur Verfügung steht.

Praxiseinsatz von Nowitschok

Ja, der Kampfstoff ist bereits außerhalb von Kriegsgebieten eingesetzt worden:

- 2018 – Salisbury, Großbritannien: Der ehemalige russische Doppelagent Sergej Skripal und seine Tochter wurden mit Nowitschok vergiftet. Ein Zivilist, der versehentlich mit dem Container in Berührung gekommen war, starb später.
- 2020 – Russland: Der russische Oppositionsführer Alexej Nawalny wurde mit Nowitschok vergiftet. Dank eines schnellen internationalen Eingreifens hat er überlebt und wurde zur Behandlung nach Deutschland geflogen.

Es handelt sich dabei um keine Waffen fürs Schlachtfeld, sondern um Werkzeuge für Attentate, die gezielt eingesetzt werden, um Zielpersonen zu eliminieren und gleichzeitig Verwirrung zu stiften.

Warum Nowitschok immer noch von Bedeutung ist

Im Buch war der Hintergedanke, sich nicht nur auf Nowitschok zu konzentrieren, sondern die Entwicklung von Attentatswerkzeugen aufzuzeigen. Von subtilen Nervenkampfstoffen bis hin zu raumumfassenden chemischen Fallen verrät solche Technologie die Denkweise von Menschen wie Maestro – nicht nur töten, sondern restlos auslöschen.

Und Nowitschok?

Das gibt es noch immer.

Ebenso ist nach wie vor das Wissen darüber vorhanden, wie man es herstellt – oder andere, genauso tödliche, vielleicht sogar noch schlimmere Verbindungen.

Ein schauriger Gedanke, denn sowohl in der Fiktion als auch in der Realität sehen Waffen nicht immer wie Pistolen, Gewehre oder Messer aus.

Manchmal sind sie ein Lagerhaus mit einer unscheinbaren Tür darin, ohne Fluchtmöglichkeit vor dem unsichtbaren Tod, der sich dahinter verbirgt.

Der Raub der Mona Lisa – Wahrheit und Lügen ...

Wenden wir uns *der Mona* Lisa zu.

Ja, *der* Mona Lisa – der lächelnden Dame hinter kugelsicherem Glas im Louvre. Dem vielleicht berühmtesten Gemälde der Welt.

Aber was viele nicht wissen – sie wurde einmal gestohlen. Wirklich. Und nicht etwa mit einem Hightech-Coup wie in *Oceans Eleven.*

Nein.

Es war vielmehr ein Insiderjob – durchgeführt von einem Kerl mit Schnurrbart und weißem Kittel.

Die wahre Geschichte: Vincenzo Peruggia

Im Jahr 1911 hat ein italienischer Handwerker namens Vincenzo Peruggia, der zuvor im Louvre gearbeitet hatte, das Museum am helllichten Tag betreten – und ist mit der Mona Lisa unter seinem Kittel hinausspaziert.

Du hast richtig gelesen.

Er hat sie *buchstäblich* einfach von der Wand genommen, unter seinem Gewand verborgen und ist damit davongeschlendert.

Die Sicherheitsvorkehrungen damals waren nicht unbedingt auf dem Niveau von Fort Knox.

Das Museum hat erst geschlagene 24 Stunden später überhaupt bemerkt, dass die Gute verschwunden war.

Peruggia hat das Gemälde über zwei Jahre lang in einer Truhe in seiner Pariser Wohnung aufbewahrt, bevor er schließlich versucht hat, es an einen Kunsthändler in Florenz zu verkaufen. Dabei hat er behauptet, er wäre Patriot und wollte es zurück nach Italien bringen.

Spoileralarm: Er wurde erwischt.

Die *Mona Lisa* wurde 1913 in den Louvre zurückgebracht.

Erst durch den Diebstahl hat die Mona Lisa weltweite Berühmtheit erlangt.

Vor dem Raub war sie nicht das berühmteste Gemälde der Welt – das wurde sie vielmehr, *weil* sie gestohlen wurde.

Zeitungen rund um den Globus haben darüber berichtet wie über einen königlichen Skandal. Die Menschen in Paris sind um das Gebäude herum Schlange gestanden, um sich die *leere Wand* anzusehen, an der das Gemälde gehangen hatte. Picasso höchstpersönlich wurde zum Verhör vorgeladen. (Nur fürs Protokoll, er hatte damit nichts zu tun.)

Ja, die *Mona Lisa* wurde zu einer Legende, allerdings nicht nur wegen ihres Schöpfers ...

... sondern weil sie jemand hat verschwinden lassen.

Und in dieser Geschichte ...

Wenn du *Todesgemälde* gelesen hast, weißt du ja, wie sehr jener Raub den Beginn des Buchs inspiriert hat.

Die Vorstellung, dass Kunst – und mit ihr die Wahrheit – verschwinden kann, ist großartiger Stoff für einen Thriller. Fügt man dem noch moderne Fälschungstechnik, Schwarzmarkthändler und eine Prise Mafiaparanoia hinzu, hat man plötzlich nicht mehr nur gestohlene Gemälde, sondern schreibt die Geschichte um.

Die Münze des Outfits – gibt es so etwas? Wirklich?

Ich habe mich tatsächlich noch nie hingesetzt, um eine Erklärung für einen kuriosen kleinen Gegenstand zu schreiben, mit dem sich Mitglieder des Outfits gegenseitig identifizieren – die *Münze*. Höchste Zeit dafür.

Auf den ersten Blick sieht sie wie ein hochwertiger Pokerchip oder eine Gedenkmünze aus. Und in Wirklichkeit? In Wirklichkeit ist sie eines der unterhaltsamsten biometrischen Verifizierungshilfsmittel, die du je (nie) sehen wirst.

Es funktioniert wie folgt – und *ja*, bevor du fragst, diese Technologie existiert bereits.

Die Münze als biometrische Authentifizierungsvorrichtung

Jede Münze enthält zwei kapazitive Touchpads, eines auf jeder Seite. Jedes ist mit einem in der Münze verbauten Chip verdrahtet (vergleichbar Apples Secure Enclave oder YubiKeys NFC-Chip), der Folgendes kann:

- Erfassen elektrischer Impedanzsignaturen der menschlichen Haut (im Wesentlichen ein eindeutiger elektrischer »Hautabdruck«).
- Optionales Auslesen von Gefäßmustern, auch bekannt als das einzigartige Venenlayout unter der Haut (was bei Handflächen- und Fingerabdruckscannern genutzt wird).
- Messen von Temperatur, Schweißzusammensetzung und Schwankungen der Leitfähigkeit – im Grunde die Bestätigung, dass man ein Mensch *und* lebendig ist *und* der erwarteten biometrischen Signatur entspricht.

Und woher weiß die Münze, wer man ist?

Gar nicht – jedenfalls nicht lokal.

An der Stelle kommt sichere Cloud-Verifizierung ins Spiel.

Sobald beide Benutzer die Münze gleichzeitig berühren, passiert Folgendes.

1. Voraussetzung ist die Koppelung mit dem Telefon des Besitzers über verschlüsseltes Bluetooth LE (ja, das gibt's).
2. Die Telefon-App verschlüsselt und sendet die anonymisierten biometrischen Daten beider Personen an einen gesicherten Cloud-Endpunkt – die private Serverfarm des Outfits, natürlich netzunabhängig und abgeschottet.

3. Der Server gleicht die übermittelten biometrischen Signaturen anhand der internen Mitgliederdatenbank ab.
4. Innerhalb von Sekunden sendet der Server ein boolesches Ergebnis (JA/NEIN) an das Handy zurück, das es an die Münze weiterleitet.
5. Eine winzige LED der Münze leuchtet auf.
    - Grün bedeutet, beide Benutzer sind verifizierte Mitglieder des Outfits.
    - Rot bedeutet, einer ist ein Fremder. Durchgefallen.

Das ist alles. Mit einem Händedruck kaschierbar, ohne dass Worte fallen, kein Austausch von Losungswörtern.

Man muss nicht mal den Namen der Person gegenüber kennen, sondern nur wissen, dass sie legitim ist.

Gibt es dazu Parallelen im wahren Leben?

Falls du das für weit hergeholt hältst, werfen wir einen Blick darauf, wo diese Technologie bereits eingesetzt wird.

- Kapazitive biometrische Sensoren sind überall verbreitet – im Display deines Handys, in deinem Laptop, in deiner Autotür.
- Multi-Faktor-Authentifizierung-Tokens wie YubiKeys und NFC-Ringe bieten bereits sichere Verifizierung bei kontaktgebundenen und kontaktlosen Verfahren.
- Bluetooth LE + Apps für verschlüsselte Clouds? Apple Pay, Google Authenticator und sogar Zwei-Faktor-Unternehmensausweise nutzen das in Echtzeit.

- Handvenenerkennung und schweißbasierte Identifikationssysteme wurden von DARPA und Samsung für die Gerätesperrung getestet und sind weitaus eindeutiger als Fingerabdrücke.
- Kryptografische Anonymisierung und biometrische Lookup-Systeme? Das ist bei dezentralen ID-Protokollen längst Standard (beispielsweise kenntnisfreie Protokolle + Blockchain-gesicherte ID).

Nicht verbreitet ist, das alles in etwas der Größe einer Münze zu packen und unscheinbar aussehen zu lassen.

Da greift die Fiktion gerade so weit ein, dass die Fantasie den Rest überbrücken kann.

Warum spielt das für die Geschichte eine Rolle?

Das Outfit vertraut auf nichts, das Spuren hinterlässt. Handys können geklont, Stimmen nachgeahmt und Namen aufgeschnappt werden. Aber in ein geschlossenes System eingebettete biometrische Daten sind schwieriger zu fälschen.

Die Münze stellt sicher, dass die Anwesenden diejenigen sind, die sie zu sein behaupten – und das *ohne Worte*. Es ist ein Test der Anwesenheit. Und des Vertrauens.

Und wenn die Münze rot aufleuchtet?

Tja, dann steht jemandem ein ziemlich übler Tag bevor.

VORSCHAU – MULTIVERSE

Michael Salomon setzte sich abrupt auf und verspürte einen Anflug von Benommenheit, als er sich den Schlaf aus den Augen blinzelte. Sein Herz raste, und er atmete schwer, während sich verschwommene Erinnerungen an einen Traum aus seinem Bewusstsein verflüchtigten.

Irgendetwas war gerade passiert, und er wusste nicht genau, was.

Definitiv kein Traum. Dafür verspürte er zu große, immer noch anschwellende Beklommenheit. Irgendein Albtraum ...

Er warf einen Blick zur Uhr auf dem Nachttisch. Kurz nach sieben. Er war erst vor vier Stunden ins Bett gegangen, aber um diese Zeit aufzuwachen, war zur Gewohnheit geworden. Während des Schuljahres würde er schwungvoll aufstehen, um sich darauf vorzubereiten, in Princeton Physik zu unterrichten. Aber es war Sommer, und seine gesamte Aufmerksamkeit galt seiner Forschung.

Sie hatte ihn vergangene Nacht so lange wachgehalten. Wegen einer Entdeckung, durch die er das Labor um zwei Uhr nachts in einem Schockzustand verlassen hatte.

Er hatte unbedingt jemandem davon erzählen gewollt. Irgendjemandem. Aber es war spät gewesen, und er konnte nicht mit Kollegen darüber sprechen, ohne die Daten mit wachem Verstand noch einmal überprüft zu haben. Dreifach. Dann – und erst dann – würde er seinen Ruf aufs Spiel setzen.

Kaum hatte er sich aus dem Bett erhoben, setzte er sich unter einem jähen Schwindelanfall sofort wieder hin. Vielleicht wollte sein Körper ihm mitteilen, dass er mehr Ruhe brauchte.

Dann nahm er den Geruch von Speck wahr.

Er konnte sich nicht erinnern, Speck zubereitet zu haben, als er vom Labor nach Hause gekommen war. Tatsächlich hatte er sich so ausgelaugt gefühlt, dass er sich direkt ins Bett begeben hatte. Aber als er die Schlafzimmertür öffnete, war der aus der Küche die Treppe heraufwehende Duft unverkennbar.

Und noch etwas fiel ihm auf.

Jemand summte vor sich hin.

Er wollte schon vom Kopf der Treppe die leere Drohung rufen, dass er eine Waffe hätte – aber die Worte blieben ihm im Hals stecken, als er eine Frau erblickte, die sich unten mit einem Kaffeebecher in der Hand näherte. Sie hatte glattes dunkles Haar, das ihr bis zur Mitte des Rückens reichte, und natürlich sonnengebräunte Haut. Außerdem war sie hochschwanger.

Maria.

Ihr Deutscher Schäferhund Percy folgte ihr auf Schritt und Tritt. Seine Krallen klackten über den Holzboden.

Bevor Michael etwas sagen konnte, hellten sich Marias Züge auf. »Du bist wach!« Sie hob den dampfenden Becher mit Kaffee an. »Den wollte ich dir gerade hochbringen und dir sagen, dass ich Frühstück gemacht habe.«

Er starrte sie nur an, hielt ihren Anblick nicht für real.

Maria bedeutete ihm, nach unten zu kommen. »Das Baby bewegt sich gerade«, sagte sie und legte eine Hand auf den Bauch. »Komm runter und fühl mal.«

Der Welpe schaute zu ihm hoch und bellte freudig.

Michaels Haut fühlte sich kalt und klamm an, als stünde er kurz vor einer Ohnmacht. Dennoch gelang es ihm, langsam die Treppe hinunterzugehen, ohne den Blick von der Frau zu lösen, die er fast ein Viertel seiner 42 Jahre auf Erden geliebt hatte.

Maria ergriff seine Hand und legte sie auf ihren Bauch. »Spürst du das?«

Er nickte. »Was ...« Er räusperte sich. »Welchen Tag haben wir?«

Percy winselte um Aufmerksamkeit.

»Du Armer, du bist ja noch gar nicht richtig wach.« Lächelnd reichte Maria ihm den Kaffee und kraulte Percys Kopf. »Wir haben Donnerstag, und du bist praktisch in dem Moment eingeschlafen, als dein Kopf das Kissen berührt hat. Du hast dich nicht mal ausgezogen.«

Der Teil stimmte. Er trug dieselbe Kleidung wie vergangene Nacht im Labor.

Immer noch ungläubig drückte er sachte die Hand erneut auf Marias Bauch und spürte die Bewegungen des Lebens, das sich in ihr regte.

Die Bewegungen ihres Babys.

Seine Kehle fühlte sich vor Emotionen wie zugeschnürt an, seine Brust drohte zu zerspringen.

»Ay, *mi amor*. Was ist denn los?« Maria wischte eine ungebetene Träne weg, die ihm über die Wange gekullert war. Sie schlang die Arme um ihn. »Was immer es ist, das wird schon wieder. Ist bei der Arbeit was passiert?«

Er küsste sie auf den Kopf, während in ihm ein Sturm der Gefühle tobte. »Ich hatte wohl nur einen Albtraum.«

»Worüber?«

»Will ich nicht laut sagen.«

»Komm mit.« Maria ergriff seine freie Hand und zog ihn sanft in die Küche. »Setz dich, ich bringe das Frühstück. Bestimmt sieht die Welt wieder freundlicher aus, sobald du was im Magen hast.«

Michael setzte sich an den Küchentisch und sah seiner schwangeren Frau, mit der er seit acht Jahren verheiratet war, beim Hantieren in der Küche zu.

Er beobachtete sie mit dem Wissen, dass die Szene vor ihm unmöglich war. Denn seine Erinnerungen zeigten ihm eine Abfolge von Ereignissen, die zu Marias Verschwinden führten.

Am Anfang standen Komplikation in einer späten Phase der Schwangerschaft. Ihre Tochter wurde zu früh entbunden, und obwohl eigentlich alles dafür gesprochen hatte, dass sie es überleben sollte, hatte sie es nicht geschafft. Das war der Anfang vom Ende ihrer Ehe gewesen. Sie hatten diskutiert, erbittert und sinnlos gestritten. Und dann, eines Tages, war Maria gegangen und nie zurückgekommen.

Michael erinnerte sich noch lebhaft an den Schmerz, als er aufgewacht war und ihr Verschwinden festgestellt hatte. Ihre Kleidung befand sich im Schrank. Ihr Auto stand in der Garage.

Er wollte sie bei der Polizei als vermisst melden. Dort wurde ihm mitgeteilt, sie wäre erwachsen und bräuchte vielleicht nur eine Auszeit.

Aber Maria war buchstäblich *verschwunden.* Aus seinem Leben.

Seit Jahren.

Bis jetzt.

Und dann Percy. Der Welpe sah seinem Frauchen beim Anrichten von Rührei zu und wedelte freudig mit dem Schwanz, als sie auf der Arbeitsplatte etwas davon in seine Schale schöpfte.

Percy lebte ... und war noch ein Welpe. Nach Marias Verschwinden hatte er wochenlang gewinselt. Eines Tages war er aus dem Garten hinter dem Haus ausgebüxt und von einem Auto überfahren worden.

Aber anscheinend war das nie geschehen.

Alles eine Lüge. Ein Albtraum.

Percy hüpfte erwartungsvoll hin und her, während Maria sein Futter mit den Eiern vermengte. Als sie die Schale auf den Boden stellte, stürmte er hin und stürzte sich darauf.

Michael lächelte über den Anblick. Seine Frau befand sich tatsächlich hier bei ihm. Und als sein Blick auf ihren prallen Bauch fiel, musste er alle Selbstbeherrschung aufbieten, um nicht schluchzend in Tränen auszubrechen. Ihre Tochter war nicht tot. Sie feierte eine kleine Party in Marias Bauch.

Alles war gut. So, wie es sein sollte.

Maria stellte zwei dampfende Teller mit Rührei und Speck auf den Tisch, schenkte sich ein Glas Orangensaft ein und setzte sich neben Michael.

Er nippte an seinem Kaffee. Heiß, stark und schwarz. Wie sie ihn immer zubereitet hatte.

Sehnsüchtig blickte sie auf seine Tasse und seufzte. »Das ist das Einzige, was ich vermisse. Meinen morgendlichen *tinto.*«

Als *tinto* bezeichneten die Kolumbianer schwarzen Kaffee.

Lächelnd fasste er unter den Tisch und tätschelte liebevoll ihren Bauch. »Dauert nicht mehr lange. Soll ich auf Kaffee verzichten, solange du schwanger bist?«

Maria bedachte ihn mit einem harten Blick. »Wieso, bist *du* schwanger? Sei nicht albern. Außerdem ist der Orangensaft gut für das Baby.« Sie trank einen Schluck und deutete mit der Gabel auf seinen Teller. »Lass es nicht kalt werden.«

»Jawohl, Ma'am.« Lächelnd schaufelte sich Michael eine Gabelvoll Ei in den Mund.

Während er kaute, wurde er das nagende Gefühl nicht los, dass irgendetwas nicht stimmte.

Dann jedoch lächelte Maria. Er lächelte zurück und biss von einem Speckstreifen ab.

Alles war perfekt.

Um kurz nach zehn fuhr Michael auf der US-1 in Richtung Süden zur Arbeit. Vor ihm leuchtete ein Meer von Bremslichtern auf. Der Verkehr verlangsamte sich erst, bevor er völlig zum Erliegen kam. Er seufzte, konnte keine Ursache für den Stau erkennen. Auf dem einfachen, zweispurigen Highway kam es sonst kaum zu Behinderungen.

»Da muss wohl jemand einen Unfall gebaut haben«, murmelte er.

Während er im Auto saß und nicht weiterkam, dachte er an die Experimente der vergangenen Nacht zurück. Seine Forschung befasste sich mit superluminalen Teilchen, auch Tachyonen genannt – ein Randbereich in einer der dunkelsten Nischen der speziellen Relativitätstheorie. Und das mit gutem Grund – noch niemand hatte je ein Tachyon entdeckt. Bislang handelte es sich um reine Science-Fiction.

Unter Tachyonen verstand man Teilchen, die sich schneller als das Licht fortbewegen konnten. Und wenn es an Einsteins bahnbrechender Theorie etwas gab, das jeder verstand – oder missverstand –, dann, dass sich *nichts* schneller als das Licht fortbewegen konnte.

Nur stimmte das nicht ganz.

Genauer gesagt hatte Einstein formuliert, dass nichts, was sich *ursprünglich* langsamer als das Licht bewegte, auf Überlichtgeschwindigkeit beschleunigt werden kann. Und somit stellte sich die Frage: Konnte es Tachyonen geben?

Bis zur vergangenen Nacht hatte es darauf keine Antwort gegeben.

Ein schrilles Quietschen von Reifen hinter ihm riss Michael aus seinen Gedanken. Ein Blick in den Rückspiegel zeigte ihm einen alten Cadillac, der außer Kontrolle geraten war. Hinter Michael hatte kein Auto angehalten, und der heranrasende Cadillac befand sich höchstens 50 Meter davon entfernt, ihm aufzufahren.

Alles schien sich zu verlangsamen. Michael sah den panischen Gesichtsausdruck des Fahrers, der mit dem Lenkrad kämpfte. Der Mann hatte eindeutig die Herrschaft über seinen Straßenkreuzer verloren. Das Heck brach aus, Rauch quoll von den Reifen.

Michael wappnete sich für den Aufprall.

Dann ... schlitterte der Cadillac verkehrt herum neben ihn und kam zum Stehen. Der Fahrer befand sich buchstäblich zum Greifen nah.

Unter normalen Umständen hätte Michael dem Mann sein gesamtes Standardrepertoire an Schimpfwörtern entgegengeschleudert und wahrscheinlich als Draufgabe noch ein paar neue erfunden. Allerdings zitterte er durch die plötzliche Adrenalinausschüttung und stellte fest, dass er keinen zusammenhängenden Satz formulieren konnte. Die Welt drehte sich um ihn herum, und er hatte das Gefühl, sich übergeben zu müssen.

Er musste sich dringend sammeln.

Also lenkte er auf den Pannenstreifen, fuhr rechts an der Kolonne vorbei und auf einen Parkplatz. Er gehörte zu irgendeinem medizinischen Komplex – auf einem Schild stand »Orthopädie Rothman«. Michael achtete kaum darauf. Er brauchte nur frische Luft.

Also stellte er den Wagen ab, stieg aus und atmete langsam und tief durch. Der Boden schien sich unter ihm zu neigen. Obwohl er noch nie das Bewusstsein verloren hatte, war er überzeugt davon, dass es jeden Moment passieren würde.

Er klammerte sich an der Autotür fest, um nicht zusammenzubrechen, schloss die Lider und konzentrierte sich auf seine Atmung.

Vor seinem geistigen Auge sah er eine sattgrüne Wiese.

Es handelte sich um mehr als ein bloßes Bild – um eine kristallklare Vision, die sich entfaltete, als erlebte er einen Traum durch ein Kameraobjektiv.

In der Ferne kniete ein Mann. Michael bewegte sich unwillkürlich auf ihn zu, obwohl er sich umso beklommener fühlte, je näher er der Gestalt kam.

Der Mann befand sich auf einem Friedhof und kniete vor einem Grabstein.

Michael stockte der Atem. Er erkannte die Gestalt.

Der Mann war *er*.

Allerdings nicht exakt. Eine ältere Version. Dünner. Zu dünn. Mit merklich Grau im Haar. Und einem ungepflegten Bart.

Dann fiel Michaels Blick auf den Grabstein, und das Blut gefror ihm in den Adern.

Felicia Batschewa Salomon.

Wir hatten dich nur einen Tag, trotzdem sollst du wissen: Wenn Liebe dich hätte retten können, du hättest ewig gelebt.

Unter der Inschrift standen zwei Daten: Geburt und Tod. Dasselbe Datum.

Und ... das von morgen.

Michael hielt mit quietschenden Reifen in der Einfahrt an, sprang aus dem Auto und rannte ins Haus.

»Maria!«, rief er.

Zur Antwort hörte er das Bellen des Hunds aus dem hinteren Garten.

Mit wild pochendem Herzen hastete Michael zur Glasschiebetür und riss sie auf. »Maria!«

»Schatz? Wolltest du nicht zur Arbeit?«

Maria saß auf einem Liegestuhl im Halbschatten des Sonnenschirms auf ihrer Terrasse. Sie wirkte unbehaglich.

Michael eilte hin und ergriff behutsam ihre Hand. »Schatz, wie fühlst du dich?«

Sie zuckte mit den Schultern. »Hochschwanger. Also wie üblich. Und mein Kreuz bringt mich heute echt um. Ich dachte, der Liegestuhl würde vielleicht helfen, aber ... nein. Was machst du denn zu Hause?«

Michael konnte es nicht erklären. »Ich ... ich hätte gern, dass du dich sofort untersuchen lässt. Du ... kommst mir übermüdet vor.«

»Warum heute? Ich hab doch schon einen Termin für morgen.«

Er rang sich ein Lächeln ab. »Tu mir den Gefallen einfach. Dein Job besteht darin, schwanger zu sein, meiner darin, mir Sorgen zu machen, richtig? Ich will nur die Gewissheit, dass mit dir und Felicia alles in Ordnung ist.«

Widerstrebend ließ sich Maria von ihm helfen, als sie sich langsam aus dem Liegestuhl mühte. »Ich hab noch nicht mal geduscht.«

»Ist doch egal. Bitte, tu mir den Gefallen.«

»Na schön.« Sie verdrehte die Augen. »Aber ich will mich wenigstens umziehen.«

Michael drückte ihr einen schnellen Kuss auf die Stirn. »Einverstanden.«

Die Ultraschallassistentin trug warmes Gelee auf das Ende der breiten Sonde auf und setzte sie danach auf Marias Bauch an. »Na gut, sehen wir uns die kleine Süße an und nehmen wir ein paar Maße.«

Maria ergriff Michaels Hand, als aus dem Lautsprecher des Ultraschallgeräts die Töne eines schnellen Herzschlags drangen. Sie sah die Assistentin an. »Ist das Felicias Herzschlag?«

»Genau. Felicia ist ein schöner Name. Bedeutet ›Lächeln‹ auf Spanisch, stimmt's?«

»Fast, aber nicht ganz. Es ist eher mit *feliz* verwandt, was glücklich bedeutet.«

Die Assistentin bewegte die Sonde mit einer Hand weiter

über Marias Bauch, während sie mit der anderen die Tastatur und die Maus des Geräts bediente. »Haben Sie schon einen zweiten Vornamen ausgesucht?«

Maria lächelte Michael an. »Wir sind uns noch nicht sicher, aber ich hab an Batschewa gedacht. So hat ihre noch nicht allzu lang verstorbene Großmutter geheißen. Was meinst du dazu, Schatz?«

Michael nickte. Gleichzeitig lief ihm ein Schauder über den Rücken. Der Name hatte auf dem Grabstein gestanden.

Felicia Batschewa Salomon.

Plötzlich hielt die Assistentin inne und hob die Sonde vom Bauch, wodurch der Bildschirm schwarz wurde. »Warten Sie bitte kurz«, sagte sie. »Ich bin gleich mit Dr. Sakata zurück.«

Obwohl ihre Stimme ruhig klang, bemerkte Michael den besorgten Gesichtsausdruck der Frau, als sie sich vom Stuhl erhob und den Raum verließ.

Maria drückte seine Hand. »Ich sollte Sakata fragen, ob ich irgendwas für mein Kreuz einnehmen kann. Ich bin mir nicht sicher, ob ich das noch acht Wochen aushalte.«

Michael schenkte ihr ein herzliches Lächeln, obwohl er innerlich ausflippte. Was hatte die Assistentin gesehen? Zu Beginn des achten Monats sollte es keine großen Überraschungen geben – zu dem Zeitpunkt sollte alles unauffällig sein. Zumindest stand das in all den Schwangerschaftsbüchern, die zu lesen Maria ihn genötigt hatte.

Die Tür öffnete sich, und Dr. Sakata trat ein. »Hallo, Mr. und Mrs. Salomon. Wie ich höre, überprüfen wir das aktuelle Befinden. Hatten Sie Schmierblutungen oder irgendwelche Symptome, die Sie veranlasst haben, heute herzukommen?«

»Schmierblutungen? Nein.« Maria deutete mit dem Daumen auf ihren Ehemann. »Er ist bloß besorgt und wollte, dass ich mich untersuchen lasse. Das einzige neue Symptom sind Rückenschmerzen. Aber die gehören wohl dazu.«

Der Arzt ließ sich auf dem Hocker nieder. »Tja, sehen wir uns das mal an.«

Während der Arzt mit der Sonde über Marias Bauch fuhr, zeigte der Ultraschallbildschirm verschiedene Strukturen, die Michael nicht das Geringste sagten. Dennoch beobachtete er das Geschehen aufmerksam. Sein Blick wanderte ständig zwischen dem Monitor und Sakatas Gesichtsausdruck hin und her, um seine Reaktion abzuschätzen.

Der Arzt hielt bei einem undeutlichen Bild inne, das für Michael wie alle anderen aussah. Er tippte etwas auf der Tastatur und vergrößerte die Ansicht. Dann veränderte er leicht den Winkel der Ultraschallsonde.

Der Herzschlag des Babys pochte laut durch den Raum.

»Suchen Sie nach irgendwas Bestimmtem?«, fragte Maria.

Der Arzt sah sie an. »Sie sagen also, Sie haben Rückenschmerzen?«

Sie nickte. »Heute viel schlimmer als sonst. Normalerweise schlafe ich nicht auf dem Rücken, aber gestern Abend bin ich so eingedöst, als ich drauf gewartet habe, dass mein Mann von der Arbeit kommt.« Maria warf Michael einen gespielt vorwurfsvollen Blick zu, bevor sie seine Hand drückte und ihm einen Kuss zuwarf.

Sakata vergrößerte verschiedene Bildteile und klickte auf unterschiedliche Schaltflächen, wodurch kleine Ausdrucke aus einem Schlitz im Gerät kamen. Nach etwa einer Minute hob er die Sonde an und wischte erst sie, dann Marias Bauch mit einem weichen weißen Handtuch ab.

»Also«, begann er, »fangen wir mit dem Baby an. Die Kleine scheint keinen Stress zu haben und ist ungefähr da, wo wir es uns für ein Schwangerschaftsalter von 32 Wochen wünschen. Das ist alles gut. Aber es ist auch gut, dass Sie heute hergekommen sind.« Sakata hielt einen der Ausdrucke hoch und zeigte auf etwas schwer Erkennbares. »Maria, Sie haben eine leichte Plazentaablösung. Das bedeutet, die Plazenta hat sich teilweise von der Gebärmutterwand gelöst.«

Maria schnappte nach Luft. »Was heißt das für das Baby?« Sofort traten ihr Tränen in die Augen, und sie drückte Michaels Hand fester.

»Wie gesagt, es ist nur eine leichte Ablösung. Aber ich würde Sie gern über Nacht für einige Tests hierbehalten. Wir müssen die Blutchemie der Kleinen überprüfen und sicherstellen, dass sie immer noch alles bekommt, was sie braucht. Wahrscheinlich ist alles in Ordnung. Trotzdem sollten Sie beide sich darauf vorbereiten, dass wir vielleicht früher entbinden müssen.«

Michael sah in dem Moment nur das Geburtsdatum auf dem Grabstein. Seine Stimme klang weit entfernt, als er sagte: »Aber sie ist erst 32 Wochen alt ...«

Sakata hob beschwichtigend die Hände und versuchte, beruhigend zu lächeln, was ihm jedoch nur bedingt gelang. »Ein Fötus in der 32. Schwangerschaftswoche hat eine Überlebenschance von 95 Prozent. Wichtig ist, dass Sie jetzt hier sind und wir darüber Bescheid wissen. Ich verschreibe Ihnen pränatales Betamethason. Das ist ein Kortikosteroid, das die Lunge des Babys unterstützt. Es hilft ihr, sich für den Fall einer möglichen vorzeitigen Entbindung zu entwickeln.«

Maria fragte mit zittriger Stimme: »Glauben Sie, dass es dazu kommen wird?«

Sakata lächelte. Diesmal wirkte es aufrichtig. »Wir werden tun, was wir können, um die Kleine so lange wie möglich in Ihnen zu behalten. Wir bereiten uns nur auf andere Eventualitäten vor.« Er beugte sich vor und tätschelte Marias Fuß, dann richtete er den Blick auf Michael. »Ich lasse Ihnen von der Pflegerin eine Liste mit Dingen geben, die Sie von zu Hause holen sollten. Ich rufe jetzt in der Aufnahme an und lasse Ihre Frau für heute Abend einchecken.«

»Wie lange muss ich bleiben?«, fragte Maria.

»Zumindest bis morgen früh. Bis dahin wissen wir mehr. Wenn es ein fortschreitendes Problem ist, das sofort behandelt werden muss, kümmern wir uns dann darum. Aber es kann gut sein, dass sorgfältige Überwachung und Bettruhe ausreichen.«

»Bettruhe *zu Hause?*«, fragte Michael.

Sakata nickte. *»Wenn* alles stabil ist, dann ja.« Er bedachte beide mit einem mitfühlenden Blick. »Ich weiß, das ist nicht, was Sie hören wollten. Aber wenigstens wissen wir jetzt Bescheid, und Sie sind da, wo Sie sein müssen. Versuchen wir in der Zwischenzeit, uns nicht über Dinge zu sorgen, die vielleicht nie eintreten.«

Als der Arzt ging, konnte Michael nur noch an den Grabstein denken.

Er bückte sich und küsste Maria. »Es wird alles gut.«

»D-Danke«, stammelte Maria und stieß zittrig den Atem aus.

»Wofür?«

Maria begann mit den Atemtechniken, die sie in einem der vielen von ihnen beiden besuchten Schwangerschaftskurse gelernt hatte. »Dass du heute so paranoid warst. Wahrscheinlich hast du unser Baby damit gerettet.«

Michael schmiegte sich an seine Frau und hielt sie so fest, dass sie die Besorgnis in seinem Gesicht nicht sehen konnte. Er wollte ihr und dem Arzt glauben und davon ausgehen, dass alles in Ordnung sein würde.

Aber das konnte er nicht. Sein geistiges Auge wurde weiter

vom Anblick des morgigen, in Stein gemeißelten Datums heimgesucht.

Geburt ... und Tod.

Seine Angst würde sich erst legen, wenn der nächste Tag überstanden wäre.

Es ist nur eine Vision, keine Prophezeiung.

Michael drückte seine Frau fest an sich und bemühte sich, es zu glauben.

VORSCHAU – NEW ARCADIA

Im Wald hing dichter Bodennebel. Durch die schmatzenden Schritte des Agenten auf dem feuchten Untergrund breitete sich das Aroma von Torfmoos aus – erdig, dunkel, durchdringend erinnerte es an nasse Wolle mit einem Hauch Fäulnis. In der Ferne erblickte er einen Stacheldrahtzaun, das erste Anzeichen auf das Hochsicherheitslager, das es an der Stelle nicht geben sollte.

Tief geduckt rückte der Agent weiter in Richtung des Orts vor, erstarrte jedoch plötzlich, als er ein Knirschen und Knacken hörte. Grauen erfüllte ihn, als er die Geräusche erkannte – brechende Kinderknochen.

Die Überreste würden ein weiteres flaches Grab unmittelbar außerhalb des *New Arcadia* getauften Lagers füllen.

Trotz allen Grauens bewegte sich der Agent einen weiteren Schritt vorwärts.

Er hörte das mit doppelter Schallgeschwindigkeit auf ihn

zurasende Geschoss eines Scharfschützen nicht, bevor es in ihn einschlug.

Dann wurde die Welt schwarz.

In einem schalldichten Raum 15 Meter unter Fort Meade beobachtete Doug Mason, wie zwei seiner Spezialisten an einem Patienten auf einer Transportliege arbeiteten.

Bei einem der Spezialisten handelte es sich um einen Neurowissenschaftler. Er überwachte einen Flachbildschirm, von dem mehrere Kabel zum Kopf des Patienten verliefen. Der andere war ein kleiner Mann mit Brille, der als Anästhesist gearbeitet hatte, bevor er von Mason zum Outfit geholt worden war.

Das Outfit war eine geheime Regierungsbehörde, die es offiziell nicht gab. Die exklusiven Mitglieder wurden handverlesen aufgrund ihrer speziellen Fähigkeiten rekrutiert. Diese beiden Männer stammten aus der Privatwirtschaft. Mittlerweile folgten sie einer höheren Berufung – bei der ungewöhnliche Aufgaben anfielen. Und immer stand dabei die nationale Sicherheit auf dem Spiel. Dieser Tag bildete keine Ausnahme.

Mason richtete den Blick auf das Kopfteil der Transportliege. »Jerry, er wird doch Fragen beantworten können, oder?«

»Oh, auf jeden Fall.« Der Neurowissenschaftler zeigte auf den Monitor, der eine Vielzahl verschnörkelter Muster zeigte. »Im Moment haben wir die klassische EEG-Signatur von Bewusstlosigkeit. Mohan macht Agent Xiang chemisch bewegungsunfähig. Dadurch sollte das Sedativum den Geist aufgeben. Dann wacht er auf.«

»Muss seltsam sein, aufzuwachen und nicht mal blinzeln zu können«, meinte Mason. Er hatte noch nie bei einer Programmierung zugesehen. Hauptsächlich, weil es erst wenige Male durchgeführt worden war, und dann immer, wenn er sich nicht vor Ort aufgehalten hatte.

»Es ist aus verschiedenen Gründen besser, wenn er sich nicht bewegen kann, vor allem aber wegen der akustischen und visuellen Programmsequenzen.« Der Neurowissenschaftler justierte eine Einstellung an einem dem Patienten aufgesetzten Gerät, das wie ein Virtual-Reality-Headset aussah. »Bei den ersten Experimenten mit Neuro-Programmierung konnten die Probanden sie nicht verkraften. Die Ergebnisse waren miserabel.«

»Wie meinen Sie das, nicht verkraften? War der Vorgang schmerzhaft?«

Der grauhaarige Mann zuckte mit den Schultern. »Schwer zu sagen. Bevor wir angefangen haben, die Probanden zu lähmen, haben sie eine autonome Reaktion auf den Prozess gezeigt und unkontrollierbar gezappelt. Selbst wenn sie auf dem Bett festgeschnallt waren, konnten wir die Programmierung nicht vollständig festsetzen. Wir reden hier von äußerst heikler, neuartiger Technologie. Und die Probanden bekommen in der Regel während der Programmierung nicht mit, was vor sich geht«, warf der Anästhesist mit starkem, aber verständlichem indischen Akzent ein. »Fangen wir an.« Der Mann säuberte den Injektionsanschluss der Infusionsleitung mit einem Alkoholtupfer, bevor er eine klare Flüssigkeit injizierte. »Das ist Quelicin«, erklärte er Mason. »Ausgesprochen wirkungsvoll. Er wird vollkommen gelähmt sein. Ich bringe an seinem Tropf eine Infusionspumpe an, damit er während der gesamten Prozedur konstant vier Milligramm pro Minute erhält.«

Mason beobachtete, wie die Männer nahtlos zusammenarbeiteten. Jerry Caldwell war Neurowissenschaftler, Mohan Patel Anästhesist. Die beiden Männer hatten längst eine eigene, ruhige

Verständigung untereinander entwickelt, die nicht vieler Worte bedurfte. Mason teilte ihre Ruhe nicht. Er fühlte sich bei der Sache unwohl. Aber er wusste um die Notwendigkeit – aus China trafen täglich bedrückendere Neuigkeiten ein. Deshalb wurde Agent Xiang für eine besondere Mission gebraucht. Zur Beruhigung von Masons Nerven trug das Wissen dennoch nicht bei.

»Ich habe die Verabreichung des Sedativums mitgestoppt«, sagte Caldwell. »Mittlerweile sollte er wach sein.« Er zerbrach eine Kapsel unter der Nase des Mannes. Ammoniakgeruch breitete sich aus. »Reagiert er?«

»Ja. Er ist wach, Mohan«, sagte Caldwell, den Blick auf den Monitor geheftet.

Patel ergriff mit deutlicher Stimme und in gemessenem Tempo das Wort. »Agent Xiang, ich bin Dr. Patel. Können Sie mich hören?«

Mason sagte die Anzeige auf dem Monitor nicht das Geringste. Dem Neurowissenschaftler hingegen schon, denn er verkündete: »Er hört Sie.«

»Agent Xiang, wir fangen jetzt an. Entspannen Sie sich einfach. Sie werden sich später an nichts davon erinnern.«

Caldwell rief einen neuen Bildschirm auf, der eine Reihe von Mustern zeigte.

»Basissignale werden übertragen ...«

Aus dem Headset des Agenten drang ein Summen. Eine 3D-Darstellung des Gehirns erschien auf dem Bildschirm. Sie drehte sich mit hervorgehobenen Teilbereichen.

»Zeigen die Markierungen an, wo die Erinnerungen platziert werden?«, fragte Mason.

»Ja.« Caldwell tippte auf einen der hervorgehobenen

Bereiche des Bildschirms. »Das ist der erste von drei Programmierungsdurchgängen.«

»Warum sind drei nötig?«

»Wir haben festgestellt, dass Wiederholungen dazu beitragen, die Erinnerungen zu verwurzeln. Tatsächlich sind es keine reinen Wiederholungen. Beim dritten Durchlauf leiten wir einen Slow-Wave-Schlaf ein, um die Erinnerung zu festigen ...«

»Ich dachte, dafür wäre REM-Schlaf erforderlich«, warf Mason ein.

»Nein. Die Erinnerungskonsolidierung erfolgt im Slow-Wave-Schlaf, der unmittelbar nach dem Einschlafen einsetzt. Ich leite den Zustand mit einem Slow-Wave-Frequenzgenerator ein. Dann löse ich Deltawellen mit etwa zehn Milliampere durch die mit der Stirn und Schädelbasis verbundenen Elektroden aus.

Der Vergleich hinkt zwar schon ein wenig«, fuhr Caldwell fort, »aber das Konzept ähnelt dem Update eines Computers. Man muss ihn neu starten, bevor er die Änderungen wirksam werden. Und manchmal ist nach der Konfiguration ein weiterer Neustart nötig. Beim Gehirn ist der Ablauf ähnlich.«

Der Wissenschaftler tippte etwas auf dem Touchscreen. Text scrollte rasant vorbei, zusammen mit Bildern von Orten und Menschen. Für die bevorstehende Mission relevante Inhalte.

»In Ordnung, Mohan, die Signale sind ausgerichtet. Ich fange gleich an. Ist er bereit?«

»Der Blutdruck liegt bei einem Ausgangswert von 115 zu 78, der Sauerstoffgehalt bei 100 %, die Herzfrequenz bei 45. Alles gut.«

»Dann mal los.«

Ein Teil des Bildschirms des Neurowissenschaftlers verwandelte sich in Strömen unentzifferbarer Zeichenmuster. Sie ähnelten der Darstellung aus dem Film *Matrix*. Mason schaute zu dem Agenten und beobachtete, wie die blasse Haut allmählich rosa wurde, als hätte er eine allergische Reaktion oder eine Hitzewallung.

Der Anästhesist stellte das Beatmungsgerät ein. Die Kadenz erhöhte sich, versorgte den Agenten mit mehr Atemzügen pro Minute. »Blutdruck ist jetzt 165 zu 80, Herzfrequenz ist auf 115 gestiegen. Immer noch alles im grünen Bereich.«

Im weiteren Verlauf der Programmierung verdunkelte sich die Haut des Agenten von rosa zu rot. Überall an der freiliegenden Haut bildeten sich Schweißperlen.

»Wie lange noch?«, fragte Mohan, als er das Beatmungsgerät mit angespannter Miene erneut anpasste. »Blutdruck 205 zu 84, Herzfrequenz 185.«

Angespannt schaute Mason zwischen den Ärzten und Agent Xiang hin und her.

»Fast fertig«, sagte Jerry. »Fünf ... vier ... drei ... zwei ... eins ... geschafft!«

Die Hintergrundgeräusche im Raum verstummten bis auf jenes des Beatmungsgeräts, das versuchte, den Bedarf des schwer beanspruchten Patienten zu decken.

Mason stieß die unbewusst angehaltene Luft aus. Ein Anflug von Schuldgefühlen überkam ihn. Kein Wunder, dass der Proband für das Verfahren bewegungsunfähig sein musste. Was für eine Hölle ließ er diese Menschen durchmachen? Und war es das wert?

»Die Werte sinken zurück in den normalen Bereich. Blutdruck 135 zu 78, Herzfrequenz 70. Beides sinkend.«

Mason wandte sich an den Neurowissenschaftler. »Kann er mich hören?«

Jerry nickte.

»Chris? Agent Xiang, hier ist Direktor Mason. Können Sie weitermachen?«

Der Neurowissenschaftler beobachtete den Monitor. »Können Sie die Frage wiederholen? Ich bin mir nicht sicher, ob der Agent sie mitbekommen hat. Sein Gehirn verarbeitet noch den Ansturm.«

Mason beugte sich näher hin. »Agent Xiang, können Sie weitermachen?«

Der Neurowissenschaftler nickte. »Die EEG-Wellen stimmen mit den vor Beginn der Tests aufgezeichneten Bestätigungsreaktionen überein. Es geht ihm gut.«

Mason trat einen Schritt zurück und bedeutete den Ärzten, fortzufahren. Es gab keine Gesetze dagegen, was sie taten. Irgendwie fand er unwillkürlich, es sollte welche geben.

Alles im Namen der nationalen Sicherheit.

Im Vergleich dazu, wie Alicias Gesicht von den Chemikalien brannte, mit denen sie besprüht worden war, hörten sich die Feuer der Hölle gar nicht so schlimm an. Sie hopste auf der Stelle und hörte, wie die anderen Auszubildenden husteten und gegen die Wirkung des Pfeffersprays ankämpften. Es half auch nicht, die Chemikalien wegzublinzeln. Ihre Lider fühlten sich wie sengend heißes Schleifpapier an. Sie konnte nur versuchen, die Schmerzen zähneknirschend zu ignorieren, während sie auf den Fußballen hüpfte.

»Bewegung, Bewegung, Bewegung!«

Einer der Ausbilder stieß sie in Richtung der Laufbahn. Alicia musste sich zurückhalten, um die Faust *nicht* rückwärts zur Schläfe des Mannes auszufahren.

Zusammen mit zwölf anderen Auszubildenden der FBI-Akademie befand sie sich auf einem abgelegenen Teil des Marinestützpunkts Quantico. Alicia war erst vor drei Tagen zu dem Kurs gestoßen. Trotz der staubigen Umgebung, der Chemikalien in ihrem Gesicht und der körperlichen Qual wusste sie, dass es etwas *nicht* durfte – sich von diesen Mistkerlen unterkriegen lassen.

»Je mehr ihr hier schwitzt und leidet, desto weniger werdet ihr im Einsatz bluten. Ich will von euch allen zweieinhalb Kilometer! Für die Unterbelichteten, das sind sechs Runden.«

Blinzelnd vor Schmerzen und Tränen setzte sich Alicia in Bewegung.

»Yoder, Sanchez, Smith!«

Alicia und zwei andere drehten sich zum Ausbilder um.

Er gestikulierte mit einem Finger gegen den Uhrzeigersinn. »Andere Richtung, Schwachmaten.«

Alicia hielt sich ein Nasenloch zu und prustete eine erstaunliche Menge Rotz in die ungefähre Richtung des Ausbilders, bevor sie losrannte, um zum Rest der Klasse aufzuschließen.

~

Nach dem Lauf fühlte sich Alicia erheblich besser, obwohl sie immer noch ein Brennen im Hals spürte. Sie hatten die sechs Runden nicht als Erste beendet, aber mit dem besten Drittel der Auszubildenden. Das musste reichen. Unterwegs hatten sich Schmerzen im unteren Bauchbereich bei ihr eingestellt. Zwar fühlten sie sich nicht wie gewöhnliche Regelbeschwerden an, aber was sollte es sonst sein? Erwähnen würde sie mit Sicherheit nichts davon. Als einzige Frau in der Klasse würde sie das nicht als Ausrede heranziehen.

Am College war sie nie mit mehr als einem Kilo Knöchelgewichten gelaufen. Sie hätte nicht gedacht, dass es in voller Einsatzausrüstung so beschwerlich sein könnte. Alle Auszubildenden hatten die komplette Ausstattung erhalten – militärische Kampfstiefel, eine moderne Einsatzweste mit ballistischen Einsätzen, Lastverteilungssystem und etwas, das der Ausbilder als SAPIs und ESBIs bezeichnet hatte, Frontplatten sowie Seitenkeramikplatten. Insgesamt wog alles wahrscheinlich nur zwischen sieben und neun Kilo, doch im Verlauf von sechs Runden hatte Alicia jedes einzelne davon gespürt.

Die beiden letzten Auszubildenden kamen erschöpft und mit blutunterlaufen Augen in bloßem Schritttempo von der Laufbahn zurück. Halb getrockneter Rotz und Gott weiß was noch war ihnen in die Gesichter und ins Haar gespritzt. Sie wirkten völlig fertig.

Das Gefühl kannte Alicia nur allzu gut.

Nachdem alle angehenden Agenten den Lauf beendet und sich auf den Bänken niedergelassen hatten, trat ein Ausbilder vor die Gruppe hin und ergriff das Wort.

»Nun denn, Leute. Heute haben wir was Besonderes für euch.«

Er deutete mit dem Daumen in Richtung des Übungsgeländes hinter ihm – eine staubigen, ungefähr einen halben Kilometer entfernt aufgebaute Geisterstadt. Man hatte sie rasterförmig angelegt, geteilt von einer breiten, von Norden nach Süden verlaufenden Hauptstraße. Am Vortag hatten sie dort verschiedene Nahkampfszenarien geübt. Ausgebrannte Fahrzeuge hatten dabei die Straße gesäumt. An diesem Tag sah Alicia dort anderes. Etwas aus Metall. Allerdings konnte sie es auf die Entfernung nicht genau erkennen.

Der Ausbilder lächelte. »Forscher der DARPA haben ein neues Modul künstlicher Intelligenz entwickelt. Wir haben es einem unserer Roboter zur Kampfmittelbeseitigung eingesetzt.«

Bei den Worten wurde Alicia klar, worum es sich bei dem Objekt aus Metall auf der Hauptstraße handelte. Vor einigen Wochen hatte sie mit Kampfmittelbeseitigern der Army zusammengearbeitet. Dabei hatte sie die Gelegenheit erhalten, eine ferngesteuerte Maschine zur Bombenentschärfung zu bedienen. Die Erfahrung hatte sie in gewisser Weise an den Film *WALL-E* erinnert. Der Roboter hatte sogar fernsteuerbare Arme gehabt.

»Mit der Ergänzung um künstliche Intelligenz soll der Roboter jetzt Kämpfer erkennen und identifizieren können. Einige Tests hat er zwar schon hinter sich, aber bevor er in der Praxis eingesetzt werden kann, ist noch einiges an Arbeit nötig. Heute seid ihr mit dem Versuch an der Reihe, den Roboter zu täuschen. Ihr müsst nur hingehen und ihn berühren, ohne dass er anschlägt, was bedeutet, dass er euch bemerkt hat. Noch Fragen?«

Einer der Auszubildenden hob die Hand. »Sir? Wie weit kann er sehen?«

»Gute Frage. Der Roboter analysiert alles in einem Umkreis von 300 Metern.«

Aus einem Walkie-Talkie am Gürtel des Ausbilders drang ein knisternder Funkspruch. *»Wir sind bereit.«*

Der Ausbilder sprach in ein an seiner Schulter befestigtes Mikrofon. »Verstanden.« Er zeigte auf den Mann, der die Frage gestellt hatte. »Smith, da Sie so neugierig sind, dürfen Sie als Erster ran.«

Der Auszubildende sprang von der Bank auf und lief in nördlicher Richtung um die provisorische Stadt herum los, bevor er zwischen den Gebäuden verschwand. Wenig später schwenkte der Roboter nach Osten, als er ihn erfasste.

Der Auszubildende kam in Sicht gerannt, und der Arm des Roboters schoss hoch. Etwas Rotes baumelte daran.

»Testperson erkannt«, krächzte das Walkie-Talkie. *»Schick den Nächsten.«*

Der Ausbilder zeigte auf einen anderen Auszubildenden. »Darby, Sie als Nächster.«

Scott Darby, ein blonder Hüne, stand auf und tippte dem Mann auf die Schulter, der neben ihm gesessen hatte. Carl So-und-so. »He, machst du mit? Nehmen wir Robbi in die Zange?«

»Klar.«

Die beiden flüsterten kurz miteinander, dann rannten sie los. Sie teilten sich auf, näherten sich dem Ziel aus entgegengesetzten Richtungen.

Wollte sich einer opfern, damit der andere es erreichen konnte?

Als sie auf die Stadt zuhielten, wurde der Roboter unruhig, schwenkte hin und her, nahm eindeutig Bewegung wahr. Aber die Männer huschten hinter Gebäude, bevor sich der Roboter auf sie konzentrieren konnte.

Dann warf Carl einen Stein am Ziel vorbei.

Statt dem Geschoss zu folgen, drehte sich der Roboter um, hob den Arm, rotierte und wirbelte eine Staubwolke auf.

Alicia wusste nicht recht, was gerade passiert war, aber die Stimme über das Walkie-Talkie meldete: *»Beide Agenten identifiziert. Nächster.«*

»Cortez, Sie sind dran.«

Der Mann neben Alicia sprang auf und preschte los. Wie die anderen ging er hinter den Gebäuden in Deckung und verzögerte damit seine unvermeidliche Niederlage hinaus. Seine Taktik bestand darin, seinerseits eine Staubwolke aufzuwirbeln, um den Roboter abzulenken. Aber kaum hatte er sich aus der Deckung hervorgewagt, markierte ihn die Maschine.

Verdammt, ist das Ding schnell.

»Yoder, jetzt Sie.«

Alicia stand auf und deutete mit dem Kopf zum Vorratsschuppen. »Darf ich das Moskitonetz benutzen?«, fragte sie.

Der Ausbilder zuckte mit den Schultern. »Was hier ist, darf verwendet werden.«

Alicia rollte knapp 15 Meter des dicken Moskitonetzes von der Spule ab und wickelte sich darin ein. Der Ausbilder und die anderen Auszubildenden beobachteten verwirrt und neugierig, wie sie einen sperrigen Tarnanzug schuf.

Nachdem sie das Netz abgeknüpft hatte, überprüfte sie ihren Schatten. Zwar konnte sie durch die zahlreichen Schichten kaum etwas sehen, aber sie hatte die gewünschte Wirkung erzielt – ihr Schatten wirkte rundlich und erinnerte in keiner Weise an die Form eines Menschen. Alicia hoffte, dass die künstliche Intelligenz nicht wissen würde, was sie davon halten sollte.

Die Hände behielt sie innerhalb des Anzugs und drückte damit nach außen, um noch rundlicher aussehen, während sie sich schwerfällig nach Norden in Bewegung setzte.

Sie sparte sich die Mühe des Wegs um die Gebäude herum. Alicia steuerte geradewegs auf den Roboter. Ihr Herzschlag pochte dabei laut durch ihre Ohren.

Die Maschine drehte sich leicht, als Alicia in ihre Reichweite geriet.

Alicia ging weiter.

Der Roboter schwenkte hin und her, als litte er unter

nervösen Zuckungen. Dass sie sich näherte, hatte er eindeutig bemerkt. Aber würde er sie als Kämpferin identifizieren?

Alicia hörte das Zischen der Hydraulik des Roboters. Sie sah das rote Tuch in dessen Griff.

Gleich wird er den Arm heben.

Aber es war zu spät. Alicia lief direkt in ihn hinein und rief: »Hab ihn erwischt!« Sie verspürte einen Anflug von Triumphgefühlen.

Zwei Männer traten aus dem nächstgelegenen Gebäude. Sie trugen Zivilkleidung und hatten Lichtbildausweise an den Kragen. Einer wirkte verärgert, der andere hingegen lachte.

»Woher haben Sie gewusst, dass er Ihre Wärmesignatur durch das Netzmaterial nicht erkennen kann?«

Alicia zuckte mit den Schultern. »Davon hatte ich keine Ahnung. Ich dachte mir nur, wenn ich keine menschlichen Umrisse habe, lässt sich der Roboter davon vielleicht täuschen.«

Der andere Mann brummte: »Pures Glück.«

»Nein, das war perfekt«, widersprach der Erste. Er zeigte Alicia den Daumen hoch. »Auf den Ansatz wäre ich nie gekommen.« Er sprach in ein Handfunkgerät. »Ihre Auszubildende hat einen Schwachpunkt gefunden. Wir haben Arbeit zu erledigen.«

»Verstanden. Ich entlasse den Rest der Truppe für heute. Yoder, gute Arbeit. Wir treffen uns um 08:00 Uhr wieder im Klassenzimmer.«

Während die Wissenschaftler eine der Abdeckungen des Roboters abschraubten, schälte sich Alicia aus dem Moskitonetz. Trotz ihres kleinen Sieges gegen den *WALL-E*-Verschnitt verspürte sie beim Gedanken an das weitere Training ein mulmiges Gefühl. Beim Studieren hatte sie einen klaren Lehrplan und wusste, was sie erwartete, doch man hatte ihr keinerlei Hinweise darauf geliefert, was das Outfit für sie bereithielt.

Sie wusste nicht mal genau, was es bedeuten würde, als Agentin für die Organisation zu arbeiten. Das Training erschien ihr beinah willkürlich. Vergangene Woche hatte es aus Konditionsübungen mit Marines bestanden. Diese Woche stand die Ausbildung an der FBI-Akademie auf dem Programm. Was mochte als Nächstes kommen?

Alicia wünschte, sie würde in irgendeiner Form benotet, damit sie abschätzen könnte, wie sie sich schlug. Aber zumindest das würde sich morgen wohl ändern. Dann erwartete sie eine Zwischenbewertung bei Mason in der Outfit-Zentrale. Unwillkürlich fragte sie sich, was Mason über ihre Leistung zu sagen haben würde.

DER AUTOR

Ich wurde in eine Armeefamilie hineingeboren, bin mehrsprachig und der Erste in meiner Familie, der in den USA das Licht der Welt erblickt hat. Das hat meine Jugend stark beeinflusst, indem es in mir die Liebe zum Lesen und eine brennende Neugier auf die Welt und alles darin erweckt hat. Als Erwachsener konnte ich durch meine Vorliebe für Reisen und meine Abenteuerlust zahlreiche unvorstellbare Orte erkunden, die manchmal Einzug in die Geschichten halten, die ich schreibe.

Ich hoffe, diese Geschichte konnte dich gut unterhalten.

– Mike Rothman

Meinen Blog findet ihr unter: www.michaelarothman.com
Ich bin auch auf Facebook unter: www.facebook.com/Michael
ARothman
Und auf Twitter: @MichaelARothman

Printed in Poland
by Amazon Fulfillment
Poland Sp. z o.o., Wrocław
03 July 2025

8563daa4-836c-4de2-a02f-fe4f2b171cf8R01